KB153110

칼

이외수 장편소설

칼

해냄

당신의 가슴이 언제나 비어 있기를 빕니다

.

더러는 마음의 문을 굳게 닫고 있는 사람들을 보았습니다. 또 더러는 굳게 닫은 마음의 문에 육중한 자물쇠를 채우고 있는 사람들도 보았습니다. 갈수록 그러한 사람들이 늘어가고 있다는 생각도 듭니다.

지금은 겨울입니다.

당신도 해마다 겨울이 되면 더욱 철저하게 버림받고 싶다는 생각을 하시는지요.

아무런 목적도 없이 가출해서는 한정 없이 방황만 계속하다가 낯선 역 대합실에서 새우잠을 자거나 밥을 굶거나 동전을 구걸해 보신 적이 있으신지요.

더 이상 머무를 수도 떠날 수도 없는 상태로 역사(驛舍) 주변을 서성거리면 어느새 희끗희끗 눈발이 날리고 문득 생각해보니, 오늘이 바로 한 해의 마지막 날. 당신도 불현듯 울고 싶은 심정에 처해보신 적이 있으신지요.

하지만 누군들 겨울에 폐병을 앓아보지 않았으리요. 누군들 겨울에 언 빵을 씹어보지 않았으리요.

모든 사람들이 마음의 문을 굳게 닫아걸고 단 하나 믿었던 당신의 애인마저 떠나간 지금, 아직도 살아 있는 목숨 하나가 얼마나 눈물겹고 갸륵한지요.

마음의 문을 굳게 닫아걸고 있는 사람일수록 그 마음속을 들여다보면 거지발싸개 같은 것들만 가득 들어차 있는 법, 당신의 애인도 혹시 그들처럼 별볼일없는 존재였는지도 모릅니다.

하지만 제게 이토록 삭막한 세상을 어떻게 살아가야 하는지는 묻지를 말아주십시오. 이 세상 모든 어려운 문제를 푸는 열쇠가 바로 당신 가슴 안에 들어 있으니까요.

당신이 비록 돈 없고 빽 없고 못생긴 사람이라 하여도 아직 사랑을 할 수는 있겠지요. 사랑으로써 풀리지 않는 자물쇠란 이 세상에는 단 한 가지도 없으므로 당신은 그 누구보다도 더 은혜로우십니다.

저는 지난 여름과 가을에는 한 컵의 사랑도 없는 상태에서 폐와 간과 위가 망가질 대로 망가져 있었습니다.

지금은 더욱 악화되어 병원 신세를 져야 할 정도입니다. 겨우 이 한 권의 소설을 써놓기는 했지만, 너무도 엉성해서 낯만 자꾸 뜨거워집니다.

　하지만 마지막 줄을 보아주십시오. 거기에는 하늘이 저에게 주신 선물이 들어 있습니다. 당신이 그 속에 담긴 비밀을 푸신다면, 맹세컨대 당신은 곧 거듭 태어나실 수가 있습니다. 그 선물을 이 세상 모든 사람들과 함께 나누어 가지고 싶습니다.

　당신의 가슴이 언제나 열려 있기를 빕니다.

　당신의 가슴이 언제나 비어 있기를 빕니다.

李 外 秀

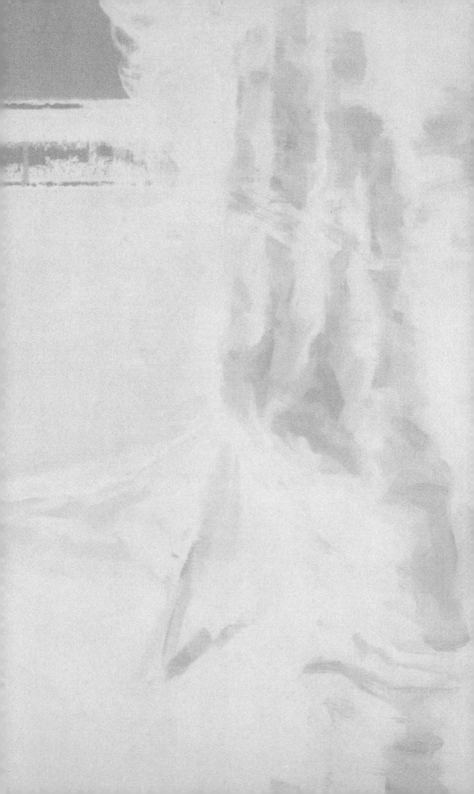

| 차례 |

칼맨 씨

"나는 이제 마흔 살이 되었다네."

박정달 씨는 공중전화 부스에서 심각한 표정으로 친구에게 전화를 걸고 있었다. 겨울이었다. 해가 지고 있었다.

"오늘이 자네 생일인가?"

"아닐세."

식어빠진 알루미늄 색 햇빛 한 자락이 공중전화 부스 유리 문에 기력 없이 드리워져 있었다.

"내 생일은 벌써 두 달 전에 지나가버렸네."

"잘 안 들리는군. 큰 소리로 이야기하게."

전화기 속에는 심한 잡음들이 가득 들어차 있는 것 같았다. 뚜껑을 열고 솔질을 하면 건조한 말의 부스럭지들이 바스러진 지푸라기처럼 부스스 떨어져 내릴 것 같았다.

"서른 살 때보다 형편이 나아진 것이라곤 전혀 없다네."

"감이 너무 멀다니까."

"마누라도 이제는 너무 낡아버려서 내다버리고 싶은 심정이라네."

"우리 마누라 말인가?"

"아니 우리 마누라 말일세."

"자네 마누라가 어떻게 되었다는 건가?"

대화가 서로 엇갈리고 있었다.

"아이들도 이제는 내게서 전혀 위엄 같은 걸 느끼지 않고 있다네."

"아이들이 위험을 느낀다니 무슨 말인가?"

"위험이 아니라 위엄 말일세."

혼선이 되었는지 점차로 잡음이 심해지고 있었다. 전혀 낯선 음성들이 또다른 내용의 대화로 통화를 하고 있는 소리도 섞여 들리고 있었다.

"인생은 사십부터라는 말을 어떻게 생각하나?"

"뭐라고 했나?"

"인생은 마흔 살에 끝장이라구 했네."

이때 통화 제한을 알리는 신호음이 몇 번 규칙적으로 박정달 씨의 고막에다 자극을 가해 왔다.

"이젠 끊어야겠군. 건투를 비네."

"권투?"

그러나 어느새 통화는 끊어져 있었다.

박정달 씨는 공중전화 부스를 나와 잠시 어디로 갈까를 곰곰 한번 생각해 보았다. 집을 빼놓으면 아무 데도 갈 곳이 없을 것 같았다. 문득 헛살았다는 생각이 다시 한 번 고개를 쳐들었다.

"아버지는 지금까지 헛살아왔다."

저녁 식사를 마치고 나서였다. 그는 아이들을 향해 그렇게 말했다.

"그럼 어떻게 살아야 제대로 사는 건가요?"

중학교 일학년짜리 딸애가 물었다.

"아직도 아버지는 그것을 모르겠다. 그러니까 지금까지 헛살아왔다는 거야."

"아버지는 허무하신 거야."

건방지게도 초등학교 삼학년짜리 막내 녀석이 그렇게 말을 거들고 있었다. 녀석은 이런 식으로 사람을 가끔씩 깜짝깜짝 놀라게 만드는 재주가 있었다. 도대체 세상이 어떻게 되려고 애들까지 이렇게 맹랑해지나 싶어 그는 더럭 겁을 집어먹을 때도 있었다.

"아버지는 오늘로서 회사를 그만두었다."

그는 약간 침통한 목소리로 말했다.

"엄마한테 얘기를 들었어요."

초등학교 오학년짜리 장남이 고개를 떨구고 있었다.

"앞으로 너희들은 더욱 새로운 각오로 살지 않으면 안 된다."

그는 아이들에게 각자의 결심을 한번 털어놓아 보라고 말했다.

"국진이부터 말해 봐라."

그러자 초등학교 오학년짜리 장남이 고개를 쳐들었다.

"신문팔이를 하겠어요."

갸륵하기는 하지만 아버지의 입장으로서는 듣기 거북한 결심이었다.

"태희는?"

그는 딸에게로 시선을 옮겼다.

"저는 껌팔이를 하겠어요."

역시 마찬가지 대답이었다.

"아버지는 우리에게 그런 걸 바라시는 게 아니라구."

막내가 말했다.

"그럼 태진이의 결심은 어떤 거냐?"

그는 막내에게 물어보았다.

"저는 앞으로 공부를 열심히 해서 부반장이 되겠어요."

막내는 거침없이 그렇게 대답했다.

"이왕이면 반장을 하지 왜 하필이면 부반장이니?"

딸애가 따지듯이 물었다.

"처음부터 반장을 해버리면 한 번밖에는 기쁘게 해드릴 수가 없잖아. 하지만 부반장을 하고 난 다음에 반장을 하면 두 번이나 기쁘게 해드릴 수가 있다구."

"계속 반장을 하면 되지."

장남의 항변이었다.

"다른 애들한테 미안하잖아."

막내는 어른스러운 어투로 답변했다.

"모두 효자들이다."

그리고 그는 이렇게 결론지었다.

"그러나 무엇보다도 중요한 것은 앞으로 너희들이 이 아버지를 좀더 이해해 주려고 노력하는 일이다."

그러나 설거지를 끝내고 들어와 뜨개질을 하고 있던 마누라가 통명스럽게 말했다.

"아버지는 대장장이가 되시겠단다. 너희들은 이해할 수 있겠니?"

하지만 아이들은 우선 대장장이가 도대체 무엇을 하는 것인지조차도 모르겠다는 듯한 눈치들이었다.

염병할!

박정달 씨는 한 번 더 그렇게 중얼거려보았다. 아까보다는 좀더 감정이 고조된 발음으로였다. 하지만 전혀 기분이 나아지는 것 같지는 않았다.

이상한 일이었다. 다른 때는 염병할이라고 몇 번만 중얼거리고 나면 반드시 기분이 어느 정도 나아지는 듯한 느낌이었는데 지금은 전혀 그렇지 않았다. 오히려 불쾌감 같은 것만 더해 가는 것 같았다. 정말로 염병할이라고 아니 할 수가 없었다.

염병할!

그 세 음절의 낱말은 박정달 씨의 적성에 아주 잘 맞는 성질의 욕설인 것 같았다. 물론 욕설이라고 하기에는 좀 야비성이 결여되어 있는 것 같지만 그런 대로 비도덕적인 냄새는 섞여 있었다. 그리고 상대편을 저주하는 것보다는 스스로를 자탄하는 것 같은 성질을 더 많이 가지고 있었다. 그러한 점들 때문에 그는 바로 그 세 음절의 단어를 애용하기 시작했는지도 모를 노릇이었다.

염병할!

박정달 씨로 하여금 그 세 음절의 단어를 가장 자주 사용하도록 만든 것은 바로 회사였다.

그는 스물다섯 살에 입사해서 마흔 살에 권고사직을 당했는데 그동안의 회사생활에서 비롯되는 모든 불쾌감을 그는 염병할이라는 그 세 음절의 낱말 하나로 지우면서 견디어왔다.

그는 회사에서 항시 겉도는 입장이었다. 자기 일에 단 한 번도 실책을 범한 일도 없고 상사의 지시에 단 한 번도 이의를 제기한 적도 없었다.

그러나 그는 전혀 두각을 나타낼 수가 없었다.

그것은 아마도 그의 성격 탓인 것 같았다.

그는 회사에 출근만 하면 도통 말이 없었다. 점심 시간이나 퇴근 시간에도 전혀 남과 어울려본 적이 없었다. 뿐만 아니라 상사에 대한 아부나 과잉 충성 같은 것도 도대체 어떻게 하는 건지 모르는 사람이었다. 어느 부서로 밀려나든 불평불만도 하지 않았다. 진급 문제 따위에도 도통 관심이 없는 사람 같았다. 언제나 자기 자리를 지키고 앉아 똑같은 자세, 똑같은 표정으로 업무 하나에만 몰두해 있었다. 누군가는 말했다. 박정달 씨는 우리 사무실에 있는 것 같기도 하고 없는 것 같기도 한 사람이라고.

남들이 보기에는 거의 없는 것같이 생각될 때가 많았다. 실지로 불현듯 그가 출근하지 않은 듯한 느낌이 들어 그의 자리를 건너다볼 때도 있었다. 그러나 언제나 그는 거기에 있었다. 그리고 다시 고개만 숙이면 그는 거기에 없는 것같이 생각되곤 했다.

그러한 그의 개성이 오늘날까지 그를 회사에 붙어 있도록 만들어준 이유이면서 그를 권고사직하도록 만든 이유가 되는지도 모를 일이었다.

있는 것도 같고 없는 것도 같은 느낌을 주는 사람은 있어도 좋고 없어도 좋은 사람으로 생각될 수 있기 때문이다.

하지만 박정달 씨도 인간이었다. 그리고 감정이라는 것을 가지고 있었다. 자기 나름대로는 눈꼴사나운 일이 한두 가지가 아니었다. 하루에도 수십 번씩 욕설을 뱉어내고 싶을 때가 한

두 번이 아니었다.

요즈음은 욕설조차도 옛날보다는 많이 개방되어 있어서 초등학생들만 하더라도 쌍시옷과 쌍기역 따위로 제조된 욕설을 중간중간 섞어 넣지 않으면 말의 참맛이 살아나지 않는다고 생각하는지 어른들이 들으면 정신이 번쩍번쩍 날 정도의 격렬한 욕설을 일 분에도 몇 번씩이나 연발하는 판국이다.

그러나 박정달 씨는 기분이 좀 나쁘다고 해서 그런 격렬한 내용의 욕설을 입에 담을 만큼 막돼먹은 사람은 아니었다. 무슨 일이 잘못되면 우선 자기부터 살펴보는 사람이었다. 모든 잘못이 우선은 자신의 무능력이나 어리석음에서 비롯된 것이라고 그는 믿어보려고 애쓰는 사람이었던 것이다. 그리고 그 어떤 경우라 하더라도 끝에 가서 남들이 듣지 못할 정도의 혼잣소리로 염병할이라고 몇 번 말해 버리면 어느 정도는 모든 잘못이 그것으로 대충 마무리되는 듯한 느낌을 받곤 했었던 것이다.

염병할!

무슨 잘못의 끝부분에다 갖다 붙이기에는 정말로 적절한 욕설이었다. 그러나 이제는 그 욕설보다 한결 극렬한 욕설이 그에게도 필요하게 되었다. 겨우 염병할이라는 말만 가지고는 뒷말이 전혀 개운치가 않은 느낌이 들게 된 것이다.

그는 조금 전까지 자신이 이제 마흔 살이 되어 있다는 사실을 새삼스럽게 되씹어보고 있었다.

마흔 살이 되는 동안 참 더러운 꼴을 많이 보면서 잘도 견뎌 내었다는 생각이 들었다. 억울한 꼴도 많이 당했다는 생각이 들었다. 비굴한 행동도 많이 자행했다는 생각이 들었다. 그리고 마침내는 회사에서 쫓겨난 일, 며칠 동안의 무위도식, 앞으로의 막막함 따위를 두서없이 떠올렸다.

염병을 하다가 꺼꾸러질!

그는 이제 소리 내어 그렇게 부르짖었다. 처음에는 세상에 대한 강한 반발이 가슴 밑바닥에서 솟구쳐 오르고 있었다. 아무리 생각해 보아도 자신이 회사에서 쫓겨난 이유를 도무지 알 수가 없었다. 억울했다.

좀처럼 잠이 오지 않았다. 잠을 자기 위해 별의별 수단을 써 보았지만 허사였다. 그러면 그럴수록 정신만 맨숭맨숭해졌다.

밤이 깊어 있었다.

겨울도 깊어 있었다.

사방은 한정 없는 어둠뿐 아무 소리도 들리지 않았다. 적막했다.

"눈이 내리고 있다네."

박정달 씨는 다시 공중전화 부스에서 친구에게 전화를 걸고 있었다.

"자네 지금 어디서 전화 걸구 있나?"

"우리 집 부근에 있는 공중전화 부스 안에서일세."

"회사는 어떻게 하고 거기서 전화를 걸구 있나?"

"그만두었다네. 내가 그만두고 싶어서 그만둔 것이 아니라 권고사직을 당한 거지. 얼마 전 자네한테 전화 걸던 날이었네."

함박눈이 수천만 개의 꽃잎처럼 떨어져 내리고 있었다.

꿈속 같았다. 도시가 침몰당하고 있었다.

"권고 뭐라고 했나?"

"권고사직이라구 했네."

"역시 잘 안 들리는군. 자네는 어째서 잘 안 들리는 전화로만 통화를 하려 드나?"

"세금이나 많이 내세."

체인을 철거덕거리며 차량들이 느리게 질퍽한 아스팔트 위를 기어 다니고 있는 것이 보였다.

"자네 아버님에 대한 얘기를 듣고 싶네."

박정달 씨가 말했다.

"우리 아버님에 대한 얘기는 더 이상 하지 말기로 하세."

"나는 듣고 싶은데."

"전설에 불과한 얘길세."

"아직도 어딘가에 살아 계실 것 같은 생각이 드네."

"잊어버리게. 우리 아버님에 대해 내가 했던 얘기는 모두 꾸며낸 것이라고 생각하게."

이때 다시 통화 제한을 알리는 신호음이 박정달 씨의 고막을 몇 번 자극해 왔다.

"며칠 전 마누라가 애들을 데리고 친정으로 가버렸네."

"도망쳐버린 건 아닌가?"

"예정대로라면 오늘쯤 돌아올 걸세."

"자네 아버님에 대한 얘기를 계속하세."

어느새 통화는 또 중단되어 있었다.

박정달 씨는 다급하게 호주머니 속을 뒤져보았다. 그러나 십원짜리 동전은 손끝에 만져지지 않았다. 그는 통화를 한 번 더해보아야겠다는 생각을 포기해 버리고 송수화기를 본래대로 전화통의 어깨뼈 위에다 걸쳐놓았다.

"어딜 갔다 이제 오우?"

집에 돌아오니 마누라와 애들이 돌아와 있었다.

"바람 좀 쐬고 오는 길이오. 외가 쪽은 모두들 무고합디까?"

"걱정들이 태산 같습디다."

"실직을 한다고 굶어죽지는 않소. 퇴직금이 상당하다는 말을 왜 하지 않았소?"

"아버님한테 도움을 청할 생각이었는데 퇴직금이 상당하다고 하면 도와줄 생각이 나겠어요?"

바보 같은 소리는 하지도 말라는 듯 마누라는 볼이 부은 목소리로 그를 핀잔하고 있었다.

"외갓집에 가서 무엇을 했냐?"

그는 애들에게로 화제를 돌렸다.

"저는 새로 사귄 친구 애들하고 스케이트를 타러 다녔어요. 날마다 강에서 살다시피 했어요."

딸애가 말했다.

"너 지금 스케이트를 타러 다녔다고 했지?"

박정달 씨는 놀랍다는 표정으로 딸애의 얼굴을 물끄러미 내려다보았다.

"여자가 스케이트를 타면 안 되는 건가요, 아빠?"

"아니다."

그는 황급히 손을 내저었다.

"우리 집안은 조상 대대로 운동 같은 것에는 소질이 없단다. 아버지는 나이 사십이 되도록 자전거도 탈 줄 모르지. 그런데 스케이트라니, 대단하구나."

"하지만……."

"하지만 뭐냐?"

"저는 스케이트를 타지는 않았어요. 남들이 타는 걸 구경만 했어요."

"그런데 너는 스케이트를 타러 다녔다고 말하지 않았니?"

"하지만 남들에게 말할 때는 그렇게 말하는 거예요, 아빠."

"왠지 믿기지 않았었다. 우리 집안은 조상 대대로 운동 같은 것에는 소질이 없으니까."

약간 힘이 빠지는 목소리였다.

"장남은 뭘 했냐?"

그는 시선을 초등학교 오학년짜리 장남에게로 옮겼다.

"저, 저는."

"또 말을 더듬으려고 하는구나. 침착해라."

"저, 저는."

"역시 스케이트 타는 걸 구경했었냐?"

"아뇨."

"그럼 무엇을 했었냐?"

"애들하고 딱지먹기를 했어요."

"그럴 거다. 우리 집안 태생으로서 겨우 해낼 수 있는 운동이라면 맨손체조 정도가 고작일 테니까. 딱지치기도 그 정도의 운동은 되겠지."

"그건 운동이 전혀 안 돼요, 아버지."

막내가 거들었다.

"딱지치기라면 몰라도 딱지먹기는 운동이 안 돼요. 가만히 앉아서 홀수 짝수를 맞춰서 따먹는 거니까요."

"그럼 너는 뭘 했었냐?"

"저는 뭐, 고민을 좀 했었어요."

"고민이라구 말했냐, 지금?"

"그래요, 아버지."

"네까짓 게 무슨 고민이 있단 말이냐?"

"어떻게 하면 우리 집안을 일어설 수 있게 만들까 하는 고민을 했었어요."

박정달 씨는 어처구니가 없다는 듯 이마를 짚었다.

그런 일이 있고 나서 며칠 후 갑자기 막내가 사라져버린 사건이 발생했다. 아침부터 보이지 않았다. 어쩌면 새벽에 사라져 버렸는지도 모를 노릇이었다. 지난밤 늦게까지 막내는 밀린 일기들을 한꺼번에 조작하는 일에 몰두해 있었다.

그러나 무슨 단서가 될 만한 얘기 같은 건 그 일기장에 단 한 줄도 적혀 있지 않았다.

혹시 누군가 퇴직금을 노리고 유괴라도 해간 거나 아닐까 하는 추측으로 마누라는 안절부절을 못하는 눈치였지만, 박정달 씨로서는 우선 그런 점이라면 안심해도 좋다는 생각이었다. 녀석이 원체 눈치 빠르고 약아빠진 애라서 유괴범이 녀석에게 도리어 유괴당하면 당했지 유괴당할 염려는 전혀 없을 것 같았다.

하지만 녀석은 점심때가 되어도 돌아오지 않았다. 온 동네를 다 수소문해 보았지만 녀석의 친구 애들도 도무지 짐작조차 안 간다는 눈치들이었다.

녀석은 밤이 되어서도 돌아오지 않았다. 집안은 점차로 무거운 침울감에 사로잡히기 시작했다.

"계십니까?"

열한 시 반쯤 되었을 무렵이었다. 누군가 대문 밖에서 사람을 찾는 소리가 들려왔다. 온 집안 식구가 모두 우르르 달려나간 것은 두말할 나위도 없었다.

"얘가 댁의 아드님인가요?"

스물일곱 살쯤 되어 보이는 남자가 막내를 데리고 들어서고 있었다.

"어딜 갔었니?"

"집에서 걱정하는 것도 몰랐니?"

"어딜 갈 때는 꼭 부모님한테 말씀드려야 한다구 선생님이 말씀 안 하시든?"

"배도 안 고프든?"

저마다 한 마디씩 막내를 향해 힐난을 던졌다. 그러자 막내는 지금까지 숙이고 있던 고개를 천천히 들어올렸다. 그리고 이렇게 말했다.

"나도 내 앞길은 내가 알아서 개척할 수가 있다구."

말문이 막히는 것을 의식하며 녀석을 방으로 데리고 들어와 보니 얼굴이 또한 가관이었다.

입술이 터지고 눈두덩이 부어오르고 그래서 그런지 코까지 약간 비뚤어져 있는 듯한 느낌까지 들 정도였다.

"애 때문에 하루 종일 도장이 어수선했습니다."

녀석을 데리고 온 남자의 말에 의하면 녀석은 하루 종일 권투 도장에서 권투를 배우려고 사투를 벌인 모양이었다.

"아침부터 도장에 나타나 각 코스를 돌면서 관원들을 귀찮게 만들었습니다. 단 하루 만에 권투의 모든 것을 다 배우겠다는 것이었습니다. 부모님께 허락을 맡고 정식으로 입관하라고 알아들을 만큼 타일렀는데도 막무가내였습니다. 더러는 천대도 받고 더러는 귀여움도 받으면서 관원들이 연습하는 걸

흉내 내느라고 여념이 없었습니다. 마지막에는 링에 올라 스파링까지 뛰었는데 육학년짜리 애에게 몇 대 얻어맞았습니다. 본래 저희 도장은 어린이를 받지 않습니다만 그 육학년짜리 애는 열의도 대단하고 소질도 있는 것 같아서 틈틈이 심부름이나 시키면서 우선 구경이나 하도록 내버려두고 있습니다. 그런데 얘가 굳이 그애와의 스파링을 자처했습니다. 하는 수 없이 1회전만 뛰게 할 생각이었는데 텔레비전을 보니까 3회전을 뛰더라면서 진드기처럼 그애에게 달라붙었습니다. 하도 악착스럽게 달라붙으니까 그애도 그만 화가 난 모양이었습니다. 2회전에서는 사정없이 주먹을 휘둘렀습니다. 그래도 상당히 질기더군요. 끝까지 물고 늘어졌습니다. 물론 단 한 대도 상대편을 때리지는 못했지만 말입니다. 얘 말로는 자기네 집안은 조상대대로 운동에 소질이 없다는 거였는데 될 수 있으면 자기는 지금부터 권투 연습을 해서 아버지를 깜짝 놀라게 해드려야겠다는 것이었습니다. 하지만 제가 보기엔 전혀 권투에는 소질이 없는 것 같았습니다. 아직은 너무 어려서 잘 모르기는 해도 말입니다. 물론 진드기같이 악착스럽게 달라붙는 근성만은 대단했습니다. 권투를 완전히 익힐 때까지 절대로 집에 돌아가지 않겠다고 떼를 쓰는 바람에 하는 수 없이 제가 강제로 끌고 왔습니다. 그대로 두면 며칠이고 도장에서 살겠다는 듯한 태도였습니다."

짐작이 갈 만한 일이었다. 막내는 충분히 그럴 만한 녀석이었다.

다음날 박정달 씨는 조상 대대로 운동에 소질이 없는 집안에 돌연변이라도 하나 나타나주기를 간절히 바라는 심정으로 마누라의 극렬한 반대까지 무릅쓰고 장난감 권투 글러브 한 세트를 녀석에게 사다 주었다.

녀석은 날마다 제 또래의 동네 조무래기들을 마당에다 불러다 놓고 권투 시합을 일삼았다. 물론 박정달 씨는 가급적이면 막내 녀석이 상대편을 단 한 번이라도 좋으니 후련하게 두들겨 패주었으면 싶었다.

그러나 막내 녀석은 붙었다 하면 판판이 얻어터지기만 했으며 때로는 와 하고 울음보까지 터뜨리기 일쑤였다. 며칠이 못 가서 막내 녀석은 권투 글러브와의 인연을 완전히 끊어버렸다.

박정달 씨로서는 몹시 뒷맛이 개운치 못한 일 중의 하나였다.

박정달 씨는 초등학교 전학년을 수료하는 동안 모든 운동 경기에서 단 한 번도 꼴찌를 면해본 기억이 없는 사람이었다.

체육 시간에 분단별로 달리기 시합을 할 때도 그랬었고 쉬는 시간에 편을 짜서 씨름을 할 때도 그랬었다. 언제나 꼴찌였었다. 공차기를 하면 헛발질의 명수였고 공받기를 하면 헛손질의 명수였었다. 기마전에서는 언제나 말에서 제일 먼저 떨어졌었고 술래잡기에서는 언제나 제일 먼저 술래에게 붙잡혔었다.

편을 짜서 하게 되는 그 어떤 놀이에서도 아이들은 결코 그와 같은 편이 되기를 원치 않았다. 아니다. 우선 그와 같은 편이 되고 말고를 따지기 이전에 그를 그 놀이에 끼워주느냐 안 주느냐부터 따져야 했었다. 그리고 끼워주기로 결정되면 그는 잘하는 애 한 명이 이쪽 편에 있을 때 덤으로 얹혀지는 배역을 맡곤 했었다.

그러나 그가 낀 편이 이겨본 적은 거의 없었다. 그는 무슨 실수이든지 저질러놓고야 말았었다. 그래서 자기편이 지게 되는 아주 중대한 사태를 만들어놓고야 말았었다. 게임이 끝나고 나면 그는 언제나 더할 수 없는 원성을 감수해야만 했었다.

그는 자기 차례만 돌아오면 항시 숨통이 콱 막히고 아랫도리가 후들후들 떨려왔었다. 이번에는 잘 해야지, 절대로 실수를 하지 말아야지, 하고 속으로 골백번도 더 다짐을 해보지만 결과는 언제나 마찬가지였었다.

그는 체육 시간만 되면 거의 공포감까지 느낄 정도였다. 특히 그가 두려워한 것은 뜀틀이었다.

오학년 때였다.

담임이 상당히 무서웠었다.

체육 시간에 뜀틀을 넘는데 도저히 자신이 없었다. 완전히 겁을 집어먹은 상태로 몇 번이나 뜀틀 앞에서 주춤거리곤 했었다.

마침내 담임은 몽둥이를 집어 들었다. 그는 그 몽둥이가 무서워서 이번에는 어떤 일이 있더라도 넘어야겠다는 생각을 했었다.

그러나 그는 뜀틀 앞에 다다라 너무도 주눅이 든 나머지 바지에다 오줌까지 싸고 말았다.

그 후부터 그 사건에 대한 기억이 줄곧 그를 괴롭혀 왔다. 여자애들이 보는 앞에서 바지에다 오줌까지 쌌다는 사실 때문에 그는 학교 가는 일이 지옥에 가는 일보다도 두렵게 느껴졌었다. 체육 시간이 끼여 있는 날은 숫제 죽고 싶은 심정에까지 이르게 될 정도였다.

초등학교를 졸업하던 날 그는 울지 않았다. 시원했다. 되도록이면 그를 아는 모든 사람들과 영원토록 만나지 말았으면 좋겠다는 생각을 했다.

그러나 중학생이 되자 그는 다시 새로운 고민에 직면하게 되었다.

어느 학급에나 질이 좋지 않은 애들이 으레 몇 명쯤은 있게 마련인데 그런 애들은 무슨 영웅심 같은 것에 도취되어서 곧잘 불량배들의 흉내를 내거나 약한 애들을 트집 잡아 은근히 자기의 힘을 과시하려 드는 습성이 있어서 더러는 교실 안에서도 공공연하게 주먹질이 오가는 경우가 허다했다. 특히 학년 초에는 처음부터 남에게 얕잡혀서는 안 된다는 생각이 누구에게나 있었으므로 대수롭지 않은 일을 가지고도 곧잘 서로 주먹들을 부르쥐었고 자기의 힘을 과대선전하는 데 게으르지 않았다.

그러나 그는 통 자신이 없었다. 누가 주먹을 앞세워 시비라도 걸어오면 가슴이 옥죄어 들고 오금팍에 힘이 완전히 빠져나가 그만 그 자리에 주저앉아 버리고 싶은 심정이 되곤 했다. 길을 가다가도 그 나이 또래의 타교생이라도 멀찍이서 자기 앞으로 걸어오면 혹시 시비나 걸어오지 않을까 싶어 겁이 더럭 나는 것을 어쩔 수가 없었다.

그는 어느새 병적으로 피해의식에 사로잡혀 있었으며 언제나 가슴이 오그라들어 있었다.

그러다가 고등학교 이학년 때 그는 기어코 그가 가장 두려워하던 사태 하나와 정면으로 맞부딪치게 되었다.

점심 시간이었다.

여드름이 발악적으로 얼굴 전체에 돋아나 있는 상급생 하나가 지금 막 점심 식사를 끝낸 그의 곁으로 천천히 다가왔다. 그는 그때까지 왜 교실 안이 갑자기 조용해졌는가를 잘 모르고 있었다.

"이봐, 공부 잘하는 친구."

그 상급생은 아주 부드러운 목소리를 만들어서 점잔을 빼며 그의 어깨를 몇 번 두드렸다. 그는 대번에 등골이 오싹해지며 숨이 넘어가는 듯한 공포감에 휩싸였다. 갑자기 교실 안이 조용해진 이유를 이제야 알 수 있을 것 같았다. 그 상급생이 누구인가쯤 대충은 짐작할 수가 있었던 것이다.

"불곰이라는 서클 이름 들어봤나?"

상급생은 여유 있게 손가락 마디를 똑똑 꺾고 있었다.

"들어봤습니다."

"그래, 어떻게 생각하나?"

그는 대답하지 못했다.

"들어올 생각 없나?"

가슴이 철렁 내려앉는 것 같았다. 뜻하지 않았던 질문이었다.

"공부 잘하는 놈들도 몇 명은 가입시키기로 했다. 이건 사회로 진출하신 선배님들의 지시야. 공부 잘하는 놈들이 몇 명 섞여 있으면 지도과 선생님들한테도 좋은 인상을 풍길 수 있거든. 어떤가. 공부 잘하는 친구. 불곰에 들어올 생각 없나?"

그것은 일종의 폭력 서클이었다.

그가 다니던 고등학교에는 몇 개의 드센 폭력 서클이 있었는데 제일 힘이 막강하다고 소문이 난 서클이 코브라라는 서클이었고 그 다음이 불곰이라는 서클이었다. 그 서클에 가입하면 우선 폭력의 공포로부터 완전히 해방됨은 물론 때로는 자기도 남들에게 폭력을 자행할 수 있다는 자랑스러움 같은 것이 순간적으로 그의 의식을 사로잡았다. 지금까지 줄곧 힘에 대한 열등감 속에서 살아온 그에게 있어 그 상급생의 말은 차라리 황홀한 유혹으로 그의 가슴을 설레게 했다.

그러나 갑자기 무슨 용기가 생겼던 것일까.

"싫습니다."

라고 그는 단호히 잘라 말했다. 후회하기에는 이미 때가 늦어 있었다. 그 상급생의 낯빛이 삽시간에 변해 있었다.

방과후에 그는 옥상으로 불려가 몇 명의 낯선 얼굴들에게 둘러싸여 있었다. 질식해 버릴 것 같은 긴장감으로 그의 전신은 와들와들 떨고 있었다.

얼마나 무섭고 기나긴 시간이었던가. 살벌한 눈빛들, 오랫동안의 침묵, 하얗게 타는 햇빛, 음악실에서 들려오는 악기들 소리, 공포. 아, 그는 쥐도 새도 모르게 죽게 될는지도 모른다는 생각을 했다.

"분질러버려!"

누군가 명령했다.

갑자기 주먹 하나가 날아와 그의 면상을 박살내는 것 같았다. 그는 그 한 대의 주먹만으로도 쉽게 시멘트 바닥 위에 쓰러졌다. 이어 사정없는 발길질이 무수히 그의 몸뚱어리를 짓밟았다. 삽시간에 그의 얼굴은 피범벅이 되고 말았다.

다음날부터 비로소 그는 자구책을 강구하기 시작했다. 최초로 그는 칼이라는 것에 관심을 가지기 시작했던 것이다.

주먹질과 발길질이 끝난 다음 그들은 수돗가로 그를 데리고 갔었다. 그리고 직접 자기들 손으로 그의 얼굴을 씻어주었다. 그는 탈진 상태였기 때문에 그들이 하는 대로 자신을 그냥 방치해 두고 있었다.

서클의 계율이 엄해서 어쩔 수가 없었다고, 그렇게 하지 않으면 자기들이 선배들에게 당하게 된다고, 개인적으로는 아무런 감정도 없노라고 그들은 말했었다. 술이라도 한잔 같이 나누자고 했었다. 마실 의향만 있다면 여자들이 있는 술자리도 만들 수가 있다고 말했다.

그러나 얼마나 가증스러운 일인가.

그는 가능하면 반드시 복수하고 싶었다.

하지만 또 그는 자신이 얼마나 나약한 존재인가를 너무도 잘 알고 있었다. 그는 다시 태어날 수만 있다면 아주 어릴 때부터 권투·검도·유도·레슬링·십팔기·태권도 따위를 모조리 익혀두고 싶은 심정이었다.

그는 다음날 학교에 나가지 않았다.

하루 종일 집에 틀어박혀 복수만 생각했다. 그러다가 점차로 마음이 약해져서 복수는 못 하더라도 자기 방어는 해야 되지 않겠느냐는 쪽으로 생각이 기울었다. 앞으로 또 무슨 일이 일어나게 될지 도무지 예측할 수가 없는 노릇이었다.

그는 다음날부터 언제나 날이 새파랗게 선 과도 하나를 품속에다 감추어 가지고 다녔다. 그제서야 그는 어느 정도 마음이 놓였다.

"너무 늦었군. 마누라가 기다리겠어."

박정달 씨는 자리에서 일어서야겠다는 생각을 하고 있었다.

"선생님은 정말로 변함없는 애처가이십니다."

포장마차를 경영하는 청년이 말했다.

"무슨 소린가?"

"약주가 끝나신 다음에는 언제나 사모님이 기다리실 것을 염려하셨으니까요."

"나는 마누라를 염려하고 있는 게 아니라 마누라를 겁내고 있는 거라네."

"겁내고 계시다뇨?"

"나는 세상에서 우리 마누라가 제일 겁난다네. 따져보면 겁나지도 않은 게 은근히 겁난다니까. 겁나지도 않은 것이 은근히 겁난다는 것은 겁나는 일이야. 난 초등학교 때부터 겁나는 것은 딱 질색이었으니까."

"사모님의 어떤 점이 겁나세요?"

"언제나 나한테 불만스런 얼굴을 나타내 보인단 말씀이야. 불만스럽다는 것은 덤벼들는지도 모른다는 위험성을 내포하고 있는 것이거든."

"부부 싸움을 하면 주로 지시는 쪽이겠군요."

"나는 언제나 진다구. 부부 싸움뿐만 아니라 모든 일에서 단 한 번도 이겨본 적이 없다구. 이제는 승부 따위에 뛰어드는 일조차도 겁난다니까."

"정면으로 맞서보세요. 자꾸 피하시기만 하면 나중에는 이 세상에서 삭제되어 버릴는지도 몰라요."

청년은 이제 집기들을 챙기기 시작했다. 곧 포장을 걷을 모양이었다. 박정달 씨가 마지막 손님이었다.

회사 다닐 때는 퇴근길에 자주 들러 꼼장어나 닭똥집 따위를 구워놓고 몇 잔의 소주로 생활의 때를 벗기곤 하던 곳이었다. 집으로 통하는 골목 바로 입구에 있었기 때문에 아무리 늦었더라도 마음이 편안한 곳이었다.

"오늘은 내가 너무 많이 떠들었던 것 같군."

"덕분에 저는 전혀 지리하지 않았습니다."

"내가 무슨 말을 그렇게 많이 했는지 통 기억해 낼 수가 없군."

"주로 세상이 더럽다는 말을 많이 하셨습니다."

"그랬군. 역시 쓸데없는 말만 했군."

"하지만 정말로 세상은 더럽거든요."

"더럽다고 말해도 소용없다구. 나는 몇십 년 동안을 세상이 더럽다고 말해 왔지만 세상은 손톱만치도 달라지지 않았어. 전혀 반성하는 기미가 보이지 않아."

"반성은커녕 더욱 뻔뻔스러워져 가고 있어요."

"염병할이야."

"그건 선생님의 전용이지요."

"자네도 눈치 챘군."

"장질부사를 염병이라고 한다면서요?"

"그렇지. 장티푸스라고도 해. 티푸스는 안개라는 뜻인데 급성 전염병에 붙여지기에는 너무 낭만적이지. 아마도 그 병에 걸리면 의식이 안개처럼 흐려진다는 데서 연유한 모양이야."

"그 병을 앓으면 열이 심해서 머리털이 왕창 빠져버린다면서요?"

"얼마나 신나는 일인가. 상상해 보게. 평소 아주 좋지 않게 생각했던 놈들이 장질부사를 앓아 머리털이 왕창 빠진 모습으로 안개처럼 흐리멍덩한 의식을 하고 자네 앞에서 어기적거리는 모습."

"흐흐."

청년은 마치 박정달 씨와 함께 세상에다 티푸스균을 살포하는 음모라도 꾸미고 있는 것처럼 흐흐 하고 웃었다. 그 웃음 속에는 틀림없이 공범의식 같은 것이 내포되어 있었다.

"이젠 정말로 일어서야겠군. 마누라가 많이 기다리겠어."

박정달 씨는 계산을 치르고 자리에서 일어섰다.

"아까 부탁하신 일은 제가 한 달 이내로 책임지고 해드리겠습니다."

"마땅한 친구가 하나 있다고 했지?"

"틀림없이 마음에 드실 겁니다. 그리고 그 친구도 그만한 조건이면 마다할 리가 없습니다."

"그럼 부탁하네."

밖으로 나오니 매복하고 있던 한때의 바람이 삽시간에 박정달 씨의 전신을 덮쳐 눌렀다.

그는 외투 속에다 최대한 목을 움츠려 넣었다. 바람은 카랑카랑하면서도 드센 느낌이었다. 땅바닥이 돌보다도 더 딱딱하게 얼어붙어 있었다. 하늘은 이상하게도 빙판처럼 시리고 맑았다. 차디찬 달이 하나 바람에 얼굴을 씻고 있었다.

별들도 더욱 영롱하게 빛나고 있었다.

"사는 건 그저 그렇군."

그는 마음속으로 그렇게 한번 중얼거렸다.

참으로 부질없이 마흔 해가 흘러가 버렸다는 생각이 들었다. 아무리 회상해 보아도 특별히 기념할 만한 일 하나 없이 보낸 세월이었다. 대학을 졸업해서 회사에 취직한 후로 줄곧 똑같은 일상들만 되풀이해 온 것 같았다.

아침에 일어나서 화장실에다 기상을 신고한 다음 서둘러 이빨 닦고 세수하고 밥 먹고 버스에 올라타면 세상은 복잡한데 사는 일은 단순하다는 생각, 문득 회사를 때려치워버리고 싶은 생각만 간절했었다.

한평생 남의 밑에서 남의 일만 해주다 죽는다면 얼마나 억울한 일인가. 겨우 회사가 나를 먹여 살린다는 사실 하나로 나는 한갓 다른 사람의 부속품에 지나지 않는 삶을 우유부단하게 긍정하며 살아야 하는가.

직업이란 먹고사는 일 이상의 의미가 있어야 하는 게 아닌가. 그런데 도대체 그 외의 다른 의미를 단 한 가지도 발견할 수가 없다. 남들은 모두 요령을 터득해서 잘도 승진하고 영전되어 가는데 나는 십몇 년을 몸담고 있었던 회사에서 겨우 계장 자리 하나를 얻어내었을 뿐이다.

그가 회사를 다니던 시절, 하루 일과 중에서 가장 갈등을 심하게 느꼈던 것은 바로 출근을 위해 시내버스를 탔을 때이다. 허겁지겁 버스에 뛰어오르면 또 하루 천근같이 무거운 일거리들이 마음을 짓눌러오고, 준엄할 건덕지도 없는 일들을 공연히 준엄한 표정을 만들어서 지시하는 과장이며 부장들의 얼굴, 나이도 그에 비해 몇 살씩 어리면서 때로는 종 대하듯 그를 만만하게 대하려 드는 기색까지 엿보인다. 사원들은 사원들대로 젊은 나이에 벌써부터 아부 근성만 늘어가지고 마음에도 없는 웃음을 번들번들 얼굴에다 칠해놓고, 허리뼈는 허리뼈대로 유연성이 대단하다. 잘도 굽신거린다. 회사의 모든 것이 마음에 들지 않는 것 같다.

그런 생각들이 떠오르기만 하면 그는 몇 번이고 버스에서 내려버리고 싶은 충동을 받곤 했었다. 버스 안에 있는 모든 사람들이 한결같이 자기 생활이 아닌 남의 생활에 동원되어 가는 사역병 같다는 생각도 들었다.

그러나 막상 회사를 그만두고 나니 도무지 엄두가 나지 않았다. 앞으로 어떻게 살아야 할지, 막막하기만 했다.

그것은 먹고살 길에 대한 걱정이 아니라 어떤 삶의 형태를 갖추어야 할까 하는 걱정이었다. 회사를 그만두고 나니 갑자기 시간의 질감이 달라져서 이상하게도 자신이 그 달라진 생활에 잘 밀착되지 않는 듯한 느낌이었다. 아침 잠에서 깨어나면 그는 아직도 출근을 서둘러야 한다는 강박관념에 사로잡히기 일쑤였다.

모든 일들이 제대로 손에 잡히지 않았다. 하다못해 낮잠을 자다가도 문득 사무실에서 졸고 있는 듯한 착각에 사로잡혀 갑자기 눈을 번쩍 뜬 적이 한두 번이 아니었다.

봄이 되면 다시 시작하리. 눈 녹고 얼음 풀리고 햇빛도 화창한데, 베란다에 내다 놓았던 화분에는 모르는 사이 여린 새 순이 돋아나고 바깥에서는 아이들이 쨍쨍한 목소리로 떠드는 소리. 그때가 되면 나도 이 당분간의 잠 속에서 깨어나서 새로운 내 갈 길을 찾아나서리.

그는 집에 있을 때는 수시로 그러한 감상에 젖어서 생담배가 타는 줄도 모르고 시름없이 앉아 맹물 같은 시간들만 흘려보내고 있었다.

그러나 지금은 겨울, 봄은 아주 머나먼 곳에서 아무런 기별도 없고, 이 며칠 사이 날씨는 갑자기 추워져 있었다.

박정달 씨는 집으로 돌아가고 있었다. 골목 안 허름한 양품점 쇼윈도 안에서 여자 마네킹 하나가 이 추운 날씨에 팬티 하나와 브래지어만 걸치고 날 보라는 듯한 모습으로 버티고 서 있었다.

자신이 세상에서 가장 아름답게만 보일 수 있다면 브래지어와 팬티 따위 모두 팽개쳐버리고 이 바람 부는 거리에 하루 종일 서 있을 수 있다고 생각하는 여자가 있을는지도 모른다는 생각이 문득 들었다. 어느 나라의 속담이던가. 여자란 빗과 거울 하나만 있으면 평생을 감옥에서 살아도 지리해 하지 않는 동물이라는 속담이 있었다.

'그런데 이제 우리 마누라는 너무 낡았어.'

박정달 씨는 버릇처럼 그렇게 마음속으로 중얼거렸다.

'낡았으면서도 여전히 나한테 잘 덤빈다. 사실은 별것도 아니면서 나를 겁나게 한다. 나는 마누라를 어떻게 다루어야 할는지 알 수가 없다.'

그는 자신이 계획하고 있는 앞으로의 일에 대해서 마누라가 강력한 반대 의사를 표명하리라는 것을 잘 알고 있었다.

"국민투표에 붙여보시우. 당신이 제정신이라는 쪽에 표를 던질 사람이 몇 명이나 있겠는가."

"그래도 최소한 내가 던진 한 표는 나올 게 아니오. 나는 그 한 표 만으로도 충분해요."

"제가 생각하기에는 그 한 표조차도 믿을 수가 없어요. 당신은 제정신이 아닌 사람이니까 어쩌면 자기 이름 밑에 몇 수십 번 붓뚜껑 자국을 내어 기어이 그 한 표를 무효로 만들고 말는지도 몰라요."

그들 부부는 틈만 나면 그런 식으로 다투곤 했었던 것이다.

오늘은 내 결심을 단호히 표명하리라.

그는 아랫입술을 굳게 다물며 걸음을 좀더 빨리 재촉하고 있었다. 휴지들이 골목 담벼락에 세워진 쓰레기통 옆에서 바람에 몸을 사린 채 섯 누군가 이리로 오고 있다, 낮은 소리로 바스락거리는 소리가 들려왔다.

"같이 일할 만한 사람이라도 물색하러 나가신다더니 술만 드시고 오셨구랴."

집에 돌아오니 아니나 다를까 마누라가 낚싯바늘처럼 꼬부라진 소리로 시비를 걸어왔다. 요즘 마누라는 늘상 이런 식이었다.

박정달 씨는 이번에도 정면으로 대적할 용기가 서지 않았다. 아까 집으로 돌아오는 길에는 자신의 의사를 강력하게 표명하리라 마음먹었지만 막상 닥치고 보니 잘 안 되는 것 같았다.

"구해질 거요."

그는 어물거리는 소리로 그렇게 말했다.

"정신 나간 사람이 이 나라에 또 하나 있습디까?"

"당신은 정말로 나를 이해 못 하겠소?"

"도대체 이 도시에서 대장간을 차려서 어쩌겠다는 거예요. 대장간이란 주로 농기구를 만드는 곳이에요. 하지만 이 도시에 논이 있어요, 밭이 있어요. 누가 농기구들을 사겠어요. 겨우 소비할 수 있는 게 식칼 정도인데 그것도 슈퍼마켓 같은 델 가면 얼마든지 세련된 걸 살 수가 있어요."

"누가 식칼 따위를 만든다고 했소?"

"그만두세요. 이젠 그놈의 얘긴 진절머리가 나니까."

마누라는 고개를 돌려버렸다.

바깥에서는 끊임없이 바람소리가 들려오고 있었다. 마루의 여닫이문이 덜컹덜컹 헛기침을 연발하고 있었다.

"나는 오늘 상당히 많은 동전을 준비했다네."

공중전화 부스 유리벽에 끼어 있는 성에를 손톱으로 긁으며 박정달 씨는 친구와의 통화를 계속하고 있었다.

"무슨 뜻인가?"

"자네 아버님에 대한 얘기를 듣고 싶어서일세."

박정달 씨의 손톱이 움직일 때마다 미세한 성에 가루가 하얗게 바스라져 떨어지면서 가느다랗고 까만 선들이 만들어지고 있었다.

"우리 아버님과 동전과의 관계를 설명해 주게."

"동전은 자네 아버님과 아무런 관계도 없네."

"그런데 무엇하러 많은 동전을 준비했다는 건가?"

"많은 동전이 있어야만 많은 통화를 할 수가 있기 때문일세."

"하지만 나는 우리 아버님에 대한 얘기만은 하고 싶지가 않네. 그냥 전설에 불과한 얘기라고만 알아두게."

"그놈의 전설에 불과하다는 말 벌써 몇 번째 듣는지 모르겠군. 이번에는 좀 다른 수법으로 꽁무니를 사려보게."

"될 수 있는 대로 아픈 상처는 건드리고 싶지 않네."

"아픈 상처라니?"

성에를 긁던 박정달 씨의 손가락이 천천히 거두어지고 있었다. 공중전화 부스 유리벽에는 어느새 날렵하게 생긴 장도(長刀)

한 자루가 그려져 있었다.

"정말로 말하고 싶지 않다네."

"혹시 자네 아버님이 돌아가시기라도 했단 말인가?"

"그렇지는 않네."

"그럼 폐인이라도?"

"아닐세."

"그럼 무슨 누명이라도 쓰고 감옥에 가 계시는 건 아닌가?"

"여보게, 유도 심문 같은 건 집어치우게. 단수가 너무 낮아서 대번에 눈치 채겠네."

"미안하네. 하지만 자네 아버님의 얘기를 좀더 자세히 들으면 앞으로 내가 계획하는 일에 큰 도움이 되겠네."

"자네도 우리 아버님처럼 되고 싶은 생각이 든 모양이로군."

"무슨 소린가. 우리 집안은 조상 대대로 그런 것에는 소질이 없네."

"칼로써 흥한 자는 칼로써 망한다는 말 자네도 많이 들어보았겠지?"

이따금 심한 바람이라도 부는지 등 뒤의 유리문이 덜컥덜컥 부딪치는 소리. 눈가루가 문 밑 틈새로 사르르 날려 들어와 박정달 씨의 뒤 발목 속으로 숨어들고 있었다.

"춥구먼."

"그러니까 이 사람아. 쓸데없는 전화질은 이제 그만하고 집으로 돌아가게. 따스한 아랫목이 자네의 언 궁둥이를 달디달게 녹여줄 걸세."

"궁둥이를 달디달게 녹여주다니? 궁둥이가 무슨 엿덩어린 가? 자네 아버님에 대한 얘기나 계속하세. 자네는 아까 칼로써 흥한 자는 칼로써 망한다고 말했는데 그렇다면 혹시 자네 아 버님께서 그런 경우라도 당하셨다는 말인가?"

"큰일났군. 천하에 둘도 없는 진드기를 만났군. 전화 끝내세."

"친구지간에 너무 인색하지 말기로 하세. 나는 돈을 꾸어달 라는 것이 아니라 얘기를 좀 해달라는 것일세. 입 한 번 벌릴 때마다 세금 붙는 것도 아닌데 무얼 그리 망설이나? 자, 털어 놓게."

"자네 내가 고리대금업자라고 은근히 비웃고 있군."

"아닐세, 아닐세."

"세상에서 돈보다 더 위력 있는 것을 나는 아직 보지 못했 네. 물론 우리 아버님의 칼에 대한 위력은 돈으로는 어림도 없 지만. 우리 아버님이야 어디 이 세상에 사는 사람인가. 전설 속에 사는 사람이지."

"그렇고말고. 자네 아버님이야 도인이 아니신가?"

"중들도 재산 때문에 싸움하고 목사들도 예배 시간에 돈타 령하는 판국에 나라고 돈 못 벌 건 또 무언가?"

"여보게. 나는 자네의 얘기를 듣고 싶은 게 아니라 자네 아 버님에 대한 얘기를 좀 듣고 싶네. 왜 얘길 하다 말고 슬그머니 말꼬리를 다른 데로 돌리는 건가?"

"난 바쁘다네."

"그럼 언제 얘기해 줄 건가? 한가한 날을 선택해서 단단히 약속하세."

"돈에 관한 약속이 아니면 난 신용을 지키지 않는 성미라네. 돈에 관한 약속이라 하더라도 대개 내가 갚아야 할 경우는 되도록 날짜를 지연시키고 내가 받아야 할 경우만 철석같네."

"내가 듣고 싶은 것은……."

"알고 있네. 하지만 자네가 너무 귀찮게 군다고 생각되는군. 슬그머니 화가 난다는 얘길세."

"정말 이러다간 친구지간에 의리 상하겠네. 일단 얘기를 다른 것으로 돌리세."

이때 다시 통화 제한을 알리는 신호음 소리 몇 번, 이어 몇 마디 말을 더 했는가 싶었는데 통화는 그만 단절되어 버렸다.

박정달 씨는 황급히 전화통에다 동전을 먹여주고는 다이얼을 돌렸다.

삣. 삣. 삣. 삣……

통화중이라는 신호음이 연속되고 있었다. 그는 전화통 왼쪽 어깨뼈를 꺾어 누르며 이놈 내 돈 내놔라, 하고 입속으로 중얼거렸다. 그러나 동전은 튀어나오지 않았다. 일순 낭패감에서 몇 번을 더 꺾어 눌렀는데도 마찬가지였다.

'안 먹었어요, 난. 안 먹었어요.'

뻔뻔스럽게도 전화통은 시치미를 떼고 있었다. 그는 다시 동전 한 개를 더 끄집어내어 전화통의 입술을 비집고 그것을 약간 신경질적으로 밀어 넣어 주었다.

삐이이…….

신난다는 듯 전화통은 수화기를 통해 휘파람 소리를 내보내고 있었다. 이번에는 약간 침착하게 다이얼을 돌려야겠다는 생각을 했다.

"날세."

저쪽에서 먼저 입을 열었다. 그리 반가워하는 목소리는 아니었다.

"자네 마누라에 대한 얘기를 좀 해보게."

박정달 씨는 농담하듯 가벼운 어투를 만들어내고 있었다. 그러나 그 이면에는 상대편의 마음을 누그러뜨려놓고 기회를 보아 자네 아버님에 대한 얘기를 좀 해보게라고 간청하려는 저의가 도사리고 있음이 분명해 보였다.

"우리 여편네는 바람이 났다네."

저쪽에서 약간 기분이 안 좋은 목소리가 들려왔다.

"그럴 리가 있나."

"여자란 믿을 만한 동물이 아니라네. 나는 최신식 금고의 안전성은 믿어도 최신식을 좋아하는 모든 여편네들의 안전성은 믿을 수가 없네. 언젠가는 최신식 남자도 하나 필요하다고 생각하게 될 테니까."

"나는 벌써부터 다리가 후들후들 떨려오기 시작하네. 설마

46

무슨 끔찍한 일이 일어나고 있는 것은 아니겠지?"

"하지만 일어나고 있는걸."

"정말로 그럴 리가 있겠는가?"

"자네는 그래도 행복한 편이네. 저승에 가서 살아생전 세 가지 고통이 무엇이었냐고 염라대왕이 묻는다면 나는 이렇게 대답하겠네. 첫째는 우리 여편네와 함께 살았던 고통, 둘째는 꿔 간 돈 잘 안 갚는 이웃들과 함께 살았던 고통, 그리고 셋째는 말할까 말까."

"말해 버리게. 내가 염라대왕이라고 생각하고."

"자네 같은 염라대왕이 있다면 틀림없이 저승사자들이 쿠데타를 일으켜서 그 자리를 탐낼 것일세. 죽은 사람들이 자네 앞에 붙들려 가서 다시 안 내려보내주면 죽여버리겠다고 공갈을 칠는지도 모르지."

"셋째를 말하게."

"셋째는."

"말하게."

"셋째는 바로 날마다 피곤한 전화를 걸어오는 자네를 친구로 삼고 살아왔다는 사실일세. 자아 전화 끊겠네."

말이 끝나자마자 철거덕 전화는 끊어져버렸다.

염…….

하다가 말고 박정달 씨는 그만 입을 다물어버렸다. 그리고 다시 호주머니 속에다 손을 집어넣었다.

"한 번 더 거실 건가요?"

이때 등 뒤에서 서른 살쯤 되어 보이는 여자 하나가 불만스러운 목소리로 퉁명스럽게 물었다.

"아, 아닙니다."

그는 황급히 손을 내저었다.

"거십시오."

그리고 자리를 슬그머니 비켜주었다.

집으로 돌아오는데 바람이 너무 차서 절로 이빨이 딱딱거릴 정도였다. 길가에 쌓여 있는 눈 무더기들이 웅크린 채 얼어죽은 행려병자 같은 모습으로 응고되어 있었다.

오늘도 결국은 듣고 싶은 얘기를 못 들었구나.

박정달 씨는 혼잣소리로 그렇게 중얼거리고 있었다. 자신도 모르는 사이 입속에서 습관화된 말 한 마디가 덧붙여졌다.

염병할!

대학교 이학년 때였다.

박정달 씨에게 잘 어울리는 별명을 붙여주기 위해 어느 날 급우들이 잔디밭에 둘러앉아 잠시 논란을 벌인 적이 있었다.

당시 박정달 씨는 한마디로 칼에 미쳐 있었다. 돈만 생기면 언제나 모양이 새로운 칼을 사러 노점상이나 시장바닥을 두루 살피며 돌아다녔다. 이른바 칼 수집광이 되어 있었던 것이다.

맨 처음 그가 칼을 몸에 지니고 다니기 시작한 것은 단순히 폭력에 대한 공포 때문이었다.

그가 가지고 다니던 최초의 칼은 자루가 나무로 되어 있었고, 날은 좁고 맵시 있어 보였으며, 지니고 다니기에 간편한 전장 이십 센티미터 정도의 과도였다.

그는 그것을 틈만 나면 남몰래 숫돌에다 갈곤 했었다. 그것은 꺼내들면 언제나 서슬이 새파란 채로 지금 막 물에서 갓 건져낸 민물고기처럼 희게 배를 번뜩거리곤 했다. 그는 친구네 구둣방에서 가죽을 조금 얻어다가 자기 손으로 재단하고 꿰매어 칼집까지 만들어 주었었다.

한동안 그는 그 칼에 심취해 있었다. 이상하게도 그 칼이 품 속에 간직되어 있다는 것을 상기하기만 하면 공연히 가슴이 뛰고 짜릿한 전율감이 전신으로 퍼져나가는 것 같았다. 마치 무슨 범죄라도 계획하고 있는 것처럼 막연한 우월감 같은 것도 느낄 수가 있었다. 당연히 혼자 있을 때는 자주 그것을 꺼내들고 별의별 공상에 빠져들곤 했었다. 이를테면 밤늦게 공부를 하다 변소엘 다녀오는 길에 안방으로 도둑이 잠입해 들어가는 것을 보았다. 그는 자기도 품속에 칼을 지니고 있음을 상기한다. 그리고 그 칼을 꺼내 들고 몰래 도둑의 등 뒤로 다가선다. 도둑은 아버지와 어머니를 대검으로 위협해서 벽 쪽으로 몰아붙이고 있는 중이다. 그때 그는 도둑의 옆구리에다 칼을 들이대고 조용한 목소리로 말한다. 너는 집을 잘못 찾아들어왔다, 여기는 바로 암흑가의 왕자 박정달의 집이다, 목숨이 아까우면 그 칼을 놓아라, 그 다음 아버지와 어머니를 시켜 빨랫줄로 포박하게 한다.

또다른 경우 하나, 으슥한 골목 안에서 불량배들은 저마다 험상궂게 생겼으며 체격들이 좋은 편이다. 그는 칼을 꺼낸다. 그리고 싸늘한 목소리로 이렇게 말한다. 번개라는 이름도 못 들어본 모양이로군. 모두 네 명뿐이냐, 이 칼은 7 대 1로 붙을 때만 사용해 왔다, 어디서 세 명을 더 구해 오너라. 그러자 모두들 무릎을 꿇고 애걸하기 시작한다. 번개 형님 한 번만 용서해 주십시오.

그리고 또 이런 경우는 어떠한가. 사람들의 발길이 뜸한 유원지의 숲속. 예쁘게 생긴 여학생 하나가 봉변을 당하기 직전이다. 그때 그가 나타난다. 그리고 그 칼을 꺼내든다. 그 애는 내 여동생이다, 나는 피를 싫어하는 성미다. 하지만 물러서지 않으면 어쩔 수가 없다. 박정달이라는 이름을 들은 적이 있겠지. 그러자 치한은 그 이름을 듣고 혼비백산 도망쳐버린다.

다음부터는 그 여학생이 날마다 자기를 찾아온다. 그는 점잖게 말한다. 큰 뜻을 이룰 때까지는 여자를 가까이할 수가 없습니다.

그러한 상상들은 그를 끝없는 황홀감에 빠지게 만들곤 했었다.

하지만 단 한 가지도 실현될 가능성은 없었다. 우선 도둑의 문제만 해도 그랬다. 만약 변소엘 다녀오다 집 안에 도둑이 침입하는 것을 목격한 순간부터 그 심장은 그대로 멎어버리고야 말 것 같았다.

상상에서 현실로 돌아오면 언제나 그는 비굴하고 섬약한 마음을 가진 자신을 발견하고 깊은 비애감에 빠져들지 않을 수 없었다.

하여튼 그는 과도를 하나 가지고 있었고 전혀 그것을 사용해 본 적이 없었으며 모든 물건들이 다 오래 가지고 있으면 싫증이 나듯이 그도 차츰 그 과도에 대해 싫증을 느끼기 시작했다.

아니다. 단순히 싫증을 느꼈다는 것만으로는 충분치 않은 감정 하나가 그에게 싹트기 시작했다는 사실이 더욱 중요하다.

엄밀히 말해서 그가 차츰 그 과도에 대한 신뢰감을 잃어가기 시작했다는 표현이 더 적절할 것이다.

처음에는 그 과도를 품고 다니다가 어느 정도는 폭력에 대한 불안감이 사라지는 것 같은 느낌이었다. 그러나 차츰 시간이 흐름에 따라 다시금 불안감은 고개를 쳐들기 시작했고 아무래도 그 과도만으로는 안심이 되지 않는다는 결론을 얻기에 이르게 되었다.

그는 영험스러운 칼이 있었으면 좋겠다는 생각을 하기 시작했다. 품속에 지니고 다니면 폭력으로부터의 공포에서 벗어나는 것은 물론이려니와 그 어떤 재앙이라도 물리칠 수 있는 칼,

그런 칼이 반드시 있을 것 같은 생각이 들었다. 그는 자신의 나약함이 천성적인 것이 아니라 그 과도 때문인 것처럼 생각될 때까지 있었다.

그는 칼을 바꾸어보기로 마음먹었다.

그래서 어느 일요일 양키 시장을 하루 종일 뒤져서 다시 마음에 드는 칼 하나를 사들이게 되었다. 그것은 자루에 붙은 버튼을 누르면 접혔던 날이 찰칵하는 소리와 함께 경쾌한 느낌으로 펼쳐지는 잭나이프였다.

그것을 구입했을 때 그는 상당히 만족스러운 느낌이었다. 그것은 전에 가지고 있던 과도에 비하면 한결 섬뜩한 느낌을 불러일으키는 칼이었다.

몹시 위협적이고 범죄적인 분위기를 풍기는 구조였으므로 꺼내 들기만 하면 상대편에서 충분히 겁을 집어먹게 될 것 같았다. 한동안 그는 그 잭나이프를 몹시 아끼고 사랑했었다. 혼자 있을 때는 언제나 그것을 꺼내 들고 가슴을 두근거리며 여러 가지 공상에 잠기곤 했었다.

그러나 그것도 몇 달 후에는 전에 가지고 다니던 과도와 마찬가지로 차츰 싫증과 함께 신뢰감을 잃어가기 시작했다.

그는 다시 다른 칼을 사들이지 않을 수가 없었다. 그 잭나이프 역시 자기를 충분히 보호할 만한 영험을 갖추고 있지 않은 칼이라는 생각이 들었던 것이다.

가끔 학교에서 불곰에 가입되어 있는 몇몇 낯익은 얼굴들을 멀찍이서라도 보게 되면 공연히 가슴이 뛰게 되고 아랫도리가 후들거리기 시작했는데, 이상하게도 칼을 바꾼 뒤 얼마간은 안심이 되었다가 시간이 지날수록 차츰 그 증세가 재발하는 것이어서 그는 아무래도 자기 자신보다는 칼에 결함이 있다는 쪽으로 은연중 심리가 변화되어 가고 있었다.

그리하여 그는 자주 칼을 바꾸는 습관을 익히게 되고 그러면서 차츰 칼이 가지는 어떤 마력 같은 것에 사로잡히기 시작했다.

그는 실지로 자기가 무력에 약한 것을 커버하기 위해서 태권도니 유도니 합기도니 레슬링이니 십팔기니 하는 것들의 이론적인 문제들만은 교과 공부보다도 더 철저하게 공부해 두었는데, 이제는 점차 관심이 칼에 대한 것으로 옮겨가서 그는 그것에 대한 이론적인 것들을 보완하는 일에도 신경을 쓰지 않을 수가 없었다.

그는 일단 알아두고 싶은 것이 있으면 아주 철저하게 알아두는 습성이 있었기 때문에 칼에 대해서도 석기 시대의 돌칼에서부터 오늘날의 부엌칼에 이르기까지, 프랑스 궁전의 용패검에서 중국 춘추전국 시대의 청룡언월도까지, 철두철미하게 알아나가기 시작했다. 물론 이름난 칼이나 이름난 무사 또는 이름난 검법들도 몰라서는 안 된다고 생각했다. 심지어는 실제가 아닌 무협지나 검객 영화 속에 나오는 것들까지도 그는 머릿속에 새겨두기를 잊지 않았다.

그러면서 그는 계속해서 칼을 사들이기 시작했고, 그러는 동안에 고등학교 시절은 다 가버리고 말았다.

하지만 그는 학교 공부를 게을리 하지는 않았었다. 비교적 머리가 좋은 편에 속했던 그는 언제나 상위권을 유지하고 있었으며 비록 힘겹게라고는 하지만 그래도 자기가 원하는 대학에 응시해서 합격할 수가 있었다.

대학에 가서도 칼을 사들이는 그의 버릇은 없어지지 않았다.

그는 미제 칼에서 이상한 정기(精氣) 같은 것을 감지하기 시작했다. 섬뜩한 검기(劍氣), 그것은 칼마다 다른 성질로 그에게 느껴져 오기 시작했던 것이다.

그는 더욱 자주 칼을 사들이게 되었다.

대학 이학년이 되었을 때쯤에는 제법 아마추어 수집가적인 모양새까지 갖추게 되었다.

급우들은 그러한 박정달 씨에게 알맞은 별명이 아직 없다는 사실을 상기해 내고 약간의 불만을 느끼기 시작한 모양이었다.

"사무라이가 어떠냐?"

급우 하나가 우선 그렇게 운을 뗐다.

"괜찮은 거 같은데."

누군가 무난하다는 식으로 동의했다.

"뭐가 괜찮은 거 같으냐?"

유난히 도수가 높아 보이는 안경을 쓴 친구가 불만을 표시

하고 있었다.

"왜놈 말 아니냐. 왜놈 말은 왠지 기분이 나쁘다. 게다가 사무라이라고 별명을 붙여주면 당사자가 우월감을 느낄지도 모른다. 별명이란 모름지기 듣는 쪽에서 열등감을 느끼고 부르는 쪽에서는 악동 기질적인 쾌감을 느끼는 것이 별명이다. 안 그러냐?"

"그럼 뭘로 할까?"

"연구해 봐야지."

"칼잽이는 어떠냐?"

"너무 안이하다. 별명도 하나의 작품이야. 그래서 짓는다고 하잖니. 별명을 짓는다."

"뭔가 기발한 게 있어야겠지."

"그렇지. 바로 기발한 게 있어야 한다는 사실이 중요하다."

"쌍칼은 어떠냐?"

"괜찮은 거 같다. 어감도 좋고. 뭔가 씹히는 맛이 있잖아?"

모두들 칼을 연관시키지 않으면 그의 별명이 될 수 없다고 생각하는 모양이었다. 한결같이 '칼' 자가 들어간 별명만 쏟아져 나왔다.

"쌍칼보다는 떼칼이 어떨까? 쌍칼은 칼이 두 자루밖에 안 되지만 떼칼은 여러 자루가 아니냐. 쟤는 무려 백여 자루의 칼을 가지고 있다잖아."

"그것도 그럴듯하지만 약간 해학성이 결여된 것 같은 느낌이다. 역시 어감은 좋은데."

"어느 정도는 당사자의 모습과도 연관성이 있어야 하지 않을까?"

"그렇다. 구부정한 어깨로 우울하게 어슬렁거리며 걷고 있는 모습도 생각해야 한다."

"돌아온 떼칼은 어떠냐?"

여러 가지로 의견이 구구했으나 마땅한 별명이 떠오르지 않는 모양이었다.

"그냥 칼맨이 어떠냐? 무슨 오페라를 연상시키면서도 칼잽이라는 뜻을 그대로 간직하고 있다."

"칼맨. 괜찮은 것 같다."

"그럼 이 순간부터 박정달이는 칼맨으로 통한다."

그리하여 그는 칼맨이 되었다.

"칼맨 씨."

아무 뜻도 모르는 여학생들도 그를 곧잘 그렇게 부르곤 했다.

대학 사학년쯤에 이르렀을 때 칼에 관한 그의 관심은 극도에까지 달해 있었다. 따라서 칼에 관계되는 것이라면 무엇이든 막히는 데가 없을 정도였다.

"작은 칼은 도(刀)라고 하고 큰 칼은 검(劍)이라고 하지. 일찍이 석기 시대 때부터 다른 연모와 함께 제작되어 왔는데 청동기 시대에 들어와 눈부신 발전을 보게 되었어. 처음에는 모두 도(刀)에 해당하는 짧은 칼들이었으나 차츰 검(劍)에 해당하는 긴 칼들로 변모되어 가기 시작했지. 철기 시대에 이르러서는 완전한 장검(長劍)의 면모를 갖추게 되었다구. 연장이라는 것에서 무기라는 것으로 변모된 셈이지. 유럽 최초의 도검은 아시리아, 갈리아, 그리스의 것들로서 칼날 양면에 홈 줄이 있는 공격용 스파타라는 것을 내세우지. 그러나 우리나라 최초의 검은 단군 할아버지가 천부인으로 받는 세 가지 물건 중의 하나에 속하는 신검을 든다. 이것은 사람을 찌르는 따위에 쓰는 것이 아니라 비와 구름과 바람을 다스리는 데 쓰는 것이야."

고대 그리스의 검, 고대 로마의 검, 비잔틴 시대의 검, 카롤링거 왕조의 검, 10세기 바이킹의 검, 15세기 이탈리아의 검, 프랑수아 1세의 검, 카를 5세의 검, 17세기 독일의 검, 17세기 프랑스의 수렵검, 18세기 프랑스의 궁전 용패검, 19세기 영국의 사벨·무어인의 검, 아라비아의 마스카트 검 등등 종류에서부터 용도와 특징, 그 역사 따위를 그는 훤하게 내리닫이로 읊조릴 수가 있었다.

"하지만 우리 집에는 아직 진짜 칼은 하나도 없어. 모두가 과도나 잭나이프 또는 정육점이나 횟집에서 쓰는 요리사들의 칼따위뿐이야. 내가 정말로 구비해 놓고 싶은 것들은 도가 아니라 검이라구. 겨우 일본도 한 자루가 있기는 하지만 그리 귀한 것은 아니지."

그는 외국 서적을 전문으로 취급하는 책방에 들러 자주 카탈로그들을 사 모으곤 했으며 거기에 칼이나 또는 그 모형 따위가 있으면 언제나 그것을 스크랩해 두기를 잊지 않았다.

후에 그가 취직을 했을 때 그는 본격적으로 그것들의 수집에 착수했다. 외국에 출장 가는 동료가 있으면 돈을 주어 그 나라의 대표적인 형태를 갖춘 칼이나 그 모형을 사다 줄 것을 신신당부하며 충분한 돈과 설명서 따위를 덧붙여 주었다.

회사에서의 그의 별명은 돌아온 외팔이로 변모해 있었다. 당시 극장가에서는 중국 검술 영화가 판을 치고 있었는데 그 중에서 주인공이 외팔이 검객으로 나오는 외팔이 시리즈가 상당한 인기를 모으고 있었다.

회사에서 평소 언제나 말이 없다가도 칼 얘기만 나오면 눈을 빛내며 활기찬 표정으로 얘기 속에 뛰어드는 그를 돌아온 외팔이라고 부르는 것은 조금도 이상할 게 없었다. 그러나 영화 속에서 주인공으로 나오는 외팔이는 대담하고 용감하며 의협심이 강한 데다가 칼을 한 번 휘두르면 한꺼번에 대여섯 명씩 쓰러져버릴 정도로 칼 솜씨가 신기에 가까운 사람인데, 박정달 씨는 그와 반대로 소심하며 내성적인 열등감에 가득 차 있었으며 칼 따위는커녕 누가 눈만 부라려도 이마에 식은땀이 비칠 정도여서 영화 속의 그 외팔이가 팔을 휘두르면 한꺼번에 대여섯 명씩 죽을 때 그 대여섯 명 중의 하나를 배역으로 맡아 할 사람 같았다.

"돌아온 외팔이."

박정달 씨를 보면서 그 별명을 떠올리면 당연히 괜한 웃음이 괴어오는 것을 어찌할 수가 없었다.

그런데 어느 날 같은 사무실의 젊은 사원 하나가 점심 시간에 여사원들이 끼인 자리에서 자기가 검도 2단임을 은근히 과시하면서 칼을 든 불량배 네 명을 통소 한 개로 때려눕혔던 일을 신바람 나게 얘기하던 중 박정달 씨에게 뜻도 없이 이런 말을 던진 적이 있었다.

"박 계장님, 검도에 대해선 전혀 모르시죠. 칼에 관해서는 많이 아실는지 모르지만."

그 말이 박정달 씨를 약간은 불쾌하게 만들었을 것임은 두말할 여지가 없었다. 게다가 여사원들이 당연히 알 턱이 없지 하는 표정을 박정달 씨에게 던진 다음 다시 그 젊은 사원에게서 얘기를 계속해 주세요, 하는 표정을 짓는 데는 평소 늘 있는 것도 같고 없는 것도 같은 동태로 일에만 열중하던 박정달 씨도 가만 있을 수 없다고 생각했던 모양이었다.

"검도 말이지."

그는 느린 목소리로 말하면서 하던 일을 중단하고 그들에게로 다가섰다.

"검도의 목적은 세 가지로 나눌 수가 있지. 정신의 단련, 신체의 연마, 기술의 숙달."

그는 침착하고도 조리 있게 검도에 대해 말할 차비를 갖추기 시작했다.

어느 여사원이 당돌한 목소리로 말했다.

"박 계장님, 그건 어느 운동에서나 마찬가지가 아닐까요?"

높은 사람들이 사원들에게 외식 금지령을 내렸으므로 사원들은 거의 도시락을 지참해 온 터였고 사무실에는 상당수의 사원들이 모여 있었다. 자칫 잘못 말해서 망신을 당하지 않도록 해야 한다고 그는 마음속으로 우선 자신을 격려했다. 그리고 여유 있는 목소리로 입을 열었다.

"물론이지. 그러나 얘기는 이제부터라구. 그 어떤 운동에서든 제일 중요한 것은 정신의 숙달이지. 그리고 검도의 정신 숙달은 근본적으로 강의 과단·인내·염치·근면·관인·질소·침착 등의 덕을 양성함에 있다구. 덧붙여서 기술의 숙달에 대해서 말해 볼까. 일반 검도의 수련은 대체로 공격 부위가 정면·좌우면·허리·손목 등으로 구분되어 있어. 우선 기술의 중요한 것들 중에서 머리 기술부터 얘기해 보자면, 상대의 칼을 제거하고 머리를 공격하는 제격면술, 상대의 칼을 받아서 흘리게 하고 머리를 공격하는 제압격면술, 상대가 손목을 공격해 왔을 때 이것을 재빨리 빼내어 머리를 공격하는 발격면술, 상대에게 접근했다가 뒤로 물러서면서 머리를 공격하는 퇴격면술, 그밖에 연격면술·변천격면술·반격면술·해후격면술·응격면술·척추격면술…… 얼마든지 있지."

그는 이어서 손목 기술에 해당하는 변천격손목술로부터 약격손목술에 대한 것들을 설명한 다음 허리 기술과 찌름 기술에 해당하는 것들까지를 모두 마무리지었다.

"이러한 기술을 다 익히고 나면 겨우 기초를 습득했다고 할 수 있지. 그런데 기술적인 문제로 말하자면 장자의 양생주(養生主)에 나오는 백정의 얘기를 빼놓을 수 없다는 생각이 드는군."

말해 놓고 그가 덧붙인 얘기를 요약하면 이러하다.

한번은 백정이 문혜군(文惠君)을 위해 소를 가른 적이 있었는데 그의 손놀림이 신기에 가까워서 마치 음악의 가락을 타는 듯 능란하고 경쾌했다. 보고 있던 문혜군이 탄식해 마지않았다. 아, 놀랍도다, 재주로서 어찌 이런 경지에까지 이를 수가 있단 말인가. 그때 백정이 칼을 놓고 대답했다.

제가 즐기는 것은 도니 기술이니 하는 것 이상의 것입니다. 신이 처음으로 소를 가를 때만 해도 눈에 보이는 것은 소뿐이었습니다.

지금 저는 마음으로 소를 대할 뿐 눈으로는 전혀 보지 않고 있습니다. 감각의 작용이 정지해 버리는 곳, 오직 마음만이 움직이고 있는 것입니다. 오로지 소의 육체적 조직의 자연스러운 경로를 따라 뼈와 살 사이에 있는 큰 간격을 쪼개고 골절 사이의 큰 구멍에 칼을 넣어 자연의 도리를 따라 갈라갑니다. 칼이 뼈와 힘줄이 얽혀 있는 곳에 가는 적이 없거늘 하물며 큰 뼈에 부딪히는 일이 있을 수 있겠습니까. 훌륭한 백정도 일 년에 한 번은 칼을 바꿉니다. 이는 살을 무리하게 베는 까닭입니다. 보통의 백정은 한 달에 한 번씩 칼을 바꾸니 이는 뼈를 베는 까닭입니다. 이제 제가 가진 칼을 십구 년이나 써옵니다만 그동안에 손댄 소의 수효는 몇천 마리가 됩니다. 그러나 칼날은 숫돌에 방금 갈기라도 한 듯이 잘 듭니다.

원래 뼈마디 사이에는 간격이 있으며 칼날에는 두께가 없습니다. 두께 없는 것을 간격 있는 곳에 집어넣는 터이므로 아무리 칼날을 휘두른대도 반드시 여지가 있게 마련입니다. 그러기에 십구 년이나 쓰면서도 칼날은 방금 숫돌에 갈기나 한 듯이 잘 드는 것입니다. 그렇기는 하나 막상 뼈나 힘줄이 엉긴 곳을 만났을 때는 저는 그것의 어려움을 아는 까닭에 마음이 저절로 긴장한 태도로 시선을 거기서 떼지 않고 손의 움직임도 느려지며 칼 쓰는 법이 아주 미묘해집니다. 이윽고 완전히 갈라놓자 마치 흙덩이가 땅에 떨어지는 듯 고기가 와르르 떨어져 나갑니다. 그때 저는 사방을 둘러보며 잠시 그 자리에 선 채로 만족감에 젖게 됩니다. 그리고 피를 씻어 칼을 집어넣습니다.

"어떤가, 하물며 백정의 칼도 그러한데 검도인의 칼이라면 그 이상이어야 하지 않겠는가? 검도는 문자 그대로 도(道)이니까 적어도 천자의 칼, 왕의 칼, 평민의 칼로 구분되는 장자의 또다른 칼 얘기쯤은 알고 있어야 하네."

"어떤 얘긴데요?"

"직접 장자를 한 번 읽어보게. 그리고 나면 통소 따위나 지니고 다니며 불량배를 물리치는 것쯤 부끄럽게 생각될 터이니까."

그가 다시 느린 걸음으로 자기 자리를 찾아가 의자에 앉아 말없이 펜대를 끄적거리기 시작했다.

한마디로 그는 칼의 안과 밖을 모두 알고 있는 사람이었다. 이론적인 문제로 말하자면 이제는 며칠이고 밤을 새워 칼에 대해 떠들어도 밑천이 동나지 않을 정도가 되어 있었다.

"얘길 들어보니 계장님도 검도를 하신 것 같은데 몇 단 정도나 되시는지요?"

누군가 그에게 물었다.

"나, 나는 뭐 그저 그렇다네. 검도에 대해서 좀 알고 있다는 정도로만 생각하면 되지. 그걸 가지고……."

그는 어물어물 뒷말을 얼버무려버리고 있었다. 칼에 대해서 아는 것은 많아도 전혀 칼을 쓸 줄 모르는 자기 자신에 대해 갑자기 심한 수치심을 느끼지 않을 수 없었다.

괜한 이야기를 장시간 떠들었다는 생각이 들었다. 그는 자학하듯 혼잣소리로 중얼거렸다. 돌아온 외팔이라고? 돌아오면 뭘 하나, 사실은 칼 쥐는 법조차도 모르는 주제에.

날씨가 약간 풀리고 있었다.

그러나 하늘이 흐려 있었다. 눈이 내릴는지도 모른다는 예감, 시간이 회색으로 깊게 가라앉아 있었다. 골목을 지나오다가 뼈대만 앙상하게 남은 포장마차를 보았다. 포장이 둘러쳐져 있지 않은 채로 을씨년스럽게 골목 한 켠에 방치되어 있었다. 그가 단골로 다니던 포장마차였다. 지나치면서 오늘 저녁에는 혹시 청년이 나오지 않을지도 모른다는 생각을 했다. 특별히 그럴 만한 근거가 있기 때문은 아니었다. 단지 쉬고 있는 그 포장마차의 을씨년스러움이 그런 생각을 하도록 만든 것 같았다.

요즈음에 이르러 그는 거의 날마다 그 포장마차에 들러 술을 마셨었다. 실직한 겨울이 어딘지 쓸쓸했다. 실직한 마흔이 왠지 쓸쓸했다. 포장마차는 왠지 모르게 그러한 그에게 따스한 정감을 느끼도록 만들어주는 것 중의 하나였다. 늦은 밤 문득 출출하여 그리 발길을 옮기던 중 불빛에 어른거리는 몇 사람의 선량한 그림자, 사는 일이 어디 뜻대로만 되는 것이냐고 더러는 서로를 위로하는 말소리가 도란도란 들리고, 때로는 누가 실연이라도 했는가. 잊어버려, 잊어버려, 사랑도 잊어버려, 미움도 잊어버려, 잊어버리지 못하는 모든 것들을 잊어버려, 취한 목소리로 술잔을 권하는 소리. 안으로 들어서면 청명한 카바이드 불빛 한 송이, 연탄불은 벌겋게 달아 있고 오뎅 국물을 데우는 양은솥에서는 허연 김이 풍성하게 피어오르고 있는데, 지금 이 시간 요정에서 여자의 허벅지를 주무르며 개기름 흐르는 얼굴로 양주를 마시고 있는 사람들이여, 이러한 낭만을 아느냐. 그는 문득 가난이 눈물겹고 정답다는 생각을 하곤 했었다.

포장마차를 경영하는 그 청년은 혹시 그가 전에 부탁했던 일을 잊어버리지나 않았는지, 저녁 때 다시 한 번 더 당부해 두어야겠다는 생각을 했다.

골목을 벗어나서 공중전화 부스에 당도하니 손님이 두 명이나 먼저 와 있었다. 다른 때는 거의가 텅 비어 있었는데 날씨가 풀리니까 전화 걸 일들이 생기는 모양이었다. 한 사람은 대학생으로 보이는 청년이고 또 한 사람은 유부녀로 보이는 이십대의 여자였다. 서로 동행은 아닌 듯했다.

지금 공중전화 부스에 들어가 있는 것은 청년이었다. 어찌나 목소리가 큰지 밖에 있는 사람들의 고막까지 찌렁찌렁 울릴 지경이었다.

"성질 안 나게 됐냐? 도대체 말이 되는 소리를 해야지. 나한테 소개시켜 주기로 해놓고 네가 먹어치우는 법이 어디 있어. 넌 자식아, 오늘 작살나는 줄 알아. 이빨을 모조리 확 뽑아버리고 말 테니까."

박정달 씨는 내용이 어떻게 돌아가는지 대번에 짐작할 수가 있을 것 같았다.

"협박이 아냐. 아무리 의리가 없는 새끼라 해두 너 같지는 않을 거야. 난 심각했었다고 말했잖아. 진심으로 그 앨 좋아했었다고 말했었잖아. 그래서 정식으로 소개받고 싶었던 거야. 넌 상습적으로 저질러놓은 일이지만 나한테는 충격이야. 하여튼 참을 수가 없어."

청년은 점차로 흥분하고 있었다.

"아무리 내가 빌빌거리는 놈이라 해도 한판 붙어봐야겠어. 뭐라구? 겁주지 마. 물론 네 실력은 나도 알아. 하지만 곱게는 물러서지 않겠어. 감정? 감정을 돋구는 건 내가 아니고 바로 너야. 기다려, 이건 공중전화야. 다시 걸겠어."

청년은 송수화기를 든 채로 호주머니를 뒤적거려 동전을 찾아내었다.

"뭐 저런 남자가 다 있어. 몰상식하게. 벌써 세 통화째야."

밖에서 기다리고 있던 여자가 노골적으로 경멸의 시선을 그 청년에게로 던지며 낮게 투덜거렸다. 그 청년도 바깥 사람들의 동정을 흘깃 살피는 듯 이쪽으로 시선을 한번 던졌으나 지금 공중도덕이고 나발이고를 따질 계제가 아니라고 생각한 모양이었다. 다시 신경질적으로 다이얼을 돌리고 있었다.

"나야, 너 지금 당장 농대 뒷산 실습실 입구로 나와. 누가 죽는지는 두고 봐야 아는 거야. 뭐라구? 엿 먹어. 이 개만도 못한 자식아."

전화는 끊어졌다. 청년은 미안하다는 말 한 마디를 던지고 붉으락 푸르락한 얼굴로 바삐 사라져갔다. 이어서 기다리고 있던 여자가 냉큼 공중전화 부스 안으로 들어섰다.

"여보세요, 현미니? 미스터 정한테 빨리 도망치라구 해. 들통이 나버렸다구. 경찰이 들이닥칠지도 몰라, 응, 그래, 빨리."

여자는 청년과 정반대였다. 그것으로 간단히 통화를 끝내버렸다. 같은 점이 있다면 역시 바람처럼 바삐 사라져버렸다는 점이었다.

박정달 씨는 동전을 찾아 들고 여유 있게 공중전화 부스로 들어섰다.

"별일 없었는가?"

그는 처음부터 약간의 초조감을 느끼기 시작했다.

"미리 말해 두지만 제발 우리 아버님에 대한 얘기는 꺼내지도 말기로 하세."

아니나 다를까 저쪽에서 먼저 연막을 치기 시작했다.

"이제는 어느 정도 자네도 아버님에 대한 생각을 바꿔야 할 때가 오지 않았는가?"

"하지만 나는 바꿀 수가 없네."

"자네는 정말로 고집이 세군."

"이건 고집이 아닐세. 주체성일세."

"그 주체성이란 것도 오늘은 무너질 때가 되었네."

"뭔가 기분이 좋지 않은 예감이 드는데."

"그럴 걸세. 오늘은 기어이 자네의 입을 열게 할 약을 준비해 왔으니까."

그는 위험한 약병의 뚜껑을 열 때처럼 조심스러운 기분으로 말했다.

"그 약이란 도대체 뭔가?"

"그 약이란."

그는 뜸을 들이듯이 잠시 동안의 여유를 두었다.

"말해 보게."

"그 약이란 뭔고 하니 바로 자네의 거금 오백만 냥을 사기쳐서 달아났던 노두석이라는 사내일세. 나는 그 사내가 어디에 숨어 있는지 잘 알고 있네."

"뭐라구. 그게 정말인가?"

과연 특효약이었다. 즉각 반응이 나타나고 있었다. 그는 며칠 전 신칼이라는 것에 대한 자료를 얻기 위해 이 도시 변두리에 있는 어느 무당을 찾아갔다가 그 노두석이라는 사내를 만났다. 수염을 기르고 안경을 써서 변장을 한 모양이었으나 틀림없는 그 사내였다. 그 사내는 무당의 서방 노릇을 하고 있는 모양이었다.

"도대체 그놈이 어디 있던가?"

"자 이제 자네 아버님에 관한 얘기를 하세."

"물론일세. 거금 오백만 원을 찾을 수만 있다면."

"이미 돈은 다 써버렸는지도 모르지 않나?"

"무슨 소리. 그놈의 재산이 얼만데. 현찰을 써버렸다 해도 그만한 값어치의 패물 정도는 얼마든지 가지고 있을 걸세."

"하여튼 잘됐군. 자네 아버님에 대한 얘기를 하세."

"하는 수 없군. 그럼 어디서부터 얘길 시작할까?"

"전에 각 도장의 모든 사범들을 꺾고 무도계의 제1인자가 되었다는 얘기까지 했었네."

"그 후에 아버님은 종적을 감추었네. 물론 재도전이나 복수 같은 것을 염려하시기도 했지만 그놈의 방랑벽이 또 발동하신 거겠지. 하여튼 우리는 한평생 아버님이 돈을 벌어오는 것을 보지 못했네. 언제나 무도에만 미쳐 있었거든. 당연히 우리는 처절하리만치 가난에 시달렸었네. 심지어는 일가족 집단 자살을 기도했을 정도로 비참했었지."

"자네 아버님에 대한 얘기만 해주게."

"그런데 그놈이 있는 데를 알아내었다는 건 거짓말이라는 생각이 드는군."

"정말일세. 맹세할 수 있네."

"그럼 얘기를 계속하겠네. 그 후로 오 년 정도가 지나서야 아버님은 다시 우리 앞에 나타났네."

"역시 자네에게 새로운 비술을 보여주던가?"

"물론이지. 아버님은 늘 나를 후계자로 만들고 싶어했었으니까."

이야기하는 도중에 통화 제한 시간이 지나서 통화가 끊어지면 박정달 씨는 몇 번이고 동전을 다시 집어넣은 다음 다이얼을 돌렸다.

이제 얘기는 그로부터 오 년이 더 지난 후에까지 발전하게 되었다.

"아버님은 마침내 어떤 경지에까지 도달하신 것 같더군."

"좀 자세히 설명해 주게."

"활현경이라는 비술을 내게 보여주셨네. 그건 세 사람의 궁수가 동시에 시위에 살을 먹여 자신을 향해 일세히 쏘아대면 마치 구름 속에서 학이 조는 듯 땅 위에 가만히 서 있다가 칼을 약간만 움직여주는 동작일세. 그래도 화살은 그 칼 기운에 의해 맥없이 땅바닥으로 떨어져 내리는 거지."

"봤는가?"

"봤네. 믿기지 않겠지만."

"아니, 나만은 믿을 수가 있네. 그런데 어떻게 그 세 사람의 궁수들을 구했는가?"

"놀라지 말게. 산탄용 공기총으로 실험을 했었네."

"정말로 황홀한 얘기로군."

"이젠 더 이상 얘기하고 싶지 않네. 오백만 원어치는 된다고 생각하는데 어떤가?"

"되고말고. 나는 바로 그런 식의 얘기를 듣고 싶었네. 이번 얘기는 바로 내가 믿고 있던 것에 대한 확인일세."

"이건 어디까지나 비밀로 해주게. 우리 아버님의 당부니까. 만약 이런 얘기가 떠돌게 되면 자네가 무슨 봉변을 당하게 될는지도 모르겠네."

"남들에겐 얘기해 봐야 믿을 사람도 없네."

"아니라네. 우리들 주변에는 별의별 사람들이 다 있어서 더러 그 방면에 광석으로 심취해 있는 사람들도 많이 있다네. 눈에 잘 뜨이지 않을 뿐이지."

"하여튼 고맙네. 좀더 얘기를 듣고 싶은데."

"다음 기회로 미루세. 솔직히 말해서 난 지금 몹시 바쁘다네. 이왕 털어놓기 시작한 거 다음번에는 망설이지 않고 술술 다 불어주지."

"고맙네, 정말 고맙네, 나는 앞으로 어떤 확신을 가지고 하나의 일을 추진해 갈 수가 있게 되었네."

"그럼 그 사기꾼 놈이 숨어 있는 곳을 말해 주게."

"그러지."

그는 자기가 찾아갔던 무당네 집을 전화로 아주 상세히 친구에게 알려주었다.

"내 아버지가 잃었던 오백만 원을 되찾게 해주리라고는 짐작조차 못 했었네. 이것이 생전에 아버님에게서 받은 최초이자 마지막 경제적 도움이라고 할 수 있겠군."

"그런데 일전에 자네 아버님에 관해서 물으니까 아픈 상처는 될 수 있는 대로 건드리지 말아 달라는 식으로 얘기한 것 같은데 도대체 그 아픈 상처라는 게 어떤 것인가?"

"그렇겠군. 자네는 아직 한번도 나를 본 적이 없으니까 모르겠군. 나는 사손이라네."

"사손이라니?"

"사손이. 손가락 여섯 개면 육손이, 네 개면 사손이."

"어쩌다 그렇게 되었나?"

"고등학교 때 내 손으로 잘라버렸네. 아버님과 절연하겠다는 결의로."

"자네는 왜 그렇게 자네 아버님을 증오하는가?"

"우리 아버님은 칼에 미쳐서 전혀 가족을 돌보지 않으셨네. 내 누이동생은 굶어 죽었고 내 어머님은 병들어 죽었네. 모두 다 쌀밥에 고깃국 한 번 못 먹어보고 약 한 첩 주사 한 번 못 맞아본 채로 죽었어. 자네 같으면 그렇게 무책임한 가장을 존경할 수 있겠나?"

"존경은 못 하더라도 이해는 할 수 있겠네."

"집어치우게. 몇 년 전에 아버님이 찾아와서 산탄용 공기총으로 활현경을 시험해 보일 때 솔직히 말해서 나는 아버님의 안면을 겨누었네. 실명시켜 버리고 싶은 심정이었어. 눈을 지그시 감고 있었기 때문에 나는 틀림없이 성공할 줄 알았네."

"그랬는데?"

"정말로 믿기지 않는 일이 일어난 거지. 나는 지금도 꿈이었다는 생각이 드네. 이상하게도 탄환들이 다른 데로 비껴서 맥없이 흩어져 버렸네. 물론 제법 먼 거리였지만 그래도 맞으면 위험할 정도의 거리임에는 틀림이 없었어."

"정말 대단한 경지로군."

"더 이상 생각하고 싶지 않네. 전화를 끊기로 하세."

"여보게, 조금만 더 얘기해 주게."

"몇 년 만에 한 번씩 우리 아버님은 나를 찾아와서 갖은 수단과 방법을 가리지 않고 후계자가 되게 만들려고 애를 쓰지만 나는 전혀 동요하지 않았네. 앞으로 한 번 더 나를 찾아오면 자네를 추천하겠네."

"그건 정말로 고마운 일이로군. 하지만 나는 그런 일에는 전혀 소질이 없다네."

"소질이 있다고 말해 버리겠네. 자, 그만 끊기로 하세."

전화는 끊어졌다.

박정달 씨는 자신이 계획한 일에 대한 신념 같은 것이 더욱 굳어지는 듯한 느낌이었다.

"아무도 믿을 수 없을 거야. 하지만 나만은 믿어줄 수가 있어. 그런 경지에 도달한 사람이 틀림없이 이 시 외에도 어느 곳엔가 은둔하고 있을 거야."

그는 속으로 그렇게 중얼거리고 있었다.

복덕방에 들러 소규모의 대장간 하나를 차릴 만한 집을 좀 물색해 달라고 부탁한 다음 집으로 되돌아오는 길에 그는 문득 아까 흥분한 목소리로 전화를 걸고 있던 그 대학생 차림의 청년을 머릿속에 떠올렸다.

전화의 내용으로 대충 짐작하건대 그 청년의 친구 중에 누군가가 그 청년이 멀찍이서 속 태우며 좋아하고 있던 여자를 소개시켜 주겠다고 말해 놓고는 괘씸하게도 자기가 먼저 꿀꺽해 버린 모양인데, 그런 경우 박정달 씨라면 그렇게 당당한 결투를 자청할 수 있었을까.

없었을 것이다.

그에게는 평생을 두고도 잊히지 않을 사건이 두 가지 있다.

그 사건에 관한 일들이 머릿속에 떠오를 때마다 그는 극심한 자기 혐오감에 사로잡혀 왁, 왁 소리라도 질러 그 생각을 떨쳐버리고 싶은 심정에 처하곤 한다.

그가 다니던 학교는 남녀 공학이었는데 어느 날 우연히 얼굴이 희고 화사하게 생긴 여자애 하나가 전학을 왔다.

"이렇게 좋은 분위기에서 여러분과 함께 공부하게 된 것을 진심으로 기쁘게 생각합니다. 앞으로 누구하고나 가까운 사이가 되어 이 다음에 어른이 되면 선명한 추억으로 남을 수 있는 우정을 꽃피웠으면 해요. 잘 부탁합니다."

그애는 담임이 소개를 끝내고 인사말을 시키자 놀랍게도 아주 세련된 말씨와 낭랑한 음성 그리고 밝은 표정으로 그렇게 말했다.

그애를 보는 순간부터 그는 가슴이 이상하게 울렁거리면서 얼굴이 뜨겁게 달아오름을 의식했다.

그애가 인사를 끝내고 빈자리로 가기 위해 그의 곁을 지나칠 때 그는 순간적으로 어떤 황홀함이 혈관 가득히 번져나가는 것을 의식했다.

그애는 상당히 명랑한 성격을 가지고 있었다. 언제나 얼굴에 화사한 웃음을 머금고 있었다. 남자애들하고도 곧잘 어울려서 장난을 치거나 농담을 주고받았다.

그애가 허리에다 손을 짚고 고개를 약간 옆으로 기울이며 하얀 이를 드러내고 웃는 모습을 보면 그는 현기증을 느낄 정도로 눈부신 아름다움에 도취되곤 했었다.

그는 그애 때문에 날마다 학교 가는 일이 즐거워져서 토요일만 되면 몹시 서운한 기분까지 들 정도였다.

가능하면 단 일 분간이라도 더 그애를 바라볼 수 있었으면 좋겠다는 생각을 했다. 방과후에도 되도록이면 그애가 교실을 나가는 것과 때를 같이하려고 노력했다. 아침에 등교해서 그애의 모습이 보이지 않으면 교실 전체가 텅 비어 있는 듯한 느낌이 들고 시선이 자꾸만 복도 쪽으로 옮겨져 가곤 했다. 공휴일이나 방학 따위는 아예 없어져 버렸으면 좋겠다는 생각까지 들 정도였다.

그는 마침내 그애에 관한 생각으로 밤잠을 이루지 못하는 상태에까지 이르게 되었는데, 눈을 감고 있을 때면 항시 그애의 모습이 선연하게 떠올라서 가슴을 온통 설레게 만들곤 했다.

그애는 마치 햇빛 화사한 날 아침 물을 뿌린 화단의 한 송이 갓 피어난 노란 장미 봉오리처럼 그의 가슴에 밝고 선명하게 자리잡고 있었다.

그러나 전학 온 지 몇 달이 지났는데, 그는 그애와 단 한 마디도 말을 나누어본 적이 없었다.

다른 녀석들은 곧잘 그애에게로 접근해 가서 여러 가지 방법으로 환심들을 사려고 노력했다. 더러는 은근슬쩍 그애의 팔이나 등에다 손을 대는 녀석들도 있었다. 그런 광경을 목격할 때마다 그는 그애가 삽시간에 불결해져 버리는 듯한 느낌에 사로잡히곤 했다.

그러나 그애는 전혀 그런 것들을 의식하지 못하는 눈치였다. 누구에게나 상냥하면서도 명랑한 표정을 지어보였다.

내일이면 나도 그애에게 말을 걸어보리라. 하다못해 점심 시간에 밥 안 먹니, 소리라도 해보리라.

하지만 그 소리를 하기 전에 밥을 먹고 있으면 어떻게 하나, 밥을 다 먹기를 기다렸다가 밥 다 먹었니, 라고 말을 걸면 되겠지. 그런데 만약 "응" 하고 간단히 대답해 버리고 무관심한 태도를 보이면—그런 경우는 생각조차 하고 싶지도 않다.

그는 별의별 생각을 다 하면서 하얗게 밤을 새운 적도 있었다. 방학이 가까워져 오는 것조차 그는 불안해서 견딜 수가 없었다. 한 달 동안 그애를 못 본다는 것은 도저히 견딜 수 없는 일이라는 생각이 들었다.

그애가 다른 남자애들하고 유난히 다정하고 즐거운 표정으로 이야기하고 있는 것을 보게 되면 그야말로 그는 죽고 싶은 심정에까지 처하곤 했다. 하루 종일 그 장면이 눈에 어른거려서 아무 일도 할 수가 없었다.

그애의 자리는 바로 운동장 쪽으로 나 있는 창문 밑이었다. 아침나절에는 언제나 창문으로 햇빛이 쏟아져 들어와서 그렇지 않아도 화사한 그애를 더욱 화사하게 만들어주는 것 같았다.

그는 수업 시간에 자주 그애의 모습을 잠깐씩 곁눈질해 보곤 했다.

그애는 대체로 공부 따윈 취미 없다고 생각하는 편인 모양이었다. 쉬는 시간에는 그토록 밝고 명랑한 표정이다가도 수업 시간만 되면 아주 무료한 표정으로 바뀌곤 했다. 그애는 전혀 선생님의 강의 같은 건 경청하고 있지 않는 것 같았다. 창 밖을 내다보며 쓸데없는 공상만 하고 있는 것 같았다.

운동장 쪽으로 나 있는 창문 바깥은 바로 아래가 화단이었고 개화가 빠른 넝쿨장미들이 햇빛 속에 무더기로 피어 있었다. 그애는 언제나 그 장미 송이들을 배경으로 하여 깨끗한 햇빛 속에 옆모습을 적시고 있었는데, 그것은 또 얼마나 황홀하고 아름다운 정경이었던지, 마치 꿈속 같은 분위기였다.

그는 아직까지 그애에게 한번도 말을 붙여보지 못한 것이 안타깝고 억울하기만 했다. 심지어는 꿈속에서까지 그애에게 말을 걸어보려다가 실패한 적이 있었다.

그런데 어느 날 뜻밖에도 그애가 먼저 말을 걸어오게 되었다. 그것은 전혀 예상치도 않았던 일이었다.

"얘, 넌 왜 그렇게 맥이 없니? 공부만 잘하지 말고 놀기도 좀 잘해보렴."

수업이 다 끝나고 종례를 기다리고 있을 때였다.

책상 위에 두 팔을 걸쳐놓고 그 속에다 얼굴을 파묻은 채 골똘히 그애 생각만 하고 있는데 바로 곁에서 그런 소리가 들려왔던 것이다.

아…….

고개를 들고 그애의 모습을 쳐다본 순간, 그는 얼마나 부끄럽고 황홀했던가. 온몸이 고압 전류에 감전당해 버린 듯한 느낌이었다. 그애는 분명히 자기의 존재를 의식하고 있었던 것이다. 얼마나 기쁜 일인가.

그는 뭐라고 대답을 해주고 싶었으나 목구멍만 뜨거워지고 있었다. 혀는 이미 완전히 굳어버린 듯한 느낌이었다. 숨조차도 그대로 멎어버릴 것만 같았다.

"네 수학 노트 좀 빌려줄 수 없겠니?"

그애가 그렇게 말했을 때도 그는 도무지 입을 열 수가 없었다.

"싫으니?"

그애가 다시 물어왔을 때야 비로소 그는 다급하게 입을 열 수가 있었다.

"비, 빌려줄께."

그러자 그애는 '고마워'라고 말했다. 그리고 그를 향해 은밀한 웃음을 던지면서 한쪽 눈을 찡긋 감아 보였다. 전혀 생각지도 않았던 그애의 은밀한 그 표정 때문에 그는 그대로 뼈까지 삭아드는 듯한 느낌이었다.

"수학 선생님한테 종아릴 맞을 수는 없지 않니?"

그애는 수학 노트를 빌려야 할 이유를 그렇게 설명했다. 어제 수학 선생님이 월요일 날 노트를 검사하겠다고 예고했었다. 그리고 필기가 제대로 되어 있지 않으면 종아리가 성할 생각일랑 아예 하지 말라고 사뭇 위협조로 말했었다.

'수학 선생님 고맙습니다.'

그는 마음속으로 그렇게 중얼거렸다. 진심이었다. 만약 수학 선생님이 아니었더라면 그는 졸업할 때까지 속만 태우고 그애에게 단 한마디도 말을 걸어보지 못했을는지도 모를 노릇이었다.

그러나 그날은 토요일이었으며 시간표에는 수학이 들어 있지 않았다. 따라서 그의 가방 속에는 당연히 수학 노트 같은 건 들어 있지 않았다.

"지, 지금은 없는데."

"내일 빌려주면 되잖아."

"내일은 이, 일요일인데."

그는 자꾸만 말이 더듬어져서 수치감 때문에 혀라도 깨물어버리고 싶은 심정이었다.

"그렇구나. 내일은 일요일이구나. 그럼 말이지 이렇게 해. 나, 내일 학교림에 갈 일이 있으니까 그리로 갖다 줘. 학교림 입구에서 만나면 되겠지. 열 시쯤에. 괜찮겠니?"

"그, 그렇게 할게."

"고마워."

그애는 다시 한 번 눈을 찡긋해 보이며 은밀한 표정을 던졌다. 그애가 돌아섰을 때는 등줄기에 축축하게 땀이 다 배어나와 있을 정도였다.

그날 밤 그는 한잠도 자지 못했다.

그는 그애가 틀림없이 자기를 좋아하고 있다고 믿어버리기 시작했다. 그렇지 않고서야 한쪽 눈을 찡긋해 보이며 은밀한 표정을 던져올 만한 까닭이 없을 것 같았다. 수학 노트를 빌려 달라는 건 한갓 자기를 만나기 위한 핑계에 지나지 않는다는 생각이 들었다.

그는 밤새도록 황홀감에 젖어 있었다. 별의별 생각들이 꼬리를 물고 떠올라서는 그를 구름 속에 둥실둥실 떠가는 듯한 기분 속에 잠기게 했다. 이제 그의 온몸 속에는 현란하고 아름다운 빛깔의 꽃잎들이 수없이 돋아나고 있는 듯한 느낌이었다.

문조를 한 쌍 갖다 주자.

새벽녘에 이르러 그는 그런 생각까지 하게 되었다. 아버지한테 종아리를 맞는 것쯤 얼마든지 감수할 수가 있을 것 같았다. 다리가 부러져도 좋다는 생각이었다.

그의 아버지는 당시 병무청에 근무하고 있었다. 상당히 높은 직책이었다. 벌이가 괜찮아서 생활도 윤택하고 여유 있는 편이었다.

그의 아버지는 새를 기르는 일에 각별한 취미를 갖고 있어서 집에는 여러 가지 새들이 조롱 속에 사육되고 있었다. 문조 한 쌍쯤 없어져 버린다고 해서 쉽게 알아낼 수도 없을 것 같았다.

그는 그애에게 문조를 한 쌍 갖다 주겠다는 생각을 하자 공연히 마음이 들뜨기 시작했다. 아마도 그 이상 적절한 선물도 없을 거라는 생각이 들었다.

그는 날이 채 밝기도 전에 수학 노트와 문조 한 쌍이 든 조롱을 들고 아무도 몰래 집을 빠져나왔다. 마음이 들떠서 도저히 집에 그대로 붙어 있을 수가 없었다.

학교림 입구에 도착하니 사람의 그림자라곤 전혀 보이지 않았다. 그러나 앞으로 몇 시간 후면 그애를 만날 수 있다고 생각하니 자꾸만 가슴이 울렁거렸다.

기다리는 시간은 얼마나 질기고 초조했던가.

그는 도저히 한자리에 가만히 서 있을 수가 없었다. 그래서 몇 번이고 주변을 서성거렸다.

햇살이 퍼지고 있었다.

며칠 사이 갑자기 날씨가 더워져서 이제는 완전히 여름 같다는 생각이 들었다. 여름 같다는 생각이 들자 문득 방학이 얼마 안 남았다는 생각도 들었다. 자꾸만 불안해졌다. 한 달 동안이나 그애를 못 본다는 것은 정말로 견딜 수가 없는 일일 것 같았다.

수목들이 짙은 암녹색으로 변해 있었다. 바람은 전혀 불지 않았다. 따라서 주변의 나무들도 전혀 흔들리지 않았다. 모든 것은 그대로 정지 상태를 유지하고 있었다. 다만 학교림 입구에서 아래로 시선을 던지면 한눈에 도시 전체가 내려다보이는데 바로 아래 어딘가에 제재소가 있는지 눈부시게 퍼져 있는 햇살 속으로 기계톱이 나무를 가르는 소리만 날카롭게 치솟아 오르고 있었다. 그는 그애가 오면 어떻게 해서든 학교림 속으로 들어가서 오래도록 함께 이야기를 나누도록 해야겠다는 생각을 하고 있었다.

그러나 그애는 좀처럼 나타나지 않고 있었다.

그는 시계가 없었으므로 전혀 시간을 알 도리가 없었다. 그림자의 길이로 보아 아직 열 시가 안 된 것 같다는 판단을 내리며 밤 열 시까지라도 기다려보겠다는 결심을 굳히고 있는데 그제서야 어디선가 그와 비슷한 나이 또래의 말소리들이 도란도란 들리기 시작했다. 그리고 이어 사복을 한 여학생 몇 명과 남학생 몇 명이 언덕을 기어오르고 있는 모습이 보였다.

그애도 그 속에 끼어 있었다.

그러나 그는 갑자기 마음이 어두워짐을 의식했다. 그것은 그애 혼자가 아니라는 점에서 기인되는 일종의 실망감 같은 것이었다. 지금까지의 기대가 삽시간에 허물어지는 듯한 느낌이었다.

여학생이 세 명, 남학생이 세 녕, 그들은 모두 여섯 명으로 짝지어져 있었다. 그중의 남학생 하나는 배낭을 메고 있었다.

아마도 야유회 따위라도 계획한 모양이었다. 남학생은 모두 삼학년들이었고 여학생들은…….

그애 말고는 한번도 본 적이 없는 얼굴들이었다. 어쩌면 타교생들일 거라는 생각이 들었다.

그는 그 세 명의 남학생들이 가까이 오자 다급한 동작으로 거수경례를 갖다 붙였다. 상급생들을 보면 자신도 모르게 다급한 동작을 취하는 것이 그의 고질적인 버릇 중의 하나였다. 언제나 그는 주눅이 들어 있었던 것이다.

그러나 무엇보다도 그 상급생은 세 명 다 교내에서 최고로 악명 높은 존재들이었다. 왜 하필이면 이런 곳에서 그들과 맞닥뜨리게 되었을까. 그는 갑자기 곤혹스러움에 사로잡혔다.

"어머나. 너 수학 노트 때문에 나왔구나. 미안해서 어떡하니? 수학노트 이젠 필요 없게 되었는데. 현식이 있지. 걔가 내 것까지 몽땅 필기해 주겠다고 해서 맡겨버렸거든."

그는 전신에서 맥이 쑥 빠져나가는 듯한 느낌을 받았다. 그때 삼학년들 중의 누군가가 낮은 목소리로 이렇게 중얼거리는 소리가 들려왔다.

"저 새낀 뭐야. 기분 나쁜데. 패버릴까?"

유난히 눈빛이 표독스럽고 다부지게 생긴 녀석 하나가 질겅질겅 씹고 있던 껌을 퉤 하고 땅바닥에다 팽개치듯 뱉어버리고 있었다.

"너 이리 좀 와봐."

녀석이 그를 향해 손가락 하나를 까딱거렸다. 그는 가슴이 철렁 내려앉으면서 오금팍이 굳어오기 시작했다.

"잘못했습니다."

치욕스러움을 억누르며 그는 우선 떨리는 목소리로 그렇게 말했다.

"어쭈, 저게 벌써부터 엉깔려구 하는데."

다른 녀석 하나가 야비한 목소리로 그에게 비웃음을 던지고 있었다.

"너……."

유난히 눈이 표독스러운 녀석이 그의 앞으로 다가서고 있었다. 녀석의 눈빛 속에는 턱 밑에 쥐를 끌어다 놓은 고양이의 여유 같은 웃음기가 감돌고 있었다.

"상급생을 보면 인사를 할 줄 알아야지."

트집이었다.

경례를 했습니다, 라고 말하려는데 어느새 눈에서 불똥이 번쩍 튀었다. 수학 노트와 조롱이 땅바닥으로 곤두박질을 치고 있었다. 문조들이 순백색 날개를 가쁘게 파닥거리고 있었다.

"차려!"

그는 와들와들 떨면서 부동자세를 취했다.

"쟤한테 절대로 신경 쓰지 마, 새꺄. 알았어?"

다시 주먹이 날아들었다. 이번에는 배였다. 숨이 콱 막혀

왔다.

"잘못했습니다."

그는 비굴하게도 그렇게 말하고 있었다.

"너 쟤가 우리하고 여기 온다는 걸 어떻게 미리 알고 기다리고 있었어? 쟤한테 감정이 있는 거지? 뭔가 따져보고 싶었던 거지? 하지만 쟤한테 서툰 짓 했다간 골통이 빠개질 줄 알아."

말을 끝내자마자 다시 발길질이 날아들었다.

그는 속수무책이었다.

그 유난히 눈이 표독스럽게 생긴 녀석은 은근히 그애에 대한 관심을 그런 식으로 표명하면서 자신의 용맹스러움을 그애에게 과시하려는 속셈 같았다.

"수, 수, 수학 노트를 비, 빌려 달라고 해서……."

그는 간신히 해명의 말을 끄집어냈다.

"수학 노트?"

"네."

"이리 내놔 봐."

그는 땅바닥에 떨어져 있는 수학 노트를 집어서는 떨리는 손으로 녀석에게 내밀었다.

"짜식. 사기 치구 있어. 이걸 미끼로 쟤하고 어떻게 해보자는 거지?"

녀석은 그것을 낚아채더니 한 장 한 장 찢어발기기 시작했다. 야비한 쾌감이 그의 눈빛 속을 번져가고 있었다.

햇빛이 아까보다 더욱 강렬하게 퍼져 있었다. 사방이 하얗게 타고 있는 것 같았다. 그는 문득 울고 싶다는 생각을 했다. 그러나 그애 앞에서는 죽어도 울 수만은 없을 것 같았다.

여학생들은 그냥 약간씩 겁먹은 표정으로 녀석이 노트 장을 찢어발기는 광경을 가만히 쳐다보고만 있었다.

"이건 뭐야?"

노트 장을 모두 찢어발긴 녀석이 조롱 쪽으로 시선을 던졌다. 다시 어떤 불길한 예감이 그의 머릿속을 섬광처럼 스치고 지나갔다.

녀석은 천천히 허리를 굽혀 조롱을 집어 들었다. 그리고 닫혀 있는 조롱의 문고리를 벗겼다. 눈부신 순백의 문조들이 깃털을 뿌리며 몇 번 푸득거림을 계속했다.

녀석은 그중의 한 마리를 움켜쥐더니 새장 밖으로 끄집어냈다. 그리고 다시 문고리를 걸었다.

"쟤 줄려구 가지고 왔니?"

한 번 더 눈빛이 야비한 느낌으로 반짝 빛나고 있었다.

"내가 어떤 놈인지 보여줄까?"

녀석이 말했다. 마치 졸고 있는 듯한 음성이었다.

"구워 먹자. 쐬주 안주로는 안성맞춤일 거야."

술까지 마시는 모양이었다. 중학생들 중에서도 술을 마시거나 담배를 피우는 애들이 있다는 얘기는 들은 적이 있었지만 정말이라고는 생각지 않고 있었다. 그는 더욱 녀석들이 무서워지고 있었다.

"구워 먹기 전에 우선 보여준다."

녀석은 새를 움켜쥔 손을 허리 뒤로 감추었다가 높이 쳐들었다. 녀석의 눈은 바로 정면에 있는 커다란 바위 덩어리를 노려보고 있었다. 투수 같은 포즈였다.

던진다…….

그는 심한 어지럼증을 느끼기 시작했다. 아까부터 제재소의 톱날이 나무를 자르는 소리가 햇빛 속에서 날카롭게 들려오고 있었다. 그의 의식은 톱밥을 흩뿌리며 반으로 쪼개어지고 있었다.

일순 녀석이 한 발을 높이 쳐들었다가 내리면서 팔을 세차게 휘두르는 것이 언뜻 망막을 스치고 지나갔다.

픽!

하얀 물체가 바위에 부딪혔다가 툭 떨어져 내리는 것이 보였다. 그것으로써 문조는 이미 문조가 아니었다. 곧 피가 배어들고 있었다. 그것은 순백색 털빛을 가진 새가 아니라 피 묻은 한 뭉치의 더러운 헝겊 같아 보였다.

"마저 해야겠지."

녀석은 다시 나머지 한 마리를 움켜쥐었다. 그리고 그것까지도 아까와 똑같은 방법으로 즉사시켜 버렸다.

"꺼져버려."

오싹 소름이 돋는 눈빛으로 녀석은 야무지게 그에게 말했다.

그는 비로소 정신을 차렸다. 그리고 허겁지겁 언덕을 내려 가기 시작했다. 알 수 없는 비애감이 가슴에 사무쳤다. 비로소 그는 눈물이 치솟았다.

그 후로 그는 며칠 동안 학교를 나가지 않았다. 몸이 아프다 는 핑계로였다.

곧 방학이 되어버린 것은 정말로 다행스러운 일이었다. 개학 이 되자 그애는 학교에 나오지 않았다. 방학 동안 남자애들하 고 어울려 아무렇게나 행동하다가 퇴학을 맞았다는 소문이었 고 전에 있던 학교에서도 역시 그렇고 그런 일들 때문에 이 학 교로 전학을 왔다는 소문이 파다하게 나돌았다. 원래부터 끼 가 있었던 애라고, 사실은 사귀는 남자애들도 한두 명이 아니 라고, 어떤 때는 먼저 있던 학교에서 사귄 남자애들이 찾아와 서 걔네 자취방에서 자고 간 적까지 있다고 여학생들은 자기 들끼리 입을 비죽거리며 험담들을 늘어놓고 있었다.

그는 그래도 한동안 그애가 왠지 놀처럼 짙은 색조의 그리 움으로 그의 가슴에 물들어오는 것을 어찌할 수가 없었다. 주 소라도 알고 싶은 심정이었다.

그러나 또 한편으로는 배반감 같은 것도 짙게 서려 있었다.

그는 그때 당했던 치욕 때문에 그만 투명인간이라도 되어버 렸으면 하는 생각을 하루에도 몇 번씩이나 가져보곤 했었다. 정말로 영원히 잊을 수가 없는 일 중의 하나였다.

그리고 또 하나의 사건은 그가 대학을 다닐 때 일어났다.

역시 그가 좋아했던 여자 얘긴데, 한마디로 너무 시시하게 끝나버려서 별로 이야기할 가치조차 없는 것인지도 모른다.

그는 일 년 동안 같은 과에 있는 여학생을 좋아했다. 둘이서 함께 영화 구경도 가고, 술집도 가고, 딱 한 번 여관에서 밤까지 새운 적이 있었다.

물론 아무 일도 일어나지는 않았지만 그는 그때 한 번 여관에서 같이 밤을 새운 일만으로도 그녀가 완전히 자기 것이라고 믿고 있었다.

그랬는데 어느 날 그녀는 이렇게 말했다.

"사대 체육과에 있는 건달 하나가 자꾸만 쫓아다녀요. 역도 선수래요. 징그럽게 생겼어요."

그녀는 그 건달을 절대로 좋아하지 않는 모양이었지만 역도 선수라는 말 한 마디를 듣는 순간부터 그는 그녀에게서 몇백 킬로미터나 멀어져 버리는 듯한 기분이었다. 우습지만 그는 그 말을 들은 이후 절대로 그녀를 만나지 않았다.

그게 전부였다.

그러나 두 사건 다 그를 자신에 대한 견딜 수 없는 혐오감에 젖어들도록 만드는 것임에는 틀림없었다.

그 후 세상을 살아오는 동안 그는 많은 종류의 힘들을 보아왔다. 그는 언제나 옆으로 피하기만 해왔었다. 그 힘들과 정면으로 맞서본 적이 단 한 번도 없었다.

그런데 초등학교 때부터 대학을 졸업할 때까지 그가 만난

힘들이란 이제 와서 생각하면 정말로 아무것도 아닌 힘들이
었다.

막상 그가 사회 속에 뛰어들어 만난 힘들은 어떻게 설명조
차 제대로 할 수 없을 정도로 기상천외한 것들뿐이었다.

그는 마침내 그 힘들에 밀려서 오늘날과 같이 실직자가 되
었고 억울하기는 하지만 대항 한 번 못 해본 채 마흔 살이 되
었다.

도시의 대장간

"아빠는 신검이라는 것을 만들 작정이다."

어느 날 박정달 씨는 아이들에게 말했다.

"그게 뭔데요, 아버지?"

막내가 물었다.

"우는 칼이란다."

"예전에 전욱고양씨(顓頊高陽氏)라는 이가 화영검(畫影劍)과 등공검(騰空劍)을 가지고 있었다. 어디서든지 병사(兵事)가 일어나기만 하면 칼이 그쪽으로 날아가 무찔렀다. 그리고 쓰지 않고 두었을 때는 갑(匣) 속에서 우는데 그 울음소리가 용과 호랑이의 소리와 같았다고 한다"라고 하는 내용의 글을 그는 어디서 읽었던가. 잘 기억이 안 나지만 하여튼 그는 그런 칼이 오늘날도 존재할 수 있다고 아이들에게 설명해 주었다.

"당신은 애들 교육을 반대로 시키는구랴."

곁에 있던 마누라의 항변이었다.

"반대로 시키다니."

"아니 우는 칼이 있다니 그런 비과학적인 말이 어디 있어요? 칼한테 입이 있어요, 눈이 있어요? 칼이 용과 호랑이처럼 울 수 있으면 용과 호랑이로는 연필을 깎겠군요."

"당신은 칼에 대해서 잠자코 있는 게 이로울 거요."

"무슨 소리예요. 내가 칼에 대해서 털끝만치도 모른다니. 나도 십몇 년 동안이나 부엌칼과 함께 살아왔어요."

"부엌칼은 칼이 아니잖소."

"칼이 아니면 호미나 삽이란 말이로군요."

"맞소. 그건 연장일 뿐이지 무기는 아니오. 나는 지금 무기를 얘기하고 있는 거요."

"아버지, 부엌칼을 들고 사람을 찌르면 그때는 무기가 되잖아요."

중학교 일학년짜리 딸애가 자기 엄마 편으로 기울어지고 있었다.

"그럼 너는 자동차로 사람을 치었을 경우 자동차가 무기라고 생각하냐?"

"그건……"

딸애는 어물어물 말끝을 흐리고 있었다.

"칼하고 자동차하고는 질적으로 달라요."

마누라는 말도 안 되는 소리라는 듯 혀를 차고 있었다.

"하지만 아무래도 부엌칼을 무기로 분류해 놓을 학자는 이 세상에 아무도 없을 거야."

그는 일축해 버리고 자리에서 일어섰다.

"지금 떠나실 거유?"

"그래야 될 것 같소."

"그래 이번에는 또 어떤 칼이우?"

"신칼이라는 거요."

그는 약간 들뜬 목소리였다. 새로운 칼을 구하러 갈 때마다 그는 기대감으로 언제나 들떠 있었다.

"그러면 호랑이나 용처럼 울 수 있겠구랴."

"우는 건 신칼이 아니라 신검이라고 했지 않소."

"하지만 신칼이나 신검이나 똑같은 말이잖아요!"

"무슨 소리요? 우선 그 모양과 용도부터가 다른데."

"난 아직도 당신을 도무지 이해할 수가 없어요."

"이 세상의 모든 마누라들이 남편을 이해할 수 있다면 세계 평화는 시간문제일 거요."

하지만 그는 마누라에게 조금은 미안하다는 생각을 했다. 어떤 때는 월급의 반 이상을 날려버리고 일본도 하나를 구입한 적도 있었고 또 어떤 때는 부모로부터 물려받은 시골의 땅뙈기를 떼어 팔아서 동기 시대의 동검 하나를 구입한 적도 있었다. 그와 비슷한 일이 한두 번이 아니어서 역시 부부 싸움 같은 것도 한두 번이 아니었지만 그래도 그는 마누라가 다른 여자들보다는 아량이 있는 셈이라고 생각해 왔었다.

"이번에는 며칠이나 걸릴 거예요?"

"일주일쯤 걸리겠지."

"한 일주일 후에는 용과 호랑이의 울음소리를 들을 수가 있겠구랴."

"어허. 신검하고 신칼은 다르다고 했잖소."

"농담이에요."

마누라는 피식 웃었다.

"그럼 다녀오리다."

"잘 다녀오세요."

"아버지 무사히 다녀오세요."

마누라와 아이들이 대문간까지 따라나와 인사를 했다. 제주도엘 좀 다녀올 생각이었다.

한 달 전 포장마차를 경영하는 청년으로부터 어느 무당이 칼을 가지고 점을 치는 것을 본 적이 있다는 얘기를 듣고 그는 몇몇 무당들을 찾아다녔었다. 그러나 어떤 무당들은 숫제 금시초문이라는 표정을 짓는 수도 있었고 또 어떤 무당들은 그런 경우가 있기는 하지만 자기와는 다른 부류라는 설명들이었다. 그렇게 몇몇 무당을 찾아다니던 끝에 그는 엉뚱하게도 친구의 돈 오백만 원을 사기해 먹고 종적을 감추어버렸던 사내 하나를 만나게 되었던 것이다.

사내는 박정달 씨에게도 안면이 있는 사람이었다. 친구를 빙자해서 박정달 씨의 돈도 어떻게 좀 꿀꺽 해볼 수 없을까 하는 속셈을 가지고 있었던 모양으로 자주 선물 꾸러미 따위를 사들고 집에 찾아와서는 아이들과 마누라에게 환심을 사놓았었다. 그랬는데 갑자기 발길이 딱 끊어져버리더니 종무소식이 되어버렸다. 알고 보니 친구에게 들통이 나서 종적을 감추어버린 모양이었다.

박정달 씨가 어느 무당을 찾아가서 신칼에 관한 것을 묻고 있는데 밖에서 나 좀 나갔다 오겠노라고 말하는 남자의 목소리가 들렸다. 어디선가 많이 들어본 목소리라는 생각을 했었다.

"양초가 떨어졌는데 몇 통 좀 사 오시오."

무당이 문을 약간만 열고 돈을 내주고 있었는데 그가 앉아 있던 바로 정면에 거울이 있었고 사내의 얼굴이 잠시 그 거울 속에 비쳤다. 틀림없이 그 사내였다. 다행히 저쪽에서는 그를 보지 못한 것 같았다.

"바깥양반이십니까?"

나중에 물어보니 무당은 기둥서방이라고 말하고 남자처럼 호쾌한 목소리로 웃었다. 약에 쓸 개똥을 주우러 갔다가 개똥참외 한 개를 발견한 격이었다. 하지만 그 사내에 대한 것은 박정달 씨 본래의 목적은 아니었다.

그는 시립도서관에서 우리나라 무속에 관한 것들을 들추어보다가 마침내 신칼이라는 것을 발견해 내었는데 그것은 제주도에서 무당들이 사용하는 것으로서 이십 센티 내외의 놋쇠 칼인 모양이었다. 그는 그것을 발견하는 순간부터 마음이 이미 제주도까지 가 있었다.

하지만 가족이 있는 사람이 먼 길을 떠나기란 그리 쉬운 법이 아니다. 그것도 무슨 사업 관계로라면 몰라도 겨우 자신의 수집벽 때문이라면 당연히 마누라에게 눈치가 보이지 않을 수 없다.

박정달 씨는 차일피일 미루다가 어제야 겨우 마누라에게 뜻을 비쳤다.

"갔다오시구랴."

어떻게 말릴 수가 있겠느냐는 듯 마누라는 약간 볼멘소리로 대답했다.

"무당에게는 신성한 제구여서 쉽사리 손에 넣기는 힘들겠는걸. 하지만 어떻게 해서든 손에 넣기는 넣어야겠지."

역 쪽으로 걸음을 옮기며 그는 혼잣소리로 중얼거리고 있었다.

햇살이 밝게 퍼지고 있었다. 땅바닥이 질척하게 젖어 있었다. 눈이 녹고 있었다. 건물들의 차양 밑으로 물방울들이 떨어져 내리고 있었다.

박정달 씨는 봄이 멀지 않았다는 생각을 하고 있었다.

복덕방에다 부탁해 놓았던 가게가 구해졌다. 원래는 자전차 포를 하던 자리였다는데 대장간을 차리기에는 안성맞춤인 듯한 구조를 가지고 있었다. 방도 두 개나 달려 있고 물 사정도 좋은 편이었다. 게다가 집에서 그리 멀리 떨어지지 않은 곳에 위치해 있어서 여러 가지로 편리할 것 같았다.

박정달 씨는 포장마차를 경영하는 청년을 찾아가서 전에 부탁해 놓았던 일을 가급적이면 빠른 시일 안에 추진해 줄 수 없겠느냐고 의사를 타진해 보았다.

"토요일이나 일요일로 날을 잡는 게 좋겠군요. 밤에는 포장마차를 하지만 낮에는 자동차 정비 학원에 나가 강의를 해야 하거든요."

"이번 토요일이나 일요일로 날을 잡도록 하지. 그런데 그 친구가 지금 있는 데를 박차고 나올 수가 있을까?"

박정달 씨는 포장마차를 경영하는 청년에게, 정비학원 강의를 받는 수강생 중에 혹시 대장간에서 일하던 젊은애들이 있는가 알아봐 달라고 부탁했던 적이 있었다. 그때 청년은 마침 자기 친구 중에 지금 대장간에서 일하고 있는 녀석이 있노라고 말했었다.

"주인하고 사이가 안 좋은 편이어서 그러지 않아도 곧 나오려는 참이었나 봅니다."

그 청년의 친구는 벌써 십 년째 대장간에서 일해 왔다는 거였다.

"토요일은 곤란하고 일요일로 날짜를 잡는 게 어떨까요. 토요일 날 찾아가면 거기서 나오는 버스가 없기 때문에 하룻밤을 묵어야 하는 번거로움이 있으니까요."

"좋도록 하게."

그 청년의 친구는 이 도시에서는 좀 멀리 떨어진 어느 군청 소재지의 마을에서 일하고 있는 모양이었다.

날짜와 시간을 약속한 다음 박정달 씨는 집으로 돌아와 아이들과 마누라에게 앞으로 자기가 할 일에 대한 것들을 되도록이면 이해해 주려고 노력해 달라고 당부하고는 잠자리에 들었다.

그로부터 며칠 후, 일요일이 되어 박정달 씨는 포장마차를 경영하는 청년과 함께 시골로 내려가 그의 친구를 만나보았다.

여러 가지 얘기를 나누어본 결과 박정달 씨와 일하기에는 안성맞춤인 조건들을 갖춘 청년이라고 판단되었다. 그쪽에서도 당장 그날로 따라나서고 싶어하는 눈치였다.

어려서 일찍 부모를 여의고 남의 집 눈칫밥만 얻어먹었다는 그 청년은, 고용자와 고용인의 관계로서가 아닌 같은 식구로서의 관계로 나와 함께 일해 보지 않겠느냐는 박정달 씨의 말 한마디가 무엇보다도 마음에 들었노라고 말하면서 하여튼 성심성의껏 일해 보고 싶다는 태도를 보였다.

체격이 그리 건장한 편은 아니었으나 몸 전체에서 쇠 냄새가 물씬 풍기면서 어딘지 모르게 강인한 성품이 엿보이는 듯한 인상이었다.

"뭐 저는 선생님이 말씀하신 그런 칼에 대해서는 아무것도 모릅니다. 그래도 대장간 일에는 이제 귀신이라고 해도 틀린 말은 아닐 겁니다."

그는 대장간 일에만은 자신 있다는 듯한 표정이었다. 박정 달 씨도 그 말을 믿었고 은근히 마음이 놓이는 것 같은 기분 이었다.

그로부터 일주일 후에 그 청년은 정식으로 박정달 씨와 같 은 식구가 되었다.

그는 그 청년을 정 군이라고 불렀다. 이름이 정운식이라는 말을 들은 뒤로 미스터 정이라고 부를까 하는 생각도 해보았 으나 대장간에서는 미스터 어쩌구 하는 식의 호칭은 전혀 어 울리지 않을 것 같았다.

"친오빠나 친형처럼 생각하고 말들 잘 들어야 한다. 알았 지?"

아이들에게 인사를 시키고 박정달 씨는 정 군을 자기 방으 로 안내해 갔다. 그 방은 바로 박정달 씨의 수집품들이 소장되 어 있는 곳이었다.

문을 열자마자 각양각색의 칼들이 일제히 신경을 곤두세우 며 방 안 전체에서 날카롭게 번뜩거렸다. 대개의 값진 칼들은 갑 속에 들어 있었고 벽이나 방바닥의 받침대 위에 진열되어 있는 것들은 모두가 그 값진 칼들의 모조품들이거나 시중에서 흔히 볼 수 있는 싸구려 제품들이었다.

방 안은 상당히 넓은 편이어서 마치 소형의 박물관에 들어온 듯한 느낌까지 들 정도였다.

방 안 전체가 칼을 진열하기 위한 구조로 꾸며져 있었다. 그리고 크고 작은 모양의 여러 가지 칼들이 가득히 진열되어 있었다.

박정달 씨는 그것들 중에서 희귀한 것 몇 가지를 골라 정 군에게 설명해 주기 시작했다.

"자네 이런 칼은 처음 보지?"

그는 표도라는 칼을 손가락질해 보이고 있었다.

"이상하게 생겼는데요. 자루도 없고."

"자루가 있으면 오히려 이 칼은 불편하지. 중국에서 무예를 익힌 사람들이 암기로 사용하는 칼인데 누가 던져도 목표물에 닿기만 하면 꽂히도록 되어 있다네."

그것은 작고 날카로우며 섬뜩한 살기가 감도는 모양을 하고 있었다. 마치 음력 초사흗날의 청명한 초승달같이 칼날의 모양이 날카롭고 예리해 보였으며 끝이 세 갈래로 휘어져 있었다.

"이건 신석기 시대의 돌칼이고 또 이건 청동기 시대의 청동검일세."

그는 갑 속에 들어 있는 것들도 꺼내 보여주었다.

그가 알고 있는 바에 의하면 고대 중국의 청동검은 주변

지역에까지 영향을 미쳐 만주를 거쳐 우리나라로 들어왔고 세형 도검을 만드는 실마리가 되었다. 그리고 이것이 다시 일본으로 건너가 오늘날의 일본도를 제작할 수 있는 기초가 되었다.

"유럽의 칼을 한번 구경하도록 하지. 대개가 모조품들이지만."

그는 비교적 기다란 형태의 칼들이 걸려 있는 벽 앞에서 걸음을 멈추었다.

유럽 최초의 도검은 아시리아, 갈리아 및 그리스의 것들로서 칼날의 양면에 홈줄이 그어져 있는 공격용 스파타라는 것이고, 프랑크인의 크라마삭세라는 한쪽 날이 묵직한 칼은 14세기까지 사용되다가 다른 형태로 변형되었다.

그는 유럽의 대표적인 칼들을 모두 수집해 놓고 있었다. 그것의 유형을 보면 8세기 후반 왕과 현관들이 약 1미터 미만의 장검을 차고 다니기 시작하여 14세기까지의 장검의 특징을 이루고 다른 두 가지 검이 13세기 후반부터 출연하여 그중 하나는 비교적 긴 장검으로 상대편을 베는 칼, 다른 하나는 칼날의 횡단면이 능형으로 짧고 무거워 상대편을 찌르는 칼로 사용되었다.

15세기에 이르면 갑옷과 투구가 강철판으로 변함에 따라 칼도 더욱 정교하고 견고한 형태로 발달해서 이탈리아제 도검이 각국에 유행되기 시작했다.

"바로 이게 이탈리아제 검인데, 다른 것에 비하면 자루 쪽이 넓고 칼끝 쪽으로 가면서 급격히 좁아져서 전체적으로 기다란 이등변 삼각형의 형태를 가지고 있네. 자루를 보게. 자루 끝에 고리가 있는 것이 그 이전의 칼과 다른 점이네. 이때부터 칼에다 여러 가지 장식품을 달기 시작했다네."

그는 또 화포가 발명된 이후 급격히 검의 가치가 떨어져서 16세기 후부터는 기병들만이 검을 사용하게 되었음도 덧붙여 주었다.

"이게 바로 세벨이라는 칼일세. 기병들이 사용하던 칼이지. 오늘날은 겨우 보병들이 총신 끝에다 꽂아서 육박전을 할 때 사용하는 단검으로 칼의 역사는 움츠러들어버렸다네."

그는 그밖에도 동양의 여러 가지 칼들을 설명해 주었다. 그리고 마지막으로는 조그만 손칼 두 개를 갑 속에서 끄집어내었다.

"이건 얼마 전에 제주도에 가서 구해온 칼이지. 무당들이 쓰는 것으로서 명두칼이라고도 하고 신칼이라고도 한다네."

그 칼은 이십 센티 정도의 놋쇠칼이었다.

칼날은 서 있지 않았다. 자루 끝에 만들어져 있는 고리에 길이 두자 정도의 한지로 만든 술이 치렁치렁 드리워져 있었다.

"칼은 반드시 무기로서만 존재하지 않네. 이 칼은 잡귀들을 쫓거나 신의 뜻을 알아내는 데 사용되던 것이지. 칼도 영능력을 가질 수가 있다네."

"선생님이 만드시려고 하는 칼이 바로 이런 칼인가요?"

"아닐세. 내가 만들고자 하는 칼은 이곳에 없네."

그는 자신이 만들고자 하는 칼이 어떤 것인가를 정 군에게만은 필히 설명해 주지 않으면 안 된다는 생각이 들었으나 아직은 때가 아니라는 생각이 들어 다음 기회로 미루었다.

칼을 구경하고 나서 정 군이 말했다.

"전 어쩐지 자신이 없어지는데요. 칼이라면 부엌칼 따위밖에는 만들어본 적이 없거든요."

바깥은 햇빛이 상당히 생기를 되찾고 있는 듯한 느낌도 들었다.

"칼이 있던 시대는 그래도 생명의 존엄성이 살아 있었던 시대였다는 생각이 드네. 그러나 대포가 생긴 이후로는 생명 따윈 우습게 취급되기 시작했지. 칼로 인한 실수는 사람을 다치게 하는 정도이지만 대포나 총에 의한 실수는 사람을 죽게 만드네. 자네는 생명의 존엄성을 되찾은 기분으로 칼을 만들면 되네."

박정달 씨는 정 군의 어깨를 정답게 두드려주고 있었다.

"굉장한데요."

정 군이 말했다.

"어느 칼이 가장 자네의 마음에 들던가?"

박정달 씨가 물었다.

"기막힌 칼이 하도 많아서 어떤 거라고 하나를 꼬집어 말할 수가 없어요."

정 군은 아직도 흥분이 가시지 않는 듯한 목소리였다.

"하지만 그것으로 내가 수집한 칼을 다 보았다고는 생각지 말게."

"그럼 또 있다는 말씀인가요?"

"물론이지. 나는 멕시코제 잭나이프 하나를 구입하기 위해서 열흘 동안 담배와 점심을 거른 적까지 있었으니까."

"나머지는 어디다 진열해 두었나요?"

"안방 다락 속에 처박혀 있다네. 진열해 놓을 만한 공간이 마땅치 않아서이지. 한번 보여줄까?"

"보고 싶은데요."

그러자 박정달 씨는 안방으로 들어가더니 잠시 후에 작은 상자들을 한 아름 안고 마루로 나타났다.

마루에는 싸늘한 햇빛이 비스듬히 떨어져 내리고 있었는데 그 햇빛의 영역 사이로 상자에서 흩어져 나온 먼지들이 죽은 날벌레들처럼 맥없이 흩어져 가라앉고 있는 것이 보였다.

박정달 씨는 몇 번 더 안방을 들락거렸고 상자들은 금방 그의 키만큼이나 높이 쌓여졌다. 정 군은 호기심에 찬 눈으로 그 상자들을 바라보고 있었다.

"이리 오게."

박정달 씨는 정 군을 마루로 손짓해 불러 앉혔다.

"좀 춥기는 하지만 마루가 좋겠네. 방에서 이걸 벌여놓으면 먼지 때문에 마누라가 또 잔소리를 늘어놓을 테니까. 자네도

장가를 가면 되도록 마누라에게 잔소리를 듣지 않도록 하게.
산삼을 열 뿌리 먹는 것보다 마누라의 잔소리를 한 번 덜 듣
는 편이 훨씬 건강에 도움이 된다네."

"하지만 공처가는 싫은데요."

"공처가란 공손히 처에게 가르침을 받는 남자라더군. 하지
만 겉으로만 그렇게 하는 걸세. 속으로야 항상 마누라 따윈
우습지도 않다구."

박정달 씨는 상자 하나를 무릎 위에 올려놓더니 조심스럽게
뚜껑을 열었다.

번뜩!

갑자기 날카로운 빛살이 흐린 겨울 햇빛을 통겨내고 있었다.
상자 속에는 모양이 똑같고 크기만 다른 다섯 자루의 칼들이
나란히 누워 있었는데 주변에 쓰인 글자들로 미루어 그것들
역시 바다를 건너온 물건들인 모양이었다.

"미젠가요?"

정 군이 물었다.

"캐나다제라네."

박정달 씨는 그것들이 수렵용 나이프 세트라고 설명해 주었
다. 그것들은 모두 날씬한 체형들을 가지고 있었으며 칼등의
끝부분이 초승달 같은 곡선으로 패여 예리한 느낌을 불러일
으키고 있었다. 자루는 배가 약간 부르고 모양이 단조로운 편
이었다. 매우 정교한 솜씨로 만들어져 있어서 누가 보아도 한

자루쯤 간직하고 싶다는 생각이 들 정도였다.

"다른 것을 한번 구경해 볼까?"

박정달 씨는 비교적 크고 기다란 상자 하나를 다시 무릎 위에 올려놓았다.

생각보다는 많은 칼들이 들어 있었다. 모양과 크기도 여러 가지였다.

"사람들은 먹는 일에 무엇보다도 신경을 많이 쓰지. 그래서 칼들도 이렇게 다양하다네."

박정달 씨는 육용으로 만들어진 대형 나이프를 비롯해서 끝이 유난히 뾰족한 어육용(魚肉用)과 소형의 과실용, 선이 부드러운 버터용, 가늘고 톱니가 많은 빵 자르기용 따위를 일일이 짚어 나가며 설명해 주었다.

"여기 꺼내온 것들은 대개가 나이프에 해당하는 것들이지."

그의 설명에 의하면 나이프 역시 석기 시대부터 사용된 도구의 하나라는 거였다. 부싯돌을 깎아서 만든 소형의 나이프에서 자루를 달아 극히 작은 지렛대의 작용을 이용한 것으로 발전했는데 고고학에서는 작은 칼과 나이프 등을 총칭하여 도자(刀子)라고 일컫고 서양에서는 외날은 나이프(knife), 양날은 단검(dagger)이라 불러 구분한다고 말했다.

이들 나이프들의 형태는 원래 영국형이나 프랑스형이 인기를 독점했는데 요즈음은 미국형이 많이 보급되는 모양이었다.

박정달 씨는 그밖에도 많은 나이프를 정 군에게 보여주고 그것들에 따른 설명들을 아주 상세하게 덧붙여주었다. 자루의 끝이 뾰족한 프록스티커, 등에 톱날이 달리고 손잡이에 가까운 쪽이 병따개 모양으로 만들어진 어로용 나이프, 면도칼, 구즈, 미체트, 디근자 형의 양쪽 끝에 각각 자루가 달려 있는 드로우 나이프, 커빙 나이프, 스카웃 나이프, 보닝 나이프, 버딩 나이프 등 이루 헤아릴 수 없이 많은 종류의 칼들이 상자 속에서 쉴새없이 쏟아져 나왔다간 다시 들어가기를 몇 번이고 반복했다.

그리고 잠시 후 그것들을 모두 거두어들인 다음 박정달 씨는 정 군에게 이렇게 말했다.

"하지만 나는 먹고사는 일에 필요한 이 따위 칼 같은 건 절대로 만들지 않을 생각이네. 내가 만들고자 하는 칼은 사람의 영혼과 영합되는 신검이라는 사실을 자네도 명심해 두게."

어느새 그들이 앉아 있던 자리에 깔려 있던 햇빛은 벽에까지 성큼 물러나 있었다. 햇빛이 물기처럼 번들거리고 있는 벽면 한 귀퉁이에 박정달 씨의 막내가 어릴 적에 파란 색연필로 그려놓은 헬리콥터 한 대가 추락할 듯 위태롭게 비행하고 있었다. 그대로 곧장 비행하면 영락없이 열려 있는 부엌문에 대가리를 부딪혀서 아래로 곤두박질을 칠 것 같은 기분이었다.

때마침 박정달 씨의 마누라가 부엌에서 불만스러운 목소리로 말하는 소리가 들려왔다.

"먹고사는 일을 우습게 아시는구려. 당신은 아마도 칼이나 우둑우둑 깨물어 먹으면서 살아갈 수 있다고 생각하시는 모양인데 대장간을 차려가지고는 입에 거미줄 치기 딱 알맞아요. 내가 꽃집이라도 하나 차리는 수밖에 없지."

그러자 박정달 씨는 흠칫 놀라는 시늉을 해보이며 이렇게 말했다.

"난 부엌에 아무도 없는 줄 알았는데."

"친정엘 한 번 더 다녀와야겠어요."

어느 날 마누라는 말했다.

"친정에다 꿀 발라놓았소?"

박정달 씨는 약간 못마땅하다는 듯한 표정이었다.

"당신은 내가 친정에만 간다고 하면 민감한 반응을 보입디다."

"너무 자주 가니까 그러는 거 아니오. 친정하고 변소간은 멀수록 좋다는 옛말도 있지 않소. 다 당신 같은 여자를 경계해서 하는 소리요."

"하지만 요즘은 그렇지 않아요. 우선 변소만 해도 그래요. 현대식 건물의 구조를 보세요. 변소는 목욕탕하고 같이 있어요. 목욕탕은 바로 침실 옆에 있고, 친정은 또 어떻구요. 요즘 같이 외로운 도시생활에 하다못해 사돈의 팔촌의 고모부의 조카의 처제만 가까이에서 살아도 그게 어디라구요."

"아, 골치 아픈 마누라여. 마음대로 하구려. 사람은 마음대로 하기 위해 살아가는 거니까."

"모처럼 옳은 소리를 한 번 하시는구랴."

"하지만 마음대로 하기 위해 살다가 보면 한번도 마음대로 살아보지 못하고 늙어버렸다는 것을 알게 되는 게 또 인생이라는 거요."

그러나 마누라는 오전에 친정으로 떠났다. 그리고 하루를 묵은 다음날 오후에 돌아왔다.

"전에 아버지한테 돈을 좀 부탁해 놓았었거든요. 정말 이제는 무엇이든 제가 나서서 하지 않으면 안 될 것 같았어요. 그동안 당신만 고생했었으니까 이번에는 제 차례예요."

돌아와서 마누라가 하는 말이었다.

박정달 씨는 문득 가슴이 뭉클해지는 듯한 느낌이었다.

정 군을 데려온 지 일주일이 지나서야 박정달 씨는 비로소 대장간을 차리기 위한 움직임을 본격적으로 나타내 보이기 시작했다. 목수와 미장이들을 불러 가게를 완전히 대장간에 적합한 구조로 개조하는 한편 정 군과 함께 여러 곳을 돌아다니며 모루쇠니 망치니 집게니 숫돌이니 하는 따위의 각종 용구들을 구입해 들이기 시작했다.

그 용구들은 한결같이 재래식 방법으로 만들어진 것들이었다. 절대로 기계성이 가미되어 있지 않았다. 당연히 모든 용구들은 수공품이었으며 또한 수동식이었다. 이를테면 전기를 이용하는 풍구 따위를 외면하고 손으로 직접 바람을 이용하는 풀무 따위를 선택했다는 얘기이다.

풀무는 이제 그 어디에서도 구입할 수가 없었다. 골동품을 취급하는 곳에서 겨우 구경을 할 수는 있었지만 너무 비싸서 살 수가 없었으므로 그는 그것을 특별히 목수에게 맞추는 도리밖에 없었다.

어느 정도 대장간의 형태가 갖추어지자 박정달 씨는 자기가 만들고자 하는 칼이 어떤 것인가를 정 군이 확실하게 이해할 수 있도록 만들어주어야겠다는 생각을 했다. 만약 정 군의 사고방식이 자기의 사고방식과 일치하지 않을 경우 신검은 결코 만들어질 수가 없다는 판단에서였다. 그는 정 군이 자신의 생각과 일치될 때까지 여러 가지 방법으로 끊임없이 정 군의 의식을 개조시켜 나갈 생각이었으며 그는 거기에 대한 구체적인 계획을 치밀하게 세워놓아야겠다고 마음먹었다.

대장간을 차리고 나자 정 군은 몸이 근질거려 견딜 수가 없다는 듯 자주 호미나 괭이라도 한 개 만들어보자고 졸랐지만, 그는 아직 일에 착수할 단계가 아니라는 이유로 번번이 정 군의 근질거림을 억눌러버리곤 했다. 그 대신 우선 자기가 지금까지 익혀온 칼에 대한 모든 지식들을 정 군에게 주입시키는 일에 전심전력을 기울였다.

그는 처음에 자기가 수집한 모든 칼들을 거의 날마다 정 군에게 보여주었다. 그리고 그것들의 외형적인 것에서부터 내면적인 것에 이르기까지 상세한 설명을 반복하고 칼이 단순한 물체로서가 아니라 어떤 기운을 가진 생명체에 가까운 것임을 누누이 강조하기를 게을리 하지 않았다.

"이 칼은 너무 무지막지하게 생겼군요. 사람들의 모가지깨나 잘라먹는 칼 같은데요. 서양 사람들이 쓰던 칼 같은데 혹시 서양에도 옛날에 산적이 있었는지는 모르지만 있었다면 그런 사람들이 쓰던 칼 아닌가요?"

언젠가 바이킹들이 쓰던 검을 가리키며 하던 말이었다.

"잘 아는군. 산적이 아니라 해적들이 쓰던 칼일세. 무조건 남을 해하려는 목적 하나로만 만들어진 칼이지. 그런 칼일수록 형태가 단순하고 배가 넓으며 양날이 세워져 있고 장식이 별로 없는 편이라네. 보기에도 대번에 무식해 보이지. 사람의 목숨을 귀중하게 생각하면서 만든 칼일수록 전체적인 모양이 기품이 있어 보이고 장식과 문양이 아름다운 편이라네. 그런 칼은 대개 명예나 권위나 생명의 보호를 목적으로 해서 차고 다니던 칼이라고 생각하면 되네. 그러나 중요한 것은 칼의 외형적인 면보다는 내면적인 면을 보고 느끼는 일이 중요하다네. 특히 신검을 만들기 위해서는."

그는 해뜰 무렵에 정 군을 데리고 칼이 진열되어 있는 그의 방을 열람하기를 좋아했다.

그 작은 박물관은 동녘으로 창이 하나 나 있었는데 해가 뜨면 그대로 햇빛이 가득 쏟아져 들어와서 죽어 있던 칼들을 일제히 현란한 번뜩임으로 되살아나게 만들고 있었다. 모든 칼들은 날카롭게 빛살을 되쏘면서 속에다 품고 있던 살기를 비로소 바깥으로 선명하게 내뿜는 것이었는데 그럴 때 만약 누가 손가락 하나라도 갖다대기만 하면 칼이 저 혼자 벌떡 일어나서 저절로 그 손가락을 싹둑 잘라버릴 듯한 느낌이었다.

"그 어떤 칼이든지 섬뜩한 검기를 가지고 있네. 그것은 살의와 일맥 상통하는 데가 있네. 비록 새빨갛게 녹이 슬고 날이 무질러진 칼이라도 그 섬뜩한 검기만은 없어지지 않는 법이지. 자네 길바닥에서 칼을 주워본 경험이 있겠지. 녹이 슬고 날이 무질러진 칼도 불길한 느낌은 마찬가지라네. 그 불길한 느낌은 바로 그 칼이 품고 있는 원초적 악마성에서 기인하는 것일세. 하지만 내가 만들고자 하는 신검은 절대로 그 원초적 악마성을 느낄 수가 없는 것이라네."

그러나 정 군은 전혀 이해할 수 없다는 듯한 표정이었다. 그래도 박정달 씨는 크게 실망하지는 않았다. 그는 정 군에게 자기의 이론을 납득시킬 수 있는 여러 가지 방법들을 다각적으로 집요하게 적용시킬 계획이 수립되어 있었던 것이다.

그는 우선 수시로 이름난 무사들에 관한 이야기를 해줌으로 하여 정 군이 그들의 검법이나 행위에 매력을 느낄 수 있도록 유도해 갔다. 그중에서도 특히 활현경이라는 검법에 대해서는 몇 번을 반복해서 설명해 주었고 그것이 이 세상에 실지로 존재한다는 사실 또한 누누이 강조하기를 잊지 않았다.

"얼마나 멋진 이야기인가. 궁수 세 사람이 동시에 활을 쏜단 말일세. 그러면 비스듬히 들고 있던 칼을 눈에 보이지 않을 정도로 한 번 여리게 흔들어주는 거야. 그 흔들림은 가느다란 봄

바람에 꽃가지가 한 번 흔들리는 것과 같다고 했네. 그런데도 화살은 맥없이 비껴 떨어지고 만다는 거였어. 칼에는 닿지도 않았는데 말일세. 바로 검기 때문일세. 오랜 수양과 연마 끝에 얻어낸 경지라네. 이 세상에는 우리가 상상도 할 수 없는 능력을 가진 사람들이 얼마든지 은둔해 있다네. 바로 내 친구의 아버지도 그런 사람 중의 하나이지. 나는 활현경에 대한 이야기를 듣기 위해 수시로 그 친구에게 전화를 건다네. 몇 번을 들어도 황홀한 얘기거든."

"그런 일을 어떻게 믿어요. 눈으로 직접 본다고 해도 못 믿을 것 같은데요."

"하지만 내 친구가 직접 시험해 보았다네."

"도저히 믿을 수가 없는데요."

"그렇다면."

박정달 씨는 또다른 예를 들어 보이려고 노력했다.

"유리 겔러라는 이름 들어봤나?"

"못 들어봤는데요."

"아직도 살아 있어. 눈으로 쇠붙이를 주시하기만 해도 부러지거나 휘어지는 능력을 가진 사람이지. 처음엔 학자들이 속임수라고 반발했어. 그러나 저명한 과학자 몇 명을 입회시킨 장소에서 그것을 실증해 보였지. 그 장면을 텔레비전으로 방영했는데 그 프로를 시청한 사람들의 방이나 부엌에서 또한 일대 이변이 속출했었다네."

"어떤 이변인데요?"

"프라이팬이 쭈그러지고 도어의 손잡이가 뒤틀리는가 하면 시계바늘이 빠른 속도로 역회전하거나 파손되어 버린다는 거야."

"아무래도 무슨 장치 같은 걸 해놓았겠죠."

정 군은 여전히 믿을 수가 없다는 듯한 표정이었다.

"그렇다면 좋아."

그는 서가에서 스크랩북 한 권을 뽑아내어 정 군에게 펼쳐 보였다. 거기에는 유리 겔러에 관한 신문기사와 잡지기사 들이 여러 장 스크랩되어 있었다.

그리고 그 뒤로는 투시력을 가진 사람들에 관한 자료나 몸에서 강한 전기를 일으키는 사람들에 관한 자료 따위들도 여러 장이 첨부되어 있었다. 그는 그것들을 상세히 설명해 주었다.

그는 한때 극심한 힘 콤플렉스에 시달려 왔었다. 나중에는 피해망상증까지 나타내 보일 정도였다. 친척 되는 사람 중의 하나가 그를 최면술로 몇 달간 치료해 주었다. 그것은 상당한 효과가 있었다. 그때부터 그는 물리적인 힘보다 강한 어떤 다른 성질의 힘에 눈뜨기 시작했다. 그는 초능력이니 심령과학이니 하는 것들에 차츰 관심을 가지기 시작했고, 그 방면에 관한 책들이라면 닥치는 대로 읽어치우기 시작했다. 더러는 저자들에게 문의 편지를 보내거나 연구소를 직접 견학하러 갔던 적도 있었다.

그는 그러는 동안 마침내 인간이 놀라운 에너지체라는 사실을 알아내게 되었다.

그러나 모두는 그에게 최소한의 초능력이나 영능력 현상을 보여주기는 했지만 그것을 발휘할 수 있는 방법만은 가르쳐주지 않았다. 따라서 그는 다만 그러한 현상들을 믿기만 할 뿐 타인들에게 증명해 보일 수는 없었다.

"정말 괴상한 사람들도 다 있군요. 신문에 난 걸 보니까 확실히 이런 사람들이 있기는 있는 모양인데 그래도 눈으로 직접 보지는 못했으니까 확실히 믿어지지는 않아요."

"만약 유리 겔러같이 몇백 미터나 떨어져 있는 곳의 쇠붙이까지 마음대로 휘거나 부러뜨릴 수 있는 사람이 실제로 존재한다면 활현경이라는 것도 실제로 존재할 수가 있겠지."

"그건 물론이겠죠."

박정달 씨는 언젠가 한 번쯤은 정 군을 데리고 심령 과학 연구소나 초능력 개발 연구소 같은 곳으로 가서 몇 가지 불가사의한 현상들을 직접 보여주어야겠다는 생각을 단단히 굳히고 있었다.

"마누라가 꽃집을 차렸다네."

박정달 씨는 공중전화 부스에서 친구에게 전화를 걸고 있었다. 이제는 완연한 봄이었다. 공중전화 부스 유리문 바깥으로는 거리가 내다보이고 가로수의 푸르고 싱싱한 이파리들이 햇빛에 반짝이고 있는 모습이 보였다.

"잘된 일이군. 진심으로 축하하네."

"대장간에서는 한 푼도 안 나올 테니까 식구들을 굶겨 죽이지 않으려면 마누라가 꽃집이라도 차려야겠다는 거였네. 고맙더군."

"고마울 거 없네. 이제는 더욱 마누라한테 맥을 못 추게 생겼으니까."

"자네 마누라는 잘 있겠지?"

박정달 씨는 뒤늦게 형식적인 안부를 묻고 있었다.

"잘 있지 않네. 요즘도 자주 집을 비운다네. 틀림없이 바람이 난 걸세."

"그럴 리가 있는가. 무슨 볼일이 있겠지. 동창회라든가 요리학원 같은 데라도 참석하러 가는 거겠지."

"동창회를 그렇게 자주 여느니보다 차라리 학교를 다시 다니는 편이 낫겠지. 그리고 요리학원에 나간다는 건 더욱 틀리는 말일세. 언제나 밥상은 일하는 아줌마가 차리니까. 나는 마누라가 해주는 밥을 몇 년 전에 먹었는지 잘 기억이 나지 않네. 정말로 마누라가 해주는 밥을 한번 먹어보고 싶다네."

매우 비애감에 차 있는 목소리였다.

"되도록이면 믿고 사는 게 좋다네."

"나는 이 세상에서 다른 것은 다 믿어도 두 가지만은 믿을

116

수가 없구만."

"그 두 가지란 뭔가?"

"하나는 채무자의 호주머니고 또 하나는 여자들의 치마끈 일세."

"원, 별소릴 다 하는군."

"오늘은 무슨 일로 전화를 했는가?"

"자네 목소릴 한 번 듣고 싶었네."

"나도 같은 생각으로 전화를 기다리고 있었네."

"이젠 피차 목적 달성을 했으니 그만 끊기로 하세."

"꽃집과 대장간의 번성을 비네."

"그럼 돈 많이 벌게."

"자네한테까지 그런 인사를 다 받게 되다니 울적해지는군."

"나쁜 뜻은 아닐세."

"나도 알고 있다네."

전화는 끊어졌다.

박정달 씨가 공중전화 부스를 나오니 정 군이 한눈을 팔며 기다리고 있다가 다 끝나셨어요, 하고 건성으로 물었다.

"그 친구의 아버지에 대해서 좀 묻고 싶었는데 별로 기분이 좋지 않은 상태인 것 같아 그만두었네."

둘은 어깨를 나란히 하고 역 쪽으로 걸음을 옮겨놓기 시작했다.

"한번도 얼굴조차 본 적이 없는 친구라면서요?"

정 군이 말했다.

"내가 언제 그 친구에 대한 얘기를 자네에게 해주었던가?"

"아까 공중전화 부스로 가던 도중에 제게 말했어요. 한번도 얼굴조차 본 적이 없는 친구라고. 단지 저는 그것만 알고 있을 뿐이죠."

"그 친구에 대한 얘기를 해줄까?"

"어쩐지 재미있는 사연이 깃들어 있을 것 같은데요."

"재미있는 사연이라……."

박정달 씨는 혼잣소리로 중얼거리고는 하늘을 한 번 쳐다보았다. 화창한 날씨였다.

그는 느린 목소리로 그 친구를 사귀게 된 경위를 정 군에게 들려주기 시작했다.

"대학 다닐 때 어느 여성지에 별난 내 취미가 제법 많은 페이지로 소개된 적이 있었지."

그는 학보사에 있던 같은 과 선배 하나와 비교적 친하게 지내왔었다.

그 선배는 졸업하자마자 그 여성지 편집부에 취직을 했는데 박정달 씨의 취미가 독자들의 흥미를 유발시킬지도 모른다고 생각한 모양이었다. 어느 날 사진 기자와 함께 집으로 찾아와서 그의 취미에 대한 것들을 취재해 갔다.

잡지에 나온 것을 보니까 그가 수집해 놓은 여러 가지 칼들과 그의 사진을 원색 화보로 깔아 놓고 '세계의 칼들'이라는 제호 아래 잡다한 얘기들을 덧붙여 놓았는데 한 마디로 모든 내용이 거의 조작된 것이라 해도 과언이 아닐 정도였었다.

다른 나라의 대표적인 칼을 구하기 위해 몇 번이나 해외여행을 했다는 둥, 가산을 몽땅 탕진해서 수집한 칼들이라는 둥, 때로는 수집한 칼을 몸에 지니고 다니다가 살인범으로 누명을 쓰고 경찰서에서 곤욕을 치른 적도 있다는 둥, 이만저만한 허위가 아니어서 얼굴이 화끈거리다 못해 그 선배에 대한 증오심까지 끓어오를 지경이었다.

"요즘 사람들은 사실을 사실대로 이야기하면 아무도 믿지 않거든. 거짓말이 섞여야만 믿는다구. 우리 잡지는 게다가 여성 잡지란 말일세. 특히 여자들은 진실보다 거짓말에 더 잘 현혹된다니까. 혹시 또 모르지. 미모의 아가씨로부터 팬레터라도 올는지. 평범한 것보다는 특이한 것을 좋아하는 게 여자야."

후에 그 선배는 일부러 술자리를 만들어 그렇게 얼렁뚱땅 둘러대었다.

그런데 어느 날 정말로 편지 한 통이 날아들었다. 여자로부터의 편지가 아니라 남자로부터의 편지였다. 그리 기분 좋은 내용은 아니었다.

그 편지 중 특히 그의 자존심을 상하게 만든 것은 당신은 지금 상당히 칼에 대해서 많이 안다고 자부할는지도 모르지만 당신이 알고 있는 것은 겨우 칼의 껍데기에 불과하오, 라는 글귀였다. 게다가 전체적인 내용 속에는 뭐라고 꼬집어 말할 수가 없지만 칼을 수집하는 그의 행동에 대한 조소와 은근한 적의까지 숨어 있는 것 같았다.

칼을 사랑하는 사람에 대해 나는 무조건 증오를 금할 수 없소. 나는 당신이 왜 그런 무모한 취미를 가지게 되었는지를 알고 싶소, 라고 그 편지는 끝을 맺고 있었다.

그는 상당히 망설인 끝에 답장을 보내기로 마음먹었다.

비록 모든 것에서 남에게 진다고는 하더라도 칼에 관한 논쟁에서만은 지고 싶지 않다는 심정이었다. 칼은 박정달 씨가 가지고 있는 단 하나의 긍지였다. 그것마저 허물어뜨릴 수는 없었다. 그리고 그는 이길 자신이 있다고 생각했었다.

그로부터 편지를 통한 두 사람의 치열한 논쟁이 시작되었다. 그 친구도 결코 만만치는 않았다. 이쪽에서 칼을 예찬할 만한 여러 가지 이유들을 열거한 편지를 보내면 저쪽에서는 칼을 비하시킬 만한 여러가지 이유들을 열거하는 답장을 보내는 거였다.

이쪽에서 칼이 인간의 생존에 얼마나 많은 역할을 담당해 왔는가를 열거하면 저쪽에서는 칼이 인간의 목숨을 얼마나 많이 앗아갔었는가를 열거해 왔다. 이쪽에서 기사의 칼을 이야기하면 저쪽에서는 강도의 칼을 이야기해 왔다.

편지를 통한 그들의 칼싸움은 차츰 치열해지고 있었다. 이쪽에서 프랑수아 1세의 검을 빼어들면 저쪽에서는 관운장의 청룡언월도를 꺼내들었다. 다시 이쪽에서 겔제 문화기의 공검을 집어들면 또 저쪽에서는 중국 전국 시대의 동검을 집어 들었다. 망나니의 칼이 음산하게 번뜩이기도 하고 기요틴이 무자비하게 떨어져 내리는 수도 있었다. 단검 하나로 수천 명의 목숨을 건지는가 하면 장검 하나로 수천 명의 목숨이 끊어지기도 했다. 로마 병정의 귀를 자른 예수님 제자의 칼이 나오는가 하면 자명고를 찢은 낙랑 공주의 칼이 나오는 수도 있었다.

때로는 저쪽의 편지 속에서 생판 들어본 일조차 없는 용어가 튀어나와 이쪽이 은근히 한 수 눌리는 듯한 기분이 든 적도 있었다.

유엽검(柳葉劍)이니 귀두검(鬼頭劍)이니 하는 따위가 바로 그런 예였다. 나중에 알고 보니 칼날의 곡선과 칼끝의 모양에 따라 붙여진 이름들로서 중국 무예를 익힌 사람들이 쓰던 검이었다. 그러나 칼에 대한 지식 문제라면 저쪽이 훨씬 눌리는 편이었다. 저쪽에서는 칼의 결과론적인 것들만 알고 있는 것 같았다. 단지 칼에 대한 지식 문제에서 저쪽이 앞서는 것이 있다면 중국 무술이나 무협지에 해당하는 것들뿐이었다.

그런데도 그들의 칼싸움은 거의 반년간이나 지속되었다. 저쪽이 칼의 지식 문제에서 한 수 눌리고 있음에도 불구하고 쉽사리 승패가 가려지지 않는 이유는 무엇보다도 저쪽의 칼에 대한 주관 때문이었다. 저쪽은 칼에 대한 주관이 이쪽보다 한결 뚜렷했던 것이다. 칼에 대한 저쪽의 증오를 칼에 대한 이쪽의 애정만으로는 이겨내기가 힘이 들었다.

그러다가 두 사람은 거의 같은 시기에 칼과의 인연을 맺게 된 경위를 비교적 솔직하게 편지 속에 토로하게 되었다.

박정달 씨는 유년 시절부터 폭력 콤플렉스에 걸려 있었다는 사실과 거기에 따른 자기 보호책으로서의 칼을 이야기했고 그 친구는 유년시절부터 검술에 미친 아버지로 인해 받았던 여러 가지 경제적 고통에 대한 일화들과 그 원흉으로서의 칼을 이야기했다.

그러면서 두 사람은 차츰 자신의 면모들을 상대편에게 구체적으로 드러내 보이기 시작했는데 두 사람 다 칼에 대해 그러한 자기 견해들을 가질 만한 이유가 있었음을 납득하게 되었고 서로의 입장들을 막연하게나마 이해할 수 있게 되었다.

그들은 이제 더 이상 칼싸움을 계속할 필요성을 느끼지 않았다. 그래서 투구의 갑옷을 벗어던지고 서로 상대편에게 화해의 손길을 내밀었다. 그들은 어느새 친구로 변해버린 것이었다.

사람과 사람이 직접 대면해서 나누게 되는 우정과 편지와 편지만을 통해서 간접적으로 나누는 우정을 다른 사람들은 어떻게 생각할는지.

그러나 적어도 그들만은 사람과 사람이 직접 대면해서 나누게 되는 우정보다는 편지와 편지만을 통해서 간접적으로 나누게 되는 우정이 의외로 더 돈독하다는 것을 날이 갈수록 짙게 절감하게 되었다. 편지란 누구든 받으면 반갑고 기쁜 것이다. 게다가 글이란 또 말보다 더 신뢰감을 느끼게 하는 것이다.

두 사람은 마침내 상대편과 나 사이로 연결되어진 인연의 끈을 자발적으로 굳게 자기 가슴에 동여매었다. 서로 얼굴을 대면하는 일이 왠지 그들의 우정을 깨뜨리는 행위 같다는 생각에서 그들은 어떠한 일이 있어도 서로 만나는 일만은 금기 사항으로 약조해 두었다.

그러나 좀더 우정의 폭을 넓히기 위해서 그들의 친구와 친구끼리는 서로 만나도록 주선하자는 데 의견을 같이 모았다. 애인이 생기면 애인끼리도 서로 만나도록 하자는 데도 역시 동의했다.

그들은 정말로 열심히 편지와 편지들을 나누었고 그러다 보니 그 우정이라는 것이 마치 전생에서의 연이 계속되고 있는 듯한 느낌까지 들 정도가 되어버렸다.

그러다 갑자기 미묘한 사건 하나가 발생했다.

박정달 씨가 사귀던 여학생, 그 여학생을 따라다니는 새로운 남자가 하나 나타났는데 그 남자가 사대 체육과에 적을 둔 역도 선수라는 말을 듣고 박정달 씨가 일방적으로 절연해 버렸던 바로 그 여학생과 연결된 사건이었다.

박정달 씨는 사실 그 여학생을 잊고 있었다. 어쩌면 그 역도 선수와 가까이 지내고 있는지도 모른다는 생각을 했던 적이 있기는 있었지만 별로 마음에 걸리지는 않았다. 그는 완전히 체념하고 있었던 것이다.

그러나 어느 날 그 친구가 보낸 편지 속에서 그 여학생의 사진 한 장이 묻어 나왔다. 틀림없는 그 여학생의 사진이었다. 뜻밖이었다. 박정달 씨는 가슴이 철렁 내려앉는 듯한 느낌이었다. 마치 부끄러운 짓을 하다 들켰을 때처럼 전신이 수치심으로 오그라드는 듯한 느낌이었다.

편지의 내용에 의하면 그 친구에게 비로소 애인이 하나 생겼다는 거였다. 사진을 동봉해서 보내니 관상이나 한번 봐달라는 농담 같은 소리를 하고 있었는데 박정달 씨로서는 결코 그것을 농담으로는 받아들일 수가 없는 기분이었다.

그 여학생과 사귀면서 박정달 씨는 자주 그 친구의 얘기를 했었다. 더러는 편지도 보여주고 답장도 그 여학생이 들여다보는 자리에서 쓰곤 했었다. 그 친구가 어느 대학 몇 학년 누구라는 것 정도는 그 여학생의 머릿속에도 선명하게 기록되어 있을 터였다. 의도적으로 접근하려면 쉽게 접근할 수가 있었을 거였다.

염병할!

박정달 씨는 이런 경우 그렇게밖에는 자신의 감정을 표현할 수가 없었다.

여자란 얼마나 이해하기 곤란한 동물인가. 그 어떤 복잡한 수학문제보다도 그 어떤 생경한 암호문자보다도 난해하다.

어떤 저의가 숨어 있는 것일까. 나를 비웃어주자는 것일까. 아니면 복수를 하겠다는 것일까. 어쩌면 간단한 문제일는지도 모른다. 나와의 일을 의논이라도 해볼 양으로 찾아갔다가 차마 말하지 못하고 그럭저럭 몇 번 만나다 보니 서로 좋아지게 되었는지도 모른다. 얼마든지 그럴 수도 있는 것이다. 그런데 이럴 때는 어떻게 해야 하는 것일까. 그냥 모른 체 내버려둬야 되는 것일까. 아니면 그 친구에게 자초지종을 설명해야 되는 것일까. 박정달 씨는 고민하고 있었다.

편지의 내용을 보면 아직 그 친구는 그 여학생과 박정달 씨가 서로 모르는 사이라고 생각하고 있는 모양이었다. 하지만 언젠가는 그 여학생이 고백하게 될는지도 모른다는 생각이 들었다.

박정달 씨는 답장을 어떻게 써야 할까를 망설이다가 며칠을 그대로 흘려보냈다. 그러자 다시 편지가 왔다. 역시 편지 자체가 그 여학생에 관한 얘기들로 가득 차 있었다. 박정달 씨와의 관계는 전혀 모르고 있는 모양이었다. 어쩌면 그 여학생은 영원히 비밀을 지킬는지도 모른다는 생각이 들었다. 그러나 비밀이라니 한편으로 생각하면 우스운 일이었다. 무슨 비밀이 있단 말인가. 그저 평범한 사이가 아니었던가. 서로 부끄러워해야 할 만한 일이라곤 조금치도 저지르지 않았다. 우리는 아무 관계도 아니었는지도 모른다.

박정달 씨는 비로소 답장을 쓰기로 마음먹었다. 애인이 생겼음을 축하한다고, 관상을 보니 상당한 미인이더라고, 시집을 가게 되면 현모양처가 될 상이더라고, 능청이라도 떨어보는 수밖에 없을 거라는 생각이었다.

그로부터 석 달이 지나 그 친구로부터 다시 편지가 왔다. 그 여학생을 사랑한다는 거였다. 그래서 함께 살기로 했다는 거였다. 둘 다 끊임없이 바람에 흔들리고 있기 때문에 서로가 함께 바람을 막아주며 나란히 촛불처럼 켜져 있고 싶다고 했다.

편지에 의하면 그 여학생은 대학을 그만두어버린 모양이었다. 사실은 외로운 여자였다. 계모와의 사이가 좋지 않아 거의 집에 들어가지 않는 날이 많았었다. 누구든 그녀를 지켜주어야 할 것 같은 위태로움이 항시 도사리고 있던 여자였다.

고학으로 어렵게 대학을 다니는 친구로서는 결혼식 같은 거 엄두도 낼 수 없고 그냥 물 그릇 떠놓고 두 사람이 서로 구리 반지나 끼워주고는 동거를 시작했다는 얘기였는데 그 후로 그들은 그럭저럭 살다가 부부라는 것으로 인연을 굳히고 말았다.

그들이 부부가 된 연후에도 두 사람의 편지는 여전히 계속되었다. 그 여학생에 대한 미움의 거리낌 같은 건 말끔히 씻어진 지 오래였다. 우체부가 한 번씩 다녀갈 때마다 우정만 한 겹씩 쌓여갔다. 그렇게 해서 그들은 기묘한 형태의 친구 사이를 오늘날까지 유지해 나가고 있었다.

"정말 소설 같은 얘기로군요."

모든 경위를 다 듣고 난 정 군이 감동했다는 듯한 표정으로 말했다.

"하지만 소설이란 별스런 것도 아닐세. 어떤 놈들의 소설이건 한 사람의 인생만은 못하니까."

정말로 쾌청한 날씨였다. 지난밤 몇 시간을 비가 내렸고 세상은 온통 산뜻한 느낌으로 햇빛 속에 드러나 있었는데 박정달 씨는 이런 풍경을 회사 다닐 때는 단 한 번도 본 적이 없는 것 같다는 생각이 들었다.

박정달 씨는 요즘 자주 내용이 같은 꿈을 꾸곤 했는데 꿈의 내용이라는 것이 어찌나 황홀했던지 깨고 나서까지도 정신과 육체가 잠시 동안 쾌적해지는 듯한 느낌까지 들 정도였다.

꿈은 언제나 박정달 씨가 흉기를 든 괴한들한테 쫓기는 것으로부터 시작되었다.

그 괴한들은 중학교 때 학교림 입구에서 그를 구타하던 녀석들이 성장한 모습 같기도 했고, 고등학교 때 옥상에서 그를 구타하던 폭력 서클 중의 몇 명이 성장한 모습 같기도 했다.

그러나 또 어찌 보면 전혀 낯선 사람들 같기도 했다. 아무튼 그는 그들에게 끊임없이 쫓기고 있었고, 붙잡히면 쥐도 새도 모르게 살해당할 판국이었고, 혀와 목구멍은 굳어버린 채 아무 소리도 지를 수가 없는 입장이었다.

날씨는 언제나 화창한 봄날, 꽃들이 사방에 만개해 있는 과수원 속이거나 달빛 고고한 바닷가 백사장, 또는 찔레꽃 덤불져 있는 언덕이었다.

쫓기다 쫓기다 지친 나머지 이제는 영락없이 죽는구나 하는 절망감에서 땅바닥에 맥없이 꼬꾸라져버리면 어디선가 한 노인이 장검을 들고 소리도 없이 나타나는 것이다.

어딘지 모르게 위엄과 기품이 서린 모습, 길게 드리워진 백발의 수염. 조용히 서 있는 그 노인의 어깨 위로 가벼이 사과꽃이 떨어져 내리거나 달빛이 부서져 내리거나 찔레꽃잎이 흩어지는 사실을 잊어버리고 그 노인의 모습에 도취된다.

"이 영감탱이는 뭐냐?"

"차림새가 이상한데."

"노망이 들었는지도 모르겠네."

"장검을 빼어 들고 우리 앞을 가로막는 폼이 무슨 영화 속에 나오는 영감탱이 같군."

"귀찮은데 우선 저 영감탱이부터 목을 따지."

"늙어서 고기가 질기겠는데."

괴한들이 지껄이고 있는 동안 그 말의 난폭성 때문에 박정달 씨는 몇 번이고 간담이 서늘해진다.

그러나 또 한편으로 생각하면 걱정할 필요가 하나도 없다. 그 노인을 그는 너무도 잘 알고 있기 때문이다. 그 노인은 바로 친구의 부친이며 귀신 같은 검법을 구사하는 무예가의 최고수다.

"해치워버리자니까."

"아무래도 눈빛이 심상치가 않군. 자네는 뒤로 가게."

"어디서 저런 칼을 구했을까. 일본도는 아닌 것 같은데."

"이순신 장군이 쓰던 칼인가."

"정신 나간 영감탱이야. 걱정 말고 해치우라고."

괴한들이 노인을 포위하며 새삼스럽게 흉기들을 힘주어 꼬나잡으면, 그는 갑자기 긴장감으로 전신이 오그라드는 듯한 느낌에 사로잡히고 만다.

노인은 아주 느린 동작으로 칼을 비스듬히 끌어올린다. 이상하게도 칼이 가느다란 울음소리를 발하고 있다. 눈높이쯤에서 칼이 멈추어지는 것과 동시에 노인은 그대로 그림 같은 정지 상태를 계속한다. 침묵과 긴장 속에 괴한들은 그 노인을 포위한다.

그는 찔레 덤불이나 바위 뒤나 과수원 울타리 밑에 몸을 숨기고 늘 그런 장면을 눈여겨보고 있다.

노인의 등 뒤에서 괴한이 잭나이프를 치켜드는 것이 보인다. 뒤를 보세요, 하고 소리쳐 주고 싶은데 응고된 목구멍과 혀가 제대로 풀리지를 않는다.

번뜩!

잭나이프가 빛을 발했는가 싶었는데 나뒹구는 것은 노인이 아니라 괴한이다. 보이지 않을 정도의 빠른 검법으로 칼을 한 번 휘두른 것일까.

아니다. 활현경이다. 칼은 여전히 가느다랗게 울고 있다. 사방에 검기가 퍼져나가고 있는지 나뭇잎들이 스산하게 흔들리고 꽃잎이 분분히 흩날리면서 흉기를 든 괴한들의 손이 심하게 경련을 일으키고 있다.

또 때로는 꿈의 시간적 배경과 공간적 배경이 아주 먼 옛날로 돌아가 있다.

박정달 씨는 선비다. 과거를 보러 한양으로 가는 도중 산적들을 만난다. 그때 예의 그 노인이 다시 나타난다. 그리고 귀신같은 칼 솜씨로 산적들을 쓰러뜨린다. 그때 머리 위에서 야만적인 너털웃음과 함께 이런 소리가 들린다.

"제법이구나, 저놈의 영감탱이. 하지만 이 화살들은 피할 수가 없을 거다. 어서 칼을 놓고 수중에 있는 것들을 모두 땅바닥에다 꺼내놓아라. 그렇지 않으면 두 사람 다 황천객이 될 것이다."

위를 쳐다보니 나무 위에서 여러 명의 산적들이 활을 겨누고 있다. 박정달 씨는 공포와 굴욕감으로 전신을 부들부들 떨면서 보따리를 어깨에서 내려놓는다. 어이없게도 빨리 꿈을 깨었으면 좋겠다는 생각이 든다. 왠지 노인이 그 화살들을 모두 다 막아내지 못할 것 같은 기분이 든다. 친구가 말하기를, 활현경은 세 명의 궁수가 쏘는 화살을 막아내는 비술이라고 했었지, 저렇게 여러 명이 쏘는 화살을 막아내는 비법이라고 말하지는 않았었다.

그러나 노인은 태연하다. 칼을 놓지 않는다. 오히려 눈을 지그시 감고 서서히 칼을 머리 위로 치켜든다. 마치 그런 상태로 잠시 졸고 있는 듯 평온해 보인다.

"저 영감탱이는 안 되겠구나. 쏴라."

순간 핑, 하고 시위를 놓는 소리. 몇 개의 화살이 빠르게 금을 긋듯 노인을 향해 내리꽂힌다.

그러자 노인의 칼이 가벼이 한 번 뒤채인다. 허공에서 희게 섬광을 발하며 배를 한 번 뒤집는 것이다. 동작은 그뿐이다. 그런데도 화살들은 모두 튕겨져 나가버린다. 절대로 칼이 화살에 부딪치지 않았는데도 그러하다. 활현경이라는 비술이다. 남들이 생각하기에는 얼마나 터무니없는 개꿈인가. 그러나 박정달 씨는 그 꿈이 언젠가는 현실화되리라는 것을 믿고 있었다. 그는 오늘날에도 그런 기상천외한 검법 같은 것이 비밀리에 전수되어 내려오고 있으며 운이 닿는 대로 자기가 직접 그것을 눈으로 확인할 기회가 오게 될는지도 모른다는 생각을 하고 있었다.

그가 꾸는 꿈이라는 것이 만화책이나 즐기는 어린애들의 그것처럼 유치한 스토리이며 마흔 살이 된 세 자녀의 아버지로서의 꿈이 아니라는 것쯤은 그도 잘 알고 있었다. 하지만 그는 자신의 사고방식이 결코 어른스러워서는 안 된다는 생각을 하고 있었다. 신검이라는 것을 만들자면 녹슬고 문명에 재단된 사고방식보다는 유치하다고는 하더라도 만화적이고 공상적인 사고방식이 차라리 더 이로울 것 같았다.

하지만 정 군이 문제였다. 초자연적인 현상이나 심령 과학적인 이론들을 전혀 수긍하려 들지 않고 있는 것 같았다.

박정달 씨는 정 군을 쉽게 설득시킬 수 있는 방법을 나름대로는 생각하고 있었지만 결과에 대해서는 별로 자신감을 느끼지 못하고 있었다.

일전에 친구에게 전화를 걸어 그 친구의 부친에 대한 얘기가 사실임을 확인시켜 주려던 의도는 실패했다. 그 친구는 너무 우울한 상태 같았다. 공연히 그 친구가 싫어하는 그 친구의 부친 얘기를 꺼낼 수가 없었다.

하지만 그 외에도 방법은 여러 가지가 있었다. 박정달 씨는 서둘러야겠다는 생각을 하고 있었다.

"정 군이 아침부터 보이지 않던데 혹시 여기 오지 않았소?"

어느 날 박정달 씨는 마누라가 경영하는 꽃집을 한번 찾아가보았다. 아침부터 정 군이 보이지 않는다는 것은 핑계였고 잘되는지 마누라가 어떻게 하고 있는지가 몹시 궁금했기 때문이다.

꽃집은 집에서 두 정류장쯤 되는 거리에 차려져 있었다. 대장간보다는 한결 가까운 거리였다. 마누라는 일찍 가게로 나가 밤 열 시쯤에나 집으로 들어오곤 했다. 잘 되냐고 물으니까 잘된다고 대답했었다. 왠지 미안했다.

"아침 먹으면서 도매상에다 부탁해 놓은 화분 좀 날라다 달라고 하던 말 못 들으셨어요?"

"못 들었는데."

"당신도 이젠 정신이 오락가락하는구려. 도매상에서 배달해 주는 게 아니냐고 묻길래 도매상에서 일하는 청년이 돈을 챙겨가지고 달아나버렸기 때문에 우리가 직접 가져오는 도리밖에 없다고 대답해 드리기까지 했는데."

"아, 참, 그랬었지."

"확실히 당신은 머리가 좀 이상해졌어요."

"그렇소. 머리가 다들 이상한 사람 속에서는 단 한 사람의 정상적인 머리를 가진 사람이 비정상적인 법이오."

"정말 말도 안 되는 소리예요. 당신의 기억력이 지금 당신이 비정상임을 말해 주고 있잖아요."

"정상적인 사람도 실수 같은 건 있는 법이오."

면적이 대장간보다는 약간 좁은 가게였다. 그러나 가게 안에는 안개꽃·제비꽃·장미·카네이션·국화·제라늄, 그밖에 형형색색의 꽃들이 무더기무더기 피어 있었다.

"어느새 꽃들이 이렇게 많이 늘어났소?"

"제대로 구색을 갖추자면 아직도 멀었어요."

마누라는 손님이 주문한 꽃들을 제법 능숙한 솜씨로 종이에 말아놓으며 말했다. 그 앞에 여드름이 툭툭 불거진 고등학생 하나가 상기된 표정으로 서 있었다.

"여자 친구한테 줄 모양이지?"

마누라가 상냥한 목소리로 물으면서 꽃을 내밀자 녀석은 더욱 얼굴이 새빨개졌다.

"여, 여자 친구 없어요."

녀석은 돈을 내밀고는 황급히 가게를 나가버렸다. 그리고 뒤를 이어 스물네 살쯤 되어 보이는 여자 하나가 들어섰다. 화려한 남빛 꽃무늬의 원피스 차림에 화사한 얼굴을 가진 여자였다. 몸매도 날씬한 편이었다. 다만 그녀의 귀걸이와 목걸이와 팔찌와 반지들의 반짝거림이 왠지 꽃들을 조금은 우울하게 만들어주는 것 같았다.

"이 장미는 한 다발에 얼만가요?"

"천 원이에요."

"어머 비싸라."

그러나 마누라는 아무 대꾸도 하지 않았다.

"그럼 이 국화는 한 다발에 얼마예요?"

"오백 원이에요."

"기가 막혀."

그래도 마누라는 역시 아무 대꾸도 하지 않았다.

"이건 무슨 꽃이죠?"

"작약이라는 건데 모르시나 부죠?"

"한 송이에 얼만가요?"

"이백 원이에요."

"꽃들이 왜 이렇게 비싸요?"

"비싸다뇨. 만 원짜리 한 장을 꺼내 눈으로 들여다보시거나 코로 냄새를 맡아보세요. 꽃 한 송이만 하겠어요?"

"말도 안 되는 소릴 하시네."

그 여자는 한참 동안 꽃을 둘러보고 이름을 묻고 값을 따졌다. 그때마다 비싸다는 둥 기가 막히다는 둥 말도 안 된다는 둥 하는 탄성을 입에 올렸다.

"이건 무슨 꽃이죠?"

"컵에 담겨 있는 노란 꽃 말이죠? 민들레예요. 민들레도 모르세요?"

"전 삼 년 동안 외국 나가 있었거든요."

그렇다고는 하더라도 민들레를 모르랴. 아마도 그녀는 외국 나가 있었다는 사실을 과시하고 싶어하는 것 같았다.

"한 송이에 삼만 원만 내세요."

"뭐라구요? 삼만 원이라구요?"

"어차피 사지 않을 분한테는 얼마를 불러도 마찬가지예요."

마누라의 목소리는 약간 냉정해져 있었다.

"쳇, 정말 별꼴이야."

그 여자는 새침해진 표정으로 돌아서더니 횡하니 가게를 나가버렸다.

"누가 별꼴인지 모르겠네."

마누라는 몹시 기분이 상한 듯한 얼굴이었다.

"나 당신하고 상의할 일이 좀 있는데."

박정달 씨는 마누라의 기분이 좀 풀린 다음에 말하는 것이 결과적으로 이롭다는 사실을 알면서도 경솔하게 말을 해버리고 말았다.

"또 어디에 색다른 칼이 있다는 소리를 들은 모양이구랴."

생각대로 마누라의 목소리는 잔뜩 웅고되어 있었다.

"그런 게 아니라 정 군하고 어딜 좀 다녀올 일이 생겼소. 상당히 오래 걸릴 것 같소."

"당신도 아까 그 여자처럼 삼 년 외국 나가 있을 작정이우?"

"농담이 아니오."

"누가 농담이랬어요?"

"당신한테 왠지 미안해서 그러는데 너무 쌀쌀맞게 굴 건 없지 않소."

"당신이 하시는 일 제가 반대는 했지만 말린 적은 없어요. 물론 안 말린 게 아니라 못 말린 거지만요."

"정말 미안하오."

"정 군 월급은 주셨나요?"

"받지 않더군. 아무 일도 안 했는데 돈을 받을 수는 없다는 거였소. 억지로 돈을 떠맡기면 나가라는 뜻으로 알고 그만두겠다는 얘기였소. 그래서 그 돈으로 정 군과 함께 어딜 좀 다녀올 생각이오."

이때 다시 새로운 손님이 들어왔기 때문에 두 사람은 그만 입을 다물어버리고 말았다.

마누라는 식구들 먹여 살리느라고 이른 아침부터 늦은 밤까지 거리에 나앉아 있는데 자기는 마치 한가롭게 관광 여행이라도 떠나려는 듯한 기분이 들어 박정달 씨는 몹시 마음에 걸렸다.

하지만 신검을 만들기 위해서는 하찮은 일에 일일이 다 신경을 쓸 수 없다는 생각이었다. 될 수 있는 한 마음을 한곳으로만 철저하게 집중하지 않으면 안 될 것 같았다.

한때 박정달 씨는 피해망상증 때문에 상당한 곤란을 받은 적이 있었다. 서른네 살 때의 가을이었다. 옆집에 한 사내가 이사를 왔었다. 박정달 씨와 동년배일 것으로 짐작되는 나이였는데 알고 보니 두 살이나 위였다. 비교적 건장한 체격을 가지고 있는 편이었다.

성격도 몹시 활달해 보였으며 얼굴도 매우 잘생긴 편이었다. 그러한 사내의 외형적 조건들이 그를 본래의 나이보다 한결 젊게 보이도록 만들어주는 것 같았다.

이른 아침 서로 집 앞 골목을 쓸다가 자주 마주치곤 했었다. 그러면 언제나 저쪽에서 먼저 말을 걸어왔었다.

"하늘이 굉장히 높아 보입니다."

"연탄 값이 또 오른답니다."

"혹시 비행기가 빠꾸하는 걸 보신 적이 있으십니까?"

그 사내는 유머라는 것을 몹시 좋아하는 것 같았었다.

"하늘을 보니 과연 천고말비지절이라는 말이 실감납니다."

그 사내는 천고마비지절을 천고말비지절이라고 발음함으로

써 듣는 사람으로 하여금 기묘한 웃음을 자아내게 만들거나,

"연탄 값이 폭동하면 최루탄도 없는 서민은 어떻게 진압을 해야 할지 막막합니다."

폭등을 폭동으로 발음함으로써 폭등과 폭동이 서민에게는 같은 성질로 받아들여짐을 은근히 시사하기도 했었다.

"지난밤에 비행기 추락사고가 보도된 것을 보고 과학자라는 놈들이 왜 빠꾸를 할 수 있는 비행기를 못 만들었을까 하는 생각을 가져보았었습니다."

하는 식으로 엉뚱한 데도 있는 사람이었다.

가을이 끝나갈 무렵의 어느 날, 박정달 씨는 퇴근길에 동네 구멍가게 앞에서 그 사내와 마주쳤었다.

날씨가 쌀쌀해져 가고 있었는데, 마누라는 김장 걱정을 하고 있는데, 나뭇잎들은 모두 져버렸는데, 겨울 예감은 서성거리고 있는데, 월급날은 아직도 멀었는데, 하늘에는 몇 개의 저녁 별이 반짝거리고, 어디선가 시래깃국 끓이는 냄새, 청아한 목청으로 한 아이가 구구단을 외는 소리. 박정달 씨는 그런 정서들 속에 고개를 떨구고 서류 봉투를 옆구리에 낀 채 골목 어귀로 접어들고 있었다.

"퇴근이 늦으셨습니다."

누군가 구멍가게 앞에서 인사를 건네는 사람이 있어 자세히 보니 바로 그 사내였다.

그 사내는 박정달 씨를 붙잡고 바로 옆집에 사는 처지에 아

직 서로 소주 한잔 같이 나누지 못했다는 것은 언어도단이라면서,

"세계사에 남을 정도로 멋지게 한판 벌입시다."

반강제로 구멍가게 안으로 끌어들였다.

"나는 몇 달 전까지만 해도 어느 사립고등학교에서 세계사를 가르치고 있었습니다. 하지만 학생들은 내게서 세계사를 배우지는 않았습니다. 오직 시험 잘 치는 법만 배웠습니다. 교장도 내게 그렇게 해주기를 강요했었습니다. 잘못되어 있는 것을 알면서도 고칠 생각들을 안 합니다. 애들을 그 따위로 멍청하게 만들어서 장차 어디다 써먹을 작정인지 모를 지경입니다."

그 사내는 약간 취해 있는 것 같았다. 어느 정도 전주가 있었던 모양이었다.

"뭘로 드릴까?"

가게를 보는 아저씨가 묻는 말이었다. 한쪽 눈에 백태가 끼여 있는 쉰 살 정도의 아저씨였다. 대단히 음침해 보이는 인상을 가지고 있었다.

"소주 4홉들이 한 병하고 두부찌개 한 냄비 끓여줘요."

그 사내의 주문이었다.

"소주, 또 뭐라구 했나……."

"두부찌개 한 냄비, 알아들으셨어요? 알아들으셨으면 우선 소주부터 가지고 와요. 오징어포 하나하고."

그러나 날라져 온 소주는 2홉들이였고 오징어포는 가지고 오지도 않았다.

"도통 기억력이 없는 양반이로군."

그 사내는 혼잣소리로 투덜거리고 있었다.

"저 아저씨는 가는 귀가 먹었습니다. 큰 소리로 이야기해야 돼요."

박정달 씨가 말했다.

그 사내는 다시 큰 소리로 주문을 반복했다. 그제서야 2홉들이 소주가 4홉들이로 바뀌고 오징어포도 함께 날라져 왔다.

"나도 한때는 세계사에 남을 만한 인물이 되겠다고 생각했었습니다. 그런데 겨우 세계사나 읊조리는 대가로 몇 푼 월급이나 타먹는 신세가 되었습니다. 요즘은 바른말하면 자기만 손해봅니다. 가장 현명한 자는 위를 보고 언제나 허리를 열심히 굽신거리거나 옳으신 말씀입니다 소리를 연발하는 자입니다. 저는 그렇지가 못했거든요. 밀려나고 말았습니다."

날라져 온 소주를 따르며 그 사내는 개탄하고 있었다. 지금이라도 다른 학교에다 자기의 의자를 마련할 만한 능력이 없는 것은 아니지만 이제는 선생 따위 하고 싶지 않다고 그는 덧붙였다.

"세계사를 가르치느니 거리에다 좌판을 깔아놓고 역사 연대표나 세계지도 따위를 팔아먹고 사는 게 한결 마음이 홀가분할 겁니다."

두부찌개가 날라져 왔을 때는 4홉들이 소주병이 모가지가
많이 비어 내려가 있었다.

박정달 씨는 무슨 얘기 끝엔가 자기도 회사를 때려치워버리
고 싶다는 얘기를 했었다. 대장간이나 차려놓고 명검이나 하
나 만들어보고 싶다고 했었다. 그리고 장자의 설검편(設劍篇)
에 나오는 세 가지의 칼에 대한 설명을 덧붙여주었다.

"다소 상징적인 면이 있는 발상인데요. 정말로 이 세상에는
어떤 정신의 칼이 필요합니다. 만약 그와 비슷한 정신의 칼이
라도 하나 만드시거든 날 주십쇼. 그 칼로 목을 칠 놈들은 목
을 치고 배를 가를 놈들은 배를 가르고 종기를 도려낼 놈들은
종기를 도려내버릴 테니까."

자연히 화제는 칼 쪽으로 바뀌었다.

그때까지도 박정달 씨는 칼 얘기만 나오면 혈관이 팽창하고
세포들이 술렁거리는 버릇들을 버리지 못하고 있었다.

"물론 잘 아시겠지만 세계사 속에는 그야말로 수많은 칼들
이 번뜩이고 있습니다. 그것은 바로 역사를 만드는 하나의 도
구였습니다."

박정달 씨는 그 일례를 들어 줄리어스 시저의 가슴에 꽂혔
던 브루투스의 칼과 그로 인한 역사의 대전환을 이야기했다.

"칼이 역사를 만드는 하나의 도구로서 존재했던 시대를 보
면 각 나라들마다 대표적인 형태의 칼들이 있습니다. 그 칼들
이 주는 느낌은 그 민족이 주는 느낌과 일치하죠. 칼날이 직

선적이고 끝이 뾰족할수록 잔인성도 그만큼 뚜렷합니다. 용맹스러운 민족일수록 칼의 모양은 투박하고 정서적인 민족일수록 칼의 모양은 날렵해 보입니다. 그런데 우리나라에는 대표적인 형태의 칼조차도 가지고 있지 않습니다. 박물관이나 도서관에서도 칼에 관한 자료들을 별로 발견할 수가 없었습니다. 우리는 칼 따위를 아예 싫어하던 민족이었습니다. 우리는 신선사상이나 선비정신과 함께 그 명맥을 유지해 왔습니다. 설사 칼이 있다고는 하여도 침략의 칼이 아니라 보호의 칼이었으며 목을 치는 칼이 아니라 포박을 풀어주는 칼이었습니다. 따라서 우리의 칼은 허리에 차고 다니는 칼이 아니라 마음에 간직되어 있는 칼이었습니다. 하지만 이제 사람들은 고결한 우리 민족의 사상이나 정신을 까맣게 잊어버린 지가 오래입니다. 청빈한 학자는 굶어죽기 알맞고 인정이 많은 사람은 바보 취급을 받기 십상입니다. 사람의 목숨을 하찮게 여겨 대수롭지 않게 살인을 행하는 사람, 개인적인 욕망에 눈이 어두워 많은 사람의 피땀을 착취하는 사람, 약자한테는 한없이 강하고 강자한테는 한없이 약해지는 사람이 점차로 늘어나기 시작했습니다. 이제 정말로 우리의 칼을 보여줄 때가 온 것입니다. 신선의 칼, 선비의 칼이 어떤 것인가를 마음 안에서 직접 꺼내 보여줄 때가 온 것입니다."

박정달 씨는 그날 너무 많은 이야기를 했었다.

말이란 항시 그렇듯이 쏟아놓을수록 실속을 못 느끼게 한다. 박정달 씨는 처음으로 남에게 그렇게 긴 이야기를 해놓고는 금방 후회스러워지기 시작했다. 아직은 자신이 해낼 수 있는 일이 아무것도 없다는 사실을 그는 누구보다도 잘 알고 있는 형편이었다.

그러나 그 사내는 대단히 감동했다는 듯한 표정이었다. 술 때문에 감성이 예민해져 있기 때문인 것 같았다.

"정말 하나도 틀리지 않는 말입니다. 이제 세상은 너무 삭막해져 있습니다. 허술한 싸리 울타리 하나를 사이에 두고 팥죽 한 그릇만 쑤어도 가득한 인정을 담아 보내던 우리네 정서는 간곳없고 양철 대문에 초인종에 콘크리트 담벼락에 유리 조각. 어쩌다 이렇게까지 무서워졌는지 모르겠습니다. 길손이 들어와 밥을 청하면 비록 가난은 하여도 나누어 먹는 것을 당연지사로 알았고 좀 있는 집안이라면 사랑채에 며칠씩 묵어가도 내 집 손님이라는 생각 하나로 정성껏 모시곤 했었다는데, 빌어먹을 요즘은 어떻습니까. 찾아온 사람이 일어설 때까지 밥을 안 먹을 정도로 인색한 사람들이 있는가 하면 낯선 사람이 잠을 좀 재워달라고 하면 완전히 정신병자로 취급하는 세상이 되어버렸습니다. 남들이야 어찌되었건 나 하나만 잘 살면 그만이라는 생각뿐입니다. 봄에 찔레나무를 토막내어 장미 묘목이라고 속여 파는 놈, 십 분만 가지고 놀면 아주 못 쓰게 망가져버리는 장난감, 다량으로 횟가루를 섞어서 만든 두부, 유원지의 바가지, 친구의 마누라를 강간한 놈, 자기의 부모에게 주먹을 휘두르는 놈, 어린애를 유괴해서 죽이는 놈, 각종 폐기물이나 유독성 화합물질이 무제한 방출되는 공장, 그 공장의 사장, 그 공장의 사장놈이 주무르는 딸 같은 여자의 허벅지. 돈을 벌기 위해서는 무슨 일이든 할 수 있다고 양심 따위 똥통에 집어던진 지 오래라고 생각하는 사람들. 우리는 그런 사람들 속에 살고 있습니다. 빌어먹을, 다시 한 잔 들이켭시다."

둘은 그런 식으로 떠들면서 잔을 나누다가 완전히 취해버렸다. 그 사내는 술이 취할수록 목소리가 높아져 갔다.

"목을 칠 놈들은 목을 쳐야 해! 배를 가를 놈들은 배를 갈라야 해! 종기를 도려내야 할 놈들은 종기를 도려내야 해!"

간헐적으로 그렇게 외쳐대고 있었다.

뒤에서 한쪽 눈에 백태가 끼고 가는 귀가 먹은 가겟방 아저씨가 무엇에 놀란 듯한 표정을 지으며 두 사람을 한참 동안 응시하고 있었다.

그들은 밤늦게야 서로 헤어졌다.

그런데…….

그런데 공교롭게도 그날 밤 살인사건이 일어났다. 바로 옆집의 그 사내가 목과 가슴에 칼을 맞고 무참하게 살해되어 버린 것이다. 식전부터 형사들이 박정달 씨를 연행해 갔다.

참고인으로 좀 같이 가 달라고 말했지만 그건 어디로 보나 연행이었다. 수갑만 채우지 않았을 뿐 완전히 죄인 취급을 하고 있는 것 같았다. 적어도 박정달 씨의 느낌으로는 그랬다.

"몇 시까지 마셨어?"

"둘이서 말다툼을 했다는데."

대뜸 반말로 몰아세우고 있었다. 둘이서 말다툼을 했다니, 무슨 터무니없는 소리를 하고 있는 것일까. 하지만 박정달 씨는 전신이 와들와들 떨리고 있었다.

"어서 가자구."

아이들이 보고 있었다.

자기들 아버지가 무슨 큰 죄라도 저지른 것으로 착각했는지 모두 마루 끝에 모여서 훌쩍훌쩍 울고 있었다.

"도대체 이이가 무슨 잘못이 있다고 그래요. 이웃 사람하고 술 마신 죄라면 이 세상에 죄인 아닌 사람 하나도 없을 거 아녜요. 도대체 이런 법이 어디 있어요?"

마누라가 따라 나오며 큰소리를 치고 있었다. 갑자기 울고 싶은 기분이었다. 그날부터 박정달 씨는 며칠 동안 회사에 나가지 못했다. 경찰은 박정달 씨를 완전히 범인으로 단정지어 놓고 있었다.

경찰이 그렇게 생각하는 데도 또 그럴 만한 이유가 있었다. 그놈의 가겟방 아저씨가 문제였다.

"증인이 있는데도 끝까지 부인할 거야?"

첫날 심문에서 박정달 씨가 한사코 결백을 주장하자 증인이랍시고 대질시킨 인물이 바로 한쪽 눈에 백태가 끼고 가는 귀가 먹은 그 가겟방 아저씨였다.

"이봐, 절대로 거짓말하면 안 돼. 알겠지. 괜히 한동네 산다고 봐주지 말란 말이야. 만약 거짓말을 했다간 영감님도 영창이야. 알겠지?"

"니에."

"어제 이 사람하고 이 사람 옆집에 사는 사람이 영감님네 집에서 술을 마셨지?"

"니에. 니에."

"이 사람이 이 사람 옆집에 사는 사람하고 서로 말다툼을 했다는데 정말이야?"

"니에."

정말 하늘이 무너앉는 것 같은 느낌이었다. 어쩌자고 천연덕스럽게 '니에'만 연발하고 있는 것일까.

"저분은 가는 귀가 먹었기 때문에 우리가 큰 소리로 이야기한 걸 싸우는 소리로 착각한 겁니다. 우리는 싸우지 않았습니다. 정말입니다. 믿어주세요. 제발 믿어주세요. 부탁입니다."

그러나 유난히 목소리를 높여서 묻고 있는 것으로 미루어 경찰도 증인이 가는 귀가 먹었다는 사실을 알고 있는 모양이었다. 그러나 박정달 씨에 대한 심증만은 풀 수가 없다는 듯한 태세였다.

"이 사람이 뭐라고 했어. 말다툼을 하면서 뭐라고 했는지 영감님이 직접 말해 봐."

"칼로 목을 베고 배를 째겠다고 했습니다."

박정달 씨는 하늘이 캄캄해지는 것 같았다.

그건 죽은 사내가 했던 말이다. 증인은 무엇인가를 혼동하고 있는 것 같았다. 하지만 경찰이 몇 번이고 반복해서 물어도 틀림없이 박정달 씨가 그런 소릴 했었다고 증언을 되풀이했다. 달려들어 물어뜯어버리고 싶은 심정이었다.

박정달 씨는 이때만큼 사람이 무섭게 생각된 적은 없었다. 한쪽 눈에 백태가 낀 그 가겟방 아저씨의 흉물스런 얼굴이 마치 악마의 그것처럼 무서워 보였다.

"이래도 잡아뗄 거야?"

"아닙니다. 아닙니다. 제발 믿어주십시오. 저는 절대로 그 사람하고 말다툼을 한 적이 없습니다. 정말입니다. 저 아저씨가 잘못 들은 겁니다. 저 아저씨는 가는 귀가 먹었습니다. 동네 사람들한테 물어보세요."

박정달 씨는 자초지종을 아주 상세하게 경찰에게 되풀이해서 들려주었다. 그들이 자신에게서 혐의를 풀 수 있도록 최선을 다해서 당시의 상황과 자신의 결백을 전달하려고 노력했다.

그러나 허사였다.

"안 되겠군. 지하실로 데리고 가도록 해."

"그게 빠르겠어."

두 명의 사복 경찰이 그를 지하실로 끌고 내려갔다. 그는 백열 전등 아래 드러나 있는 지하실 풍경을 보는 것만으로도 공포에 질려 심장이 멎어버릴 것만 같았다. 음침한 벽면마다 여러 가지 기구들이 매달려 있었는데 박정달 씨는 아마도 그것들이 고문에 쓰이는 기구들일 거라는 생각이 들었다.

박정달 씨는 극도의 공포감에 사로잡혔다. 사복 경관 하나가 그것들 중의 하나를 끌어내리는 듯한 동작을 취하자, 그는 마침내 바지에다 오줌을 질질 흘리기 시작했다. 까무러칠 것만 같은 느낌이었다.

하지만 그는 당장에 고문을 당하지는 않았다. 어쩌면 그 지하실이 고문을 위해 만들어놓은 것이 아닐는지도 모른다는 생각이 들었다. 그 생각은 잠시만이라도 그에게 위안이 되어주었다.

"순순히 자백하면 우리도 생각이 있어. 되도록 죄를 가볍게 해서 조서를 꾸밀 수도 있는 거야. 사람이란 어쩌다 그런 실수를 저지를 수도 있지. 안 그래? 말해 봐, 칼은 어디다 내버렸지?"

경찰은 간이 녹아 없어질 정도로 부드러운 목소리를 만들어내고 있었다.

박정달 씨로서는 황송해서 눈물이 다 나올 것 같은 느낌이었다. 그렇다고는 하더라도 허위 자백만은 할 수 없었다. 죽는 한이 있어도 자신의 결백을 주장해야 한다는 생각이 들었다. 마누라와 아이들이 보고 싶었다. 이럴 때 강력한 힘을 발휘할 수 있는 친척이나 친구를 두지 못한 것이 한스러웠다.

강력한 힘을 발휘하지는 못한다고 하더라도 최대한의 변호라도 해줄 사람이 없다는 것은 그야말로 크나큰 불행이었다.

하지만 박정달 씨는 지금까지 속담처럼 사람들의 입에 오르내리던 말 한 마디를 떠올렸다. 정의는 반드시 승리하고야만다…….

그는 지금까지 살아오는 동안 그 말 한 마디를 수없이 가슴속으로 부르짖곤 했었다. 그는 누구보다도 약자였기 때문에 오직 그 말 한 마디로만 모든 불의와 싸워왔었다. 아니다. 싸워왔다는 표현은 적절하지 못하다. 그는 그 말 한 마디로 자신의 억울함을 달래왔을 뿐이다.

정의도 힘이 있어야 승리하는 법이다. 특히 오늘날은 힘 자체가 정의처럼 보인다. 비단 물리적인 힘뿐만이 아니라 권력이니 금력이니 하는 것들도 거기에 포함되어 있다.

그러나 박정달 씨로서는 이제는 반드시 정의가 승리한다는 말을 믿을 수가 없다. 그저 그렇게 믿는 것이 좋다고는 생각하고 있지만 실현되는 것을 별로 본 적이 없었던 것이다. 그리고 언젠가는 정의가 승리를 한다고 하더라도 그 이전에 받은 고통과 수모는 무엇으로 보상된단 말인가.

어쩌면 자신의 결백이 영원히 경찰에게 받아들여지지 않을지도 모른다는 생각이 들었다. 그렇게 된다면 정말로 억울하게 옥살이를 하게 된다. 어쩌면 사형을 당하게 될는지도 모른다.

아니나 다를까. 지금까지 부드러운 목소리로 그를 달랬던 경찰은 다시 태도를 돌변시켰다. 갑자기 야비하고 불손한 언사들을 뱉어내며 폭력적으로 그를 다루기 시작했다.

"뭐 이런 새끼가 다 있어. 임마 누구는 처자식이 없고 이부자리가 없어서 너하고 이렇게 뜬눈으로 밤을 새우는 줄 알아? 불어 이 새끼야. 확 분질러버리기 전에."

밤새도록 그들은 박정달 씨를 윽박질렀다.

"이 새끼 순진한 척하지만 지독한 독종이로군. 악질이야. 우리는 네가 수백 개의 칼을 가지고 있다는 사실을 잘 알고 있어. 살인을 위해 계획적으로 준비해 둔 거지. 바른 대로 말해. 그중에서 어느 칼이 이번 범행에 사용된 칼이야?"

박정달 씨는 가슴이 철렁 내려앉으면서 숨통이 콱 막혀버리는 듯한 충격을 받았다.

그는 지금까지 경찰의 심문에 응하면서 한번도 자기가 수집해 놓은 칼에 대한 얘기를 꺼내본 적이 없었다. 아무래도 그 얘기를 하면 사건은 더욱 복잡해지고 그에게 결정적으로 불리한 결과를 초래할 것만 같은 불안감이 앞섰기 때문이었다. 그리고 그 칼들은 이번 사건에는 전혀 관계가 없으므로 들먹일 필요조차 없다는 생각이 들었기 때문이었다. 그래서 죽은 사내와의 대화 내용을 말할 때도 칼에 대한 부분만은 적당히 둘러대곤 했었다. 그는 그것을 죄라고는 생각지 않았었다.

그러나 그건 얼마나 어리석은 생각이었던가.

경찰은 모든 사실을 다 알면서도 일부러 모르는 체 숨기고 있었던 것이다. 꼼짝없이 올가미에 걸려든 셈이었다. 어이없게도 범행에 대한 심증이 굳어졌다는 불안감보다 수집해 놓았던 칼을 모조리 압수당하게 되지나 않을까 하는 불안감이 먼저 고개를 쳐들었다.

"하, 하지만 제, 제가 가지고 있는 카카 칼들은 모두 당국에 드, 등록된 것들입니다. 마, 마누라가 쓰는 부엌칼하고, 애들이 쓰는 연필 깎는 칼을 제외하고는 모두 다, 당국에 등록되어 있습니다."

"알고 있어. 그러나 지능범들은 흔히 그런 수법들을 쓰지. 유치한 잔재주야. 우리들의 눈을 속일 수는 없어."

고문을 안 당하려던 그의 기대는 다음날 밤에 간단히 허물어져 버리고 말았다.

경찰은 그를 마침내 성도착증에 의한 살인마로 몰아붙이기 시작했다.

"너는 사람을 칼로 무자비하게 살해함으로써 극도의 성적 쾌감을 느껴왔었지."

무슨 얼토당토않은 말인가.

"외국에서도 너 같은 범행을 저지른 놈들이 몇 명 있었어. 그놈들도 연쇄적인 살인을 계획하고 우선 흉기들부터 수집해 놓았었어. 범행 대상에 따라 각기 다른 흉기를 쓰는 거야. 그놈들한테는 살인 그 자체가 바로 쾌락이라더군. 미친놈들이지. 너도 내일쯤은 정신 감정을 받게 되겠지만 그 이전에 우선 자백부터 하는 게 좋을 거야. 몇 달 전에 일어났던 청산동 일가족 살인 사건도 네 놈이 한 짓이지. 그렇지. 그리고 작년에 독마동 고갯길에서 두 처녀를 난행하고 칼로 심장을 찔러 죽인 것도 바로 너지. 수법이 유사한 데가 있어. 모두 칼을 사용했고 목과 가슴을 찔렀어."

가련하게도 그는 이제 모든 삶을 포기해야겠다는 생각을 하기까지에 이르렀다.

그를 심문하던 경찰관은 두 명이었다. 두 명 다 체격이 다부지고 눈초리가 매서워 보였다.

"불을 바꿔."

그중의 하나가 소리쳤다. 그 짤막한 어투 속에는 어떤 무서운 결단 같은 것이 스며 있었다.

다른 하나가 벽 쪽으로 걸어가더니 딸각하는 스위치를 올렸다. 갑자기 강한 광선 줄기가 세차게 그의 전신을 들이비추었다. 그는 하얗게 사위어버리는 것 같았다. 악성 빈혈증 환자처럼 그는 현기증을 느끼며 옆으로 맥없이 쓰러지려 했다.

피로한 그의 의식을 그 빛은 너무도 잔인하게 파괴해 버렸고 어떤 충격적인 공포감이 삽시간에 그의 전신을 오그라들게 만들었다.

그는 포박되었다.

갑자기 실내 가득히 수돗물 쏟아지는 소리가 넘치기 시작했다. 경찰 하나가 주전자를 들고 그에게로 다가서고 있었다. 그의 고개는 완강한 힘에 의해 뒤로 발딱 젖혀졌고, 그는 비로소 그들이 그에게 무슨 짓을 하려는가를 알아내었다. 그는 입을 틀어막혔다. 그의 눈은 공포에 질려 튀어나올 듯이 보였으며 그의 몸은 사시나무처럼 떨리고 있었다.

그러나 그 소리는 입을 틀어막혔기 때문에 밖으로 새어 나오지 않았다. 단지 주전자 주둥이가 그의 코 끝에 닿는 것을 느끼는 순간 하나만으로도 그는 그 자리에 풀썩 까무러쳐 버리고 말았다.

그런데…….

그런데 나흘째 되는 날 밤 늦게야 진범이 붙잡혔다. 아니다. 붙잡혔다는 말은 합당치 않다. 나타났다는 말이 합당하다. 진범은 자수를 했던 것이다.

알고 보니 동네 청년이었는데 노름빚을 갚기 위해 범행을 계획하고 복면을 한 채 그 집으로 잠입해 들어갔었던 모양이었다. 들어가 보니 안방은 불이 꺼진 채 안으로 걸려 있었고 죽은 사내의 서재에만 불이 켜져 있었는데 문을 열고 들어서니까 그 사내가 무엇인가를 끄적거리다 책상에 엎드려 곤하게 자고 있는 모습이더라는 거였다.

깨워서 안방으로 유인할 생각으로 준비했던 대검을 꺼내들고 어깨를 흔들었더니 눈을 뜨자마자 달려들어 얼굴을 강타하고 복면을 벗기는 바람에 순간적으로 심장과 목을 찌르고 담을 넘어 도망쳐버렸던 모양이었다.

사내의 서재는 별채로 되어 있었고 소란은 극히 짧은 순간에 끝이 나버렸으므로 건넌방에서는 아무도 눈치를 채지 못했던 것 같았다.

그러나 밤중에 아들이 어딘가를 허겁지겁 다녀오는 낌새를 눈치 챈 그 청년의 어머니가 집요하게 범행을 추궁해서 자수를 시킨 모양이었다.

"물론 우리도 박 선생님을 범인으로 확정 짓고 있었던 것은 아닙니다. 다른 방향에서도 수사를 계속하고 있었으니까요. 혹 그동안 몇 가지 불미스러운 일이 있었더라도 널리 양해해 주십시오. 우리도 모자라는 설비와 인력으로 완벽한 수사를 하기에는 어려운 점이 참으로 많습니다."

수사를 지휘했던 경찰관이 여러 가지로 박정달 씨를 위로해 주려고 노력했다. 그러나 박정달 씨는 아무 얘기도 귀에 들어오지 않았다. 까닭도 없이 눈물만 괴어왔다. 염병할이라는 말 한 마디로 일상의 버릇처럼 모든 것을 자책으로 돌릴 수는 없는 일이었다. 그는 이 엄청난 현실 앞에서 생존에 대한 자신감을 상실한 상태로 망연히 앉아 있을 따름이었다.

진범이 나타났어도 박정달 씨가 금방 경찰서를 나올 수 있었던 것은 아니었다. 여러 가지를 기록하고 서약하는 일로 온 하루를 다 보낸 다음에야 아이들과 마누라를 만나볼 수가 있었다.

몇 년 전 대학 선배가 어느 여성지에다 박정달 씨 취미를 소개하면서, 수집한 칼 때문에 경찰서에서 살인 누명을 쓰고 곤욕을 치르기도 했었다는 허위 게재가 무슨 예언이었던 것처럼 현실로 이루어져 자기 앞에 나타나게 된 셈이었다.

비정하게도 회사에서 그를 해고시켜 버린 모양이었다. 이에 박정달 씨의 처삼촌이 팔을 걷어붙이고 나섰다. 회사를 상대로 법적 투쟁을 벌이겠다는 얘기였다.

그 처삼촌이라는 사람은 어느 대도시에서 심령 과학 연구소인가 뭔가 하는 것을 차려놓고 있는 사람으로서 평소 유난히 박정달 씨에게 관심과 친절을 기울여왔었던 터였다.

주변에서 그를 사기술로 돈을 버는 사람이라고 몰아붙여 가까이 상대하지 않으려는 사람까지 있었지만 박정달 씨만은 그렇게 생각지 않았다. 세상에는 인간의 능력으로는 해명할 수 없는 불가사의한 힘들이 반드시 존재한다고 믿어왔었고 마누라와 연애하던 시절 서너 번 그를 만나 그것에 관한 얘기를 장시간 나누어본 적도 있었다. 누가 뭐라고 해도 박정달 씨만은 어느 정도 그의 이론에 공감할 수 있었다.

처삼촌의 움직임에 힘을 입은 박정달 씨 쪽에서 강력한 반발을 보이자, 회사에서는 불리한 결과를 예상했는지 박정달 씨를 다시 회사에 출근하도록 허락을 내렸다. 물론 박정달 씨 쪽에서 강력한 반발을 보였다고는 하지만 박정달 씨 자신은 그저 가만히 앉아만 있었을 뿐이고 기를 쓰고 뛰어다닌 것은 그의 마누라와 처삼촌이었다.

덕분에 박정달 씨는 다시 자기의 의자를 되찾게 된 셈이었다.

그러나 그의 회사생활은 순탄치가 못했다. 가정생활도 마찬가지였다. 그는 언제나 무엇엔가 쫓기고 있는 듯한 불안감에 사로잡혀 있었고, 조금만 곁에서 큰 소리로 그를 불러도 깜짝깜짝 놀라는 버릇이 생겼다. 교통순경만 보아도 가슴이 철렁 내려앉고 다리가 와들와들 떨려왔다. 그의 그러한 증세는 차츰 심해져 갔다. 회사 사람들, 동네 사람들, 거리에 나돌아다니는 사람들이 모두 무서워지기 시작했다. 한쪽 눈에 백태가 끼고 가는 귀를 먹은 가겟방 아저씨에 대해서는 특히 심했다. 그는 그 가겟방을 절대로 지나치지 않았다. 좀 멀더라도 다른 길을 택해서 왕래했다.

"퇴근길에 누군가가 나를 미행하고 있었소."

"형사들이 아직도 나를 감시하고 있는 것 같소. 살인사건들 중에 아직 범인이 잡히지 않은 것들이 허다하다니까 나를 범인으로 몰아세울 거요."

"요즘 회사에 낯선 사내 하나가 자주 우리 부장을 찾아오는데 나와 관련된 일인지도 모르지."

"문단속을 잘 해요. 자물쇠를 두 개씩 달아도 상관없어요."

마누라에게 그런 식으로 자신의 공포감을 표현한 적이 한두 번이 아니었다. 자주 가위눌리는 꿈을 꾸기도 했다. 길을 가다가도 갑자기 아무런 이유도 없는데 불안감이 치솟아 오르면서 가슴이 뛰고 전신이 떨리거나 호흡이 가라앉았다. 더러는 거기에 구토감까지 함께 치밀어 오르기도 했다.

그의 마누라는 사태가 악화되기 전에 빨리 손을 써야 한다고 판단했던 모양이었다.

다시 처삼촌이 불려 왔다.

처삼촌은 거의 달포 가까이를 박정달 씨와 같이 기거했다. 그러면서 여러 가지 형태의 최면 요법으로 그의 불안감을 완전히 해소해 버리는 데 성공했다.

"혼나셨겠군요."

정 군의 말이었다.

"혼이 들락날락했었다네."

박정달 씨는 생각만 해도 몸서리가 쳐진다는 듯 고개를 몇 번 절레절레 흔들어 보였다.

"다른 고통은 당하시지 않으셨나요?"

"네 번이나 까무러쳤었지. 나는 원체가 겁이 많은 놈이 돼놔서 된통으로 겁만 줘도 까무러치기는 하지만."

"괜히 저도 겁나는데요."

"안심하게. 벌써 몇 년 전의 얘기야."

"많이 달라졌겠지요."

"요즘은 고문 같은 거 일체 없어졌다고 하더군. 하지만 경찰서에 붙들려 갈 만한 일만 저지르지 않으면 조금도 걱정할 게 없지 않겠나?"

"무슨 말씀이세요. 아무 죄도 없이 붙들려 가셨잖아요."

"몇 년 전의 얘기라니까. 이제는 세상이 완전히 달라져 있지 않나? 다른 얘기를 하세."

그들은 완행열차에 나란히 몸을 싣고 있었다.

열차는 봄날 오후의 나른하게 녹아 있는 햇빛 속을 완만한 속력으로 내달리고 있었다.

"그 처삼촌이라는 분은 어디서 그런 걸 배우셨대요."

정 군은 박정달 씨의 주문대로 화제를 바꾸고 있었다.

"중학교 때부터 완전히 그 방면에만 심취해 있었다더군."

마누라와 연애를 할 때였다.

박정달 씨는 그때 서로 떨어져 있을 때의 마음에 대한 공감 현상을 설명하면서 텔레파시라는 말을 자주 입에 올리곤 했었다. 그러자 마누라는 자기의 삼촌에 대한 얘기를 해주기 시작했다. 최면술이니 초능력이니 심령 과학이니 하는 것들에 심취해 있는 삼촌이 하나 있는데 만나보지 않겠느냐는 거였다. 마누라의 말에 의하면 그는 대단한 능력을 가진 사람이라는 거였다. 자기도 몇 번 최면술에 걸려본 경험이 있는데 간단한 말 몇 마디와 동작 몇 가지로도 앞에 있는 사람을 거짓말처럼 쉽게 잠재울 수가 있다는 거였다.

그런데 왜 다른 사람들은 삼촌의 그러한 능력들을 잘 믿으려 들지 않는지 모르겠다고 안타까운 표정까지 지었다. 심지어는 제법 학식이 높은 친척 중의 한 사람은 삼촌을 사기꾼이라고까지 말했다는 거였다. 다른 것은 몰라도 최면술만은 상당한 경지라는 얘기였다. 때마침 그때 박정달 씨는 불면증에 시달리고 있었던 터였으므로 그 사람을 한번 만나보아야겠다는 생각을 하게 되었다.

불면증도 불면증이겠지만 아직 한번도 체험해 보지 못한 새로운 현상에의 호기심도 적지 않게 마음을 끌어당기고 있었다.

"그래서 만나보셨나요?"

정 군이 물었다.

"물론이지."

"만나보시니까 어땠어요?"

"마누라의 말대로였어. 간단한 말 몇 마디와 손짓 몇 번으로 나는 거짓말처럼 잠들어버렸지."

"믿기지 않는데요."

"그럼 자네가 믿는 것이 도대체 뭔가?"

"눈에 직접 보이는 거지요."

"눈에 보이는 건 오히려 믿을 수가 없는 거라네. 눈에 보이는 것치고 인간의 마음을 속이지 않는 것이 별로 없다네. 마음을 중시하게. 마음을."

"무슨 뜻인지 잘 모르겠어요. 저는 원체가 무식해 놔서 조금만 어려워도 곧 생각을 다른 데로 돌리고 싶어집니다. 큰일이죠. 저도 요즘은 공부를 좀 해야겠다는 생각이 들어요."

"자네 고등학교 이학년까지 학교를 다니다가 그만두었다고 했던가?"

"네."

"학교 공부는 그만하면 충분하네."

"괜히 놀리시는 말씀이겠죠."

"아닐세, 정말이라네. 이제부터는 다른 공부를 하게."

"다른 공부라면 어떤 공분가요?"

"바로 정신과 마음에 대한 공부지."

"역시 너무 어려운 얘기 같은데요."

"자네도 금방 알게 될 걸세."

열차가 갑자기 나란히 널려 있는 늑골을 차례로 분지르며 지나가듯 요란한 소리를 내기 시작했다.

밖을 내다보니 철교 위였다. 아래로 강물이 흐르고 있었다. 강물의 비늘이 조는 듯 햇빛에 반짝거리고 있었다.

건너편 상류쪽 그리 멀리 떨어져 있지 않은 곳에서는 아낙네들이 빨래를 하고 있는 모습, 둑 연변에 늘어서 있는 포플러 몇 그루가 강물에 거꾸로 잠겨 긴 머리채를 헹구고 있었다.

철교의 늑골을 모조리 분지르고 열차는 다시 좌측으로 산을 열병하며 개선장군처럼 내달리기 시작했다. 산 밑으로 키 작은 나무들이 늘어서 있다가 열차가 스쳐갈 때마다 일제히 여린 이파리들을 부대끼며 박수로 환호하고 있었다.

"그분들은 어느 정도의 능력을 가지신 분인가요?"

다시 정 군이 물었다.

"확실히는 모르지만 아마도 죽은 사람의 혼령을 부를 수는 있을 거야."

"설마."

"우리 마누라가 그러더군. 일본에서는 그 방면에 관한 연구가들이 상당히 많이 있고 수준도 높은 편인데 처삼촌은 일본 사람들한테도 널리 알려져 있음은 물론 굉장한 능력자로도 인정을 받고 있다는 거야. 하지만 우리 마누라도 요즘은 생활에 마음이 찌들어 붙어서 벌써 그런 것들에 대한 얘긴 소녀 시절에 잠깐 동안 가져보았던 신비에의 동경 정도로밖엔 생각지 않고 있는 모양이더군. 삼촌은 다만 특이한 사람에 불과하고 우리는 보편적인 사람들이기 때문에 어쩔 수 없이 먹고사는 일에 급급하지 않을 수 없다는 거지."

"그분은 뭐라더라 유리 킬런가 뭔가 하는 사람처럼 눈으로 물건을 마음대로 움직일 수 있는 힘도 가지고 있을까요?"

"유리 겔러처럼 말이지?"

"맞아요. 유리 겔러였어요. 나 원 머리가 이렇게 둔해서야."

"그런 걸 염동력이라고 하지."

"아, 머리가 둔한 걸 염동력이라고 하는군요. 역시 한두 가지로 무식한 게 아니라니까요. 그러니까 내 머리는 역시 염동력이지."

"그게 아닐세. 유리 겔러처럼 마음의 힘으로 사물을 움직일 수 있는 능력을 염동력이라고 한단 말일세, 이 친구야."

"한 번 더 무식했군요. 하여튼 그분은 그런 능력도 있으신가요?"

"아마 있겠지."

"거 참."

그러나 정 군은 반신반의하는 표정이었다.

"어느 기록영화를 보니까 인도 사람 하나는 땅속에다 머리를 완전히 파묻고 궁둥이를 하늘로 향한 채 한 달 동안이나 먹지도 않고 숨 쉬지도 않은 상태로 지냈다더군."

"왜 그렇게 했을까요?"

"도를 닦는 거겠지."

"한 달 동안 먹지도 않고 숨 쉬지도 않고 땅속에다 완전히 머리를 파묻은 채로 어떻게 살아요?"

"그 사람들대로 다 사는 방법이 있겠지."

"이번에 가면 그분이 염동력인가 뭔가 하는 걸 한 번 보여주셨으면 좋겠는데요."

"글쎄. 잘 안 보여주려고 들 거야. 그 사람들은 그 사람들대로 어떤 엄격한 계율이 있는 모양이야. 아무한테나 마구 보여주지는 않지. 하지만 최면술 정도는 쉽게 보여줄 수가 있을지도 모르네."

"그분은 도를 닦는 분인가요?"

"한때는 계룡산에서도 상당히 오래 생활했었다니까 도를 닦았다고도 볼 수 있겠지."

열린 차창 안으로 연달아 맑고 신선한 바람이 무더기로 쏟아져 들어오고 있었다. 산비탈 여기저기에 조팝나무의 자디잔 꽃들이 싸라기를 한 바가지씩 뿌려놓은 것처럼 하얗게 흩뿌려져 있었다.

산등성이를 넘어선 바람이 비탈을 미끄러져 내려오면서 풀잎들을 차례로 뒤집고 조팝나무의 그 자디잔 꽃들을 비질하고 있는 것이 보였다.

"하지만 내가 자네와 함께 처삼촌을 만나러 가는 것은 오직 신검에 대한 것을 자네가 조금이라도 납득할 수가 있도록 만들기 위한 것일세. 이 점을 잊어서는 안 되네."

"알겠습니다."

열차가 터널 속으로 잠입해 들어가고 있었다. 갑자기 실내가 어두워지면서 지금까지 얼굴에 닿아오던 맑은 바람이 뚝 끊어져 버리더니 그 대신 석탄 냄새가 밴 탁한 바람이 얼굴을 덮쳐오기 시작했다.

여기저기서 승객들이 창문을 내리고 있었다.

그러나 터널은 그리 긴 편은 아니었다. 곧 실내가 다시 밝아지면서 바람이 생기를 되찾고 있었다.

"아직도 멀었나요?"

"이제 한 시간 정도만 더 가면 된다네."

정 군은 하품을 하고 있었다. 지리한 모양이었다.

잠시 후 열차는 어느 간이역에 정차했다.

내리고 타는 손님들이 그리 많지는 않은 모양이었다. 아주 잠깐 동안 지체하는 것만으로도 승하차가 모두 완료되었는지 열차는 다시 움직이기 시작했다. 3등 열차에다 토요일이었으므로 빈자리는 하나도 없었다. 전부 2인용 의자에 세 명씩 비좁게 앉아 있었다. 통로에 서 있는 사람들도 상당수였다.

그런데 열차가 그 간이역을 벗어난 지 채 일 분도 지나지 않았을 때였다. 한패의 청년들이 난폭한 언사들을 내던지며 박정달 씨가 앉아 있는 열차 칸으로 들어서는 것이 보였다. 박정달 씨는 출입문에서 두 번째 자리에 앉아 있었는데 그들이 들어서는 것을 보자 대번에 피가 싹 식어드는 듯한 느낌이었다. 한눈에 불량배들임을 역력히 감지할 수가 있었다. 이제는 그런 부류들에게 시비를 당할 만한 나이가 지났는데도 그는 되도록이면 그들과 눈길이 마주치지 않으려고 노력했다.

"야, 더 이상 돌아다니지 말고 그냥 여기서 자리를 잡자. 그래도 여기가 제일 나은 것 같잖냐. 푼내미들도 제법 반반하고 말이다."

"이 씨팔놈은 오나가나 푼내미 타령이냐?"

"그럼 쑴새야. 이 세상 낙이라곤 빠꾸리밖에 더 있냐?"

그들은 다른 사람들에 대해서는 전혀 아랑곳하지 않는다는 듯 큰 소리로 마구 떠들어대고 있었는데, 박정달 씨는 그들에게 신경을 쓰지 않으려고 애쓰면서도 공연한 불안감 때문에 자주 그들을 흘끔거리게 됨을 어찌할 수가 없었다.

그들은 모두 네 명이었다. 얼굴들이 술에 벌겋게 달아 있었다. 그들 중의 하나는 머리가 중처럼 짧게 깎여 있었다. 모자를 쓰고 있었는데 굳이 감출 생각은 없는 모양으로 자주 모자를 벗고는 손바닥으로 빈 머리를 쓸어넘기곤 했다.

"니기미. 오늘 따라 배낭 멘 새끼들이 왜 이리 많지?"

"거기다 전부 푼내미들을 꿰차고 있구만."

"씨팔, 성질나는데 모조리 끌어내서 콱 조져버릴까?"

"마, 푼내미는 그대로 남겨둬야지."

"맞는 소리다. 저 새끼 빵간에서 삼 년 동안 굶은 작대기 물칠이나 실컷 해야지."

"이봐. 저리 좀 비켜. 어라, 이 새끼가 쪼개는데. 모가지를 확 비틀어버릴라."

그들은 제멋대로 떠들어대며 통로에 있는 승객들을 비집고 다음 칸으로 옮겨가는 것 같았다. 순간적으로 박정달 씨는 안도의 숨을 내쉬었다.

그러나 그들은 출입문 쪽에서 다음 칸을 살피는 듯하더니 다시 돌아섰다. 그리고 통로에 서 있는 승객들을 한 번 더 밀어붙이다시피하며 조금 전에 갔던 길을 그대로 되돌아오고 있었다. 박정달 씨는 공연히 마음이 불안해지고 있었다.

"여기서 판을 벌이는 게 제일 낫겠지."

"저쪽 문 있는 데로 가봐. 삼삼한 년이 하나 있더라."

"이 새끼 이러다가 여기서 아무 푼내미나 붙잡고 벽치기로 한탕 뛰는 거 아닌지 모르겠네."

"마, 양해해 줘야지. 삼 년 동안 굶었으니까."

그들은 박정달 씨가 앉아 있는 자리까지 왔다.

그러더니 통로를 사이에 둔 바로 옆자리의 청년들을 향해 이렇게 말했다.

"형씨들 자리 좀 양보해야겠소."

바로 옆자리에 앉아 있는 청년들은 대학생들 같아 보였다. 가벼운 등산복 차림을 하고 있었다.

그들은 이 갑작스런 사태에 대해서 도대체 어떻게 처신해야 좋을는지 몰라 모두 난감해져 있는 듯한 표정들이었다.

그들 중에서 주먹을 쓸 만해 보이는 사람은 하나도 없는 것 같았다. 체격들은 거의 비슷한 것 같았지만 아무래도 분위기가 달랐다. 한쪽이 박달나무로 깎아놓은 천하대장군 같다면 또 한쪽은 밀가루 반죽으로 만들어놓은 지하여장군 같았다. 도대체 상대가 안 되는 입장이었다.

"안 들려?"

"어허, 애들 다칠라."

"형님들이 조용히 타이를 때 일어서야지."

"새끼들, 동작 봐."

몇 번의 위협이 가해지자 밀가루로 반죽해 놓은 지하여장 군들은 체념이 서린 얼굴로 하나 둘 일어서고 있었다. 어지간한 상대라면 그렇게까지 순순히 물러나지는 않았을 테지만 상

166

대가 너무 대가 세어 보이니까 하는 수 없다는 듯한 표정이었다. 그렇다고는 하더라도 너무 비참하다는 듯한 표정은 잠시도 감출 수가 없었다.

박정달 씨는 마치 안전핀이 헐거운 폭탄 네 개가 바로 자기 옆자리에 놓이는 듯한 기분이었다. 그 폭탄들은 자리를 박탈해 앉더니 들고 있던 소주병을 따고 술들을 마시기 시작했다. 이상하게도 그들의 야만스런 분위기는 열차 한 칸을 완전히 압도해 버리는 것 같았다.

통로에 있던 젊은 승객들은 하나 둘 다른 칸으로 자리를 이동하고 있었다.

욕설과 유행가가 폭력적으로 배설되고 근처에 앉아 있는 젊은 승객들이 공연한 트집을 잡히기 시작했다.

"씹새야 뭘 보냐. 콱 눈깔을 뽑아버릴라."

그들은 차츰 취해가기 시작하는 것 같았다. 어쩌면 박정달 씨에게도 시비를 걸어오는지 모른다는 생각이 들었다. 만약 정말로 시비를 걸어온다면 어떻게 하나. 아무 대책이 없을 것 같았다. 제발 다음 역에서 그들이 내려주기를 간절히 비는 수밖에 없었다.

그러나 그들은 다음 역에서도 내리지 않았다. 끝까지 동행할 모양이었다.

그런데 박정달 씨가 불안해 하던 사태가 기어코 현실로 나타나게 되었다.

"술 더 마시자."

"까네가 있어야지."

술이 떨어져버렸는지 그들은 그렇게 몇 마디를 주고받더니,

"씨팔, 우리가 언제 까네 걱정하면서 살았냐?"

한 마디를 던지고는 대뜸 박정달 씨 쪽으로 시선을 던져버렸던 것이다.

바로 통로라 인접해 있는 자리에 앉아 있던 녀석이었다.

"보쇼. 형씨, 우리 술 한 병만 얻어 마십시다. 이웃사촌이라고 다 존 게 존 거 아니겠습니까?"

박정달 씨는 가슴이 철렁 내려앉았다. 금방 전신에 힘이 빠져나가버리는 듯한 느낌이었다.

그러나 알고 보니 그들의 시선은 박정달 씨에게가 아니라 곁에 있는 정 군에게로 향하고 있었다.

그러나 정 군은 못 들은 체 창 밖으로 고개를 돌리고 있었다. 박정달 씨는 비록 그들이 박정달 씨에게 직접 시비를 걸어오지는 않았다 하더라도 역시 난처하기는 마찬가지가 아닐 수 없었다. 그는 어떻게 해야 할까를 순간적으로 곰곰 생각해 보았다. 역시 속수무책으로 가슴만 자꾸 두근거릴 뿐이었다.

"어쭈, 저 새끼 딴전 피우는데."

"오늘 또 사람 생 눈알 뽑아보게 생겼구나."

그들 중의 하나가 손가락 마디를 소리나게 꺾으며 여유 있는 동작으로 이쪽을 향해 몸을 움직이고 있었다.

박정달 씨는 전신이 오그라드는 느낌이었다. 왜, 하필이면, 오늘 이 시간에 이 열차를 탔을까. 왜, 하필이면, 이 열차 중에서도 바로 이 칸 이 자리에 앉았을까. 정말 재수가 없어도 이렇게 없을 수가 있을까. 귀신들은 다 무얼 잡아먹고 사는 것일까. 저런 놈들이나 모조리 잡아먹어버렸으면 좋겠는데…….

사태를 수습하는 데는 하나도 도움이 안 될 잡념들만 떠오르는 사이 손가락 마디를 소리나게 꺾으면서 이쪽으로 다가온 그들 중의 하나가 정 군을 위협적인 목소리로 다시 한 번 불렀다.

"이봐. 젊은 친구 내 말 안 들려?"

그들 중에서는 가장 체격이 좋아 보이는 녀석이었다. 액션 영화에서는 저런 녀석들이 악당으로 나오면 제일 먼저 신나게 두들겨 맞아서 피를 토하고 죽던데 아무리 생각해 보아도 오늘의 이 형편으로는 그런 결말을 기대할 수가 없을 것 같았다.

"너 정말 계속 못 들은 체할 거야?"

그래도 정 군은 여전히 고개를 돌린 채 창 밖만 내다보고 앉아 있었다.

이때 박정달 씨의 가슴속에는 실낱같은 기대 하나가 피어올랐다. 혹시 정 군이 무서운 실력자일지는지도 모른다. 태권도·유도·합기도·십팔기 따위를 모두 통달하고 한때는 암흑가에서도 쟁쟁한 이름을 떨치던 인물이었을는지도 모른다. 그래서 저렇게 태연히 앉아 있다가 더 이상 귀찮게 굴면 점잖게 몇 마디를 타이르고 그러다 안 되면 주먹을 쓰려는 속셈인지도 모른다.

그런 생각이 들자 비로소 박정달 씨는 가슴이 약간 진정되는 것 같았다.

"너 오늘 몇 군데 부러져야겠구나!"

다시 손가락 마디를 꺾는 소리가 들려왔다. 저러다 손가락이 정말로 똑각똑각 부러져버리는 수는 없을까.

그러나 그런 수는 없는 모양이었다. 손가락 마디를 꺾다 말고 녀석은 박정달 씨를 밀치며 정 군을 향해 발을 들이밀고 있었는데 몸을 피하면서 얼핏 보니까 필시 정 군의 멱살을 움켜잡을 양인 듯 그 손가락들은 더욱 기세 좋게 힘이 주어진 채 갈퀴 모양으로 오그라져 있었다.

박정달 씨는 녀석이 정 군을 향해 들어설 때 발등을 밟혔는데도 아야 소리 한 번 지르지 못하고 몸을 한쪽으로 비켜주었을 뿐이었다.

"이 새끼. 귀머거리처럼 보이려구 하는 모양인데 내가 오늘 정말로 네 귀를 잘라서 술안주로 씹어먹어 줄까."

녀석은 정 군의 멱살을 우악스럽게 움켜잡았다.

그리고 난폭한 동작으로 정 군을 통로까지 끌어내었다.

"왜 이러십니까?"

정 군의 목소리는 떨리고 있었다.

그 떨리는 정 군의 목소리를 듣는 순간 박정달 씨가 걸었던 실낱같은 기대, 어쩌면 정 군이 무서운 실력자일는지도 모른다는 그 기대는 일순간에 깨끗이 사그라져버리고 말았다.

"이 새끼야. 사람이 부르면 대답은 못 하더라도 고개는 돌릴 줄 알아야지. 너 오늘 모가지까지 부러지고 싶냐?"

"저, 저는 못 들었습니다."

정 군이 여전히 떨리는 목소리로 변명을 늘어놓기 시작했다.

"사실 저는 창 밖을 내다보면서 고향 생각을 하고 있었습니다."

그러나 정 군의 그러한 변명은 오히려 그들에게 웃음거리를 제공하는 것에 불과했다. 박정달 씨가 듣기에도 그것은 우스운 소리였다.

"저 새끼가 지금 유행가 불렀냐?"

"고향에 가서 뼈를 묻겠다고 했어."

"곡조 슬프게 나오는구나."

"시간 끌지 말고 처치해 버려."

박정달 씨는 최소한 무슨 말이라도 한 마디 거들어주어야 한다는 생각을 하면서도 도무지 실천에 옮길 만한 용기가 나지 않았다. 초등학교 때부터 지금까지 박정달 씨는 그렇게 살아왔었다.

아주 작은 폭력 앞에서도 도무지 기를 펼 수가 없을 정도로 나약한 마음을 가진 사람이었다. 굴욕감 때문에 혀를 깨물고 죽고 싶은 심정에 처해 있으면서도 또 한편으로는 공포와 불안감 때문에 전신이 부들부들 떨려옴을 어찌할 수가 없었다.

"잘못했습니다."

정 군이 말했다. 얼굴이 하얗게 질려 있었다.

"잘못했습니다."

정말로 어처구니없는 노릇이었다. 도대체 잘못한 쪽은 누구인가. 정작 잘못한 쪽에서는 기세가 등등한 표정으로 주먹을 부르쥔 채 버티고 서 있는데 아무런 잘못도 없는 쪽에서는 잘못했다고 용서를 빌며 머리를 조아려야 한다는 말인가. 이래도 세상은 괜찮은 것인가.

괜찮은 것이다. 아무도 그들을 벌하지 않고 있는 것을 보면 세상은 분명히 그들에게 되지 못한 자유를 허용하고 있는 것이다.

"꿇어."

정 군을 끌어내었던 녀석이 허리에 두 손을 얹으며 거만하게 말했다.

"한 번만 용서해 주십시오."

"꿇어."

"잘못했습니다."

"개소리 집어치우고 무릎을 꿇어, 이 새끼야."

"잘못했……."

그러나 미처 말을 끝내기도 전에 녀석의 무지막지한 주먹이 정 군의 면상을 향해 날았다.

퍽!

대번에 정 군의 입에서 피가 튀었다. 참혹했다.

박정달 씨는 일어서야 한다고 속으로 부르짖었다. 더 이상 두고 볼 수는 없다고 이놈들한테 맞아죽는 한이 있어도 덤벼들어야 한다고 부르짖었다.

그러나 생각뿐이었다. 더욱 오금이 굳어오고 전신이 부들부들 떨려왔다.

정 군이 먼저 덤벼든다면 박정달 씨도 함께 덤벼들 수가 있을 것 같았다. 승객 중의 누구든지 말 한 마디라도 거든다면 박정달 씨도 함께 덤벼들 수가 있을 것 같았다. 그런데 아무도 대항하지 못하고 있었다.

그들의 야만스럽고 난폭한 분위기는 실내 전체를 주눅들게 만들고 있는 것 같았다.

"이 새끼야 오늘 열차 밑에 한번 깔려볼 생각인 모양이로군. 꿇으라면 꿇어."

다시 몇 대의 발길질이 가해졌다.

이제 박정달 씨는 열차에서 뛰어내리고 싶은 심정이 되어 있었다.

그런데 박정달 씨는 본래부터 천성이 그렇다고 하더라도 정 군은 왜 그대로 당하고만 있는지 알 수가 없었다. 어째서 그만한 체격, 그만한 나이를 가지고 죽자 사자 한번 맞붙어보지 못하는지 답답해서 견딜 수가 없을 지경이었다.

"보시오, 형씨들."

참다못해 박정달 씨는 입을 열었다. 당연히 분노에 찬 목소리에 항의조로 입을 열어야 하겠건만 그것조차 뜻대로 되어주지 않았다. 저절로 목소리가 떨려나오면서 무슨 양해라도 구하는 듯 겸손해지는 데는 다시 한 번 수치심을 느끼지 않을 수가 없었다.

"뭐요?"

대뜸 녀석의 시선이 박정달 씨에게로 향했다.

"불만이 있으시다는 거요?"

"그런 게 아닙니다."

"그런 게 아니면."

"나하고 일행인데 무슨 잘못이 있으면 내 술 한잔 살 테니 그만 양해를 하시라는 겁니다."

말해 놓고 나니 전신에 더러운 구더기가 굼실굼실 기어다니고 있는 듯한 느낌이 들었다.

"아. 그러십니까?"

녀석은 능글맞은 웃음을 흘리며 고개를 한 번 굽혔다가 쳐들었다.

"이거 실례했습니다. 일행이 계신 줄도 모르고 정말로 죄송합니다."

어떻게 들으면 사과하는 것 같기도 하고 또 어떻게 들으면 시비를 걸어오는 것 같기도 해서 소름이 오싹 끼칠 지경이었다.

"젊은 기분으로 한번 그래 본 거니까 형님께서 널리 양해해 주십시오. 술을 한잔 사신다니 고맙습니다."

아무래도 시비를 걸어오는 것 같지는 않았다.

하지만 이쪽에 대해 진심으로 죄송해 한다거나 잘못을 반성하는 눈치도 아닌 것 같았다. 오히려 얕잡아보고 술이나 한잔 얻어 마셔보자는 심산인 것 같았다.

박정달 씨는 만 원짜리 한 장을 꺼내 슬그머니 녀석의 손에 쥐어주었다.

"이거 정말로 죄송합니다."

녀석은 비로소 물러날 기색이었다.

"자네 이리 와 앉게. 원 젊은 나이로 그렇게 패기가 없어서야."

박정달 씨는 그렇게 허세를 부려놓고는 한 번 더 자신에 대한 혐오감에 몸을 떨었다.

어쨌든 그렇게 해서 간신히 사태는 수습되었다. 그런데 뒤늦게야 공안원이 들어서고 있는 것이 보였다.

"너희들이야?"

공안원이 그들에게로 다가와서는 대뜸 그렇게 물어보았다.

"뭘 말입니까, 형님."

그들은 능글맞은 표정을 지으며 시치미를 떼고 있었다.

"조금 전에 말썽 피운 게 너희들이냔 말이야."

"말썽을 피우다뇨?"

"조금 전에 늬들 여기서 말썽 피우지 않았어?"

"무슨 말씀을 그렇게 하십니까."

오가는 대화들로 미루어 그들과 공안원은 서로 잘 아는 사이들인 모양이었다.

"한 번만 더 말썽 피우면 이젠 가만 안 둔다. 집어넣겠어."

이번에는 상당히 위협적인 표정이었다. 그 말에는 그들도 약간 켕기는 듯한 반응을 보였다.

"염려 마시라니까요."

공안원이 돌아가고 나서 잠시 후 그들은 지나가는 잡상인을 불러 세워 소주와 오징어 따위를 주문했다.

"아저씨 한 잔 받으십쇼."

돈을 받았던 녀석이 박정달 씨에게로 술이 가득 담긴 종이잔을 내밀고 있었다.

아까는 형님이라고 말하더니 이제는 또 아저씨였다. 안 받으면 또 무슨 시비를 걸어올 것만 같은 불안감에서 박정달 씨는 그 잔을 받아들었다. 그리고 단숨에 마셔버렸다.

"사실은 술을 못 마십니다만."

잔을 도로 건네며 그는 말했다. 상대편은 그러서? 하는 표정으로 잔을 받았다. 다분히 이쪽을 얕잡아보고 있는 듯한 태도였다. 말해 놓고도 왜 그런 말을 했는지 자신도 잘 납득이 가지 않았다. 그는 한 번 더 자신의 내부에 숨어 있는 비굴성을 발견해 내는 것 같아 수치감에 절로 몸이 오그라들었다.

그들은 다시 자기들끼리 웃고 떠들면서 술을 마시기 시작했다.

"느들 정말로 오늘 내 마른 용대가리에 물칠해 주는 거냐?"

"마 여기서 아무 푼내미나 붙잡고 벽치기하라마."

"끼구 있네. 개새끼."

"알았다 알았어. 요샌 유원지에만 가면 야들야들한 것들이 얼마든지 나돌아다닌다."

"마 돌림 놓는 건 싫어."

"염려 마. 하여튼 모가질 하나 비틀어다 줄 테니까 혼자서 푹 고아 먹으라구."

그들은 한참 동안을 떠들어대다가 잠시 시들해진 채로 앉아 있었다.

그러나 눈들만은 여전히 무슨 흉계를 꾸미고 있는 것처럼 징그럽게 번들거리고 있었다.

"야! 고등학생. 이리 좀 와 봐."

잠시 후 그들 중의 하나가 통로에 서 있는 고등학생을 손짓해 부르고 있었다. 그 고등학생은 키가 크고 체격이 건장한 편이었다.

"왜 그러세요?"

"자식이 말대꾸는. 와보라면 와봐."

"왜요?"

"너 정말 이리 안 올 거야?"

그러자 그 고등학생은 어슬렁거리며 그들에게로 다가섰다.

"너 몇 학년이야?"

"일 학년요."

"뭐 일학년? 일학년이 왜 이렇게 커 임마. 너 몇 년 꿇었어?"

"아뇨."

"그 새끼 좆나게 크네."

사실이었다. 일학년치고는 너무 컸다. 그러나 나이는 속일 수
없는 모양인지 목소리는 아직 일학년짜리 같은 목소리였다.

"너 통학생이냐?"

"네."

"우리 몰라?"

"알아요."

"그런데 왜 임마 냉큼 오지 않고 말대꾸야 말대꾸는. 너 술
마실 줄 알지?"

"몰라요."

"남수 까지 마 짜샤. 자, 한 잔 마셔. 우리도 느네들 기분 다
이해한다구."

"정말로 술 마실 줄 몰라요."

"마시라니까."

"마실 줄 모르는 걸 어떻게 마셔요?"

"여기서 당장 배우면 될 거 아냐."

"싫어요."

"어쭈 너 이 새끼 죽을래?"

그들 중의 하나가 고등학생의 머리통을 쥐어박았다. 상당히

아픈 모양이었다. 고등학생은 울상을 짓고 있었다.

"마실 거야, 안 마실 거야."

협박조였다.

"안 마시면 너 앞으로 통학하는 데 고달퍼."

그들은 거의 강제로 소주 한 잔을 고등학생의 입에다 쑤셔 넣고 있었다.

"한 잔 더 마셔."

"싫다는데 왜 자꾸 그래요?"

반항적으로 고등학생이 외치고 있었다.

"어라? 이 좆만한 새끼가 기어오르려구 그러네. 어디 안 마시고 배기나 두고 보자."

그들은 고등학생의 팔을 뒤로 꺾어 넣으면서 다시 머리통 몇 대를 쥐어박고는 강제로 소주 한 잔을 더 녀석의 입에다 쑤셔 넣었다.

그러고는 요란하게 폭소들을 터뜨렸다.

그러는 동안 열차는 이제 속력을 늦추어 어느 소도시로 진입해 들어가고 있었다.

오랫동안의 헐떡거림이 차츰 줄어들면서 역이 보였다. 열차가 멎자 그들이 비운 2홉들이 소주병 두 개가 통로에서 낮은 소리로 비명을 발하며 알몸을 부딪쳤다간 움직임을 멈추는 것이 보였다.

고등학생이 눈물을 닦으면서 선반에서 책가방을 내리고 있었다. 그와 때를 같이하여 열차가 선로에 이상이 생겨 십 분 정도 늦게 출발될 예정이니 승객들의 양해를 바란다는 내용의 안내방송이 들려왔다.

"툭하면 그러더라."

등 뒤에서 어느 여자가 투덜거리고 있었다.

"느들 여기 가만히 있어."

눈자위에 눈물이 덜 마른 얼굴로 고등학생이 불량배들에게 한 마디를 던지고는 열차에서 빠른 동작으로 내리는 모습이 보였다.

"어쭈, 저 학필이가 실성했네."

불량배들은 다시 와장창 웃어젖혔다. 귀엽다는 듯한 표정들이었다.

그러나…….

한 삼 분 정도나 지났을까. 고등학생은 다시 한 청년을 앞세우고 나타났다. 녀석이 앞세우고 나타난 청년은 키가 유난히 작달막하고 다부져 보이는 인상이었는데 눈빛이 뱀처럼 날카롭고 싸늘해서 보기만 해도 소름이 오싹 끼치는 인상이었다.

불량배들은 아직 그들이 나타난 것을 눈치 채지 못한 채 지금 막 승차한 스물두어 살 정도의 예쁘장한 아가씨한테 수작들을 붙이고 있는 중이었다.

"아가씨 이리 앉으쇼."

"거 참, 대단한 미인이신데."

"우리 한번 친해봅시다."

"여행이란 낯선 사람들끼리 친해보는 재미로 하는 것 아닙니까."

그들이 수작을 붙이고 있는 동안 뱀눈의 청년은 한눈을 팔면서 천천히 그들 쪽으로 다가서고 있었다. 그리고 완전히 거리가 가까워지자 그들이 수작을 붙이고 있는 아가씨의 소매를 재빨리 잡아당겨 자기의 뒤쪽으로 제쳐놓았다.

"뭐야!"

불량배들 쪽에서 빽 하고 소리를 지르는 것 같았다.

그때였다. 박정달 씨는 똑똑히 보았다. 뱀눈의 청년이 탁 하고 발을 굴러 통로 바닥에 뒹굴고 있던 소주병 하나를 찍어올리는 순간 무슨 조화를 부렸는지 그 빈 소주병이 가볍게 그의 가슴 높이로 튕겨져 오르는 것을.

그의 손이 정확하게 튕겨져 오른 소주병을 거머잡고, 그가 그것을 이마로 받아서 깨뜨린 것은 지극히 짧은 순간에 일어난 일이었다.

팍!

병이 깨지면서 번뜩이는 파편 조각들이 날카로운 소리로 떨어져 내리자 그의 손에는 예리한 모양으로 삐죽삐죽 돌기된 병의 모가지 부분만이 쥐어져 있었다.

획 획 획.

뱀눈의 청년은 저쪽에서 미처 정신을 차릴 겨를도 주지 않고 그것을 날렵하게 휘두르기 시작했는데 그 동작은 마치 병을 쥔 손목만으로 가볍게 춤을 추는 것 같은 느낌이었다. 오랫동안의 숙련 끝에 익혀진 손놀림처럼 그것은 민첩하고 정확해 보였다. 차라리 화려해 보일 지경이었다.

그 네 명의 불량배들은 삽시간에 차창 쪽으로 밀어붙여졌다. 마치 한 마리의 풍뎅이가 불빛 주위를 빠르고 무질서하게 선회하듯 그의 손에 거머쥔 병은 여전히 예리한 느낌으로 불량배들의 얼굴 가까이에서 선회하고 있었다.

그러다가 일순 뚝 동작이 멈추어지는가 싶더니 낮고 싸늘한 목소리가 들려왔다.

"움직이면 다 죽인다. 목 동맥을 따버릴 거야."

실내는 쥐죽은 듯 고요했다.

수많은 시선들이 숨을 죽인 채 그 광경을 바라보고만 있었다.

"그동안 얼굴 드러내기 싫어서 계속 참아왔는데 이제는 안 되겠어. 너희들 앞으로는 이 열차 타지 마. 경고했어. 난 두 번씩 말하는 성미가 아냐."

말을 마치자, 뱀눈의 청년은 뒷걸음질로 불량배들에게서 떨어져 나왔다. 그리고 얼마간 거리가 멀어지자 깨진 병을 의자 밑으로 밀어 넣고는 유유히 돌아섰다.

그런데 뱀눈의 청년이 통로 중간쯤 갔을 때였다. 그때까지 한군데 몰려 기도 못 펴고 있던 불량배들 중의 하나가 그대로 자존심을 한번 세워보겠다는 듯 낮은 소리로 이렇게 중얼거렸다.

"어휴, 저걸 그냥!"

그러자 뱀눈의 청년이 갑자기 획하고 몸을 돌렸다. 그리고 입고 있던 티셔츠를 단숨에 벗어던졌다. 전신에 지렁이 같은 칼자국들이 흉측스럽게 꿈틀거리고 있었다. 그는 허리춤에 대검 하나를 차고 있었던 모양으로 그것을 여유 있게 쑤욱 빼 들고 있었다.

다시 불량배들은 완전히 몸이 응고되어 버리는 듯한 모습이었다.

"이 새끼들아. 네 살 때부터 야꾸쓰 물에 몸 담그고 칼침 맞아가면서 살아왔어. 너희 같은 놈들은 한꺼번에 스무 명 정도는 몰려와야 심심풀이로 상대할 기분이 날 정도야. 빵간 몇 년 다녀왔다고 대장 행세할 거야? 이리 와. 내가 오늘 너희들 배때기에 이 칼로 빵간 수칙들을 확 새겨주든지, 창자를 꺼내 전깃줄에 널어놔 줄 테니까. 자신 없어? 자신 없으면 찍 소리 말고 있어. 그리고 앞으로는 이 열차 타지 마. 내 구역이니까. 명심해."

뱀눈의 청년이 내리자 열차가 움직이기 시작했다. 그러나 불량배들은 침통한 표정으로 입들을 다물고 있었다.

'아 씨팔, 이게 무슨 창피냐……'

고개를 아래로 깊이 꺾어 넣고 그렇게 속으로만 중얼거리고 있는 것 같았다.

우는 칼

.

박정달 씨가 정 군과 함께 열차에서 내렸을 때는 해가 기울고 있었다. 고층건물들의 유리창마다 호박꽃물 같은 햇빛이 번들거리고 있었다.

열차에서 일어났던 사건은 얼마나 치욕스러운 악몽이었던가. 박정달 씨의 처삼촌이 운영하는 미래 심령 과학 연구소에 당도할 때까지 두 사람은 아무 말도 하지 않았다.

"자네가 올 줄 알고 있었네."

처삼촌이 박정달 씨를 맞이하여 대뜸 말했다.

"혹시 무슨 연락이라도?"

"이 사람아. 꼭 연락을 받아야만 그런 걸 아나?"

"하긴 그렇군요."

"그런데 이분은 뉘신가?"

"저하고 일을 함께 하기로 한 정 군입니다. 인사드리게."

박정달 씨는 두 사람을 소개했다.

처삼촌은 옛날과 변함없는 모습이었다. 그저 시골 농부처럼 허름한 작업복 차림에 늙수그레한 얼굴, 눈동자만 유난히 빛나고 있었다.

처삼촌의 연구소는 연구소라는 말보다는 차라리 합숙소라는 말이 더 어울릴 것 같은 구조를 가지고 있었다. 사무실 하나를 중심으로 양쪽에 여러 칸의 방이 딸려 있는 단층건물로서 옛날에는 엿기름 공장을 하던 곳이었는데 처삼촌이 매입해서는 구조를 바꾼 모양이었다.

사무실 양쪽으로 딸린 방마다 연구생들이 기거하고 있었다. 더러는 자취를 하고 또 더러는 출퇴근을 하는 모양이었다.

"저희들이 기거할 방이 하나 정도 남아 있는지 모르겠군요."

"이 사람 큰일났군. 한 이틀 묵었다가 돌아가게. 자네 아마 떼를 쓰러 온 모양인데 이번에도 내 대답은 마찬가지야. 함부로 공개할 수 없는 사정이 있어."

"그러면 간판은 왜 공공연히 내걸어놓으셨습니까?"

"적합한 사람을 쉽게 구하기 위한 방편이지."

"저는 적합하지 못하단 말씀이군요."

"자네는 처자식이 딸려 있는 데다 세상일에도 몇 갈래로 끈이 연결되어 있거든."

"그 끈을 끊어버리면 되겠지요."

"그게 어디 그리 쉬운 일인가."

"하지만 이번에는 반드시 좀 높은 경지를 한번 구경해야만 물러설 작정입니다."

처삼촌은 화제를 다른 곳으로 돌리려는 듯 집안의 안부를 건성으로 대충 물어본 다음 두 사람에게 빈 방을 하나 안내해 주었다.

"한 이틀만 쉬었다 가게. 괜히 쓸데없는 욕심은 부리지 말고. 배고프지. 저녁들이나 먹으러 갈까."

방을 정해놓고 처삼촌은 두 사람을 연구소 부근에 있는 한 식집으로 데리고 갔다.

"저는 정말로 아무것도 배울 수 없습니까?"

"배울 수야 있겠지."

"그럼 무엇이 문제입니까?"

"너무 오랜 시간을 필요로 하거든. 물론 한두 가지는 배울 수가 있어. 하지만 선무당이 사람 잡는다고 한두 가지 정도 배워가지고는 사람 망가뜨리기 십상이라."

"보여주기만이라도 하시면 되잖습니까?"

"우리의 계율 때문에 어쩔 수가 없다니까."

식사를 나누면서 박정달 씨는 처삼촌에게 자기가 정 군을 데리고 온 뜻을 밝혔으나 처삼촌은 아무래도 곤란하다는 듯한 표정이었다.

하지만 박정달 씨는 어떻게 해서든 정 군에게 처삼촌의 초능력적 힘을 한 번만이라도 보여주도록 해야겠다는 결심을 굳히고 있었다.

"방해가 되지 않는 한도 내에서 이 심령 과학 연구소를 자세히 한 번 견학해 보고 싶은데요."

식사를 마치고 돌아와 박정달 씨가 처삼촌에게 부탁한 말이었다.

"어려울 건 없지. 다들 자기 분야에 몰두해 있으니까. 옆에서 무슨 일이 일어나건 개의치 않네. 당연히 방해가 될 리도 없지."

처삼촌은 정 군과 박정달 씨를 데리고 연구소를 낱낱이 견학시키기 시작했다.

"우선 화장실부터 구경하세. 먹는 일이 중요하다면 싸는 일도 중요하거든. 하지만 화장실은 자네 혼자서 구경하고 오게. 바로 저기 보이는 게 화장실이니까."

박정달 씨는 뜨끔한 기분이었다. 왜냐하면 그는 저녁을 잘못 먹은 탓인지 갑자기 배가 싸르르 아파왔던 것이다. 그런데 배만 아파왔다면 뜨끔할 것도 없지만 동시에 요의까지 느껴져 왔던 것이다.

"제가 화장실에 가고 싶어하는 걸 어떻게 아셨습니까?"

"알긴. 난 아무것도 모르네."

하지만 처삼촌은 분명 예지력 같은 것을 가지고 있는 듯한 눈치였다. 이런 정도의 일은 마누라와 연애하던 시절 처삼촌을 몇 번 만났을 때도 경험한 적이 있었기 때문에 전에보다는 그리 크게 놀라지는 않았다.

화장실을 다녀와서 박정달 씨가 둘러본 처삼촌의 심령 과학 연구소는 뭔가 숙연함을 느끼도록 만들어주는 데가 있었다.

"저 친구는 최면술을 공부하고 있지."

방 안 전체가 거의 크고 작은 거울로 장식되어 있는 듯한 방이었다. 스물세 살 정도의 창백하고 야윈 얼굴을 가진 청년 하나가 죽은 듯이 누워서 멀거니 눈을 뜨고 천장을 쳐다보고 있었다. 천장에도 대형 거울 하나가 매달려 있었다.

"남에게 최면을 걸려면 우선 자기 스스로가 최면에 걸려 있어야 하거든. 저 친구는 거울 속의 자기로부터 거울 밖의 자기에게 최면을 걸고 있는 중이지."

방구석에는 낡은 담요 한 장과 베개와 몇 권의 책, 그리고 냄비와 반찬통 따위들이 아무렇게나 나뒹굴고 있었다.

"다음 방을 한번 볼까."

복도를 걸어나갈 때마다 낡은 판자들이 뿌드득뿌드득 늑골들을 앓고 있었다. 그들은 다음 방으로 들어갔다.

"저 친구는 정신통일을 연습하고 있는 거야. 정신통일에는 촛불이 제일이지. 하지만 숙달되면 실지로 촛불을 켜놓을 필요가 없어. 그냥 머릿속에 촛불만 떠올리면 그것만으로도 저절로 정신통일이 되지. 이 단계는 가장 기초적인 단계야."

방 한복판에 촛불 하나를 켜놓고 노처녀들로 짐작되는 두 명의 여자가 촛불을 집어삼켜버릴 듯한 눈초리로 노려보고 있었다. 마치 자기들이 아직까지 시집을 못 간 이유가 촛불 때문이라고 생각하는 표정들 같았다. 그렇지만 그녀들은 정말 못 생긴 얼굴들을 가지고 있었다. 그래서 그녀들이 아무리 경건한 마음으로 촛불을 들여다본다고 하더라도 객관적인 입장에서는 하나도 경건한 분위기를 느낄 수가 없는 실정이었다.

"잘 되나?"

처삼촌이 그녀들을 향해 물었다.

"이젠 촛불만 보고 있으면 모든 잡념이 사라져버린 것을 느낄 수가 있는 것 같아요."

그녀들 중의 하나가 대답했다.

"모든 잡념이 사라져버렸다고 생각하는 것도 잡념이야. 더 열심히 하도록."

처삼촌은 그 방을 나와 다시 다른 방으로 두 사람을 안내했다.

방문을 열고 들어서는데 어쩐지 섬뜩한 느낌이 전해져 왔다. 왜 그런 느낌을 가지게 되었을까.

"이 방의 주인은 서른이 조금 넘은 친군데 능력이 상당하지. 출퇴근을 하고 있어. 한 시간 정도만 있으면 나타날 걸세."

방 안 구조나 장치들이 상당히 특이한 느낌이었다.

검은 천으로 만들어진 캐비닛과 검은 칠을 한 책상, 천장에는 가느다란 줄이 가로놓여 있고 거기에는 여러 개의 방울들이 달려 있었다. 구석진 곳에서는 역시 검은 칠을 한 탁자들이 몇 개 놓여 있었는데 그 탁자 위에는 짚으로 만든 인형들, 종이꽃, 회중전등, 메가폰 따위들이 놓여 있었다.

"이 방은 무엇을 공부하는 방입니까?"

"죽은 사람들의 혼령을 불러서 대화들을 나누는 방이지. 저기 있는 인형들에게 그 혼령이 들어가게 만들 수도 있지."

제단과 이상한 그림 따위도 눈에 띄었다. 마치 무당의 방에 들어선 듯한 느낌도 들었지만 또 한편으로는 그것과 전혀 다른 분위기라는 생각이 들었다. 그들은 그런 식으로 여러 개의 방들을 구경했다.

박정달 씨는 생각했다. 세상은 참으로 오묘한 것이라고.

대부분의 사람들은 이러한 세계가 있다는 사실을 믿지 않을 것이다. 이러한 세계에 사는 사람들의 능력도 믿지 않을 것이다. 그들은 한평생 눈에 보이는 것만을 믿으며 살아갈 것이다.

초등학교 때부터 대학을 졸업할 때까지 교과서를 미신처럼 믿으면서, 참고서를 절대적인 지식으로 착각하면서, 이러한 세계에의 동경이나 체험 같은 건 단 한 번도 느껴보지 못한 채, 암전의 사회 속으로 뛰어들고야 말 것이다. 그리하여 무절제한 욕망들과 그에 반비례하는 열등감에 샌드위치가 되어 겨우 먹고사는 일에다 발목을 붙잡힌 채 한평생 외부적인 힘에 의해서 자신을 움직이며 살아갈 것이다. 돈을 벌기 위해서 발악적으로 정신과 육체를 혹사시켜 보지만 영원히 만족할 만한 돈을 벌지 못할 것이라고, 결국은 허망하게도 제도와 문명의 노예로서 뼈빠지게 일하다가 늙고 병든 채 죽음의 강변에 홀로 쓸쓸히 당도해 있는 자신을 발견하게 될 것이다. 쇠잔한 영혼의 보잘것없는 형태를 그제서야 안타깝게 생각할 것이다. 도대체 진리란 무엇인가. 오늘날의 과학은 믿을 만한 것인가. 우리가 알고 있는 지식 이상의 세계는 없는 것인가.

박정달 씨는 갑자기 세상 사람들이 어리석게 생각되기 시작했다.

그날부터 박정달 씨는 정 군과 함께 처삼촌의 심령 과학 연구소라는 곳에 진드기처럼 달라붙었다. 초능력이니 영능력이니 하는 것들을 배우지는 못하더라도 반드시 구경만은 하고 돌아가야겠다는 심산이었다.

연구소에는 열 명 정도의 연구생들이 자취를 하거나 출퇴근을 하고 있었다. 모두 엄선해서 입문된 사람들로서 그 방면에 대단한 관심과 소질을 가지고 있다고 처삼촌이 말했었다. 연구소에서 자취를 하고 있는 사람들은 아직 완전한 기초가 닦여져 있는 상태라는 거였다.

"기초가 완전히 닦여져 있는 상태는 어느 정도를 말하는 것입니까?"

"마음을 자유로이 비워놓을 수 있는 상태지. 이른바 무의 경

지인데 그 무의 경지란 수학에서의 제로상태에서 그 제로조차
도 없어진 상태라네."

"마음을 비워놓으면 어떻게 됩니까?"

"무의 경지에 달한 마음은 무한한 것이어서 우주보다도 크
다네. 그러니까 우주도 거기에다 넣을 수가 있지."

박정달 씨의 모든 질문에 대해 처삼촌은 아무런 망설임도
없이 척척 잘 대답해 주었지만, 아직까지 단 한 번도 그러한
경지를 체험해 보지 않은 박정달 씨로서는 사실 궁금한 것이
한두 가지가 아니었다. 다시 말하자면 말만으로는 만족할 수
가 없었던 것이다.

"마음을 비워놓는 방법을 좀 가르쳐주십시오."

"마음을 비우려면 마음을 비워야 하네. 특별한 방법은 있
을 수가 없어. 마음을 비워놓은 다음에 그 비어 있는 마음
안에서 어떤 특수한 능력을 생성하는 데는 물론 방법이라는
것이 있겠지. 하지만 그 방법이라는 것도 함부로 말해 줄 수
가 없어."

자취를 하는 연구생들은 밥을 먹는 시간과 화장실에 다녀
오는 시간 외에는 거의 움직이지 않고 있는 것 같았다. 밤낮없
이 한자리에서 가만히 눈을 감고 앉아 깊이 가라앉은 고요 속
에서 육신을 어딘가로 떠내려 보내고 있는 것 같았다.

"소질에 따라 각기 다른 분야들을 공부하고 있어. 어떤 친구
는 염동력, 어떤 친구는 투시술, 어떤 친구는 영능력, 그리고

또 어떤 친구는 최면술, 이런 식으로 능력들을 개발하고 있다는 얘기야. 하지만 한두 달에 터득되는 건 아니지. 영계를 자유로이 넘나들 수가 있는 정도라네."

"간단한 거라도 좋으니 저희들에게 한 가지만이라도 보여주십시오."

"최면술 정도는 보여줄 수가 있어."

하지만 박정달 씨는 최면술 정도로 만족할 수가 없을 것 같은 느낌이었다. 무엇보다도 정 군의 눈으로 직접 확인할 수 있는 놀랍고도 신비한 현상 같은 걸 보여주었으면 좋겠다는 생각이었다.

사람과 사람 사이에 일어나는 현상이 아니라 사람과 다른 사물 사이에서 일어나는 현상, 이를테면 염동력 같은 거라면 불만이 없으리라는 생각이었다. 언젠가 정 군에게 유리 겔러에 대한 이야기를 해준 적이 있었고, 그러한 사실을 목격하면 활현경이라는 검법의 경지를 믿을 수가 있을 뿐만 아니라 신검이라는 것의 존재 가능성도 믿을 수가 있는 것처럼 정 군이 말했었던 것이다.

무엇보다도 중요한 것은 바로 신검의 제작이 아니겠는가. 처삼촌도 박정달 씨의 얘기를 듣고 얼마든지 그러한 칼이 있을 수 있다는 뜻을 비추었었다.

하지만 그놈의 염동력인지 염통력인지 하는 걸 쉽게는 볼 수가 없을 것 같은 불안감으로 박정달 씨는 밤마다 잠을 못

이룰 지경이었다.

박정달 씨는 날마다 처삼촌을 붙잡고 애걸을 하다시피 했지만 처삼촌은 언제나 고개만 가로젓고 있었다. 간혹 변소엘 다녀오는 연구생이라도 만나면 넌지시 운을 떠워 그런 짓을 한번 보여줄 수가 없겠느냐고 통사정도 해보았지만 역시 헛일이었다.

"안 됩니다. 만약 그런 걸 함부로 보여드렸다간 당장 연구소를 쫓겨나게 됩니다. 그리고 제가 가지고 있는 모든 능력도 박탈되어 버립니다."

누구나 그런 식으로 회피했었던 것이다.

박정달 씨는 아부라도 한번 해보아야겠다 싶어 몇 년 동안이나 청소라곤 해본 적이 없는 듯한 연구소 구석구석을 쓸고 닦기도 하고 부서진 의자나 문짝들을 고쳐놓기도 해보았지만 처삼촌의 태도에는 전혀 변함이 없었다.

정 군은 이상하게도 연구소로 와서는 줄곧 함구무언이었다. 언제나 깊은 생각에 잠겨 있는 것 같았다. 완전히 풀이 죽어 있는 듯한 표정이었으며 식사 같은 것도 별로 내키지 않는다는 듯 조금만 숟갈질을 하다 마는 식이었다.

"자네 어디 아픈가?"

박정달 씨가 물으면 그냥 아무렇지도 않다고 짤막하게 대답했다.

"신검을 만든다는 일이 너무 허황하다는 생각인 들어서인가?"

"아뇨."

"혹시 내가 잘못한 일이라도 있으면 말해 보게. 사과를 하고 싶으니까."

"절대로 그렇지 않아요. 괜히 우울해서 그러죠. 시간이 흐르면 좀 나아질 겁니다."

그러나 시간이 지날수록 정 군은 더 시들시들해져 가고 있는 것 같았다.

박정달 씨는 그러한 정 군 때문에 그놈의 염동력인가 염통력인가 하는 걸 보고 싶은 초조감으로 안달하지 않을 수 없었다. 점차로 처삼촌이 원망스러워져 가고 있었다. 게다가 박정달 씨 일행이 연구소에서 생활한 지 일주일 정도가 지났을 때에는 처삼촌도 자기 연구실에 틀어박혀 묵상만 계속했다. 박정달 일행에 대해서는 전혀 신경조차 쓰고 있지 않는 것 같았다.

"좋다. 우리도 하면 되겠지. 자네도 이리 와서 한번 흉내라도 내어보세. 마음을 비우는 게 중요하다는데 그게 그리 어려울 건 없겠지."

박정달 씨는 생각다 못해 방바닥에 퍼대고 앉아 다른 연구생들처럼 정좌하고 눈을 지그시 감아보기도 했었다.

"무작정 폼만 똑같이 잡는다고 무슨 일이 일어날까요?"

정 군은 멋쩍게 웃어넘겼지만 그래도 박정달 씨는 흉내라도 내어보고 싶은 심정이었다.

그러나 아무리 눈을 감고 있어도 마음이 비는 듯한 느낌은 오지 않았다.

마누라 생각, 아들 생각, 살아오면서 당했던 여러 가지 억울했던 일, 개떡 같은 얼굴들 따위들이 마음 안에 쓰레기처럼 수북이 쌓이기만 했다.

한 달 동안 박정달 씨는 끈질기게 연구소에 붙어 있었다. 정군으로 하여금 신검에 대한 신념을 가지도록 만들어주는 것도 크나큰 목적이었지만 자기 자신 또한 이번 기회에 확고부동한 신념을 가지고 싶다는 것도 숨길 수 없는 사실이었다. 박정달 씨 역시 직접 눈으로 초능력적인 현상을 목격하지 않고서는 백퍼센트 신검에 대한 확신을 가질 수는 없을 것 같았다.

어쩌면 내가 만들어놓은 이론을 믿고 있는 것이지 현상 자체를 믿고 있는 것은 아닐는지도 모른다. 어쩌면 모든 것은 소망에 불과하고 실현될 수는 없는 것인지도 모른다.

그런 식의 의구심이 마음 한구석에 불확실한 형태로 도사리고 있음을 박정달 씨는 스스로 느껴왔었던 것이다. 하지만 그의구심은 그리 강한 것은 아니었다. 만약 염동력 따위를 보게된다면 대번에 깨끗이 사라져버릴 것만 같았다.

한 달 동안 박정달 씨는 연구소에서 생활하면서 어떻게 해서든 그런 현상들을 목격하려고 노력했다.

연구생들이 처삼촌에게 테스트를 받는 때가 있었다. 대개 그것은 일주일에 한 번씩 행해졌다.

어느 날 박정달 씨는 열쇠구멍을 통해 그 광경을 들여다본 적이 있었다. 물론 곁에다 정 군을 대동하고서였다.

열쇠구멍에 눈을 갖다대니까 의외로 실내가 잘 들여다보였다. 연구생 하나가 처삼촌 앞에 서 있고 처삼촌은 등을 보인 채 의자에 앉아 있었다. 책상 위에는 촛불이 한 자루 켜져 있었다.

그 한 자루의 촛불이 아무래도 심상치가 않은 것 같았다. 연구생은 그것으로써 무엇인가를 증명해 보이려는 것 같았다. 어쩌면 염력으로 촛불을 끄는지도 모르며 또 어쩌면 염력으로 촛불을 공중에 띄울는지도 모른다는 생각이 들었다. 그렇지 않고서야 형광등 불빛 아래서 굳이 초 한 자루를 켜놓을 이유가 무엇인가.

박정달 씨는 심하게 가슴이 두근거려 왔다. 무슨 일인가가 벌어질 것만 같았다. 만약 어떤 현상을 확인하기만 하면 즉시 정 군에게로 열쇠구멍을 인계하기로 약속되어 있었다. 이따금 촛불이 흔들리고 있었다. 그러나 그것은 염력에 의한 현상에서가 아니라 창 틈으로 새어 들어오는 바람 따위에 의해서 저절로 그렇게 되는 것 같았다.

잠시 제자와 스승은 무슨 말들인가를 낮은 소리로 주고받고 있었다. 밖에서는 그 내용을 전혀 알아들을 수가 없었다. 아마도 스승은 무슨 원리인가를 설명하고 있는 모양으로 이

따금 볼펜 끝으로 촛불의 여러 면을 가리키고 있었다. 제자는 그때마다 고개를 끄덕거리는 시늉을 해보였다. 점차로 긴장이 고조되고 있었다.

잠시 후 제자가 눈을 감고 합장을 하는 모습이 보였다. 무슨 주문이라도 외고 있는 것일까. 입술이 조금씩 달싹거리고 있었다.

촛불이 과연 어떻게 될 것인가. 박정달 씨는 더욱 숨을 죽인 채 그 광경을 엿보고 있었다. 그때였다. 스승이 제자를 향해 무엇인가를 제지하는 듯한 동작을 보였고 이어 제자는 눈을 뜨더니 동작을 멈추고 영문을 모르겠다는 듯한 표정을 지어보였다.

박정달 씨는 도무지 영문을 알 수가 없었다. 아마도 제자가 무엇인가를 틀리게 한 모양이라고만 짐작하고 있었다.

그러나 아니었다. 갑자기 처삼촌의 커다란 목소리가 박정달 씨의 고막을 때리고 있었다.

"자네 계속 밖에서 열쇠구멍으로 엿보고 있을 텐가."

어떻게 알았을까. 고개도 한 번 돌리지 않고 어떻게 바깥 동정을 알아내었을까. 시종일관 등을 보이고 있었는데 정말로 귀신이 곡할 노릇이었다.

박정달 씨는 그 후로도 두 번이나 엿보는 것을 시도했다가 실패했다. 처삼촌은 언제나 등을 보이고 있었지만 또 언제나 바깥에서 일어나고 있는 일들을 모두 감지하고 있는 것 같았다.

한 달이 조금 지나서 박정달 씨는 비로소 모든 것을 포기하기로 마음먹었다. 남의 힘으로 신검을 만드는 것은 아니다. 오직 내 힘만으로 신검을 만드는 것이다. 나 자신을 믿으면 그뿐이다. 정 군이 믿지 않는다 하더라도 자신이 믿고 있으면 그만인 것이다. 결국 남에게 도움을 받고자 했던 것은 자신에 대한 믿음이 그만큼 부족했었기 때문이다.

그런 식으로 생각하니까 왠지 마음이 홀가분해지고 더욱 용기가 생겨나는 것 같았다.

박정달 씨는 마침내 보따리를 챙겼다.

"떠날 결심을 한 모양이로군."

정 군을 데리고 연구실로 들어서자 대뜸 처삼촌이 던지는 말이었다.

"그동안 너무 귀찮게 굴어서 대단히 죄송합니다."

"아닐세. 그런데 자네 얼굴을 보니까 전에보다는 마음이 한결 가벼워져 있는 것 같은데 잘된 일이야."

처삼촌은 매우 유쾌한 표정이었다.

"귀찮은 혹이 떨어져 나가니까 무척 즐거우신 모양인데요."

박정달 씨는 농담을 던졌다.

"맞았어. 자네가 바로 도사로군."

여전히 유쾌한 표정.

"돌아가서 아내한테 안부 전하겠습니다."

"욕이나 하지 말게."

"왜 그런 말씀을."

"미천한 재주 좀 구경시켜 달라니까 재기만 하고 하나도 보여주지 않더라고 말이지."

"이젠 아무렇지도 않습니다. 처음엔 원망스러웠지만."

"원망스러웠겠지. 하지만 나는 지금도 자네를 누구보다 사랑하네. 촌수는 멀지만 마음은 가장 가까운 데 있는 친척이지. 자네는 언제나 심성이 맑아서 좋아. 가만 있자. 작은 선물이라도 하나 줘야겠군."

처삼촌은 주전자에서 물 한 컵을 따라 책상 위에다 놓더니 연구생들한테서 설탕을 좀 얻어와야겠다며 밖으로 나갔다.

"아직은 마시지 말게. 특별한 선물은 나한테 준비되어 있지 않고 설탕물이라도 한 컵 마시게 해줄 테니까."

문을 열고 박정달 씨를 향해 정색을 하며 당부하던 말이었다.

그러나 박정달 씨는 처삼촌이 나가자 공교롭게도 갑자기 목이 말라왔다. 한참이 지났는데도 처삼촌은 돌아오지 않았다. 아마도 연구생들에게는 설탕이 없어서 연구소 부근에 있는 구멍가게로까지 설탕을 사러 나간 모양이라는 생각이 들었다.

"설탕을 선물하는 사람은 봤어도 설탕물을 선물하는 사람은 처음 보는데요."

정 군의 말이었다.

"원체 괴상한 양반이라 놔서 색다른 면이 한두 가지가 아니라구."

박정달 씨는 말해 놓고 나서 몹시 목이 말랐으므로 컵에 담긴 물을 마셔버려야겠다는 생각을 했다. 마시지는 말라고 했지만 마시고 나서 다시 따라놓으면 되겠지 하는 생각도 했다.

그런데…….

컵을 잡으려고 손을 내민 순간 박정달 씨는 흠칫 손을 거두어들이지 않을 수 없었다. 이상했던 것이다. 마치 컵이 살아 있는 것처럼 슬쩍 옆으로 밀려나고 있었던 것이다.

처음에 박정달 씨는 자기의 눈을 의심했다. 그래서 정 군을 향해 물었다.

"이 컵이 이상하지 않았나. 방금 저 혼자 움직인 것 같았는데."

그러나 정 군은 무슨 소리냐는 듯한 표정이었다.

"다시 해볼까."

박정달 씨는 한 번 더 손을 컵으로 접근시켰다.

"아니?"

정 군이 두려움에 가득 찬 목소리로 놀라움을 나타냈다.

손이 미처 닿기도 전에 컵은 아까보다 한결 먼 거리로 주욱 밀려나가 버렸던 것이다.

박정달 씨는 등골이 서늘해져 버리는 듯한 느낌이었다. 정 군의 얼굴은 핼쑥하게 변해 있었다.

"우, 우, 움직였어요."

"정말 움직였어."

두 사람은 동시에 신음처럼 탄성을 발했다.

"한 번 더 해볼까."

박정달 씨는 떨리는 손으로 다시 컵을 집어 들고자 했다. 그때였다. 갑자기 컵은 놀랍도록 무서운 속도로 튕겨져 나가더니 출입문에 세차게 부딪쳐 박살이 나고 말았다

"무슨 일인가. 무슨 일이야. 응?"

그제서야 처삼촌이 문을 열고 허겁지겁 들어서고 있었다. 두 사람은 아무 말도 할 수가 없었다.

"컵을 깨뜨렸잖아. 허, 이 사람. 내가 좀 늦었기로서니 이렇게까지 화를 낼 수가 있나. 컵까지 집어던지고. 이거 참 큰일 났군. 이 연구소에는 컵이 한 개밖에 없는데 설탕물을 주전자에다 타 달란 말인가. 그럴 수는 없네. 난 이래봬도 품위 같은 걸 상당히 중시하는 사람이라구."

그러나 박정달 씨는 알 수 있었다. 자기는 이미 처삼촌으로부터 너무도 엄청난 것을 받았다는 사실을.

"헌데 말일세. 지난밤에 우리 사부님께 여쭈어보니까 자네에게 설탕물 한 컵 정도는 타 줘도 상관없다고 하더란 말일세. 하지만 컵을 자네가 깨뜨려버렸으니 어쩔 수 없군. 우리 사부님한테 그렇게 전하는 수밖에 없겠군. 우리 사부님께서도 이해를 하시겠지."

"정말로 고맙습니다. 조금 전에 보여주신 현상 말입니다."

"나는 아무 현상도 보여주지 않았어. 다만 우리 사부님이 시키신 대로 자네에게 설탕물 한 컵을 선물하려 했을 뿐이야. 자네는 그렇게만 생각하면 되는 거야."

"무슨 말씀이신지 확실하게는 이해할 수 없지만 아무튼 이 은혜는 죽어도 잊지 않겠습니다."

박정달 씨는 이제야 자신의 이론에 대한 확신을 백퍼센트 얻어낸 듯한 느낌이었다.

정 군은 아직도 귀신에 홀린 듯한 표정에서 깨어나지 못하고 있었다.

"그 신검이라는 걸 열심히 한 번 만들어보게. 우리 사부님께 그 얘길 했더니 세상에는 그런 칼이 한 자루 정도는 필요할지도 모른다는 말씀이셨네. 대개의 사람들은 자네를 미쳤다고 하겠지. 하지만 이 세상에는 자네를 이해할 수 있는 사람들이 의외로 많다는 사실을 명심하게. 다만 드러나 있지 않고 묻혀 있기 때문에 별로 눈에 뜨이지 않을 뿐이야. 칼을 만들면서는 줄곧 마음을 맑게 가지게. 무엇보다도 중요한 것은 그 마음이라는 것이라네. 그것이야말로 모든 것을 성취해 낼 수 있는 인간 절대의 에너지니까. 그럼 떠나도록 해야지."

처삼촌은 의자에서 일어섰다.

돌아오는 열차에서 정 군은 줄곧 멍청한 표정이었다.

"어떤가. 이제 신검이라는 걸 정말로 만들어낼 수 있다는 자신감이 생기지 않는가."

박정달 씨가 말했다.

"저는 지난번 열차에서 치욕스런 일을 당하고 난 뒤부터 이미 마음을 결정해 놓고 있었어요. 심령 과학 연구소에서 제가 줄곧 우울했었던 이유는 자꾸만 그 치욕스런 일이 머릿속에 떠올랐기 때문이에요. 물론 아까 컵이 제멋대로 움직이는 것을 보고는 그동안 선생님이 제게 해주신 말씀들이 모두 사실이었다는 것도 인정하게 되었어요. 월급 따위 안 주셔도 좋으니까 제발 저를 끝까지 조수로 써주셨으면 해요."

"여부가 있겠나."

박정달 씨는 가슴이 뭉클해져 오는 듯한 느낌이었다.

"그런데 지난번의 그 깡패 같은 놈들을 또 만나면 어쩌지."

박정달 씨는 짐짓 웃으면서 말했지만 속으로는 정말로 그렇게 되지나 않을까 적이 염려되었다.

"염려 없을 거예요. 정의의 사자가 나타났었잖아요, 그리고 다시는 이 열차를 타지 말라고 경고했었잖아요."

"정의의 사자라니. 자네는 어째서 그렇게 생각하나?"

"나쁜 놈들을 물리쳤으니까요."

"그렇지 않네. 그놈도 폭력 하나만 믿고 살아가기는 마찬가지야. 그놈은 나쁜 놈들을 물리쳐야겠다는 생각보다는 자기의 세력권을 침해당하고 싶지 않다는 생각에서 그렇게 했을 뿐이야. 만약 일을 저지른다면 더 큰일을 저지를 놈이었네. 시시한 일은 거들떠도 안 볼 것 같았어."

"듣고 보니 그런 것 같기도 하군요."

"아직도 이 세상에는 많은 악의 뿌리들이 법과 양심의 눈을 피해서 속수무책으로 번성하고 있지. 무력으로, 금력으로, 권력으로 또는 그밖에 여러 가지 형태의 힘으로 강자가 약자를 목 조르고 있어. 뼈도 안 남기고 깨끗이 뜯어먹어 버려도 전혀 뒤탈이 없도록 완벽하게 악행을 자행하는 놈들도 있지. 이른바 약육강식이라는 것이네. 사람들은 그것을 당연한 법칙으로 생각하고 있는 실정이야. 하지만 그것은 절대로 당연하지 않네. 약육강식이란 동식물계에서나 일어나는 법칙이지 인간사회에서는 절대로 용납될 수 없는 법칙이야. 인간사회에서는 강자가 약자를 잡아먹어서는 안 되네. 강자도 약자도 똑같은 평화를 누리면서 공존해야 하는 법이네. 그래야만 인간의 존엄성이 입증되는 셈이지. 그런데 아직도 강자가 약자를 잡아먹는 것이 당연지사로 인정되는 경우가 허다하다네. 나라와 나라 사이의 전쟁을 놓고 생각해도 그것은 마찬가지야. 군함과 탱크를 사용하는 전쟁이든 석유와 식량을 사용하는 전쟁이든 요즘의 강자는 될 수 있으면 공존하려 들지 않고 공존을 빙자해서 약자를 잡아먹으려고 드는 실정이지. 그러니까 이제 인간은 만물의 영장이라고 자부할 수가 없게 되었네. 존엄하다고 자부할 수도 없게 되었네. 인간의 존엄성을 측정하려면 인간이 사용하는 무기를 보면 되네. 버튼 하나만 누르면 수십

만 명도 죽일 수가 있는 것이 오늘날의 무기라네. 인간이 존엄하다고 생각하는 사람들이 어떻게 그런 무기들을 만들어낼 수가 있단 말인가. 그렇게 생각하면 역시 검을 무기로 사용하던 시대가 한결 인간의 존엄성이 인정되던 시대였다는 생각이 드네. 검의 시대에는 검을 사용하기 이전에 먼저 마음의 수양부터 쌓아야 했었네. 그것은 검을 올바르게 사용하기 위함이었지. 검을 올바르게 사용한다는 것은 무엇을 뜻하는가. 바로 인간을 해하기 위함으로써가 아니라, 인간을 건지기 위함으로써 사용한다는 뜻이 아닌가. 그러나 오늘날은 폭탄과 군함과 총과 탱크의 시대라네. 오직 명중을 위해서만 전심전력을 기울이면 되지 마음의 수양 따위는 아랑곳할 필요조차 없어. 오늘날 검이 왜소한 형태로 총신 끝에 부착되어 볼품없는 무기로 전락해 버린 것은 어떤 의미를 우리에게 던져주는가. 언젠가도 자네에게 말한 적이 있지만 우리는 인간의 존엄성을 되찾아주는 기분으로 품위 있는 장검을 하나 만드세. 물론 우리의 혼을 불어넣어 신비스러운 힘도 발휘할 수 있도록 만드세."

열차는 이제 철교 위를 지나고 있었다. 유난히 청명한 날씨였다.

강물 가득히 수천만 자루의 단검들이 날카롭게 배를 뒤집고 있었다.

철교를 지나 산을 끼고 달릴 때 다시 밖을 내다보니 조팝나무 꽃들은 이미 다 져버리고 드문드문 철쭉들이 무더기로 피어 있었다.

박정달 씨는 어릴 때 시골에서 초등학교를 다닌 적이 있었다. 학교에서 집으로 돌아갈 때는 산모퉁이 하나를 돌아야 했었다.

햇빛 투명한 어느 봄날 오후 청소를 끝내고 집으로 돌아가다가 축제처럼 화사하게 피어 있는 꽃무더기에 홀려 아이들과 떨어진 채 혼자 산으로 올라갔었다. 그때 철쭉을 진달래로 잘못 알고 따먹었다가 심하게 복통과 구토를 일으켰었다.

그때는 고운 꽃을 따먹고 더러운 오물을 토해낸 것이 왠지 자꾸만 창피스러워져서 배가 아픈 중에도 그 오물을 모두 흙으로 덮어놓고 기다시피 해서 산을 내려왔었다.

꽃을 따먹고 복통을 앓는 것쯤 열 번이라도 견디어낼 수 있으니, 유년이여 한 번만 다시 와다오.

그러나 유년은 까마득히 먼 곳에서 더욱 멀리로 흐리게 떠내려가고 이제는 징그러운 불혹의 나이, 지금까지 부질없는 세월만 보냈다는 생각이 들었다.

박정달 씨는 집으로 돌아와 열심히 칼을 만들기 시작했다. 그러나 지금 만드는 것이 바로 '신검이다'라고는 장담할 수 없었다. 그는 다만 최선을 다하겠다는 생각뿐이었다. 최선을 다해서 쇠에다 자신의 몸과 혼을 불어넣겠다는 생각뿐이었다. 실패해도 좋다는 생각이었다. 신검이 만들어질 때까지 백 자루고 천 자루고 칼만 만들어볼 결심이었다.

사실 그는 신검을 만드는 방법 따위는 완전 백지상태였다. 아무래도 그것은 일반적인 칼과 여러 가지 다른 데가 있을 것 같았다. 재료를 선택하는 방법, 담금질을 하는 방법, 모양을 재단하는 방법, 칼끝과 칼날을 세우는 방법, 거친 숫돌·중숫돌·정성 숫돌을 사용하는 방법, 열처리, 식힘—이런 것들이 모두 일반적인 칼과는 전혀 다를 것만 같은 느낌이었다. 그리고 칼집이나 칼자루, 칼방패 같은 것도 예사롭게 만들지는 않을 것 같았다.

하지만 한 가지 분명한 사실은 마치 칼 속에다 자신의 살과 뼈를 깎아 넣듯이, 정신과 혼을 불어넣듯이, 신들린 듯이, 그것을 만들지 않으면 안 되리라는 생각이었다.

그는 운동을 할 줄은 전혀 모르지만, 초등학교 때부터 이날 이 순간까지 그 어떤 운동이든지 단 한 번도 등수 안에 들어본 적이 없는 사람이지만, 그 방면에서 세계적으로 이름을 떨친 사람들이 얼마나 피나는 노력을 기울여왔는지 정도는 충분히 짐작할 수가 있는 사람이었다. 그는 한때 운동을 동경해서가 아니라 부끄럽지만 운동을 못하는 자기 자신을 위장하기 위해서 운동에 관한 이론적인 공부만은 철저히 해둔 사람이었다. 권투건, 유도건, 농구건, 필드하키건, 탁구건, 이론적인 것만은 남에게 뒤지지 않을 자신이 있었다. 관전 또한 열심히 해온 터여서 해설을 하라고 해도 전문가들을 능가할 자신이 있을 정도였다.

그는 무엇보다도 훈련이라는 것이 중요하다는 사실을 잘 알고 있었다. 피나는 훈련, 그것이야말로 승패와 직결되는 요소 중에서 가장 중요한 요소가 아닐 수 없었다.

그래서 잘 알려진 운동 선수들은 물론 그 천재성도 문제가 되지만 천재성을 만들어내는 훈련이 더욱 문제가 되곤 했었다.

한 사람의 운동 선수가 경기에 임할 때 그의 몸놀림에는 그가 쌓은 훈련만큼의 아름다움이 드러나게 마련이었다.

그렇다. 그것은 하나의 아름다움이었다.

"잘한다!"

어느 정도는 기본이 되어 있는 운동 선수가 비교적 우세한 경기를 이끌어갈 때 사람들은 그렇게 말하곤 했었다.

"기똥차다!"

어쩌다 절묘한 동작이라도 구사되면 또 사람들은 그런 식으로 감탄해 왔었다.

그러나 완벽한 기초와 피나는 훈련에서 얻어진 고도의 훈련, 거기에다 영감이라는 것까지 가미되어서 시종일관 경기 자체가 황홀할 정도로 절묘한 조화를 이루어 진행되면 사람은 이렇게 말한다.

"신기에 가깝다!"

이미 인간의 경지를 넘어섰다고 생각하는 것이다. 그 점에서는 음악이나 미술 또한 마찬가지여서 어느 여류 피아니스트는 명성을 얻기 이전 희고 가느다란 손가락이 피아노 건반을 때릴 때마다 열 손가락에서 피가 배어 나와 순백의 매끈매끈한 피아노 건반을 붉게 물들일 정도였다는 얘기를 들은 적이 있었다.

"영혼의 소리가 폭포처럼 쏟아진다."

어느 신문은 그녀의 반주를 듣고 그렇게 평했었다.

바로 그것이었다. 박정달 씨가 원하는 것도 바로 그것이었다. 이미 인간의 경지를 넘어선 상태 바로 그것을 박정달 씨는 원하고 있었다.

그는 아침부터 밤까지 그야말로 피나는 노력을 기울이기 시작했다. 하루에도 수백 번씩 풀무질을 하고 하루에도 수십 번씩 담금질을 했다.

실지로 손바닥에서 피가 배어 나와 메의 자루를 붉게 물들인 적도 있었다. 입술이 허옇게 부르트고 손바닥 껍질이 몇 번이고 벗겨져 나갔다. 몸살로 앓아 누운 적도 한두 번이 아니었다. 그랬는데도 정 군을 따라가지 못하고 있었다. 메질도 제멋대로이고 풀무질도 안정성이 없었다. 메질을 잘못해서 집게를 부러뜨리거나 담금질하던 쇠를 튕겨져 나가게 만들기 일쑤였다.

"도대체 지금 무엇을 하고 계시는 겁니까? 감각이 그렇게 둔하세요."

나중에는 정 군이 노골적으로 불만스러움을 나타내며 투덜거릴 정도였다.

"이놈의 메가 도무지 내 말을 제대로 듣지 않더군. 제멋대로야."

"대장장이는 메를 잡으면 메도 자기 일부라고 생각해야 돼요. 나는 나고, 메는 메라고 생각하면 평생 메질을 해도 마찬가지일 거예요."

박정달 씨는 감겼던 눈이 번쩍 뜨이는 듯한 느낌이었다.

"맞았네. 자네 말이 맞았어."

점차로 정 군이 대견스럽게 생각되지 않을 수 없었다.

이 세상에는 별의별 사람들이 각양각색으로 생활하고 있는데 아무리 쓸잘데없는 사람같이 보인다고 해도 반드시 남들과는 다른 보석을 하나쯤은 가슴에 간직하고 있는 법이다. 박정달 씨는 지금도 정 군의 가슴속에 묻혀 있던 보석 하나가 절로 반짝하고 빛을 발하는 것을 발견하게 되었던 것이다.

백 개의 칼을 재단하고, 백 개의 칼을 부러뜨리고, 만 번의 풀무질을 하고, 만 덩어리의 숯이 재가 되기를 몇 번이나 되풀이하면서 시간의 강물은 밤과 낮 사이를 가로질러 소리 없이 흘러가고 있었다.

그들은 날마다 같은 동작을 반복하면서 땀에 젖은 얼굴로 메질을 계속하고 있었다.

"여기가 대장간인가요?"

더러는 예기치 않았던 손님들이 찾아와 엉뚱한 것을 주문하는 수도 있었다.

"식칼을 하나 만들어주셨으면 좋겠는데요. 슈퍼마켓에서 산 식칼은 날이 물러서 못 쓰겠어요. 이는 잘 안 빠지는데 며칠만 쓰면 감자 하나도 제대로 잘리지가 않아요."

"설마 감자조차도 안 잘리는 칼이 있을라구요."

"물론 잘리기는 잘리는데요. 어쩐지 자른 면이 마음에 들지 않아요. 저는 원체 감각이 예민한 여자라 놔서요. 음식을 만들 때는 여간 까다롭지가 않답니다."

"감각이 예민하시다니 부럽습니다."

"부럽다니요?"

"저는 감각이 둔해서 언제나 이 친구로부터 핀잔을 들으니 까요."

"그런데 대장간을 차리신 지는 얼마 안 되나 보죠. 왜 아무 것도 걸려 있지 않아요. 창고에 있나요?"

"저희들은 아무것도 만들지 않고 있습니다."

"시장보러 다니면서 보니까 날마다 정신없이 무엇을 두드리고 계시던데요."

"우리는 정신을 정신없이 두드리고 있었던 겁니다."

또 때로는 중학교 삼학년 정도의 나이밖에 안 되어 보이는 소년들이 찾아오는 수도 있었다.

"단검을 하나씩 만들어주세요."

"무엇에 쓰려구?"

212

"던지는 연습을 하려구요."

"던지는 연습을 해서 무엇에 쓰려구?"

"깡패 같은 애들이라도 만나면 써먹으려구요."

"그러다 너희들이 정말로 깡패가 되어버리면 어떻게 하지?"

"그럴 리가 없어요."

"무엇으로 장담할 수가 있나?"

"우리는 같은 반 애들인데요. 아직 한번도 다른 애들을 때려
본 적이 없어요. 만날 맞기만 했어요."

"그렇다면 이번에는 너희들이 때려줄 차례야. 가서 때려주라
구. 맞은 것만큼."

"우리는 힘이 없어요. 우리는 모두 십 번 안에 드는 애들이
에요. 키대로 번호를 정해서 앉는데 우리는 모두 앞자리예요.
하지만 우리를 때리던 애들은 전부 삼십 번 이상이거든요. 제
일 악랄한 애는 육십이 번인데 덩치가 완전히 맘모스 같아요."

"그래서 칼로 찔러버리겠다는 거냐?"

"아뇨."

"그런데 왜 칼을 만들어 달라는 거냐?"

"우리가 전부 칼을 하나는 가지고 다닌다는 사실과 그것을
던지는 연습을 하고 있다는 사실을 알면 은근히 겁을 집어먹
고 우리를 안 때릴 거 같아서요."

마치 박정달 씨의 소년시절을 보는 것 같은 기분이었다. 그
러나 박정달 씨는 그애들에게 칼을 만들어주지는 않았다.

"너희들에게 필요한 것은 칼이 아니라 지혜다. 용맹이 아니라 정서다. 차라리 너희들을 때리는 놈들의 가슴을 한없이 나약하게 만들어버릴 수 있는 시나 음악이나 그림에 대한 재능을 터득하는 편이 더 나을 거다. 우리 대장간은 아무것도 만들지 않아. 당분간 연습만 하지."

"무슨 연습인데요?"

"신검이라는 것을 만드는 연습이야."

"신검?"

"기다리고 있거라. 신검이 만들어지면 너희들의 억울함을 깨끗이 씻어줄 수 있을는지도 모르니까."

그는 아이들에게 다시 칼에 관한 얘기들을 신바람난 목소리로 들려주기 시작했다.

여름이었다. 아이들은 땀을 비질비질 흘리면서도 박정달 씨의 얘기가 매우 재미있다는 듯한 표정을 지으며 열심히 듣고 있었다.

"와, 이 아저씨는 칼 박사다."

얘기가 다 끝나자 한 아이가 감탄했다.

"닥터 카알!"

"그래 이 아저씨를 닥터 카알이라고 부르는 게 좋겠다."

아이들은 박정달 씨에게 그 별명이 마음에 드시느냐고 물어보았다.

"너무 외국 냄새가 나는 별명이라서 약간 거부감이 느껴지기는 하지만 별명이니까 상관없겠지. 대학 다닐 때도 칼맨이라는 별명을 가지고 있었는데 싫다고 팽개쳐버릴 수가 없었어. 별명이란 내가 가지고 있는 것이 아니라 남들이 가지고 있는 것이거든. 가지고 있다가 수시로 써먹는 것이거든."

"대장장이 아저씨치고는 너무 유식한 거 같지?"

"새끼, 그런 얘긴 하는 게 아냐."

아이들은 저마다 호감이 간다는 듯한 표정으로 박정달 씨를 쳐다보고 있었다. 어른들도 박정달 씨에게 호감이라는 걸 느껴준다면 얼마나 좋으랴.

그러나 어른들은 언제나 저 사람 혹시 정신이 약간 이상해진 거 아니냐는 듯한 표정으로 박정달 씨를 보고 있는 것 같았다.

"그런데 그 신검이라는 걸 만들면 누가 그걸 쓰나요. 아저씨가 쓰나요?"

"아니지. 신검이 우는 소리를 듣고 멀리서 무사가 찾아오지."

"무사가요?"

"그럼. 천하를 선으로 다스릴 수 있는 무사가 찾아오는 거야. 힘으로 다스리는 게 아니라 선으로 다스리는 거지. 신검은 악을 막는 데 필요한 정신의 도구가 되는 거야."

"하지만 요새 세상에 무사가 어디 있어요?"

"있지. 우리가 볼 수 없는 곳에서 아직도 동양의 신비한 학문을 익히고 밤낮으로 덕을 쌓아놓은 경지에 도달한 무사가

이 세상 어딘가에 숨어 있지."

"아저씨가 봤어요?"

"보지는 않았지만 믿을 수는 있어."

그때였다.

"한 푼만 적선허이."

거지 노인네 하나가 아이들 사이를 비집고 들어와 주름진 손바닥을 펴 보였다.

다 떨어진 밀짚모자에다 냄새나는 누더기를 걸치고 있었다. 박정달 씨는 호주머니를 뒤적거려보았다.

백 원짜리 동전 네 개가 들어 있었다. 아까 정 군이 얼음을 사고 되돌려준 거스름돈이었다. 박정달 씨는 그것을 몽땅 거지 노인네의 손바닥 위에다 올려놓았다.

"이렇게 많이는 필요 없어. 하나면 돼."

노인네는 백 원짜리 하나만을 집어들고는 나머지를 도로 박정달 씨 앞으로 내밀었다.

"다 가지세요, 할아버지."

박정달 씨는 말했다.

"아니야. 나는 한 푼만 적선해 달라고 말했지. 네 푼이나 적선해 달라고 말하지는 않았어. 메눌애가 고생이 많아서 내가 참기름 장사라도 해볼까 싶은 마음으로 밑천을 장만하는 게야. 이게 첫번째 적선인데 재수가 좋구만."

전혀 비굴해 보이지 않는 구걸이었다. 비록 옷은 누더기 같았지만 유난히 수염이 희고 깨끗해 보였다. 얼굴에도 환한 화기가 감돌고 있었다.

"고마우이."

노인네는 손을 한 번 흔들어 보이고는 돌아섰다.

박정달 씨는 다시 아이들을 향해 칼에 관한 얘기를 늘어놓기 시작했다.

그러나 아이들은 박정달 씨의 얘기에 이제는 전혀 흥미를 느끼고 있는 것 같지 않았다. 아이들의 시선은 노인네의 뒷모습을 보고 있었다.

그로부터 며칠 후 박정달 씨는 다시 그 노인네를 보게 되었다. 정말로 참기름 장사를 시작한 모양으로 플라스틱 석유통 하나에다 참기름을 담아 가지고 가끔씩 박정달 씨네 대장간 앞으로 지나다니기 시작했던 것이다.

"집이 이 부근 어디십니까?"

"아녀. 여기서 멀리 떨어져 있어. 메눌애가 알면 혼나니까 여기 와서 장사를 하는 게야."

"좀 쉬었다 가시지요."

"바뻐."

"그럼 저희들한테도 참기름 좀 파십시오."

"그려."

더러는 그 노인네에게서 참기름을 사서 밥을 비벼 먹어본 적도 있었다.

그런데 어느 가을날 뜻하지 않은 장소에서 그 노인네의 새로운 일면을 보게 되었다.

"소방서 뒤편 공터로 빨리 좀 가보세요."

운동화를 사러 간다던 정 군이 운동화는 사지 않고 빈손으로 돌아와서 숨찬 목소리로 그렇게 말했다.

"운동화는 어떻게 했냐?"

"사러 가다 말고 다시 돌아왔어요. 소방서 뒤편 공터에서 약장사들이 약을 파는데 정말로 무사를 하나 데리고 다녀요. 칼솜씨가 귀신 같더라니까요."

박정달 씨도 은근히 구미가 동하는 것 같았다.

"얼마나 칼을 잘 쓰던가?"

"바나나 하나를 위로 집어던지더니 번개같이 칼을 휘둘렀어요."

"몇 토막이 났던가?"

"그게 문제가 아니에요."

"그럼 뭐가 문제던가?"

"바나나가 공중에서 떨어지지 않아요. 자유자재로 공중에다 띄워놓고는 마지막까지 종이처럼 얇게 자르는 거예요."

"그뿐이던가?"

"또 있어요. 아까와 같은 동작을 눈을 가리고서도 해내는 걸 봤어요."

"굉장하구나."

박정달 씨는 비로소 서둘렀다.

정 군과 함께 소방서 뒤편 공터로 달려가 보니 정말로 한떼의 사람들이 둘러서 있고 약장사들이 신바람 나는 목소리로 약을 팔고 있는 중이었다.

"어디서나 볼 수 있는 검법이 아닙니다. 여러분은 그것을 아셔야 합니다. 평생토록 한 번 볼까말까 한 수중반월 검법. 아무나 할 수 있는 검법이 아닙니다. 이 흑룡 거사가 아니면 절대로 불가능한 검법입니다."

사람들 사이를 비집고 박정달 씨가 목을 빼어 안을 들여다보니 검은 도복을 입은 사내 하나가 칼을 차고 당당한 모습으로 서 있는데 곁에서 어릿광대 하나가 손짓 발짓을 해가면서 분주한 목소리로 선전을 연발하고 있었다.

"보십시오. 자세히 보십시오. 절대로 속임수가 아닙니다. 이번에는 이 소녀의 머리 위에 놓여 있는 무를 자릅니다. 그냥 자르는 것이 아니라 종이처럼 얇게 자르는 것입니다. 나중에 종이 한 장처럼 얇은 무가 머리 위에 남게 됩니다. 그러면 마지막으로 그것을 힘껏 내리칩니다. 잘못하면 이 소녀는 머리가 두 쪽이 나고 맙니다."

도복 차림의 사내 곁에는 화장을 곱게 한 중학교 일학년 정도 나이의 소녀 하나가 의자에 단정히 앉아 있었다. 머리 위에는 어른 한 뼘 정도 크기의 무 토막이 올려져 있었는데 어릿광대는 그것을 사람들에게 만져보게도 하고 땅바닥에 떨구어보기도 하면서 그것이 미리 잘라놓은 것이 아님을 증명해 보이기도 했다.

"자아 그럼 시작합니다."

어릿광대가 말하자 도복을 입은 사내가 천천히 칼을 빼들고 있었다. 갑자기 사내의 눈에 이상한 광채 같은 것이 서리기 시작하는 것 같았다. 박정달 씨는 대번에 혈관이 팽팽해져 오는 듯한 느낌이었다.

"합!"

사내가 짧게 기합소리를 발하면서 칼을 높이 쳐들었다. 일순 주위가 찬물을 끼얹은 듯이 싸늘한 긴장감에 휩싸였다.

"이야압!"

날카롭게 바람을 가르며 한 줄기의 섬광이 번개처럼 빠르게 난무하는 것 같았다. 소녀의 머리 위에서 얇게 베어진 무가 사방으로 튕겨져 나가는 것이 보였다. 눈 깜짝할 새 일어난 일이었다. 도복을 입은 사내의 칼은 어느새 칼집 안에 들어가 있었다.

도복을 입은 사내가 동작을 멈추자 어릿광대가 땅에 떨어진 무 조각을 집어들고 사람들 앞을 한 바퀴 돌았다. 정말로 종이처럼 얇게 베어져 있었다.

"어떻습니까? 놀라셨지요. 하지만 진짜는 지금부터입니다."

다시 도복을 입은 사내가 칼을 높이 쳐들고 있었다. 박정달 씨는 세포들이 모조리 자지러지는 듯한 느낌이었다.

"합!"

한 번 더 짧은 기합소리가 들렸다. 아까보다는 한결 더 긴 침묵이 계속되었다.

도복을 입은 사내의 눈도 아까보다는 한결 더 날카롭게 빛나고 있었다. 그것은 소녀의 머리 위에 얹혀져 있는 무 토막으로 날아가 예리한 단검처럼 꽂히고 있는 것 같았다.

"어야압!"

다시 사내는 기합소리를 크게 발했다. 그리고는 눈에 보이지 않을 정도의 빠른 동작으로 소녀의 주위를 맴돌면서 정신없이 칼을 휘두르기 시작했다.

수십 줄기의 섬광들에 의해 소녀의 머리 위에 놓여 있던 무 토막이 점차로 줄어들고 있는 것이 보였다.

"타앗!"

사내가 손을 거두어들였을 때는 정말로 소녀의 머리 위에 놓여 있던 무가 종이 한 장처럼 얇아져 있었다. 땅바닥에 떨어져 있는 무 조각들도 모두 그것처럼 얇았다.

"자, 마지막으로 이 소녀의 머리 위에 남아 있는 무 조각을 반으로 자르겠습니다. 그런데 그냥 자르냐. 아닙니다. 눈을 가리고 자르겠습니다."

"하아!"

사람들이 감탄하는 소리가 들려왔다.

"끝내주는군."

"어디서 저런 걸 배웠을까."

"약장사 관두고 영화배우나 되지."

사람들은 말하면서도 여전히 긴장감을 풀고 있지 않는 듯한 표정이었다. 박정달 씨는 손바닥에 땀이 흥건히 배어 나와 있을 정도였다.

"그런데 우선 이 무 조각을 자르기 전에 우리도 먹고살아야 하니까 약을 좀 팔도록 하겠습니다. 이 약으로 말씀드릴 것 같으면……"

어릿광대는 길고 지리한 약 선전을 늘어놓기 시작했다. 뱀의 성기에서 뽑아낸 무슨 성분에다 인삼을 섞어서 만들었다는 약이었다.

"정력제하면 바로 이 사삼환, 일주일만 있으면 효력이 발생합니다. 아주머니들은 아저씨들 바지 지퍼 튼튼하게 다셔야 돼요. 뚫고 나옵니다. 벽돌담도 뚫을 수 있어요. 환갑이 넘으신 노인네도 텐트를 치십니다. 부처님도 마찬가집니다. 사삼환에는 못 당합니다. 이 약을 발명하신 박사님은……"

어릿광대는 중년 신사 하나를 사람들한테 소개했다. 일본 어느 대학에서 교수 노릇을 했다는 그 중년 신사는 아주 점잖은 목소리로 학술적인 단어들을 남발하면서 인체의 구조와 그 약의 성분, 그리고 효용 따위들을 설명했다. 그리고 즉흥적으로 몇 사람을 불러내어 손톱 모양이나 빛깔로써 그 사람들의 건강상태를 진단했다. 불려나간 사람들은 귀신이 곡할 노룻이라는 듯 혀들을 내둘렀다. 틀림없다는 거였다.

"나는 간이 나빠."

"나는 변비라구."

"나는 심장이 약하다니까."

이런 식이었다.

"그러면 박사님께서 직접 여러분 중 열 명씩을 선정해서 천막으로 설치해 놓은 임시 진료소로 모시겠습니다. 진단이 끝나면 거기에 맞는 약을 사삼환과 함께 염가로 봉사해 드리는 것입니다. 돈이 없으신 분은 사시지 않아도 좋습니다. 그러니까 무료로 진단을 받을 수도 있습니다."

그들은 미리 천막 하나를 설치해 놓고 있었다. 어릿광대가 약 선전을 늘어놓고 있는 동안 점잖게 생긴 중년 신사가 도복을 입은 사내와 함께 사람들을 유심히 살피면서 돌아다니다가 선생님은 폐가 좋지 않으시군요, 아주머님은 허리에 통증이 심하시군요, 하면서 천막으로 모실 손님들을 뽑아내고 있었다.

공교롭게도 그 열 명 중에 박정달 씨도 선정되었다. 심장이 나쁘다는 거였다. 내키지 않았지만 도복을 입은 사내에게서 왠지 위압감 같은 것이 느껴져 박정달 씨는 하는 수 없이 천막 안으로 따라 들어가게 되었다.

천막 안으로 들어서니 약상자가 가득 쌓여 있었다. 그리고 한쪽 구석에 책상과 의자 하나가 놓여 있었다.

열 명의 환자들은 모두 어리숙해 보였는데 박정달 씨로서는 그들 중에 자기가 끼여 있다는 사실 때문에 적잖은 자존심의 손상을 느끼지 않을 수 없었다.

점잖게 생긴 중년 신사는 의자에 가 앉더니 최초로 박정달 씨를 손짓해 불렀다.

"가보쇼."

도복을 입은 사내가 위압적인 눈초리로 박정달 씨에게 말했다.

책상 앞으로 가니까 중년 신사는 여전히 점잖은 목소리로 말했다.

"선생은 커피를 많이 잡수시면 몸에 해롭습니다. 그리고 담배도 많이 피우지 마십시오. 우선 이 약을 드시는 게 좋겠습니다."

그는 서랍을 열어 약병 하나를 꺼냈다. 그리고 약병 속에서 녹두알만 한 약들을 손바닥에 쏟아놓더니 딱 스무 알을 헤아려서는 박정달 씨에게로 내밀었다. 지금 당장 먹으라는 거였다.

"선생의 체질에는 찬물과 함께 복용하는 게 좋겠어요."

그러자 도복을 입은 사내가 주전자와 컵을 가지고 와서 박정달 씨에게 찬물을 따라주었다.

"어서 입에다 털어 넣으시오."

박정달 씨는 찍소리도 못하고 그것을 입에다 털어 넣었다.

아무런 맛도 느껴지지 않았다.

"좋은 약입니다. 녹용과 산삼과 해구신에서 뽑아낸 특출한 성분입니다. 사삼환과 함께 하루 스무 알씩만 복용하시면 한 달 이내로 힘이 불끈불끈 솟아날 것입니다."

그는 아까 먹은 약의 약병을 빈 상자에 넣었다. 그리고 사삼환이라는 약과 함께 박정달 씨에게로 내밀었다.

"만 원입니다."

어이가 없는 일이다.

"저는 지금 돈이 없는데요."

얼버무리듯 말하면서 도복을 입은 사내 쪽으로 흘깃 시선을 돌리니까 써늘한 눈빛이 박정달 씨를 노려보고 있었다.

"댁이 어디십니까? 우리 애들이 따라가서 받아 올 수도 있으니까 상관 마시고 가지고 가십시오."

"머, 먼 고장에서 볼일이 있어 왔습니다."

"그럼 차비라도 있으실 텐데."

점점 난처해지고 있었다.

"친척집에 돈을 꾸러 왔었습니다. 그런데 모, 못 꾸었어요. 차, 차비를 달라는 말도 차마 못할 정도로 냉정해서……."

박정달 씨는 허겁지겁 거짓말을 늘어놓고 있었다. 비참한 기분이었다.

"그렇다면 할 수 없군요. 아까 잡수신 약값만 내십시오 한 알에 백 원씩입니다."

박정달 씨는 호주머니를 뒤적거려보았다. 천 원짜리 지폐 한 장과 백 원짜리 동전 두 개가 들어 있었다.

"이것밖에 없는데요."

"이리 주시오."

박정달 씨는 얼른 돈을 중년 신사에게로 건네주었다.

"천막 뒤쪽으로 나가시오. 그리고 약 파는 데 얼씬거리면 좋지 않을 줄 아시오."

도복을 입은 사내가 협박조로 말했다.

아마도 박정달 씨가 천막 안에서 일어난 사실을 다른 사람들에게 말해 버릴까 봐 그러는 것 같은 눈치였다.

"무 자르는 것을 꼭 보고 싶은데요. 평생에 다시 한 번 구경하기가 힘든 일이니까요."

박정달 씨는 진심 어린 표정으로 말했다.

"그러면 반드시 입을 다물고 있으시오."

"물론입니다."

박정달 씨는 다시 사람들 속으로 들어가 도복을 입은 사내가 나타나주기만을 간절히 기다리기 시작했다.

어릿광대가 약을 선전하는 가운데 열 명씩 환자들이 선정되어 천막 안으로 들어가기를 네 번 정도나 거친 다음 한참 후에야 도복을 입은 사내가 칼을 들고 나타났다.

"자아, 그럼 마지막으로 종이처럼 얇은 이 무 조각 하나를 소녀의 머리 위에다 올려놓고 눈을 가린 채 칼을 내리쳐서 반

토막으로 자르는 장면을 보시겠습니다."

어릿광대의 말이 끝나자 아까의 소녀가 나풀나풀 걸어나왔다. 그리고 단정한 모습으로 의자에 앉았다. 종이처럼 얇은 무 조각 하나가 소녀의 정수리 한복판에 얹혔다.

도복을 입은 사내의 눈이 검은 띠로 가려지고 있었다. 사람들은 다시 긴장하고 있었다.

모든 준비가 끝나자 도복을 입은 사내가 눈을 가린 채로 소녀의 주위를 뚜벅뚜벅 걸어다니기 시작했다. 아주 한가로운 모습이었다. 거의 지루할 정도로 도복을 입은 사내는 소녀의 주위를 그렇게 한가로운 모습으로 걸어다니기만 했는데 긴장감만은 그 사내의 몸 속에도 사람들의 표정 속에도 여전히 팽팽하게 지속되고 있는 듯한 느낌이었다.

소녀는 눈을 감은 채로 미동도 없이 의자에 그림처럼 단정하게 앉아 있었다. 청량한 가을 햇빛이 소녀의 모습 위로 젖어들고 있었다. 어딘지 모르게 애잔해 보였다.

이윽고 한참을 걸어다니던 사내가 갑자기 우뚝 걸음을 멈추는 것이 보였다.

그는 모든 촉수를 동원해서 목표물을 탐지하고 있는 듯한 모습이었다. 그러다가 아주 조심스럽게 발을 움직여서는 몇 번 자리를 고쳐 잡는 것 같았다.

"타앗!"

일순간의 짤막한 기합소리.

번뜩!

칼이 한 번 날카롭게 빛을 발했다. 놀라울 정도로 빠른 동작이었다. 역시 칼은 어느새 칼집 속에 꽂혀 있었다. 아무 일도 일어나지 않은 것 같았다.

사내는 여전히 아까와 같은 동작으로 한자리에 굳은 듯이 서 있었고 소녀도 여전히 가을 햇빛 속에 애잔한 모습으로 눈을 감은 채 앉아 있었다. 소녀의 머리 위에는 하얀 무 조각 하나가 아무런 변화도 없이 동그란 모양으로 얹혀 있었다.

실패했나?

사람들이 의구심을 가지려는 찰나, 소녀가 가만히 눈을 뜨는 것이 보였다. 그리고 천천히 일어서는 것이 보였다.

"감사합니다."

청아한 목소리로 말하면서 소녀는 사람들을 향해 고개를 숙였다. 그러자 무 조각이 반달처럼 두 조각으로 갈라져서 땅바닥으로 떨어져 내렸다.

"귀신이다."

"끝내준다."

감탄과 함께 박수소리가 터져나왔다.

그때였다. 박수소리 속에서 갑자기 야지를 던지는 소리가 들려왔다.

"어린애들 장난 같은 솜씨를 가지고 엉터리 약이나 팔러다니는구나. 불쌍하다."

일순 박수소리가 줄어들면서 새로운 긴장감이 다시 고개를 쳐들었다. 그 새로운 긴장감 속에는 어떤 두려움까지 내포되어 있었다. 무슨 불상사라도 일어날 것만 같은 두려움이었다. 도복을 입은 사내가 눈을 가리었던 띠를 재빨리 풀어버리고는 무서운 눈초리로 사람들 사이를 헤집어보고 있었다.

"어떤 놈이냐?"

사내는 신음하듯 말했다. 상당한 모욕감을 느낀 듯한 표정이었다.

"어떤 놈이라니. 통 버르장머리가 없구만."

"누군지 앞으로 나서라."

주위는 싸늘하게 식어들고 있었다.

"좋다."

사람들 속에서 불쑥 한 노인네가 나서는데 자세히 보니 바로 참기름을 팔러 다니는 노인네였다. 누더기 차림으로 참기름을 들고 있는 모습이 예전과 전혀 변함없었다.

사람들이 갑자기 술렁거리기 시작했다.

"도대체 뭘 믿고 함부로 날뛰는 거요?"

사내는 상대가 노인네라는 점에서 약간 감정이 누그러진 듯한 표정이었다.

그렇다고는 하더라도 완전히 분이 풀리지는 않은 모양이었다.

"한번 상대해 보시겠다는 거요?"

경멸하는 빛이 역력해 보였다.

"아직도 사람 보는 눈이 멀었구만. 그럼 나도 솜씨를 한번 보여줄까. 내 솜씨를 보고 난 다음에도 상대하고 싶다면 상대를 못 해줄 것도 없지. 자네가 칼잽이라면 나는 참기름 장사야. 참기름으로 한번 본때를 보여주지. 자, 눈여겨 잘 보라구."

노인네는 허리춤에서 2홉들이 빈 소주병 하나를 꺼내더니 아까 소녀가 앉았던 의자 앞에다 세워놓았다. 아마도 참기름을 되는 소주병인 모양이었다. 모가지 부분에 끈이 달려 있었다.

"빈 약병을 하나 빌리자니까."

노인이 재촉하자 도복을 입은 사내가 어릿광대에게 가져오라는 눈짓을 해보였다. 곧 어릿광대가 빈 약병 하나를 가지고 왔다.

그러는 동안 노인네는 사람들에게서 성냥개비 하나를 얻어 땅바닥에 떨어져 있는 동그란 무 조각 하나를 집어 들더니 거기에다 성냥 대가리만한 구멍을 뚫었다. 그리고 그것을 햇빛에 비추어본 다음 만족스런 표정을 짓더니 의자 앞에 둔 소주병 주둥이 위에다 뚜껑을 덮듯 올려놓았다.

그 다음 무엇을 하려는지 빈 약병과 참기름 통을 들고 의자 위로 올라섰다.

"내 땅바닥에다 벼룩의 오줌만큼이라도 흘리면 자네 칼에다 모가지를 맡김세."

노인네는 참기름 통의 뚜껑을 열더니 의자 위에서 빈 약병을 아래로 낮추어 잡고는 참기름 통을 높이 쳐들었다. 그리고 참기름 통을 기울이더니 빈 약병에다 참기름을 조심스럽게 부어 넣기 시작했다. 서서히 참기름이 떨어져 내리면서 빈 약병 속으로 들어가고 있었다. 거기까지는 별로 신기할 것도 없었다. 도복을 입은 사내도 약간 조소 어린 표정을 짓고 있었다.

그런데 자세히 보니 길게 일직선으로 약병 속에 흘러내리던 참기름 줄기가 점차로 가늘어지더니 나중에는 실낱처럼 변해서 햇빛에 반짝거리기 시작했다. 정말로 잘못 보면 명주실로 착각할 정도였다.

참기름은 약병 속에 반 정도로 차올라 와 있었다. 그때였다. 약병을 쥐고 있던 노인네의 손이 가볍게 한 번 뒤척였다. 그러자 약병은 날렵하고도 재빠르게 공중에서 한 바퀴를 회전하더니 아래로 떨어져 소주병 곁에 나란히 세워졌다. 마치 살아 있는 것 같았다.

그러나 더 놀라운 사실은 명주실같이 가느다랗게 흘러내리던 참기름이 어느새 소주병 위에 얹혀져 있는 무 조각의 성냥 대가리만한 구멍 속으로 들어가 있었다는 점이었다. 조금의 흔들림도 없이 가느다란 선을 그으면서 참기름은 소주병 속으로 흘러 들어가고 있었다. 문득 그것은 흘러 들어가고 있는 것이 아니라 실이 되어 팽팽하게 참기름 통과 소주병에 연결되어 있는 듯한 느낌이었다. 사람들은 비로소 숨을 죽인 채 그 광경을 바라보고 있었다. 상당히 오랜 시간이 그런 상태에서 정지해 있는 것 같았다. 눈에 보이지 않을 정도로 참기름은 소주병 속에서 차오르고 있었다. 완전히 차올랐다고 생각되었는데도 수 분 동안을 노인네는 움직이지 않고 있었다. 그러다가 이때다 라고 판단했는지 일순 다시 참기름 통을 들고 있던 손을 가볍게 한 번 뒤척였다. 그러자 참기름 통도 공중에서 빠르게 재주를 한 번 넘더니 아래로 떨어져 약병 바로 옆에 단정히 세워졌다.

"와아!"

갑자기 세찬 박수소리가 쏟아져 나왔다.

도복을 입은 사내의 낯빛이 싸악 변해버리는 것 같았다.

"이제야 내가 누군지를 대충 짐작하는 눈치로구만. 자네들이 파는 약은 밀기울 가루로 만든 것이지. 내가 벌써 먹어봤어. 내 혀는 못 속여."

"누, 누구십니까?"

"알 거 없어. 정히나 궁금하면 자네한테 칼을 가르친 사람을 찾아가서 물어보면 알아. 자네 칼을 칼집에 넣는 방법을 보니까 지리산 정가 노인한테 칼을 배웠구만. 난 한평생 참기름 장사만 해오다가 메눌애 덕으로 잠시 그만두었었는데 아무래도 놀고 먹는 게 미안해서 새로 시작했어. 이 사람들 모두 다 밀기울 가루 뭉친 걸 한 병씩 샀구만, 쯧쯧."

환자로 선정되어 천막에 들어갔던 사람들 말고도 어릿광대의 과대선전을 믿고 약을 산 사람들이 대부분이다.

"이런 짓 하지 말고 산에 들어가서 공부나 계속해."

노인네는 기름통을 메고는 사람들 사이를 빠져나가고 있었다. 박정달 씨는 황급히 그 노인네의 뒤를 따르기 시작했다.

의외로 노인네의 걸음은 가볍고 빠른 것 같았다. 보통걸음으로는 좀처럼 좁혀지지 않았다. 박정달 씨는 노인네가 골목으로 돌아서는 것을 보고는 잰걸음으로 뛰기 시작했다.

그러나 박정달 씨가 골목을 돌아섰을 때 노인네의 모습은 보이지 않았다. 이상하다 싶어 사방을 두리번거리는데 뒤에서 불쑥 목소리가 들렸다.

"왜 내 뒤를 밟는 게여."

돌아다보니 그 노인네였다.

"카, 칼에 대해서 알고 싶은 것이 있습니다."

"난 칼에 대해선 아무것도 몰라."

"그러지 마시고 제발 한 말씀만 해주십시오."

"칼 만드는 것 말이여?"

"네."

"열성으로 만들면 되지 무슨 놈의 얘길 해달라는 게여."

"저, 저는 외람되옵니다만 신검이라는 것을……."

"홍천으로 가봐. 장검을 만드는 영감탱이가 하나 있을 게야."

그리고 노인네는 돌아서버렸다.

얘기를 더 듣고 싶어서 따라가다 보니까 골목을 하나 더 돌아서는데, 허겁지겁 달려가 보니 이번에는 영영 보이지 않았다. 언젠가는 만나게 되겠지, 기름을 팔러 다니는 노인네니까, 하고 위안을 삼는 수밖에 없었다.

그러나 무슨 까닭인지 겨울이 되어도 그 노인네는 한번도 박정달 씨의 눈앞에 나타나주지 않았다.

풀무질을 한다
우리는 아무 말도 하지 않는다
돌아가신 숙부의 방 안 가득히
보아라 한 물지게 노을만 엎질러져
활활 붉게 타고 있을 뿐
오오랜 유랑에서 다시 돌아와
허물어진 집터에서 닭들을 잠재우면
우리가 묵묵히 지켜온
저 적막한 어둠
주인 없이 돌아오는 말들의 피곤한 그림자
말들의 피곤한 그림자
한밤중 차가운 달빛으로 칼을 닦고
칼의 시퍼런 울음을 듣던 숙부는
저 허공 어디쯤
아직도 칼의 울음을 데리고
잠든 풀잎들을 깨우고 있는가
풀무질을 한다

한 부삽씩 우리들 믿음을 퍼넣으며

허약한 젊은 버림받은 서적들을 불태운다

숨죽이는 바다 긴장하는 달빛

묘지마다 비석들이 눈을 뜨고

죽었던 이들의 무덤마다에서 징이 운다

은둔 끝에 우리는 동굴이 되고

깊이를 알 수 없는 울음이 되고

풀무질을 한다

바람만 불어도 허물어지는

이 세상 모든 것들아 잠들지 마라

이 세상 모든 것들아 잠들지 마라

뜨거운 불 속에서 타고 있는

우리들의 뼈를 보라

오 어둠 어디에서고 꺼내들면

그 어떤 어둠도 깨어지고

마침내는 우리를 쏟아지는 빛 속으로 인도하는

영혼의 칼이여.

　　　　—어느 젊은 무명 시인의 시 「대장장이의 노래」 중에서

옛날, 조의 문왕은 칼싸움을 좋아하여 문하에 모여 식객이
되는 검사(劍士)가 삼천 명이 넘었다. 밤낮으로 어전에서 칼싸
움을 하여 죽고 다친 자가 한 해에 백 명이 넘었다. 그러나 문

왕은 진력을 안 내고 좋아하여 이와 같은 상태가 삼 년이나 계속되다 보니 나라의 형편이 쇠약해지고 제후(諸侯)가 공략하려고 노리게 되었다. 태자회는 이 일을 염려하여 좌우의 시자(侍者)를 모아놓고 누구든 왕의 마음을 기쁘게 하면서 검사를 멈추게 하는 사람이 있으면 천금의 상을 내리리라고 했다. 시자가 "장자라면 할 수 있을 겁니다"라고 아뢰었다. 태자는 곧 천금을 들려서 사람을 장자에게 보냈다. 그러나 장자는 받지 않고 그 시자와 함께 와서 태자를 뵙고 말했다.

"태자께선 제게 무슨 일을 시키려고 천금을 내리십니까?"

태자가 대답했다.

"선생은 매우 현명한 분이라고 들었기 때문에 삼가 천금을 종자(從者) 편에 예물로 바친 겁니다. 선생께서 받지 않으시니 제가 무슨 할 말이 있겠습니까!"

"태자께서 제게 시킬 일이 있으시다는 건 왕께서 좋아하고 즐기시는 것을 금지시키려는 거라고 들었습니다만, 가령 제가 의견을 말씀드렸다가 왕의 뜻에 거슬리고 또 태자의 부탁에 합당치 않게 된다면 제 몸은 형벌을 받고 죽게 될 겁니다. 제가 어찌 그래도 돈을 위해 일하려 하겠습니까! 만약 제가 의견을 말씀드려서 왕께서 기뻐하고 태자의 부탁도 이루어진다면 이 조나라에서 제게 내릴 상으로 무엇이건 안 되는 게 어찌 있겠습니까!"

태자는 대답했다.

"그렇습니다. 우리 왕께선 검사만 좋아하십니다."

장자가 말했다.

"좋습니다. 저는 칼싸움에는 제법 솜씨가 있습니다."

그러자 태자는 말했다.

"우리 왕께서 좋아하시는 검사는 모두 머리칼이 쑥대처럼 마구 흐트러진 채 살쩍은 불쑥 치솟았으며 낮게 기운 관을 썼고 장식이 없는 끈으로 관을 묶었으며 소매가 짧은 옷을 입었고 부릅뜬 눈에 말투는 우락부락합니다. 왕께선 그런 자를 좋아하십니다. 지금 선생이 유복(儒服)을 입은 채 왕을 만난다면 일은 기필코 실패로 끝날 겁니다."

태자가 말했다.

"그럼 검복(劍服)을 갖추어주십시오."

사흘 걸려 검복을 갖추자 태자를 만났다. 태자는 그를 데리고 왕을 만나러 갔다. 왕은 칼을 뽑아 들고 그들을 기다리고 있었다. 장자는 궁전 문 안에 들어가서도 잰걸음으로 걷는 예(禮)를 따르지 않고 왕을 보고도 절을 하지 않았다. 왕이 말했다.

"그대는 무엇을 내게 가르치려고 태자에게 소개토록 했는가?"

장자는

"저는 대왕께서 칼싸움을 좋아하신다고 들었기 때문에 검에 관해서 왕을 뵈려 했습니다."

라고 대답했다. 왕이 말했다.

"그대의 검은 몇 사람쯤을 상대로 해서 이길 수 있는가?"

장자는

"저의 검은 열 발짝에 한 사람을 죽이며 천 리를 가도 가로막을 수가 없습니다."

라고 대답했다. 왕은 크게 기뻐하며 말했다.

"천하무적이구나!"

장자가 또 말했다.

"대저 칼싸움이란 먼저 이쪽의 헛점을 보여서 이로 상대자를 유인하고, 상대자보다 늦게 칼을 뽑으면서 상대자보다 먼저 공격하는 겁니다. 한번 실제로 이것을 시범해 보이고 싶습니다."

왕이 말했다.

"선생은 좀 쉬시오. 숙소에서 쉬며 연락을 기다려주시오. 시합준비가 되면 선생을 부르리다."

왕은 검사들을 모아 선발 시합을 시켰는데 이레 동안에 사상자가 육십 명 이상이 생겼다. 그중 대여섯 명을 골라 궁전 아래 검을 받들고 늘어서게 했다. 그러고는 장자를 불러내서 말했다.

"오늘은 검사들에게 칼싸움을 배우게 하오."

장자가 대답했다.

"오랫동안 기다려온 바입니다."

왕이 말했다.

"선생이 쓸 무기는 긴 것과 짧은 것 중 어느 것이오?"

장자는

"저는 어느 것이건 모두 좋습니다. 하지만 제게는 세 가지 검이 있는데 왕께서 원하시는 대로 쓰도록 하겠습니다. 먼저 이것을 설명해 드린 뒤에 시합을 하고 싶습니다."

라고 대답했다. 왕이 말했다.

"그 세 가지 검이란 무엇인지 들려주시오."

장자가

"천자의 검, 제후의 검, 서인의 검입니다."

라고 대답했다. 왕이 말했다.

"천자의 검이란 어떤 거요?"

장자가 대답했다.

"천자의 검이란 연나라의 연계와 색외의 석성을 칼끝으로 삼고 제나라의 대산을 칼날로 삼으며 진과 위나라를 칼등으로 삼고 주와 송나라를 칼자루의 테로 삼으며 한과 위나라를 칼자루로 삼아 사방의 이적으로 씌우고 사철로 감싸서 그것을 발해로 두르고 상산으로 띠를 둘러 오행으로 세상을 제정하고 형법과 은덕을 논하며 음양의 작용으로 발동하고 봄과 여름의 화기로 유지하며 가을과 겨울의 위엄으로 행동합니다. 이 검을 곧장 세우면 앞에서 당할 것이 없고, 들어올리면 위에서 당할 것이 없으며, 누르면 밑에서 당할 것이 없고, 휘두르면 사방에서 당할 것이 없으며, 위로는 뜬구름을 끊고 밑으로는 땅을 붙잡아 맨 큰 밧줄을 절단합니다. 이 검을 한 번 쓰면 제후의 행동을 바로잡고 천하가 모두 복종하게 됩니다. 이것이 천자의 검입니다."

이 말을 들은 문왕은 멍하니 정신이 나간 듯이 되어 말했다.

"제후의 검이란 또 어떤 거요?"

장자가 대답했다.

"제후의 검이란 지혜와 용기가 있는 선비를 칼끝으로 청렴한 선비를 칼날로 삼으며 현명하고 선량한 선비를 칼등으로 삼고 충성스런 선비를 칼자루의 테로 삼으며 무용이 뛰어난 선비를 칼자루로 삼습니다. 이 검을 곧장 세우면 앞에서 당할 것이 없고, 들어올리면 위에서 당할 것이 없으며, 누르면 밑에서 역시 당할 것이 없고, 휘두르면 사방에서 당할 것이 없습니다. 위로는 둥근 하늘을 본떠 해와 달과 별의 세 가지 빛을 따르고 아래로는 네모난 땅을 본떠 사철을 따르며 가운데에서는 백성의 마음을 화합하여 사방의 땅을 편안하게 다스립니다. 이 검을 한 번 쓰면 천둥소리가 진동하는 듯하여 나라안 사람은 모두 복종하며 임금의 명령에 따르지 않는 자란 없게 됩니다. 이것이 제후의 검입니다."

왕이 말했다.

"서인의 검이란 어떤 거요?"

장자가 대답했다.

"서인의 검이란 머리칼이 쑥대처럼 마구 흐트러진 채 살쩍은 불쑥 치솟았으며 낮게 기운 관을 쓰고 장식이 없는 끈으로 관

240

을 묶은 소매가 짧은 옷을 입었고 부릅뜬 눈에 말투는 우락부락합니다. 임금의 어전에서 서로 치면서 위는 목을 베고 아래는 간이나 폐를 찌릅니다. 이것이 서인의 검이며 말하자면 투계(鬪鷄)와 다를 것이 없습니다. 검사가 일단 목숨을 잃고 나면 이미 나라 일에 소용이 없습니다. 지금 대왕께선 천자의 자리에 계시면서 이 서인의 검을 좋아하고 있습니다. 저는 황송하오나 대왕을 경멸하고 있습니다."

왕은 이 말을 듣자 크게 깨닫고 장자의 손을 이끌고 어전으로 올라갔다. 숙수가 식사를 올렸으나 왕은 세 번이나 그 둘레를 맴돌 뿐이었다. 이것을 본 장자가 말했다.

"대왕님, 편히 앉으셔서 마음을 안정시키십시오. 검에 대한 이야기는 이미 다 끝났습니다."

그로부터 문왕은 석 달 동안이나 궁중에서 나가지 않았다. 검사들은 모두 예우 받지 못하게 됨을 노여워하면서 자살하고 말았다.

—안동림(역주), 『신역 장자』「잡편」중 '설검'에서

풀미풀미 어디 쇤가
함경도는 단천 쇠요
황해도는 신재령 쇠요
평안도는 운산 쇠요
강원도는 영월 쇠요

김성하니 세판 쇠요
가래골의 은골 쇠요
술비쇠꼴 고직 쇠라
이 쇠 한 채 값이 얼마
일천삼백일흔두 냥
칠 푼 칠 세로다.
메질꾼아 발 맞춰라
망치질꾼아 손 맞춰라
집게손만 뒤채 주마
풍구질꾼아 자주만 불어라
작두 하나 치었드니
쇠 한 채는 간 곳 없고
송곳 하나 남았구나.
대장의 삯이 얼만구 하니
팥두 닷 되, 콩두 닷 되, 피두 닷 되
삼오시오 열닷 되라
대장의 선신 무엇인고
닭 한 마리 종이 한 권
대장의 선신이다
불어라 불어.

박정달 씨가 정 군과 함께 신검을 만들기 시작한 지 삼 년이

지났다.

그러나 박정달 씨는 전혀 세월이 흐른 듯한 느낌은 들지 않았다. 세월이 흐르는 것이 아니라 인간이 흐르는 것은 아닐까. 이러한 발상은 다분히 장자적인 데가 있는 듯하지만 무엇보다도 박정달 씨는 그만큼 신검을 만드는 일에만 온갖 정성을 쏟아왔었다. 언제나 목욕재계를 하고 심신을 정하게 가지려고 노력했다.

그는 마치 어린애를 가진 정숙한 귀부인처럼 모든 것을 신중한 마음으로 행했다. 음식도 말씨도 행동도 생각도 모두 가려서 신검을 만드는 일에 부정한 일이 되지 않도록 노력했다. 그는 고기도 술도 먹지 않았다. 그토록 자주 입에 올리던 염병할이라는 말도 까맣게 잊어버렸다. 되도록이면 세인들과의 접촉도 삼갔으며 틈나는 대로 명상 속에서 신검에 대한 소망이 이루어지기만을 간절히 기원했다.

정 군에게도 자신의 그러한 습성을 익히도록 말과 행동으로 설득시키기를 게을리 하지 않았으며 수시로 장자나 노자를 이해시키려고 노력했다.

정 군은 한 마디로 장인(匠人)의 기질을 그대로 타고난 청년이었다. 적어도 검을 만들 때만은 누구보다도 그 정성이 지극해서 쇠를 고르는 일에서부터 풀무질 담금질 숫돌질에 이르기까지 한치의 틈도 허용하지 않았다.

검을 만드는 일은 그들에게 그대로 하나의 종교가 되어 있었다.

"불에 달굴 때 쇠의 빛깔이 우선 좋아야 합니다. 흰색이 제일 강도가 높아요. 노란색은 보통이고 파란색은 아주 약하죠. 하지만 흰색이 강도가 높다고 해서 무조건 좋다는 건 아닙니다. 강도가 높기 때문에 쉽게 이가 빠져요. 밝은 연주황색 계통이 비교적 좋은 편인데 여간 자세히 보지 않으면 진짜를 구분해 내기가 힘들어요."

그들은 좋은 쇠를 구하기 위해 남한 일대의 철 산지를 안 가본 데가 없을 정도였다.

"메질이 아직도 서투릅니다. 집게질을 하는 사람이 속으로 여기다라고 생각하는 곳을 알아내고 정확하게 그곳을 쳐야 해요. 일일이 말로 지시할 수는 없어요. 리듬이 끊어지거든요. 집게질과 메질의 리듬이 좋아야만 쇠가 고르게 단단해져요."

처음에는 그놈의 리듬이라는 게 있는지 없는지조차도 박정달 씨는 모를 지경이었다. 툭하면 잘못 두드려서 쇳조각이 모루쇠 밖으로 튕겨져 나가버리기 일쑤였다.

그러나 이제 모든 기능만은 박정달 씨도 숙달되어져 있었다. 그는 이제 대학을 졸업한 회사원 출신 사내의 섬약한 손을 가지고 있지는 않았다. 손가락 마디는 어느새 굵어져 있었고 손바닥 또한 단단하고 두껍게 살이 굳어 있었다.

박정달 씨는 검을 만들면서도 거기에 필요한 여러 가지 책들을 구입해 지식을 습득하는 일을 게을리 하지 않았다. 그리고 비단 검에 관한 것들이 아니라 하더라도 참고가 될 만한 것들이라면 어려움을 무릅쓰고라도 찾아내어 자기 것으로 삼으려고 노력했다. 언젠가는 고령 어딘가에 도자기에 미친 노인네가 있다는 말을 듣고 그리로 가서 무려 보름을 묵으면서 조르고 졸라 여러 가지 참고 사항들을 소상히 적어온 적까지도 있었다.

도자기의 공정은 검을 만드는 공정과 흡사한 부분이 한두 군데가 아니어서 박정달 씨에게는 실로 깊은 감명과 도움을 주었다.

"쇠를 망치로 두드리는 일이나 흙을 흙판에 치는 일이나 조금도 다를 바가 없어. 나는 흙을 치면서부터 내 마음을 흙 속에다 집어넣는 게야. 그때부터 나는 흙이 되고 흙은 내가 되어 하나로 뒤섞이지. 불에 넣을 때도 그것은 마찬가지야. 나는 불이 되고 불은 내가 될 수가 있어야 해. 그래야만 불을 마음대로 다룰 수가 있어. 만약 불을 마음대로 다루지 못하면 지금까지 아무리 정성을 다한 일도 거기서 도로아미타불이야. 다 만들어놓고 거기에 무엇을 담아보는 일도 중요하지. 더러운 똥을 담았다고 생각했을 때 똥이 더럽게 느껴지면 그건 실패야. 아무 걸 담아도 도자기는 마음에 티끌만 한 거슬림이 없어야 해. 도자기는 바로 우주 그 자체이어야 해. 그런 것이야말로 신품(神品)이지, 신품. 하지만 나는 아직 한번도 그런 걸 만들어본 적이 없어."

그런 얘기를 듣고 돌아와서 박정달 씨는 쇠를 칠 때마다 자기가 쇠가 되고 쇠가 자기가 되는 느낌을 가져보려고 노력했다. 쇠를 불에 넣었을 때도 마찬가지로 자기가 불이 되고 불이 자기가 되는 느낌을 가지려고 노력했다. 그것은 정말로 마음이 비어 있지 않은 상태에서는 아주 성취가 어려운 일 중의 하나였다.

그러나 언젠가 강원도 홍천의 어느 두메 산골에 정말로 장검을 만들던 노인네가 하나 살고 있다는 말을 듣고 부랴부랴 그리로 내려가서 얻어온 지식들은 일순간에 박정달 씨의 피를 술렁거리게 만들고 막힌 가슴을 틔워주었다.

박정달 씨는 그때 그 노인네가 사는 곳을 수소문하기 위해 홍천 땅 전부를 샅샅이 뒤지다시피 했다.

때로는 길을 잃어버려서 밤새도록 낯선 산 속을 헤맨 적도 있었고 또 때로는 돈이 다 떨어져버려서 며칠을 굶은 채 문전 걸식을 일삼은 적까지 있었다.

갖은 고생 끝에 가까스로 그 노인네가 사는 곳을 알아낸 것은 두촌이라는 작은·마을에서였는데 거기서도 이십 리 더 걸어 들어가야 한다는 얘기였다.

부르튼 발을 절며절며 이십 리 산골을 걸어 그 노인네가 사는 마을에 도착해 보니 이미 그 노인네는 삼 년 전에 이 세상을 떠나버리고 그 노인네의 큰아들 내외만 화전을 일구며 살고 있다는 것이었다.

"애들은 모두 대처에 나가 학교를 댕기거나 취직을 해서 제 밥벌이들을 하고 있소. 헌데 그 장씨 부친을 무슨 연고로 찾아오시었소."

"그분께서 옛날에 검을 만드시는 일에 종사하셨다는 말씀을 듣고 조언을 좀 얻을까 해서 찾아왔습니다."

"벌써 대장일을 때려치운 지가 옛날이라던데. 글쎄라."

"어느 댁입니까?"

"저기 보이는 저 집이오. 부친이 살아 계실 때는 효성이 아주 지극했었지."

비교적 경사가 완만한 산비탈로 하얀 길 하나가 뚫려 있었다. 그리고 그 길이 끝나는 부분에 초가집 한 채가 웅크리고 있었다. 초가집 양쪽으로는 화전들이 마치 산의 버짐처럼 일구어져 있었다.

"어떻게 오시었소?"

박정달 씨가 초가집 마당으로 들어서자 두 내외가 마루에 앉아 마른 옥수수를 떨고 있다가 일손을 멈추며 묻는 말이었다. 온 집안이 온통 옥수수 천지였다. 마당에도 마루에도 처마 밑에도 옥수수가 무더기로 쌓여 있거나 매달려 있었다.

"사실은 아버님께 검에 대한 조언을 좀 들을까 해서 찾아왔습니다만 이미 삼 년 전에 타계하셨다는 얘기를 들었습니다. 바쁘신 중에 이렇게 불쑥 찾아뵙는 것이 대단히 실례인 줄은 알고 있습니다만, 저로서는 아주 중대한 일이기에 그냥 갈 수가 없어 염치 불구하고 찾아왔습니다. 용서해 주십시오."

그러자 두 내외는 갑자기 정색을 하며 낮게 탄성을 발했다.

"검을 가지러 오셨구만요."

"그렇다면 그 점쟁이 말이 맞았군."

두 내외는 잠시 침묵을 지키며 어떤 감회에 젖어드는 듯한 표정이었다.

"누추하지만 우선 안으로 드시지요."

"이제야 아버님이 편히 눈을 감으시게 되었구만."

두 내외는 박정달 씨를 무슨 대단한 손님으로 착각하고 있는 모양이었다. 갑자기 공손한 태도를 보이며 어쩔 줄을 모르는 것 같았다.

가을이었다. 산중 화전민 촌의 하늘은 읍내 초등학교 운동장보다도 비좁아서 해는 벌써 서산 머리에 걸려 있었다. 사방으로 둘러선 산들이 저녁 해에 활활 타고 있었다. 드문드문 지어져 있는 초가집마다 하얀 연기들이 하나 둘 피어오르고 있는 것이 보였다.

방으로 들어서니 메주 뜨는 냄새가 나고 있었다. 흙벽에서 흙내도 매캐하게 맡아지고 있었다. 절로 마음이 포근해졌다.

"반찬이 없어서 어떻게 하나."

부인은 밥상을 들여오며 그렇게 말했지만 박정달 씨로서는 일찍이 그렇게 음식을 맛있게 먹어본 적이 한번도 없었다.

"아버님에 대해서 몇 말씀 여쭈어보아도 실례가 되지 않을까요?"

저녁 식사를 마치고 호롱불 밑에 마주 앉아 박정달 씨는 장씨와 이야기를 나누기 시작했다.

"아버님께서는……."

장씨는 담배 한 대를 피워 물며 천천히 입을 열었다.

장씨가 박정달 씨에게 들려준 얘기를 간단히 간추려보면 이러하다.

장씨의 부친은 장정득이라는 이름을 가진 사람으로서 태어나면서부터 한쪽 다리가 약했었다.

그의 부모는 모두 강릉의 어느 양반집에서 종노릇을 했었는데 장정득을 어릴 때부터 측은하게 여겨왔던 그 집 딸이 성년이 되자 부모가 선정한 신랑감에 불만을 품고 장정득과 함께 어디론가 도망쳐버렸다. 장정득보다는 나이가 세 살이나 위인 여자였다. 마치 흔해빠진 연속 사극의 상투적인 줄거리를 연상케 하지만 어쨌든 그것은 사실이었다.

그는 경기도 이천까지 떠내려가서 그곳 어느 대장간에서 일하게 되었는데 거기서 바로 검을 만드는 법을 배웠다.

본디 우리나라는 전통적으로 무인보다는 문인을 중시하는 경향이 있어서 대장장이라는 것 역시 아주 천한 직업으로 취급받고 있었다.

그러나 장정득에게 검을 만드는 법을 가르치던 장인은 백발이 성성한 노인네로서 투철한 장인 기질을 가진 사람이었다.

그가 만드는 검은 모두 뛰어난 것들로서 이름난 무인들이나 고관들의 허리에 부착되곤 했었다. 그렇지만 그는 그 검들을 결코 진상하는 법은 없었다. 반드시 직접 찾아와서 예의를 갖추고 가져가도록 만들었다. 그의 목에 칼이 들어와도 그는 결코 굽히는 법이 없었다.

그가 죽고 나서 당연히 장정득은 모든 비술을 전수하여 그 맥을 유지하게 되었는데 일제 때에는 어느 일본 군관이 장정득이 만든 검의 우수성에 도전하다가 칼과 칼을 서로 맞부딪쳐서 일본도를 무려 서른 자루나 분질러먹었다는 얘기까지 있었다.

그러나 세상이 차츰 달라져가면서 검의 필요성이 희박해져가자 자연히 그의 대장간도 문을 닫게 되었다. 그동안 임자를 만나지 못하고 대장간에 비치되어 있던 칼들은 모두 땅속 깊이 묻어버렸다. 그 후 거의 이십 년 동안을 그는 검을 만들지 않았다. 그러다가 지금으로부터 십 년 전에 홍천으로 흘러들어 와 두촌에서 다시 대장간을 차렸는데 물론 부엌칼이나 낫 따위는 전혀 만들지 않았고 계속적으로 똑같은 모양의 장도(粧刀) 하나를 수십 번이나 고쳐서 만들었다. 도대체 어떤 칼이라야 마음이 흡족하시겠느냐고 물으니까 우는 칼이라야 마음이 흡족하겠노라고 대답하더라는 얘기였다.

지금까지 입을 다물고 장씨의 얘기만 듣고 있던 박정달 씨는 이 부분에서 귀가 번쩍 뜨이는 듯한 느낌이었다.

"우는 칼이라고요?"

그는 자신도 모르게 소리쳤다.

"그렇소. 나는 처음에 아버님이 혹시 노망을 하신 것이나 아닌가 하는 생각을 했었소."

"그래 그 칼을 만드셨습니까?"

박정달 씨는 다급한 목소리로 묻고 있었다.

"만들었소. 어느 날 아버님은 말씀하셨소. 지난밤 칼이 우는 소리를 들었다고."

그날로 대장간은 문을 닫았다는 얘기였다.

"하지만 나는 아직 한번도 그 칼이 우는 소리를 못 들었소."

그러나 그 노인네에게만은 자주 칼이 우는 소리가 들렸던 모양이었다.

"아버님은 몇 년 동안 누군가를 초조하게 기다리는 것 같았소. 누구를 기다리시느냐고 물으니까 칼 임자를 기다리신다는 얘기였소. 돌아가시던 해에는 특히 심하셨소. 멀리서 개 짖는 소리만 들려도 날 보고 칼 임자가 오고 있는지도 모르니 한번 마중을 나가보라고 말씀하시곤 했소."

칼 임자가 어떻게 칼이 여기 있는 줄 알고 찾아오겠느냐고 물으니까 칼의 울음소리를 듣고 찾아온다고 대답하더라는 거였다.

그러던 어느 날 노인네는 아들에게 돈이 있으면 좀 달라고 하더라는 얘기였다.

"홍천에 소문난 점쟁이가 하나 있다는데 한번 만나보고 오시겠다는 얘기였소. 물론 나는 아버님과 함께 점을 치러 갔었소. 그 점쟁이는 말합디다. 삼 년 후에 반드시 칼 임자가 찾아온다고. 그 점쟁이라면 믿을 수가 있소. 지금은 홍천에 살고 있지 않지만 신통하게 잘 맞추는 점쟁이였소."

그날 밤 노인네는 그 장도를 아들에게 맡기며 당부했다. 삼 년 후 칼 때문에 자기를 찾아오는 사람이 있으면 무조건 그것을 내주도록 하라고. 그리고 칼을 만드는 비법도 함께 전해주도록.

그로부터 며칠 후 노인네는 조용히 숨을 거두었다. 박정달 씨는 이야기를 다 듣고 나자 자신이 무슨 전설 속에 들어와 있는 듯한 느낌이었다. 그는 문득 그리스·로마 신화의 한 부분을 떠올렸다.

헤파이스토스는 불과 대장 공예의 신이며 추남에다 절름발이였다. 그러나 후에 사랑과 미의 여신 아프로디테와 결혼을 한다. 여신 중에서 가장 아름다운 아프로디테와 남신 중에서 가장 못생긴 헤파이스토스가 결혼을 한 것이다.

장씨의 부친이 절름발이였다는 사실과 대장장이였다는 사실, 그리고 아리따운 상전의 딸과 결혼을 했던 사실이 어찌 평범한 일인가.

신화는 아직도 재현되고 있는 것이다. 어디에서나 재현되고 있는 것이다.

"바로 이 칼이올시다. 이제 임자가 찾아왔으니 드리겠소. 물론 아버님께서 말씀해 주신 비법도 함께 전해드리지요."

장씨는 벽장에서 조심스럽게 작은 상자 하나를 꺼내놓았다. 그 상자는 비단 보자기에 싸여 있었다.

"아, 아닙니다. 저는 이 칼을 가질 자격이 없는 사람입니다."

박정달 씨는 깜짝 놀라지 않을 수 없었다. 그는 칼의 울음소리를 듣고 여기까지 온 것이 아니었다. 다만 대장간에 구걸을 하러 들어왔던 어느 거지 노인이 홍천 어딘가에 굉장한 대장장이가 살고 있노라는 말만 듣고 신검을 만드는 데 도움이 될까 해서 무조건 찾아왔을 뿐이었다.

"아버님께서 칼에 관한 일 때문에 찾아온 사람이면 무조건 이것을 떠맡기도록 하라고 당부하셨소. 그렇다고 진짜 칼 임자가 아닌가를 시험하는 방법이 없는 것이 아니오. 우선 직접 이 보자기를 풀고 칼을 한번 꺼내보시오."

"제가 감히 어떻게."

"어서 풀어보시라니까."

장씨는 무엇을 망설이고 있느냐는 듯 진지한 목소리로 재촉했다.

하는 수 없이 박정달 씨는 상자를 조심스럽게 자기 앞으로 끌어당겼다. 왠지 손이 떨리고 가슴이 두근거려 왔다. 어느새 장씨의 부인도 아랫방에서 건너와 숨을 죽인 채 그 광경을 바라보고 있었다.

박정달 씨가 떨리는 손으로 간신히 비단 보자기를 풀자 은은한 향내가 방 안 가득히 퍼지기 시작했다. 그 상자는 향나무로 만들어져 있었다.

곁에 두 마리의 용이 그 상자를 칭칭 감은 채 여의주를 물고 구름을 헤치며 승천하는 모습이 정교한 솜씨로 조각되어 있었다.

"뚜껑을 여시오."

장씨가 말했다. 위엄 어린 목소리였다. 그것은 거의 명령에 가까운 어투였다. 박정달 씨는 그때 문득 자기 곁에 있는 것이 장씨가 아니라 장씨의 부친 같다는 생각이 들었다. 마치 그 노인네의 혼백이 장씨에게 씌워져 그 광경을 보면서 명령을 내리고 있는 듯한 분위기였다. 이 칼의 임자는 분명 내가 아니다라는 생각 때문에 자꾸만 죄스러움이 앞선다.

"어서 뚜껑을 여시라니까."

한 번 더 장씨가 다그쳤다.

박정달 씨는 경건한 마음으로 뚜껑을 열었다. 내부 전체에 붉은 융단을 입힌 상자 속에는 장도 하나가 무슨 보물처럼 고이 간직되어 있었다.

"칼을 집으시오. 그리고 칼집에서 칼을 뽑으시오."

그러나 박정달 씨는 망설이고 있었다. 큰 죄라도 저지르는 듯한 기분이었다.

"어서!"

다시 명령하듯 장씨가 말했다.

하는 수 없이 박정달 씨는 장도를 집어 올렸다. 아까보다는 한결 더 심하게 손이 떨리고 있었다.

"뽑으시오."

이제는 더 망설일 필요가 없을 것 같았다. 그는 에라 모르겠다 싶은 심정으로 칼을 뽑았다.

그 순간 호롱불 빛 속에서도 무서운 섬광 같은 것이 날카롭게 튕겨져 나가는 것을 박정달 씨는 똑똑히 보았다. 그리고 더욱 놀라운 것은 그 섬광과 함께 가슴이 섬뜩해지면서 갑자기 귀에서 쩡 하는 소리가 길게 이어지기 시작했다는 점이었다. 박정달 씨는 자기가 너무 긴장한 탓이라고 생각했다.

"귀에서 무슨 소리가 들리는 것 같지 않소?"

장씨는 꿰뚫어버릴 듯한 눈초리로 박정달 씨를 바라보며 물었다.

"쩡 하는 소리가 들립니다."

"맞았소. 아버님이 말씀하신 대로요."

"무슨 말씀이십니까?"

"다른 사람한테는 들리지 않지만 이 칼의 임자한테는 그런 소리가 들린다고 했소. 검긴가 뭔가 하는 것 때문이라고 합디다. 그건 칼마다 특성이 있어서 만드는 사람이 마음대로 그 성질을 조절할 수가 있다 했소."

이때 장씨의 부인이 이렇게 말했다.

"무슨 소리가 들린다니요. 나는 아무 소리도 들리지 않는데."

그러자 장씨가 말했다.

"그건 나도 마찬가지야."

그렇게 해서 박정달 씨는 그날 밤 장씨로부터 검을 만드는 비법을 소상히 전수받았다. 그리고 뜻하지 않았던 장도 하나까지 얻게 되었다.

박정달 씨는 그야말로 날개를 얻은 대붕(大鵬)이 된 기분이었다.

그는 이튿날 아침 장씨의 부친이 잠든 묘소를 찾아가서 세 번 절하고 진심으로 감사의 뜻을 표했다. 알 수 없는 숙명이 자기를 지배하고 있음을 그는 확실히 느낄 수가 있을 것 같았다.

그는 줄곧 꿈을 꾸고 있는 듯한 기분이었다. 그러나 결코 그것은 꿈이 아니었다. 엄연한 사실이었다.

어느 날 돌연히 멀쩡하던 처녀가 신이 내려 무당이 되듯 자기도 이상한 힘에 휩싸여 숙명적인 대장장이가 되어버린 듯한 느낌이었다.

"검을 만드는 비법은 반드시 단 한 사람에게만 전수하라는 말씀이셨소. 원래는 내가 대장장이가 되어야 하는 건데 운명이 바뀌었다는 게 점쟁이의 말이었소. 나는 왜정 때 사범학교까지 나온 사람인데도 정말 운명이 잘못되어 버렸는지 이 모양 이 꼴로 화전이나 일구며 살고 있소. 하지만 자연 속에 묻혀 사니 마음이 언제나 청명하오."

장씨는 산을 내려오며 그렇게 말했다. 하늘에는 새털구름 한 자락이 가을을 곱게 비질하고 있었다. 소슬한 바람을 데리고 고추잠자리 몇 마리가 날개를 반짝거리며 하얀 갈꽃들 위를 떠다니고 있는 것도 보였다.

"칼을 만들기 전에 우선 정신력을 집중시키는 훈련부터 쌓으라는 당부이셨소. 그리고 그 훈련이 끝나면 마음을 비우는 훈련, 그것이 끝나면 비어 있는 마음속에다 선성을 채우는 훈련, 그 모든 것이 끝나면 그때야 비로소 자신의 소망을 불어넣으시라는 거였소. 그리고 각 단계의 훈련 방법은⋯⋯."

장씨는 그의 부친에게서 들은 얘기를 단 한 가지도 빠뜨리지 않겠다는 듯 산을 내려오면서도 줄곧 그의 부친이 남기고 간 유산들을 의식 속에서 낱낱이 찾아내어 박정달 씨에게 전해주었다.

"언젠가 도자기를 만드는 노인네 한 분을 만나 뵈었더니 역시 비슷한 얘기를 제게 들려주더군요. 오늘날은 사람들이 청자나 백자를 기술적인 면에서만 개발하고 있기 때문에 원래의 깊고 그윽한 맛이 살아날 수 없다는 거였습니다. 옛날 사람들처럼 마음을 깨끗하게 비우고 비어 있는 마음속에다 소망의 씨앗을 싹틔워 그것을 꽃피우고 그 꽃의 향기를 도자기에다 이입시키는 방법 따위를 모르고 있기 때문이라는 거였습니다."

"그렇소. 중요한 것은 역시 마음 그 자체였소. 나도 젊었을 때는 전혀 아버님의 이론을 믿을 수가 없었소. 나는 서양식으로만 공부해 왔소. 그 잘나빠진 과학적 사고방식이 아무것도 아니라는 사실을 전혀 깨닫지 못했어요. 하지만 이제는 겨우 알 것 같기도 하오. 우리를 구원할 수 있는 것은 돈도 아니고 명예도 아니고 권력도 아니고 여자도 아니오. 우리를 구원할 수 있는 것은 바로 우리들 자신의 마음뿐이오. 신에게 가까이 가서 구원의 메시지를 전할 수 있는 길도 마음을 통해서라야만 열린다는 사실을 최근에야 어렴풋이 깨닫게 되었소. 나는 박 선생이 부디 뛰어난 신검을 하나 만들어주기를 충심으로 기원하겠소. 아버님의 장도와 한 벌이 되는 신검을 말이오."

장씨의 말을 들으며 박정달 씨는 무심코 하늘을 한 번 쳐다보았다.

거기 높고도 푸른 하늘 어디에선가 허연 노인네 하나가 자애스러운 미소를 띠며 자기를 내려다보고 있는 것 같아 문득 가슴이 설레어왔다.

박정달 씨는 집으로 돌아와 본격적으로 신검 제작에 전심전력을 기울이기 시작했다.

그의 생활은 완전히 돌변해 있었다. 그는 마치 수도승처럼 속세의 모든 것들과 인연을 끊어버렸다. 마누라와 자식들까지도 대장간 부근에 얼씬거리지 못하도록 만들었다.

마침내 그는 측근에 있는 사람들로부터 미친놈 소리를 듣기 시작했으며 마누라로부터 무능력자 취급을 받기 시작했다.

그러나 그는 의외로 초연해 보였다. 성격이나 태도까지 돌변해 버린 것 같았다. 그는 하루 중의 거의 전부를 묵상으로 보내는 때가 허다했다.

다만 아주 가끔 정 군을 앞에 앉혀놓고 설법을 하듯 신검 제작에 관한 참고 사항들을 가라앉은 목소리로 들려주는 수가 있었다.

"기(氣)라는 것이 있다네. 그것은 본디 호흡을 뜻하는 것으로서 우주 만물의 생명력과 활동력의 근원이 되는 것이지. 이 우주는 그 기라는 것으로 충만해 있어. 특수한 사람들은 그것의 일부를 사용하는 방법을 알고 있지. 그리고 그것을 놀라운 에너지의 형태로도 바꿔버릴 수가 있어. 바다를 갈라지게 할 수도 있고 산을 무너지게 할 수도 있어. 거짓말 같지. 하지만 한 연약한 여인이 자기의 어린애가 트럭에 치였을 때 자신도 모르게 그 트럭을 들어올려 자기의 어린애를 끄집어내었다는 식의 얘기를 우리는 흔히 들어왔어. 그리고 생명의 위협을 느끼며 쫓기던 사람이 자기 키보다 서너 배나 높은 담벼락을 자신도 모르게 훌쩍 뛰어넘어 버렸다는 얘기도 금시초문은 아닐 거야. 그러한 힘들은 과연 어디에서 나오는 것일까. 그러한 힘들을 더욱 개발해서 자유자재로 사용할 수는 없는 것일까. 서양 사람들이 개발한 전기(電氣)도 우주 공간 속에 충만해 있는 여러 가지 형질의 기 중에 하나로 볼 수가 있네. 그러나 그것을 사용하기 위해서는 너무 번거로운 과정을 거쳐야 하지. 냉장고라는 것이 나왔을 때 서양 사람들은 무더위 속에서도 얼음을 얼게 하는 기계를 발명했다는 사실에 대단히 자부심을 느꼈을는지도 모르지만, 무더운 여름에 일본 놈들이 사명대사를 온돌방에다 감금해 놓고 아궁이 속에다 몇 시간 동안 장작불을 땐 다음 이제는 별수 없이 승복했겠지 하고 방문을 열어보니 방 안 전체가 허연 서리로 뒤덮여 있더라는 얘기가 전설이 아닌 사실이었음을 알게 되면 상당히 부끄러움을 느낄 걸세. 벌써 삼백칠십여 년 전에 우리나라 사람 중의 하나는 아무런 시설이나 기구도 없는 상태에서 방 안 전체를 냉동실로 만들어버릴 수가 있었단 말일세. 남들은 믿지 않을는지도 모르지만 나는 믿을 수 있네. 우리는 이제 너무 서양식의 공부와 서양식의 사고방식에 물들어 있네. 하지만 우리가 만약 오래전부터 완전한 동양식의 공부를 계속해 왔다면 아마그 이상의 능력까지도 의심치 않았을 것임이 분명하네."

그는 신검을 만들기 위해서 자신의 모든 것을 바치겠다고 결심한 사람 같았다.

그는 이미 오래전에 시골의 논밭을 모조리 팔아치웠었다. 그 돈으로 신검을 만드는 데 필요한 제반 경제적 문제들을 해결하기 위해서였다.

그러나 무엇보다도 그는 이제 자기의 영혼조차도 기꺼이 신검에게 주어버릴 수 있다는 생각을 하고 있었다. 그에게 있어서는 신검이야말로 종교 그 자체가 되어 있었다. 그는 날마다 목욕재계를 했으며 날마다 정신 집중 훈련에 몰두했다.

처음에 그는 벽 전체를 백지로 도배한 다음 가장 고르게 도배된 벽의 눈 높이 정도에다 동전만 한 점 하나를 먹으로 찍어놓고 정좌한 채 그것을 바라보는 것으로써 정신을 집중시키려고 노력했다.

물론 장씨로부터 전해들은 방법이었다.

그러나 거의 한 달이 지났는데도 아무런 변화가 일어나지 않았다. 그 점에다 정신을 붙들어 매려고 들면 들수록 정신은 다른 곳으로 튕겨져 나가 온갖 잡스러운 것들과 어울려 다니곤 했다.

그러다가 두 달째가 지나서야 간신히 그는 제대로 정신을 가눌 수가 있게 되었다. 때로는 그 점에다 정신을 붙들어 매놓은 채 그대로 고스란히 잠들어버린 적까지 있었다.

하지만 그게 전부는 아니었다.

오래도록 그 점만을 응시하며 정신을 집중시켜 놓으면 그 점에서 이상한 현상이 일어나는 것을 목격할 수가 있었다. 처음에 그 점은 조금씩 흔들리는 것 같았다. 그러다가 작아지거나 커지는 것 같았다. 때로는 하얗게 변해서 없어져 버리는 수도 있었다. 또 때로는 그 점이 빛으로 환원되어 버리는 수도 있었다.

순간적으로 그러한 현상들이 일어났는데 차츰 길게 지속되는 경우가 많아져 갔다.

때로는 박정달 씨가 그 점 속에 들어가 있는 경우도 있었다. 또 때로는 박정달 씨가 완전히 사라져버리는 경우도 있었다. 그러는 동안 마침내 박정달 씨는 그 점을 자유자재로 조종할 수가 있게 되었다.

그는 비로소 하나의 경지에 도달한 셈이었다.

그러나 몇 가지의 훈련이 더 남아 있었다.

그는 이제 자주 남한 일대의 명산을 찾아다니며 단식을 일 삼기 시작했다.

굶는 일만큼 가혹한 형벌이 어디 있으랴.

처음에 그는 사흘 동안을 굶고는 그만 미쳐버릴 것 같은 심 정이었다. 풀이든 벌레든 닥치는 대로 입에다 집어넣고 싶은 심정이었다.

그러나 그는 신검을 만들고 싶은 일념으로 그것을 참아 나 갔다. 특히 그가 행했던 정신 집중 훈련은 배고픔을 잊는 데 상당한 도움을 주었다.

처음에는 자기가 정신 집중 훈련을 해왔음을 전혀 의식지 않았었기 때문에 오직 배고프다는 생각에만 사로잡혀 있었다.

그런데 문득 생각하게 되었다. 다른 것에다 정신을 집중시키 면 배고픔을 잊을 수가 있다는 사실을.

배고픔뿐만이 아니라 자신의 존재까지도 망각해 버릴 수 있 다는 사실을.

그는 창자도 마음도 깨끗이 비워놓은 상태에서 산의 정기 속에다 자신의 영혼을 맑게 씻는 방법을 단계적으로 터득해 나가기 시작했다.

그동안 수없이 많은 일력들이 펄럭펄럭 떨어져 나갔다. 그동안 수없이 많은 세속의 껍질들이 겹겹으로 벗겨져 나갔다. 이제 박정달 씨의 가슴속에는 아무것도 남아 있지 않았다. 남아 있다면 오직 하나 신검이라는 것뿐이었다. 이미 그의 가슴속에는 완전한 모양을 갖춘 칼 하나가 선명한 광채로 빛나고 있었다.

이제 그것을 겉으로 끄집어내는 일만이 남아 있었다.

풀미풀미 어디 쇤가
함경도는 단천 쇠요
황해도는 신재령 쇠요
평안도는 운산 쇠요
강원도는 영월 쇠요
김성하니 제판 쇠요
가래골의 은골 쇠요
술비쇠꼴 고직 쇠라
이 쇠 한 채 값이 얼마
일천삼백일흔두 냥
칠 푼 칠 세로다.

메질꾼아 발 맞춰라

망치질꾼아 손 맞춰라

집게손만 뒤채 주마

풍구질꾼아 자주만 불어라

작두 하나 치었드니

쇠 한 채는 간 곳 없고

송곳 하나 남았구나.

대장의 삯이 얼만구 하니

팥두 닷 되, 콩두 닷 되, 피두 닷 되

삼오시오 열닷 되라

대장의 선신 무엇인고

닭 한 마리 종이 한 권

대장의 선신이다

불어라 불어.

참나무 숯불 속에서 장검 한 자루가 벌겋게 달구어지고 있
었다. 그것은 투명한 연주황색을 띠고 있었다.

박정달 씨는 그곳에 정좌하고 앉아 눈을 지그시 감고 묵상
중에 있었다. 그는 얼굴도 칼빛처럼 벌겋게 달아 있었다. 이상
한 일이었다. 숯불 빛이 비쳐서 그런 것이 아닌 것 같았다. 가
마의 테 때문에 숯불 빛은 위로만 발산되었지 옆으로는 발산
되지 않고 있었다. 그런데도 왜 그는 얼굴이 벌겋게 달아 있는

것일까.

대장간에 있는 모든 사물들이 숨을 죽인 채 그 광경을 바라보고 있었다.

풀무질을 하고 있는 정 군도 눈을 지그시 감은 채 손만 일정하게 움직이고 있었다. 팽팽한 긴장감이 대장간 가득히 차오르고 있었다. 무엇이든 살짝만 건드려도 깜짝 놀라서 날카롭게 비명을 지를 것만 같았다.

아침이었다. 아직 해는 떠오르지 않고 있었다.

동녘 하늘에 순금의 광채만 가득히 어려 있었다.

상당히 오래도록 긴장감은 계속되고 있었다.

오래전부터 분주히 활동을 시작한 도시, 생존의 시끄러운 소음들도 모두 대장간의 긴장감 속에 흡수되어 버린 것 같았다. 소음은 무척 시끄러웠으나 또 한편으로는 고요하기 짝이 없었다. 이러한 현상을 어떻게 설명해야 할까. 소리가 들리고 있는데도 소리가 들리지 않는다고밖에는 표현할 수 없는 상태. 그러한 상태 속에서 칼은 점차로 그 투명도를 더해가고 있었다. 차츰 박정달 씨의 얼굴에 땀방울이 돋아나고 있었다.

이윽고 동녘 하늘에 어려 있던 순금의 광채가 서서히 고조를 더해가더니 도시의 이마 위로 찬란한 빛살을 내뿜으며 아침해가 솟아오르기 시작했다.

대장간 좌측에 사각(斜角)으로 걸려 있던 거울이 갑자기 눈부신 빛살을 되쏘면서 기절해 버리는 것이 보였다. 그리고 거울을 기절시킨 그 빛살은 정통으로 가마를 향해 내리꽂히고 있었다.

순간 벌겋게 달아 있던 칼이 움찔하고 몸을 한 번 뒤채였다. 동시에 박정달 씨도 무엇에 놀란 듯 흠칫 몸을 움직였다. 이제 그의 전신은 땀으로 흥건하게 젖어 있는 것 같았다.

"그만."

조용히 눈을 뜨고 박정달 씨가 정 군을 향해 입을 움직였다. 그러자 정 군도 눈을 뜨고 풀무질을 멈추었다. 그리고 벌겋게 달구어진 장검을 집게로 들어 올려서는 준비된 물통 속에다 천천히 밀어 넣었다. 마치 예식을 거행하고 있는 듯이 경건한 분위기였다.

푸시시식.

날카로운 비명소리와 함께 마치 칼 속에 들어 있던 악마라도 달아나는 듯 갑자기 굉장한 김이 뭉게뭉게 공중으로 치솟아 올랐다.

"이제 숫돌에 갈면 된다네."

박정달 씨는 정성숫돌 하나를 찾아내었다. 그리고 칼을 숫돌에다 얹어놓고 다시 수 분 동안 눈을 감고 마치 자신의 마음을 그 칼 속에다 이입시키기라도 하려는 듯 깊은 명상 속에 잠겨들었다.

그들은 그 칼의 날을 세우고 자루를 만들고 칼집 속에 끼우는 데도 무려 한 달이라는 기간을 보내야 했다.

"그러나 아직 이 칼은 껍데기에 불과하네. 사람으로 치면 육신적 에너지만 갖추고 있을 뿐이지. 내일부터는 이 칼의 육신적 에너지를 한번 시험해 보기로 하세. 우선 지물포에 가서 문창호지를 몇 장 사오도록 하게."

"문창호지는 무엇에다 쓰나요?"

"다 쓸데가 있지."

"칼로 문창호지를 잘라보시려는 건가요?"

"그렇다네."

"그까짓 문창호지야 부엌칼로도 얼마든지 자를 수가 있잖아요."

"아니라네. 특수한 방법으로 자르는 것이라네."

정 군은 도무지 영문을 모르겠다는 듯한 표정을 지으며 밖으로 나가 문창호지 몇 장을 사 가지고 왔다.

"문창호지가 아니라 하더라도 칼날을 시험하는 방법이 있기는 있지."

"어떤 건데요?"

"바람이 전혀 통하지 않는 실내에서 칼날을 위로 향하게 하여 방바닥에다 고정시켜 놓고 칼의 키만큼이 되는 높이에서 머리카락 한 올을 가만히 떨구어보는 거야."

"잘라지면 합격이고 안 잘라지면 불합격이라는 말씀이시로군요."

"그렇지."

"아주 간단한 방법이로군요. 그런데 왜 그 방법을 쓰지 않으시려는 거죠."

"내가 만든 칼로는 사람의 머리카락 한 올조차도 다치고 싶지가 않아서지. 비록 머리카락이라고는 하더라도 그것은 사람 신체의 일부가 아니겠는가. 칼을 만들어서 최초로 그 성능을 시험하는 데 사람 신체의 일부를 쓴다는 것은 아무래도 마음에 걸리는 일이지."

그래서 박정달 씨는 문창호지를 선택했다는 얘기였다. 하여튼 다음날 아침 그들은 문창호지와 장검을 보자기에 싸들고 인적이 드문 시골의 어느 강변으로 나갔다.

좋은 날씨였다.

바람 한 점이 없었다. 초여름의 따가운 햇빛이 강변의 하얀 모래밭에 알몸으로 눈부시게 빛나고 있었다. 강물이 반짝반짝 비늘을 빛내고 있었다.

"좀더 상류로 올라가야겠군. 여기만 해도 물의 흐름이 눈에 보여."

박정달 씨의 말이었다.

물은 그리 깊지 않았다. 그 대신 유리처럼 투명했다. 물 밑바닥에 깔려 있는 모래가 그대로 들여다보이고 있었다.

"여기가 좋겠군. 이런 물이야말로 흐르지 않는 듯 흐르는 물이야."

박정달 씨는 바지를 걷어올리고 있었다.

"자네도 걷어올리게."

"무엇을 하시려는 겁니까?"

"두고 보면 알게 되네. 자, 다 걷었으면 따라오라구."

박정달 씨는 물 속으로 걸어 들어가면서 정 군을 향해 말했다. 강 건너 산 밑으로 하얀 길 하나가 나 있었다. 뽀얀 먼지를 일으키며 버스 한 대가 모퉁이를 돌아 나오는 것이 보였다.

"참, 물도 맑네."

정 군이 혼잣소리로 탄성을 발했다.

"이 물도 언젠가는 오염되어 버릴지도 모르네. 근대화라는 괴물에 의해서 말일세."

걸음을 옮겨놓을 때마다 발등을 간지럽히며 모래알들이 뒤덮이고 있었다. 한떼의 피라미 편대들이 불시의 기습에 깜짝 놀라 은빛 비늘을 반짝이며 황급히 도망치고 있는 광경이 보였다.

"여기쯤이 적당하겠어. 전혀 물의 흐름이 보이지 않잖아. 거울처럼 잔잔해서 마치 호수 같은 기분까지 드는군."

박정달 씨는 보자기를 풀고 칼을 칼집에서 뽑아내었다. 희고 날카로운 빛살이 사방으로 튕겨져 나가는 것이 보였다. 그는 칼을 거꾸로 세우더니 마치 강물이라도 살해시켜 버리려는 듯 두 팔을 높이 치켜들었다. 그리고 천천히 칼끝을 내리더니 그것을 모래 속에 곧게 찔러 넣었다. 칼은 반 이상이 물 속에 잠겨들었다. 칼날은 상류 쪽을 향하고 칼등은 하류 쪽을 향한 상태였다.

"자, 칼을 여기다 세워놓고 우리는 좀더 상류 쪽으로 올라가세."

박정달 씨는 정 군을 데리고 물 속을 걸어서 약 삼십 미터 정도 상류쪽으로 자리를 옮겼다.

"이 지점이 칼과 수직으로 연결된 지점인지 한번 눈으로 자세히 확인해 보게. 최대한으로 오차를 줄여야 하네."

"우리가 너무 좌측으로 와 있는 것 같은데요."

"그럼 우측으로 옮겨야겠군."

그들은 우측으로 몇 걸음을 옮겨놓았다.

"물의 흐름도 수직이어야 하네. 구부러지면 곤란해."

"육안으로는 구분하기가 힘드는데요."

"때로는 느낌이 자보다도 정확할 때가 많은 법이네. 마음을 가라앉히고 함께 느낌으로 측정해 보세."

잠시 그들은 조용히 물의 흐름을 느낌으로 간파해 보았다.

"거의 수직이라는 느낌이 드는데요. 별로 변화를 느낄 수가 없어요."

"나도 마찬가질세. 그럼 문창호지를 이리 주게."

"여기 있습니다."

박정달 씨는 문창호지를 받아 들더니 그것을 무릎에다 얹어놓고 손바닥으로 여러 번 문질러 접힌 주름을 폈다. 그리고 조심스럽게 물 위에다 깔아놓았다.

"이것이 떠내려가면서 어떻게 되겠나?"

"물에 젖겠지요."

"물에 젖겠지. 젖어서는 결국 칼에 부딪치겠지. 척 걸쳐진 채로 가만히 있으면 실패라네. 하지만 그대로 칼을 통과하면 합격이야."

"아, 이제야 알겠군요."

"너무 아는 게 늦군."

창호지는 아주 느리게 그들 곁에서 떨어져 나가고 있었다. 문득 박정달 씨는 이것이 칼에 척 걸쳐지면 낭패라는 생각이 들었다.

만약 그렇게 된다면 앞으로 신검을 만드는 일에 지대한 영향을 미칠 것은 뻔한 이치였다. 겨우 칼의 기본적인 단계에도 도달하지 못한 주제에 어떻게 영혼이 있는 칼을 만들 수가 있을 것인가. 박정달 씨는 완전히 자신감을 상실해 버릴 것만 같았다.

제발 그대로 칼을 통과해 다오.

박정달 씨는 마음속으로 간절히 빌고 있었다.

오너라.

칼은 물 속에 곧게 버티고 서서 조용히 문창호지를 기다리고 있었다. 정 군도 숨을 죽인 채 문창호지가 떠내려가는 광경만 주시하고 있었다.

문창호지는 이제 완전히 물에 젖어서 흰 빛이 흐려져 있었다.

"다시 한 장을 더 띄우는 게 좋겠군. 혹시 빗나갈지도 모르니까."

"단계적으로 서너 장 정도 더 띄우세요."

"그럴까. 모두 다섯 장 정도면 어떨까."

"그게 좋겠어요."

의견을 모은 끝에 그들은 차례로 문창호지 다섯 장을 물에 띄웠다.

"우리는 밖으로 나가서 바라보는 게 더 나을 것 같은데요."

"그럴까."

그들은 천천히 걸어서 물가로 나왔다. 그리고 칼이 꽂혀 있는 곳과 나란히 자리를 잡았다. 상류 쪽에서 아주 느리게 문창호지 다섯 장이 한 줄로 떠내려오고 있는 것이 보였다.

그것들은 모두 물에 완전히 젖어 있었다. 제일 앞의 것은 한 부분이 물 속으로 약간 들어가 있는 것 같은 느낌이었다.

시간이 지남에 따라 칼과 문창호지의 간격은 점차로 좁혀지고 있었다.

"저 상태라면 다섯 장 모두 칼에 부딪치겠는데요."

"그럴 것 같네."

박정달 씨의 마음은 갈수록 조마조마해지고 있었다. 다른 모든 것에 대해서는 초연할 수 있어도 칼에 대한 것만은 그럴 수가 없는 것이 그의 심정이었다.

"이제 한 뼘 정도밖엔 남지 않았어요."

박정달 씨의 긴장감은 여기에 이르러 거의 절정에 달해 있었다.

문창호지는 서서히 칼에 닿더니 조금씩 그 모습을 칼등 쪽으로 밀어내고 있었다. 그 시간은 상당히 길고 지리하게 느껴졌다.

"걸쳐져 버린 것인가?"

박정달 씨는 신음하듯 말했다.

"통과하는 것 같은데요."

정 군은 낙관하고 있었다.

이윽고 문창호지는 칼과 떨어져 하류 쪽으로 밀려나고 있었다.

"못 참겠다. 가보자!"

박정달 씨는 하류 쪽으로 떨어져 나간 문창호지를 향해 첨벙첨벙 뛰어들었다. 물결이 일면서 문창호지에까지 그 파문이 닿아가고 있었다.

"아무런 자국도 없는 것 같은데."

문창호지는 그대로인 것 같았다. 순간 가슴이 철렁 내려앉으면서 실패로구나 하는 낙담이 앞섰다. 전신의 힘이 한꺼번에 빠져나가버리는 듯한 느낌이었다.

"정말 그런데요."

정 군도 문창호지를 따라가며 힘없는 목소리로 말했다.

그러다가 무슨 생각이 들었는지 손을 뻗어 문창호지를 건져

올렸다.

그때였다. 박정달 씨는 보았다. 정 군의 손에 집혀져 올라온 반쪽의 문창호지와 물 위에 남아 있는 또 한쪽의 문창호지를.

이어 두 번째와 세 번째의 문창호지들이 칼날을 통과해서 떠내려오고 있었다. 집어 들면 모두 거짓말처럼 고스란히 한 쪽만 집혀져 올라왔다.

"이번에는 칼 가까이 가서 자세히 들여다보세."

그들은 상기된 표정으로 서둘러 칼을 향해 첨벙첨벙 몇 걸음을 옮겨 놓았다.

"너무 첨벙거리니까 문창호지가 심하게 흔들리는군. 조심하세."

네 번째의 문창호지는 이미 반 이상이나 칼날을 통과하고 있었다. 물이 흔들리고 있었으므로 그들은 그것을 일단 걷어 내어 버렸다. 그리고 전혀 미동도 하지 않은 채로 가만히 서서 다섯 번째의 문창호지를 기다리고 있었다. 수면의 흔들림이 점차로 줄어드는 가운데 다섯 번째의 문창호지가 점점 칼을 향해 육박해 들어오고 있었다.

그리고 마침내 그것은 칼날에 닿았다. 칼날은 소리 없이 문창호지를 파고들고 있었다. 거기에는 아무런 저항도 존재하지 않는 것 같았다. 다만 저절로 실처럼 가느다란 길이 열리고 그 길 속으로 칼날이 소리없이 통과하고 있는 것 같은 느낌이었다.

이윽고 문창호지는 칼날을 다 통과했다. 그리고 칼날을 통과한 자리에 칼의 두께만 한 굵기의 금을 남긴 채 하류 쪽으로 밀려나고 있었다. 밀려나면서 무슨 작용인지 다시 두 쪽이 눈에 띄지 않을 정도의 느린 동작으로 서서히 맞붙으면서 마치 아무런 일도 없었다는 듯 문창호지는 원래대로의 형태를 되찾았다.

그것으로써 칼날의 완벽함은 입증된 셈이었다.

물론 이러한 방법 역시 장씨로부터 전해들은 것임은 두말할 여지도 없었다.

어둠은 빛으로

다시 두 해가 흘렀다.

박정달 씨는 최초로 강물에다 문창호지를 띄워놓고 칼의 성능을 시험해 본 이후 다시 세 자루의 장검을 더 만드는 일로 그 두 해라는 세월을 보내었다.

그동안 박정달 씨는 절로 칼에 대한 모든 것을 터득해 버린 것 같았다. 그것은 당연한 일이었다. 그는 인생의 거의 전부를 칼과 함께 생활해 왔다고 해도 과언이 아닐 정도였으니까. 게다가 나중에는 온갖 정성을 다 바쳐 칼을 직접 만들어도 보았으니까.

이번에 그가 만든 세 자루의 장검 중에서 마지막 것은 어디를 보아도 완벽한 것 같았다. 정말로 타임머신이라는 것이 있다면 고구려로 한번 되돌아가서 그것을 광개토왕께 헌사하고 좀더 땅덩어리를 넓히는 일에 써달라고 당부하고 싶었다.

박정달 씨는 그 세 자루의 장검들 중에서 제일 나중에 만든 것만 남기고 나머지 두 자루는 모조리 분질러서 깊은 강물에 던져버렸다. 언제나의 버릇이었다. 아무리 그럴듯한 칼이 만들어져도 열흘 이상은 가지 않았다. 한 번 썼던 쇠를 다시 쓰는 법도 없었다.

그러나 마지막 만든 것만은 열흘이 지났는데도 그냥 벽에 걸어놓고 있었다. 차마 버리기가 아깝다는 생각이 드는 모양이었다.

사실 그 세 자루의 장검을 만드는 데는 상당한 노력이 필요했다. 칼집을 씌울 해사어피(海沙魚皮)를 구하는 일, 장식에 필요한 백금이나 오서(烏犀)를 구하는 일 따위는 물론 여간 힘든 일이 아니었지만 그것들을 적절히 사용해서 칼의 품위를 살려내기 위한 일 또한 보통 힘든 일이 아니었다.

이를테면 자루나 칼 방패, 그리고 칼집이나 칼날의 목부분에 새겨 넣을 문양 따위는 매년 박정달 씨로 하여금 비지땀을 흘리게 만들었다.

처음에 그는 장 노인이 만든 장도의 문양을 본뜨려고 애써 보았다. 그러나 그것은 워낙 정교한 솜씨로 새겨져 있었으므로 도저히 본뜰 수가 없었다. 새겨져 있는 것 말고 그려져 있는 것이라면 어느 정도는 흉내를 내어 연습해 볼 수도 있을 것 같았다.

하는 수 없이 그는 도서관에서 먼지 냄새나는 책자들을 뒤적거려 한국의 전통 문양들을 복사해 오기에 이르렀는데 다행스럽게도 거기에는 거짓말같이 장 노인의 장도에 새겨진 용이나 구름의 모양과 아주 흡사한 문양이 섞여 있었다.

장씨의 말에 의하면 칼과 칼집에 문양을 새겨넣는 작업도 절대로 소홀히 할 수가 없다는 거였다. 그것도 일종의 정신을 옮겨넣는 전초작업 중의 하나라는 거였다.

그래서 박정달 씨는 밤낮을 가리지 않고 그놈의 용과 구름의 문양을 그리는 연습을 해야만 했다. 아무리 애를 써도 장 노인의 장도에 새겨진 것만큼은 되지 않는 것 같았다.

그러나 수백 번을 되풀이하는 동안 차츰 손놀림이 익숙해지면서 그림으로 익힌 문양을 그대로 칼에 맵시 있게 새겨 넣는 방법이 절로 터득되는 것 같았다.

그리고 얼마 전 그 세 번째의 칼에 이르러서는 마침내 박정달 씨 스스로가 감탄할 정도로 칼에 잘 어울리는 문양들을 새겨 넣을 수가 있게 되었다.

"굉장한데요. 앞으로 더 이상 훌륭한 칼은 만들어지지 않을 것 같아요. 이걸 우리가 만들었다고 말하면 아무도 믿어주지 않겠어요."

정 군의 말이었다.

"하지만 아직도 멀었네."

처음에 박정달 씨는 담담한 포정이었다. 그의 가슴속에는 신검이라는 칼이 확실한 모습으로 인장처럼 박혀 있는 것 같았다.

"이 칼은 아직 육체밖에는 가지고 있지 않다네. 정신과 영혼이 들어 있지 않다는 얘기야. 이런 칼로는 칼싸움밖에는 못하지. 상대편의 목을 자를 수는 있어도 상대편의 마음을 자를 수는 없어."

"그럼 이 칼도 언젠가는 분질러버릴 건가요?"

"그래야겠지. 남겨두면 누군가 이 칼에 의해 피를 흘리게 될지도 모르니까."

그러나 박정달 씨는 좀처럼 그 칼을 분질러버리지 못하고 있었다.

"내가 만든 칼도 한 자루쯤은 내가 수집해 놓은 칼들 속에 끼워주는 게 어떨까."

라고까지 말했을 정도였다.

박정달 씨는 그것을 바라볼 때마다 어느 정도는 마음이 흡족해지는 것을 숨길 수가 없다는 듯한 태도를 보이기 시작했다. 처음엔 담담한 척했지만 갈수록 생각이 달라지는 모양이었다.

"어떤가. 적어도 우리나라에서는 저만한 칼을 만들 대장장이가 없겠지. 호미나 괭이 따위는 전혀 만들 줄 모르지만 칼 하나는 이제 나도 자신이 있네."

더러는 정 군에게 그렇게 큰소리를 치는 적도 있었다.

"정말 놀라운 발전이 아닐 수가 없어요. 처음엔 집게질도 제대로 못 하셨는데 이제는 무엇이든지 저보다 열 배는 나으시니까요."

"하지만 다 자네 덕분이지."

그러나 그런 대화를 나누고 며칠이 지나지 않아서 박정달 씨는 자신이 만든 그 칼에 대해서 더 이상 자부심을 느낄 수가 없게 되었다.

그날 밤 박정달 씨는 잠결에 이상한 소리를 들었다. 그것은 귓속에서 나는 소리 같았다.

찌이잉—

흔히 옛날에 할머니들이 동갑내기가 죽으면 들린다던 소리와 흡사한 소리였다. 박정달 씨도 잠결에 문득 자신의 동갑내기 하나가 지금 이 순간 머나먼 저승길로 떠나고 있는 모양이라고 약간 센티멘털한 감정까지 품었었다.

그러나 아니었다.

그 소리는 귓속에서 나는 소리가 아니라 귓속 바깥에서 나는 소리였다.

찌이잉—

그 소리는 점차로 고조되면서 조금씩 흔들리고 있었다. 박정달 씨는 문득 불길한 예감에 휩싸였다.

"칼이 울고 있다!"

라는 직감과 함께 불시에 감았던 눈이 떠지면서 잠을 깨었다. 어디선가 매캐한 냄새가 나고 있었다. 눈꺼풀이 몹시 따갑게 느껴졌다. 가슴이 철렁 내려앉았다.

박정달 씨는 장 노인의 장도를 보관해 놓은 소형 철제 캐비닛 안에서 어떤 음파가 계속 발생되고 있으며 대장간 어딘가에 불이 났다는 사실을 동시에 간파했다. 그는 형광등을 켜고 황급히 정 군을 깨웠다.

정 군이 허겁지겁 대장간으로 통하는 방문을 열자 자욱한 연기 속에서 널름거리는 불꽃이 보였다. 불꽃은 그리 세지는 않았다. 그러나 조금만 더 혀를 놀리면 부엌 칸막이로 막아놓은 베니어판에까지 번질 우려가 있었다. 게다가 칸막이 곁에는 플라스틱 석유통까지 놓여 있었다.

"물!"

박정달 씨는 당황해서 자신도 모르게 소리쳤다.

정 군이 총알처럼 튀어나가 부엌에서 양동이를 들고 나오는 것이 보였다.

"빈 숯 마대와 헌 새끼 뭉치가 타고 있었나 봐요."

정 군이 부엌에 있는 물을 모조리 가지고 나와 발화지점에다 끼얹으면서 하는 소리였다.

"거기서 왜 불이 났을까."

"다 끈 숯을 이 통 속에다 부을 때 미처 꺼지지 않은 숯 하나가 마대 위에 떨어졌었나 봐요."

"큰일날 뻔했군. 다 꺼졌는가 한 번 더 살펴보라구."

"이젠 안심해도 괜찮겠어요."

그러나 대장간 안에는 김과 연기가 가득했다.

새끼는 다 타버렸고 마대는 삼분의 일 정도가 남아 있었다.

그들은 소리나지 않게 가게문을 조심조심 열어서 연기를 다 뺀 다음 한참 후에야 가게문을 다시 닫았다.

"동네 사람들은 아무도 눈치 채지 못했겠지. 그러지 않아도 미친놈들이라고 손가락질을 하는 판국인데 이런 일이 있었다는 걸 알아보게. 당장에 추방당할 걸세."

박정달 씨는 약간 불만스럽게 투덜거렸다.

"죄송해요."

정 군이 몸둘 바를 모르겠다는 듯 고개를 숙인 채 머리를 긁적거리고 있었다.

"헌데 자네는 잠결에 무슨 소리가 나는 걸 못 들었는가?"

"무슨 소리라뇨?"

"장도가 우는 소리 말일세."

"전혀 못 들었는데요."

그 소리는 어느새 그쳐 있었다.

"장도가 우는 소리 때문에 나는 잠을 깨었네."

"설마."

"자네는 아직도 믿지 못하는 모양이로군."

"저도 들어보았으면 좋았을 텐데. 아무한테나 들리지는 않는 모양이지요?"

"그럴는지도 모르지. 아무튼 우리는 저 장도 때문에 살았네."

날이 밝자 박정달 씨는 곧 자신이 만든 장검을 분질러버렸다. 그 장도에 비한다면 자신의 장검이란 얼마나 하잘것없는 쇳조각에 불과한가. 그는 몹시 부끄러움을 느끼며 신검에 대한 새로운 의욕에 불타올랐다.

"이상한 예감이 드네."

어느 날 박정달 씨가 말했다.

"어떤 예감 말입니까?"

"이번에 철원에서 구해온 쇠 말일세. 그게 아무래도 심상치가 않은 것 같아."

"심상치가 않다면……."

"신검이 될 것 같단 말일세."

겨울이었다.

더러는 하루 종일 함박눈이 내렸다. 또 더러는 밤새도록 바람이 펄럭거렸다. 겨울은 누구나 조금씩은 외로움을 느끼는 계절. 한밤중에 누군가 닫힌 대장간 문을 두드리는 소리가 들려 나가보면 술 한 병만 파시라는 어느 사내의 목소리. 간판이 없으니까 겉으로 보아 무슨 상점으로 착각한 모양이었다.

"여기는 대장간인데요."

"가겟방이 아니란 말입니까?"

"그렇습니다."

"술이 없단 말씀입니까?"

"대장간이라니까요?"

"술을 팔지 않는단 말이죠."

"대장간에서 술을 파는 걸 보신 적이 있으신가요?"

"없습니다."

"그럼 돌아가십시오. 밤도 깊었는데."

"정말로 안 파시겠습니까?"

"거짓말이 아닙니다. 여기는 대장간이에요."

"알고 있습니다."

"그런데 왜 자꾸 술을 팔라고 하십니까?"

"조금이라도 당신과 더 이야기를 나누고 싶어서요."

그리고 잠시 후 돌아서며 혼잣소리로 중얼거리는 소리.

"세상은 모두 닫혀 있는데 나만 밖에서 떠돌고 있구나. 외롭도다, 겨울이여. 아니 마시고 어쩌란 말이냐."

모든 사람들의 가슴마다에 점차로 겨울은 깊어만 가고 있었다.

그러던 어느 날 다시 밖에서 대장간 문을 두드리는 소리가 들려왔다. 정 군과 박정달 씨가 저녁 식사를 끝낸 다음 버릇대로 얼굴과 손발을 깨끗이 씻고 명상을 준비하고 있을 때였다.

"또 누가 술을 사러 왔을까요?"

"할복 자살을 하려고 식칼을 사러 왔는지도 모르지."

"제가 적당히 돌려보내도록 하죠."

그러나 이번에는 술 취한 목소리가 아니었다.

"박정달 씨 계십니까?"

어딘지 모르게 귀에 익은 목소리였다.

"누구십니까?"

정 군이 묻고 있었다.

"나 친척 되는 사람이올시다. 이 댁이 박정달 씨가 사시는 대장간 맞지요."

"그렇습니다만."

이때 방 안에서 박정달 씨가 달려 나오면서 말했다.

"어서 열어드리게."

박정달 씨는 그 목소리의 주인공이 누구인가를 쉽게 알아낼 수가 있었던 것이다.

"오랜만이로군."

문을 열자 한 사내가 전신에 눈을 뒤집어쓴 채 들어서고 있었다. 처삼촌이었다.

"안녕하십니까?"

정 군이 황급히 허리를 숙이고 있었다.

"이 사람, 아직도 저 못난 친구의 조수 노릇을 하고 있군."

눈을 털며 처삼촌은 허옇게 웃고 있었다.

뜻밖이었다. 박정달 씨는 놀라움을 금치 못하겠다는 듯 망연히 처삼촌을 바라보고 있었다.

"왜 그렇게 멍청한 얼굴로 서 있는 겐가. 마치 내가 죽었다가 다시 살아오기라도 했다는 듯한 표정이로군."

"그보다 더 반갑습니다."

박정달 씨는 처삼촌을 방으로 모시면서도 전혀 믿을 수가 없다는 듯한 표정이었다.

"식사는 어떻게 하셨습니까?"

"먹었네. 자네 집에서."

"거길 들르셨더랬군요."

"아무래도 자네보다야 내 조카 쪽이 훨씬 가깝지 않나. 허허."

처삼촌은 다시 허옇게 웃고 있었다. 전혀 변하지 않은 모습이었다. 다만 옆머리가 약간 희어졌을 뿐 아직도 옛날의 모습 그대로였다.

"조금도 늙지 않으셨군요. 얼굴에 조금도 주름살이 생기지 않았어요."

"자네도 마찬가질세."

"그런데 어쩐 일로 여길 다 찾아오셨습니까?"

"차차 이야기하기로 하지. 그보다도 자네 집은 이제 살기가 괜찮아졌더군. 조카한테 얘길 대충 들었다. 자네는 아예 집 같은 건 내팽개쳐버린 모양이더군. 장한 일일세."

"죄송합니다."

"죄송하기는. 자넨 지금 옛날보다 몇 배나 뜻있는 일을 하고 있어. 남들이 들으면 나를 미친놈이라고 욕하겠지만 말이지."

"아이들은 잘 있던가요?"

"집에 대한 걱정은 일체 잊어버리게. 지금부터가 중요하니까. 사실 나는 그걸 주지시켜 주려고 왔네."

"지금부터가 중요하다는 것은 무슨 뜻입니까?"

"자네가 원하던 칼이 만들어질 때가 왔어."

"아니, 삼촌께서 그걸 어떻게?"

"차차 설명하지. 하여튼 자네는 다른 것에 대한 걱정은 티끌만큼도 할 필요가 없어. 어떤 커다란 힘이 줄곧 자네 주변을 보호하고 있으니까 말야. 자네 처도 애들도 자네는 신경 쓸 필요가 없네. 약간의 오해 따위는 나중에 모두 풀리게 되어 있어. 지금 자네 집은 자네가 꾸려갈 때보다 한결 번창하고 있지. 물론 가장이 없어서 약간 허전한 면도 없지 않지만 이번에 내가 알아듣도록 잘 설명을 해두었네."

"이해를 하던가요?"

"이해를 하지 않으면 어쩌겠나."

"아이들이 저를 어떻게 생각할는지가 걱정입니다."

"아이들도 염려할 거 없네. 내가 아주 간단한 초능력 몇 가지를 보여주고 충분히 그 원리를 알아듣도록 설명을 해놓았으니까. 물론 아이들의 상식을 뒤엎어버리고 정신 건강에 해를 끼칠 만큼 어리석은 짓은 하지 않았네. 아이들이 이론적으로 수긍하는 한도 내에서 특수한 방법을 통해 직접 할 수 있는 것들이니까."

"저한테는 보여주지도 않던 것을 아이들한테는 그 방법까지 가르쳐주셨다는 말씀입니까?"

"지극히 간단한 것들이야. 방법만 알면 아무나 힘들이지 않고 해낼 수가 있어."

"그럼 저한테도 좀 가르쳐주십시오."

"그건 곤란하네. 우리 사부님께서는 아직 자네한테 그런 걸 가르쳐주라고 하시지는 않으셨으니까."

"아무튼 집에 아무 일도 없다니까 한결 마음이 홀가분합니다. 물론 그동안 의도적으로 가정과 사회를 등지고는 살아왔지만 마음속에는 언제나 그에 대한 부담이 잠재하고 있었으니까요."

박정달 씨는 비로소 커다란 짐 하나를 벗어버린 듯한 느낌이었다.

"그런데 아까 사부님이라고 말씀하셨지요. 전에도 한 번 들은 기억이 있는데 도대체 어떤 분이신가요?"

"그건 알아서 뭘 하려고?"

"제게도 짐작이 가는 인물이 한 분 계시기 때문에 여쭈어보는 말씀입니다."

"짐작이 간다니. 어디 한번 말해 보게."

"평생 기름장사를 하셨다는 노인네였는데요. 제가 보기에는 단순한 기름장사는 아니고 어떤 능력자 중의 한 사람 같았어요."

"자세히 한번 설명해 보게."

박정달 씨는 그 노인네에 대한 것들을 되도록 하나도 빠뜨리지 않으려고 애쓰며 낱낱이 처삼촌에게 설명해 주었다.

"그 노인네 말이로군. 물론 어떤 능력자 중의 한 사람이지. 하지만 우리 사부님은 아니야. 우리 사부님은 내가 서른 살 때 불과 스무 살의 약관이셨네. 나보다 나이가 열 살이나 아래셨지. 하지만 그때 벌써 모든 능력을 통합한 일인자의 자리에 오르셨다네. 자네가 말한 그 노인네도 우리 사부님과 무관한 사이는 아니지. 적어도 이 나라의 모든 초능력자들은 우리 사부님의 영능력권 안에서 행동하고 있으니까."

"그 사부님이시라는 분의 능력은 어느 정도나 되는데요?"

"자네로서는 아직 이해조차 할 수 없는 범주이므로 말해 주나마나야."

"그렇다면 그 기름장사 노인네는 어느 정도나 됩니까?"

"권법의 일인자지. 외가권도 내가권도 다 통달한 양반이야. 지금은 하산해서 자유롭게 떠돌아다니고 있어. 자네 때문에 이 도시에 왔었겠지."

"저 때문이라니요?"

"아마도 우리 사부님께서 심부름이라도 시키셨겠지."

"무슨 심부름을 말입니까?"

"잘 생각해 보게. 그 노인네 때문에 위기를 모면했다든가 무슨 도움 같은 걸 받은 적이 없는지."

"그러고 보니 제가 그 엉터리 약장사들을 구경하러 갔을 때 그 노인네가 나타났다는 점이 이상한데요. 혹시 저를 보호해 주려고 그랬던 것 아닐까요."

"글쎄. 그런 목적도 있었겠지만 칼에 대한 힌트 같은 건 없었나?"

"있었어요. 그 노인네의 도움으로 홍천까지 가서 신검을 만드는 방법을 알아내었어요."

박정달 씨는 외치듯이 말했다.

하지만 이건 너무 무리하게 처삼촌의 이야기를 억지로 꿰어 맞추고 있는 것 같다는 느낌이 들지 않는 것도 아니었다.

"혹시 그 노인네는 권법의 일인자도 되면서 검법의 일인자도 되지 않는지요?"

"아니야. 검법의 일인자는 따로 있지."

"그건 또 누굽니까?"

"나중에 인연이 닿으면 절로 알게 될 거니까 벌써부터 캐물을 필요는 없어. 자네는 다만 그 신검만 열심히 만들면 되네."

"그 검법의 일인자도 삼촌의 사부님이시라는 분의 영능력권 안에 해당되는 분이신가요?"

"적어도 우리나라의 모든 일인자라면 모두 다 그 안에 통합되어 있어. 통합되어 있지 않은 자는 자기가 일인자인 줄 알고 있지만 그러나 이인자나 삼인자 정도밖에 안 되지. 그래서 어떤 사람들은 자기의 능력을 믿고 함부로 불량한 행동을 일삼기도 해. 하지만 어리석은 짓이지. 언젠가는 자기보다 강한 자로부터 그만한 대가를 받게 된다는 것을 전혀 모르고 있으니까."

박정달 씨는 점점 머릿속이 복잡해지는 듯한 느낌이었다. 그러면서도 한편으로는 여러 가지 궁금증이 꼬리를 물고 연이어졌다.

"그러면 이인자와 삼인자는 모두 그 사부님이라는 분의 영능력권에 들어갈 자격이 없는가요?"

"대기 상태지."

"만약 일인자가 악인이라 하더라도 그 사부님이라는 분의 영능력권 안에 들어갈 수가 있단 말이지요."

"어림도 없어. 만약 일인자가 악인일 경우 우리 사부님은 대기 중에 있는 선한 성품의 이인자나 삼인자를 일인자로 만들어줄 수 있는 능력을 가지신 분이니까. 그렇게 되면 일인자는 이인자의 서열로 밀려나게 되지."

"그럼 그 사부님이란 분은 신이란 말씀이군요."

"신이라니 당치도 않아."

"그런데 어떻게 그런 능력을 마음대로 행할 수가 있단 말입니까. 전 도저히 이해할 수가 없는데요."

"그런 세계가 있어. 그걸 사차원의 세계라고 생각해도 좋고 또 영혼의 세계라고 생각해도 좋아. 그러나 현실세계와 접맥되어 있는 세계이지. 양쪽 세계 다 그 나름대로의 질서가 있고 율법이 있어. 다만 그쪽 세계는 그것이 신에 닿아 있고 이쪽 세계는 그것이 인간에 닿아 있다는 점이 다를 뿐이야. 그리고 실질적으로 그쪽 세계는 특별한 경우 시간과 공간이 무시되어 있지만 이쪽 세계는 언제나 시간과 공간이 묶여 있어."

"그럼 그러한 능력들은 신에게서 부여받는 것인가요?"

"그럴 수도 있지만 또 아닐 수도 있어. 개인의 피나는 노력과 소망과 선성에 의해서 자연스럽게 그 세계로 인도되는 경우도 있고 신의 은혜에 의해서 어떤 특수한 능력을 얻을 수도 있지."

"삼촌의 위치는 그 세계의 어디쯤에 속합니까?"

"나는 이를테면 잡화상을 경영하는 사람 정도로 생각하면 되네. 이 세상에는 여러 가지 능력을 가진 사람들이 살고 있어. 물론 현실세계에서는 불가능하다고 인정되는 능력들이야. 그 능력들 중에서 비교적 많은 능력을 나는 아주 조금씩은 행할 수 있지. 그러나 수준 높지 않은 게 흠이야. 하지만 자네는 매우 행복한 사람일 수도 있네."

"제가 행복하다니요. 솔직히 말씀드려서 저는 그동안 너무 많은 열등감 속에서 살아왔는데요."

"하지만 자네는 우리들의 세계로부터 선택된 사람이거든."

"선택되었다니요. 그럼 저도 능력자 중의 한 사람이 될 수가 있다는 말씀입니까?"

"내 이야기를 좀더 자세히 들어보게. 자네가 언제나 열등감을 느끼고 살아오는 동안 자네가 항상 갈망해 온 힘, 올바르게 사용될 수 있는 그 정의로운 힘을 신검이라는 것에 쏟아 넣고 싶다는 강렬한 욕망이 자네의 가슴속에 단단히 응어리져 있다가 어느 날 갑자기 염파로 바뀌어 우리 세계로 흘러들어 왔네. 사람마다 각기 다른 마음의 파장이 있는데 그것이 여간 강하지 않으면 우리 세계로 흘러들어 오기가 힘들지. 아마도 자네는 그때 경찰서에서 정신적으로든 육체적으로든 혹독한 고통을 받고 있을 때였으리라 짐작되네. 그런데 자네는 그 고통을 받으면서 그때까지 자네가 살아오면서 당했던 여러 가지 억울했던 경험들과 함께 거의 폭발할 지경의 공포까지 느끼고 있었을 게야. 그때 문득 어떤 구원을 생각했어. 복수를 생각하는 것이 아니라 구원을 생각했던 거야. 그리고 그 구원이 자네 혼자만의 구원이 아니라 자네와 같은 입장에 처해 있을 모든 사람들에 대한 구원이었어. 자네는 그 구원을 거의 모든 정신과 영혼을 다해서 갈망했던 거야. 우리들 세계로 흘러들어 온 염파라고 해서 무조건 다 접수되어지는 것은 아니야. 적어도 접수할 만한 가치를 가지고 있는 것이라고 판단되어져야만 접수되는 것이지. 그리고 접수되면 아주 짧은 시간에 단계적인 심사를 거쳐 그에 알맞은 조치를 강구하게 되는 것이지. 운명은 물론 신이 미리 정해놓은 것이지만 개인의 마음과 행동 여하에 따라 재조정될 수도 있는 것이야. 자네의 염파는 우리들의 세계에서 충분히 조처해야만 될 문제라는 판단이 내려졌어. 그리고 때마침 우리들의 세계에서도 자네가 생각한 대로의 신검이라는 것이 현실세계 속에 반드시 한 자루쯤은 나타나야 할 때가 되었노라는 생각을 하고 있었어."

"그건 어째서입니까?"

"자네가 마음의 코를 통해서 이 현실세계를 한번 냄새 맡을 수만 있다면 아마도 그 악취에 진저리를 치게 될 거야. 세상 사람들의 정신과 영혼이 썩어 문드러지는 냄새 때문이지."

"정신과 영혼이 썩어 문드러지는 이유는 무엇 때문입니까?"

"본디 이 우주는 크게 음과 양이 나뉘어져 있어. 기라는 것도 마찬가지야. 음기와 양기로 나뉘어져 있어. 그런데 이것이 조화를 이루지 못하면 절로 탈이 나게 마련이지. 이 현실세계 속의 사람들이 얼핏 생각하기에는 권력이니 금력이니 무력이니 폭력이니 하는 힘들이 양기라고 생각될는지도 모르지만 그것들은 음기 중에서도 아주 악취를 풍기는 음기라네. 그것들을 탐하거나 그것들을 함부로 휘두를수록 정신과 영혼이 병들게 되지. 비록 육체는 살찔는지도 모르지만 좀더 높은 차원에서 내려다보면 안타깝기 그지없다네. 본디 정신과 영혼을 건강하게 만들어주는 것은 사랑이니 덕이니 인이니 하는 것들이며 그것들은 모두 양기에 속하는 것들이지. 사랑과 덕과 인을 내포한 권력이니 금력이니 무력이니 폭력이니 하는 것들은 사실 존재할 수가 없어. 그런데도 그런 것을 함부로 휘두르게 되니까 정신과 영혼이 썩을 수밖에. 하지만 만약 자네가 그 신검이라는 것을 만들기만 하면 우리는 그것을 통해서 그들의 썩은 정신과 영혼을 손쉽게 수술해 버릴 수가 있네."

"왜 초능력자들이 직접 그런 칼을 만들어서 진작 그들의 영혼과 정신이 썩어 문드러지는 것을 예방해 주지 않았습니까?"

"계율 때문이지. 우리는 이 현실세계에 직접 메스를 가할 자격을 부여받지 못하고 있네. 그러나 도와는 줄 수가 있지. 하지만 이 현실세계 속에 살고 있는 사람들의 사고방식은 한결같이 논리적이고 과학적이어서 미처 자네처럼 신검 따위를 착상할 만한 마음의 여유가 없네. 자네는 우리들의 세계와 이 현실세계의 중간 지점에 의식의 다리를 가설하고 있는 셈이지."

"신검이 다 만들어지면 어떤 방법으로 정신과 영혼이 썩어 문드러진 사람들을 수술해 줍니까?"

박정달 씨는 계속 질문만 던졌고 처삼촌은 또 계속 설명만 하고 있었다. 그 광경은 마침 설법을 하듯 진지해 보였다. 정군은 두 사람의 얘기들을 숨죽인 채 듣고만 있었다.

"자네가 만든 신검이 만약 강렬한 양기로 충만해 있다면 마치 자외선으로 병균을 죽여버리듯 사방 일백 리 안에 있는 사람들의 음기를 모조리 제거해 버릴 수가 있네."

"그렇게 되면……."

"악한 사람들이 저절로 기를 펼 수가 없게 되고 선한 사람들은 더욱 마음의 화평을 얻을 수가 있네."

"악한 사람들이 저절로 기를 펼 수 없다는 말은 구체적으로 어떤 경우를 두고 하시는 말씀인지요."

"간단하네. 음기가 약해져 버린다는 얘길세."

"좀더 자세히 설명해 주세요."

"음기가 약해지면 자연히 금력이니 권력이니 무력이니 폭력이니 하는 것들을 휘두를 만한 기력을 상실하게 되지. 그렇게 되면 육체적인 고통도 뒤따르게 된다네. 그 사람들의 정신을 지탱하고 있는 것들이 주로 그런 것들이었는데 마음먹은 대로 잘되어 주지 않으니까 자연히 여러 가지로 고민하게 되고 갈등과 함께 마음도 허해져서 그에 따른 질병이나 급살 또는 기타 우환들이 속출하게 되거든."

"아……."

순간적으로 박정달 씨는 달콤한 현기증 같은 것이 이마 언저리를 스쳐가는 듯한 행복감에 자신도 모르게 낮은 소리로 탄성을 발했다.

그러나 곧 그는 행복감이라는 것을 자신의 가슴속에서 추방해 버렸다. 조금이라도 남의 불행을 바라는 마음을 가지는 것은 결코 신검을 만드는 일에 도움이 되지 못하리라는 생각에서였다.

"자네는 우리 세계의 사람들로부터 여러 가지 형태로 보호와 도움을 받고 있네. 지금까지 자네가 체험했던 여러 가지 일들은 모두 우리 세계와 연결되어 우리 사부님의 최종 결재 하에 이루어진 것들이야. 하지만 장 노인의 법만으로는 정말로 우리가 바라는 만큼의 능력을 가진 칼을 만들 수가 없어. 물론 어느 정도는 신통력을 가질 수는 있을는지도 모르지만 그것은 한갓 자신의 주변에서 앞으로 일어날 불행들을 미리 예고해 주거나 일반적인 칼과 맞섰을 때 약간의 힘을 더해줄 뿐 그리 대단한 능력을 가질 수는 없네."

"그, 그럼 어떻게 해야 합니까?"

박정달 씨는 가슴이 철렁 내려앉는 듯한 기분이었다.

"그것 때문에 내가 왔네."

처삼촌은 정색을 하고 벽에 비스듬히 기대앉았던 자세를 바로잡았다.

"지금부터 내 얘기를 귀담아듣게. 이것은 모든 약한 사람, 모든 억울한 사람, 모든 가난한 사람들의 마음을 한데 모아 자네의 칼에다 이입시키고 그 칼의 놀라운 에너지로 바뀌게 하는 방법일세. 우선 자네는 그 방법을 알기 전에……."

처삼촌의 목소리는 이제 급격히 낮게 가라앉아 있었다. 밤이 깊어가고 있었다.

사방은 쥐죽은 듯 고요했다. 바깥을 향해 귀를 틔우면 다만 함박눈 내리는 소리만이 꿈속처럼 귓전으로 묻어올 것 같았다.

처삼촌은 다음날 아침에 훌쩍 떠나버렸다.

정 군은 부엌에 나가 아침을 준비하고 박정달 씨가 벽에 기대어 잠깐 졸아버리는 사이 처삼촌은 간다온다 말도 없이 떠나버렸다.

지난밤의 일들이 꿈이었는지도 모르겠다는 생각이 들었다.

그러나 꿈은 아니었다. 확실한 증거가 남아 있었다. 바로 처삼촌이 전해주고 간 쪽지였다.

그 쪽지에는 간단한 도표가 하나 그려져 있었다. 지난밤 처삼촌이 신검에다 거대한 에너지를 축적시키는 방법을 설명하면서 모든 삶에 대한 좌표와 우주의 비밀을 푸는 열쇠가 들어 있다고 말하던 쪽지였다.

박정달 씨는 그것을 한참 동안 들여다보았다. 도무지 무슨 뜻인지 알아낼 도리가 없었다.

"내가 시키는 대로 하면 적어도 한 번은 우주와의 일체감을 느끼게 될 걸세. 그 후에 이것을 들여다보고 무슨 뜻인가를 곰곰이 한번 생각해 보게. 자네라면 틀림없이 깨달을 수 있을 걸세. 이것을 깨닫지 못한다면 애석하지만 우리가 바라는 만큼의 신검은 결코 만들어낼 수가 없네."

아직도 처삼촌의 마지막 말이 귀에 생생하게 남아 있는 것 같았다.

"식사가 다 준비되었는데요."

그러나 박정달 씨는 그 소리가 귀에 들리지 않았다.

다음날부터 박정달 씨는 그야말로 신들린 사람처럼 신검에만 매달려 있었다. 때로는 식음을 전폐하고 밤낮 없이 쇠를 두

드리거나 그 모양을 관찰하는 일만으로 온 하루를 다 보내는 적까지 있었다.

어느 날 반장이 찾아와서 대단히 딱딱한 태도로 동네 사람들의 불평을 전하고 돌아갔다.

"도무지 시끄러워서 잠을 잘 수가 없답니다. 아시겠습니까?"

"죄송합니다."

"밤에는 좀 참아 달라 이겁니다. 만약 한 번만 더 시끄럽게 굴면 강권을 발동할 수도 있어요."

"죄송합니다."

"사실 이런 얘기는 좀 뭣하지만 온 동네 사람들이 당신들을 정신병자로 알고 있어요. 저 미친 사람들이 언젠가는 그놈의 신검인가 쓴검인가 하는 칼을 만들어서 아무한테나 휘두르면 어쩌겠느냐는 거예요. 일찌감치 추방시키자는 사람들이 한둘이 아니란 말요."

"하지만 신검이란……."

"글쎄 설교 따위는 이제 더 이상 듣고 싶지 않아요. 제발 좀 조용 조용하게 일들을 하시오."

그래서 박정달 씨는 다음날부터 밤에는 전혀 메질을 할 수가 없게 되었다.

그러나 밤이라고 그냥 잠만 잘 수는 없었다. 하다못해 문양을 그려보기라도 해야만 속이 풀렸다.

얼음이 녹고 황사바람이 불고 비가 내리더니 봄이 왔다. 꽃이 피고 잎이 푸르러지고 날씨가 더워지더니 여름이 되었다.

이제 칼은 거의 그 윤곽이 잡혀가고 있었다. 날이 갈수록 신검에 대한 자신감이 넘쳐나면서 아무래도 이 칼이 틀림없으리란 확신이 앞서곤 했다.

칼의 외모가 완전히 갖추어지면 처삼촌이 가르쳐준 비법을 쓰기로 되어 있었다.

그러나 그 이전의 모든 것들은 장씨에게서 전수받은 대로만 하면 되는 모양이었다.

그는 손을 쉴 때마다 밖으로 나가 이 도시의 서쪽 하늘 끝 멀리 흐린 청회색으로 솟아 있는 장덕산을 바라보았다.

저기에 동굴이 하나 있다…….

그는 처삼촌이 설명한 대로 그 동굴 속에서 큰 뜻을 깨달을 때까지 몇 달이고 들어앉아 있을 심산이었다.

그런 생각을 할 때마다 왠지 가슴이 벅차왔다.

"이제 숫돌짓을 할 때가 되었군."

어느 날 박정달 씨는 집게로 칼을 뒤적거려보며 자신 있게 말했다.

"물을 떠올까요?"

"아닐세. 이번에는 보통 물로 칼을 갈아서는 안 되네."

"그럼 어떤 물로 갈아야 하는가요?"

"두고 보면 알게 될 거야. 하여튼 내일은 장덕산으로 떠나야겠으니까 한 달 정도 절방에서 기거할 요량으로 짐이나 꾸리게."

"장덕산으로요?"

"그렇다네."

"장덕산엔 뭘 하시게요?"

"장씨가 가르쳐준 방법대로 칼을 갈자면 어차피 산으로 가서 물을 구해와야 하거든. 그런데 삼촌이 내게 말하기를 장덕산에 가면 어디 어디에 자기가 수도하던 동굴이 있다는 거야. 나보고 거기서 한번 쪽지 속에 적혀 있는 도표의 뜻을 알아내보라는 거지. 이왕 산에 가서 물을 구해올 작정이라면 장덕산에 가서 구해오는 게 낫겠지. 그 동굴도 찾아볼 겸 말이지."

"무슨 물을 구하는 데 한 달가량이나 걸리는 겁니까. 동굴을 찾을 때까지의 기간인가요?"

"아니야. 그 칼을 갈 물만 구하는 데도 그래. 어쩌면 그 이상 걸릴는지도 모르지."

정 군은 고개를 갸웃거렸으나 더 이상 캐어묻지는 않았다.

다음날 아침 그들은 완행버스에 올랐다. 그리고 무려 두 시간 동안을 그 완행버스 속에서 시달렸다. 길은 뒤틀리고 가파르고 자갈 많은 비포장 도로였다.

그들이 사는 도시에서 보기에는 매우 가까운 산이었는데 막상 버스를 타고 가까이 오려니까 생각보다는 몇 배나 먼 거리였다. 내리니까 전쟁이라도 치른 느낌이었다.

그들이 땀을 뻘뻘 흘리며 산의 무릎 바로 아래쪽에 위치한 정각사(正覺寺)에 도달한 것은 오후 두 시가 다 되어서였다.

절은 비교적 크고 조용한 편이었다.

마당 가득 뙤약볕이 내리쬐고 있었다. 대웅전 뒤에 있는 느티나무 한 그루는 나이가 백 살 정도는 되어 보였다. 사방에서 매미들이 시끄럽게 울어대면서 그 느티나무 이파리에 반짝거리고 있는 햇빛을 털어내고 있었다.

방문을 열고 하늘부터 쳐다보았다. 새벽달이 떠 있었다. 맑고 차가워 보였다. 날씨도 시간도 적절한 것 같았다. 절간 전체가 깊은 적막 속에 잠들어 있었다.

박정달 씨는 미리 준비해 온 물병 하나를 찾아 허리춤에 꿰어차고 법당 뒤로 돌아갔다.

맑은 샘물이 가득 괴어 있었다. 대야에다 물을 퍼내어 얼굴을 씻었다. 손을 몇 번이고 다시 씻었다. 신검을 갈기 위한 물을 채취하자면 무엇보다도 손이 더러워서는 안 되는 것이다.

하지만 이 샘물을 채취하려는 것은 아니었다. 그가 원하는 물은 좀더 채취하기가 까다로운 성질의 것이었다.

날씨가 청명해서 다행이었다.

장씨에게서 전해들은 바에 의하면 반드시 청명한 날씨의 새벽 달 아래서와 역시 청명한 날씨의 아침 햇빛 아래서 채취해야만 된다는 얘기였다. 왜 반드시 그래야만 하는 것인지는 장씨도 박정달 씨도 모르고 있었다. 다만 장씨의 부친이 그렇게

만 전했었던 모양이었다.

어려운 일은 아니었다. 그만한 일들쯤은 몇 가지라도 해낼 수가 있을 것 같았다. 그보다 몇천 배 어려운 일이라도 몇천 번을 해낼 수 있을 것 같았다.

박정달 씨는 혼자 법당에서 나름대로의 간단한 예불을 올리고 산을 오르기 시작했다.

공기는 맑고 투명하기 그지없었다. 비강과 숨관과 허파와 허파 꽈리가 단숨에 깨끗하게 세척되는 것 같았다.

산은 아직도 깊이 잠들어 있었다. 이따금 풀숲에서 무엇이 놀란 듯이 부스럭, 황급히 몸을 숨기는 소리가 들리기는 했지만 눈에 띄지는 않았다.

한참을 걸어 올라가다가 등성이를 돌아나가니 비로소 적당한 장소 하나가 발견되었다.

다행히 주변에 키 큰 나무들이 없어서 한 마디로 시야가 탁 트인 곳이었다. 멀리 산 아래로 마을과 벌판과 강이 새벽잠에 빠져 있는 모습이 흐릿하게 내려다보였다. 뒤로는 험준하고 높은 봉우리가 솟아 있었다.

달은 상당히 서쪽으로 기울어져 있었지만 아직도 그 빛이 사위어 있지는 않았다. 그래서 더러는 풀잎에 맺힌 이슬들이 영롱하지는 않지만 그래도 제법 반짝거리고 있다는 것만은 확실하게 느낄 수가 있었다.

박정달 씨는 그 자리에 서서 눈을 감고 수 분 동안 마음을 맑게 가라앉혔다.

눈을 뜨자 모든 사물들이 더욱 선명하게 살아나 보였다. 그는 준비해 온 물병의 마개를 열고 허리를 굽혔다. 그리고 아주 조심스럽게 경건한 마음으로 풀잎에 맺힌 이슬들을 물병 속에 따 넣기 시작했다.

거의 한 시간 동안 그는 그 일에 열중했다.

달이 사위자 절에서 치는 목탁 소리가 산 위에까지 울려 퍼졌다.

비로소 그는 이슬을 따던 손을 멈추고 산을 내려오기 시작했다.

보름 동안 박정달 씨는 새벽 달을 머금은 이슬을 물병 속에 따 넣었다. 그동안 두 번의 비가 내렸을 뿐 날씨는 줄곧 개어 있었다. 다행스러운 일이었다.

이슬을 따러 다니면서 처삼촌이 가르쳐준 동굴을 찾아보았다.

좀처럼 눈에 띄지 않았다.

처삼촌도 그렇게 말했었다. 여간 눈여겨 찾아보지 않으면 그냥 지나쳐버리기 쉬운 장소에 그 동굴은 숨겨져 있노라고.

그러나 박정달 씨는 초조해 하지 않았다. 앞으로 보름 동안은 더 여기에 머물러 있어야 할 것이므로 동굴은 그동안에라도 찾아볼 수가 있을 것이기 때문이었다.

이제 남아 있는 보름 동안은 일출 직후의 햇빛을 머금은 이슬을 따 모아야 할 차례였다.

다행스럽게도 보름 내내 비가 오지 않았다. 그래서 그는 하루도 거르지 않고 보름치의 이슬들을 알뜰하게 따 모을 수가 있었다.

그러나 처삼촌이 말한 동굴은 그 일출 직후의 햇빛을 머금은 이슬을 보름치나 따 모을 때까지도 발견되지 않았다. 그는 며칠 동안을 더 머무르며 기어코 그 동굴을 찾아낸 다음 돌아갈까도 생각해 보았지만 일단 한번 더 처삼촌을 만나보아야 할 것만 같아 그만두기로 마음먹었다.

하지만 마지막 날 뜻하지 않게도 박정달 씨는 아주 오묘한 자연의 신비경 하나를 발견하게 되었다. 그것은 전혀 예기치 않았던 수확이었다.

"아, 이럴 수가!"

이슬을 따다 말고 박정달 씨는 자신도 모르게 탄성을 발하면서 굽혔던 허리를 좀처럼 펴지 않고 있었는데 그 모습이 너무도 골똘해서 정 군이 곁으로 다가와 이렇게 물었다.

"무슨 벌레라도 보셨나요?"

그러나 박정달 씨는 여전히 움직이지 않고 있었다.

"저한테는 아무것도 보이지 않는데요."

이제 박정달 씨는 아까보다 더욱 풀숲에다 깊이 고개를 들이밀어 넣고 때로는 좌측에서 우측으로 또 때로는 아래에서 위로 그리고 또 때로는 거의 몸을 풀숲에 눕힌 상태로 무엇인가를 정신없이 관찰하기 시작했다.

"기가 막힐 일이로군."

가끔 그는 혼잣소리로 중얼거리고 있었다.

갑자기 정신이 이상해진 사람 같았다.

정 군이 보기에는 기가 막힐 일이라곤 전혀 없는 것 같은데 박정달 씨는 계속 기가 막히는 모양이었다.

"기가 막힐 일이야."

정 군도 시신경을 곤두세우고 박정달 씨가 들여다보는 것을 함께 들여다보고는 있었지만 아무것도 특별한 것이라곤 눈에 띄지 않았다. 풀잎과 이슬과 꽃과 나무와 덩굴과 햇빛 따위들 뿐이었다.

"자네도 한번 들여다보게."

한참만에야 허리를 편 박정달 씨가 느닷없이 정 군에게 그렇게 말했다.

"뭘 들여다보란 말입니까?"

"이슬방울 말일세."

"이슬방울이 어때서요?"

"글쎄, 잔소리는 집어치우고 제일 큰 놈을 하나 골라서 아주 자세히 한 번 들여다보라고. 처음엔 잘 보이지 않을 수도 있어. 하지만 서서히 시선의 방향을 바꾸면서 관찰해 보면 뭔가 나타날 거야."

"이슬방울에서요?"

"이슬방울에서지."

정 군은 의아해 하면서도 박정달 씨가 시키는 대로 허리를 굽혀 이슬방울 하나를 선택했다. 주변에 맺혀 있는 이슬방울 중에서는 제일 커 보이는 것이었다.

"보이나?"

"글쎄요."

"자세히 들여다보아야 해. 여간 자세히 들여다보지 않으면 처음엔 뭐가 뭔지조차 모른다니까."

그때였다.

"보여요."

비로소 정 군도 외치듯이 그렇게 말했다.

"뭐가 보이나?"

"산이 보여요. 이슬방울 속에 산이 들어 있어요."

그렇다.

이슬방울 속에 산이 들어 있었다.

거대한 산의 경관이 몇 천만 분의 일 정도로 축소되어 작은 이슬방울 하나 속에 모두 들어가 있었다.

이슬방울은 투명하기 그지없어서 그 속에 들어 있는 산의 경관은 마치 신이 아기 천사들의 드레스를 장식하기 위해 특수한 방법으로 만들어놓은 유리 세공품 같았다. 이 세상의 그 어떤 보석이라 하더라도 이슬방울이 갖는 아름다움을 능가하지는 못하리라.

이슬방울 속에 산이 들어 있다니, 생각지도 못했던 일이었다. 아무래도 그러한 자연의 신비 속에는 무슨 큰 뜻이 내포되어 있는 것 같기도 했지만 박정달 씨로서는 쉽게 그것을 깨달을 수가 없었다.

박정달 씨는 다만 그것을 들여다보며 감탄하는 것으로써 하나님께 감사하고 있었다.

한 달 동안의 이슬 채취를 끝내고 집으로 돌아와 그는 장씨에게서 전해들은 방법대로 열심히 칼을 갈기 시작했다.

새벽 달빛 아래서 또는 아침 햇빛 속에서 그는 채취해 온 이슬방울로 칼을 적시며 온갖 정성을 다 바쳐 자연의 맑은 정기를 칼에다 불어넣기 시작했다.

"좋은 발견을 했군."

처삼촌이 말했다.

여름이 끝나가고 있었다.

처삼촌의 심령 과학 연구실 유리창 밖으로 내다보이는 하늘 끝에 감빛 놀이 젖어들고 있었다. 저녁새 한 마리가 놀을 타고 어디론가 하염없이 떠내려가고 있었다.

"생각해 보면 아직도 우리 눈에는 미처 발견되지 않은 여러 가지 현상들이 자연 속에 숨어 있는 것 같았습니다."

박정달 씨가 말했다.

"그 발견을 계기로 아주 미세한 먼지 한 점 그 자체도 광대

무변의 우주라는 생각을 가지도록 해보게."

"이제는 정말로 그런 생각을 할 수가 있을 것 같기도 해요."

"하지만 남들은 아무리 이슬방울을 들여다보아도 자네들이 보았던 것을 발견할 수가 없네. 사진을 찍어서 확대해 본다면 몰라도."

"그건 또 무슨 말씀입니까?"

"자네들은 그동안 칼을 만들기 위해 자주 명상에 빠지곤 했었고 명상에 빠지기 위해 집중력을 기르는 훈련을 했었지."

"그랬지요."

"그러는 동안에 정신의 집중력뿐만 아니라 눈의 집중력까지도 저절로 생겨버린 거야. 보통 사람들은 초점이 흔들려서 그토록 미세한 것을 자네들처럼 확실한 상으로 잡아낼 수가 없어. 그저 이슬방울 속에 어떤 형상인가가 어려 있다는 정도로만 감지할 수 있을 뿐이지. 하지만 자네들이 보았던 것도 완전하다고는 말할 수 없네. 그것도 역시 허상이거든. 더 깊은 곳을 들여다볼 수가 있어야 하네."

"더 깊은 곳이란 어떤 곳을 말합니까?"

"실상이 있는 곳이지."

"잘 이해가 되지 않는데요."

"언젠가는 이해할 날이 오겠지."

처삼촌은 의자에서 일어서고 있었다.

"전체 학습을 실시해야 할 시간이야. 이 학습은 수준이 높은 연구생이건 낮은 연구생이건 언제나 이 시간에 함께 행하는 관습이지. 마치 아침 조회를 시작하기 전에 초등학생들이 스피커에서 울려퍼지는 음악에 맞춰 맨손체조를 하듯이 우리도 녹음기를 통해서 각 방으로 지시되는 암시에 따라 명상 수도를 시작하는 거지. 자네들도 이 방에서 나와 함께 지시대로 한번 행동해 보도록 하게. 정 군이라고 했지. 자네는 눈을 보니까 상당히 심성이 맑은 친구야. 우리 연구소에서 한 일 년 정도 기초 실력을 쌓은 친구들하고 맞먹을 정도인걸. 자네도 명상 수도를 해본 경험이 있는 모양이지."

정 군은 갑자기 칭찬을 듣자 몸둘 바를 모르겠다는 듯한 표정을 지었다.

"수, 수도라고 할 수는 없고요. 칼을 만들기 전에는 언제나 정신 집중 훈련을 했었습니다. 그리고 마음을 비워보려고도 늘 애를 써보았었습니다. 그런데 저는 아직 한번도 마음이 비어본 적이 없습니다."

"쉬운 일이 아니야. 하지만 여기서는 잘 될는지도 모르지. 저 의자에 놓은 방석을 마룻바닥에 깔고 나처럼 한번 앉아보게."

처삼촌은 결가부좌 자세를 취해 보였다.

박정달 씨와 정 군은 시키는 대로 마룻바닥에 방석을 깔고 그 위에 앉아 결가부좌 자세를 취했다.

"아주 능숙하군. 그럼 녹음기를 틀 테니 암시하는 대로 마음을 움직여보게."

처삼촌은 캐비닛을 열었다. 그 속에는 앰프 시설들이 갖추어져 있었다.

"각 방에서는 지금 연구생들이 모두 개인 동작을 멈추고 자네들과 같은 자세로 앉아 기다리고 있을 거야."

처삼촌은 전원 스위치에 불이 들어오게 한 다음 녹음기의 플레이 버튼을 눌렀다.

잠시 음악이 잔잔히 깔리더니 곧 아련히 멀어져 가기 시작했다. 그리고 아주 부드러운 목소리가 흘러나오기 시작했다.

"여러분 안녕하십니까. 여러분은 지금부터 차크라 명상 수도를 시작하게 됩니다. 우선 마음을 편안히 하고 결가부좌 자세를 취합니다. 그리고 되도록 척추를 바로 세우고 눈을 조용히 감습니다. 모든 근육의 긴장을 푸시는 것도 중요합니다. 머리에서부터 다리 끝에까지 단계적으로 서서히 긴장을 풀어버립니다. 몸이 아주 평온하다고 생각합니다. 마치 구름으로 만든 안락의자에 앉아서 쉬고 있다고 생각합니다."

박정달 씨는 스피커에서 흘러나오는 대로 자신을 맞추어 나가기 시작했다.

첫번째로 스피커에서 요구하는 것은 육체의 평온이었다. 그리고 그 다음 단계는 마음의 안정이었다. 스피커에서 지시하는 대로 따르니까 곧 심신이 평온해지는 것 같았다.

"그러면 지금부터 명상에 들어갑니다. 우선 이 지구에는 아무것도 없고 나 혼자뿐이라고 생각합니다. 나 혼자뿐이라고

생각합니다. 나 혼자뿐이라고 생각합니다. 지구는 텅 비어 있습니다. 그 다음엔 하늘을 바라봅니다. 밤입니다. 하늘에는 수많은 별들이 반짝이고 있습니다. 그러다가 하나 둘 별들이 차츰 지워져 갑니다. 많이 지워져 버렸습니다. 몇 개 남아 있지 않습니다. 그것들도 지워집니다. 이제 하나만 남아 있습니다."

그러나 그것마저도 스피커의 지시에 따라 곧 지워져 버렸다. 결국 하늘에는 아무것도 보이지 않게 되었다.

박정달 씨는 자신도 모르게 어떤 마력에 이끌리듯 스피커의 지시에 따라 의식 속에서 새로운 세계를 창조해 내고 있었다.

"이번에는 지구입니다. 지구가 없어지고 있습니다. 차츰 없어지기 시작합니다. 손바닥만큼 남았습니다. 그러다 결국 그것마저도 없어집니다."

박정달 씨는 어느새 우주 공간에 떠 있었다.

"이제는 몸이 없어지고 있습니다."

발목과 무릎과 허벅지가 단계적으로 없어지고 있었다. 궁둥이와 하복부와 가슴이 단계적으로 없어지고 있었다. 목과 머리와 팔이 단계적으로 없어지고 있었다.

"이제 마음만 남게 되었습니다. 하지만 그 마음조차도 없어지기 시작합니다. 이 우주 안에는 아무것도 없게 되었습니다."

문자 그대로 공(空)의 상태가 도래해 있었다. 여기까지는 박정달 씨도 칼을 만들기 전에 명상을 하며 더러 맛볼 수가 있었던 상태였다.

그러나 암시는 여기서 그치지 않고 계속해서 의식을 지배하며 흘러나오고 있었다. 그 다음 단계는 아직 박정달 씨가 한번도 상상해 보지 못했던 세계였다.

"공의 상태에서 다시 내 마음을 찾습니다. 잃어버린 내 원래의 마음을 찾는 것입니다."

박정달 씨는 어린 시절 하루 종일 강가에서 모래장난을 하다가 해가 져서 집으로 돌아갈 무렵에야 문득 생각을 떠올리고 벗어놓았던 상의를 찾아보듯 그 원래의 마음이라는 것을 우주 공간 속에서 찾아보기 시작했다.

"찾아진 마음을 오른발 엄지발가락 속으로 들어가게 합니다."

그 원래의 마음이 찾아지자 그것은 오른발 엄지발가락에서부터 허벅다리 맨 상부까지 도달했고 그러자 오른쪽 다리는 없어져 버렸다.

이어 똑같은 방법으로 왼쪽 다리도 없어져 버렸다.

두 다리가 없어져 버린 상태에서 마음은 미저골 아래에 머물러 있게 되었다.

"이 자리를 무라타라 차크라라고 합니다. 그리고 이 차크라 속에는 군달리니라고 하는 것이 들어 있습니다."

그것은 우주를 창조한 원동력이 되는 것으로서 인간이 지상에 태어날 때 분리되어 체내로 들어와서 무라타라 차크라 안에 깃들게 된 것이라는 설명이었다.

암시는 계속되고 있었다.

"무라타라 차크라 속에 깃들어 있는 군달리니를 일깨웁니다. 이 힘은 심신을 정화시키며 영성을 개발시켜 줍니다. 이 힘은 하나의 신적 에너지입니다. 그 신적 에너지가 지금 배꼽 두치 아래 정도의 단전에 도착했습니다. 여기가 바로 제2차크라의 자리입니다."

그렇게 해서 군달리니는 제3, 제4, 제5, 제6, 제7 차크라들을 모두 일깨우며 전신을 통과했다.

박정달 씨가 명상에서 깨어났을 때는 약 반 시간 가량이 경과해 있었다.

"처음이라 특별한 현상 같은 것은 나타나지 않았지만 아무튼 이 방법을 자네도 익혀둘 필요가 있네."

처삼촌의 말이었다.

만약 하루에 두 번씩 이러한 방법으로 명상을 수행할 경우 백 일 정도면 상당한 성과를 거둘 수가 있다는 얘기였다.

그로부터 한 달 동안 박정달 씨는 처삼촌으로부터 여러 가지 차크라를 개발하는 방법들을 전수받았다.

처삼촌의 설명에 의하면 차크라라고 하는 것은 인간의 내부에 있는 초에너지 밭이라고 볼 수 있는 것으로 제1차크라에서부터 제7차크라가 있는 모양이었다.

"제3차크라까지는 우주에서 발산되는 에너지를 소화해서 우리들의 신체 건강을 유지하는 데 핵심적인 역할을 담당하고 있지. 그리고 제4차크라는 제3차크라까지의 하부 차크라들의 고차적 축적 에너지를 외부로 투사하는 차크라인데 그 현상들로는 감각 외 자각, 텔레파시, 투시 천리안, 염동력 따위가 있어. 대부분의 초능력들이 제4차크라를 통해서 발생되는 셈이지. 위치는 심장의 한복판이야."

처삼촌은 제7차크라까지를 여러 가지로 상세히 설명한 다음 이렇게 말했다.

"만약 이러한 것들을 완전히 개발하지 않은 상태에서는 자네의 신검이라는 것도 우리 쪽에서 볼 때는 한갓 장난감에 불과하다네. 비록 신통력을 가지고 있다고는 하더라도 우주나 신에게는 닿지 못하지. 겨우 인간에게만 닿는다는 얘기야. 물론 칼싸움을 하게 된다면 무적이겠지만 자네가 원래 바라고 있던 육체와 영혼의 동시 구원에 쓰이기는 어려워."

"그러면 저는 어떻게 해야만 합니까?"

"명상 수도를 계속하면서 내가 전해준 쪽지의 뜻을 간파할 수 있어야 해."

"삼촌께서 제게 직접 그러한 능력을 전해주시면 되잖습니까?"

"우리는 현실에다 직접적으로 능력을 가하는 수는 없어. 다만 도와줄 뿐이야. 언젠가도 한 번 말했었지."

그리하여 박정달 씨는 전혀 예기치 않았던 방법으로 새로운 명상수도에 임하게 되었다.

"이번에 자네가 만드는 칼은 현실세계 속에서나 우리들에게나 여러 가지로 중대한 의미를 가지고 있어. 자네의 성공 여부에 따라 어쩌면 현실세계의 힘의 분배가 달라질는지도 모른단 말일세. 자네는 바로 우리 세계와 현실세계에 놓여진 정신적 교량이야."

"그럼 저도 결국은 초능력자가 되는 건가요?"

"성질이 약간 다르네. 자네는 쉽게 말해서 신들린 장인이 되는 거야."

아무려면 어떠랴.

신검을 만들 수만 있다면 박정달 씨는 무슨 일이든 할 수 있을 것 같았다.

그는 한 달 동안 처삼촌의 지시에 따라 여러 가지 이론을 배우고 또 직접 그것을 체험으로 옮기는 일에 최선을 다했다.

박정달 씨가 혼자 이불 보퉁이와 장도의 장검 한 자루를 둘러메고 장덕산을 찾아든 것은 가을이 완전히 깊어갈 무렵이었다.

산은 단풍들로 활활 불붙어 나무들마다 화냥기에 미친년처럼 몸살을 앓고 있었다.

처삼촌이 그려준 지도를 가지고 간신히 동굴을 찾았을 때는 해가 완전히 넘어가버렸을 때였다. 하마터면 동굴을 못 찾고 바위 밑에 웅크린 채 밤을 지새울 뻔했다는 생각을 하니 등골이 서늘해져 오는 듯한 느낌이었다.

동굴은 상당히 깊었다. 그런데도 정각사에서 두드리는 목탁 소리가 제법 선명하게 들리고 있었다.

짐을 풀고 대충 동굴 안에 정돈해 놓으니 곧 어둠이 왔다.

그러나 박정달 씨는 불을 켤 만한 것이라곤 한 가지도 가지고 오지 않았던 것이다.

그는 어둠 속에서 대충 이불을 펴고 자리에 누웠다. 도무지 잠이 오지 않았다. 과연 계획대로 신검을 만들 수 있을 것인지, 도대체 며칠이나 추위와 배고픔과 외로움 따위를 견디어낼 수 있을 것인지, 막막하기만 했다.

첫날부터 그는 자신이 없었다. 지금까지 잊고 살았던 피해망 상증까지 슬그머니 고개를 쳐드는 것 같았다. 늑대나 산돼지 따위라도 나타나면 어떻게 하나. 불이 있다면 그것으로 쫓을 수 있겠지만 불도 없는 데 어떻게 하나. 싸움에는 자신이 없다. 나는 틀림없이 질 것이다. 녀석들은 나를 쓰러뜨리고 마구 물 어뜯겠지. 얼굴도 물어뜯고 손발도 물어뜯고 생식기도 물어뜯 겠지. 망할.

그러나 그는 약간 안심이 되었다. 장 노인의 장도가 생각났 던 것이다.

만약 무슨 위험이 닥치면 미리 예고해 주거나 방비해 주리 라는 믿음이 앞섰다. 대장간이 불타기 직전에도 장도가 미리 위험을 예고해 주었기 때문에 막을 수가 있었다.

하지만 장도가 어떤 적으로부터의 위험은 미리 예고해 주거나 방비해 줄 수 있을는지도 모르지만 추위와 굶주림만은 미리 예고해 주거나 방비해 줄 수가 없을 것 같았다.

박정달 씨는 알고 있었다. 추위나 굶주림 따위는 오직 자신의 정신력 하나로 극복해 나가야 함을. 그리고 마침내 자신이 어떤 초인의 경지에까지 달해야 함을.

그는 그러기 위해서 이리로 왔던 것이다.

첫날부터 누워 있어서는 안 된다는 생각이 들었다. 자리에서 일어나 결가부좌를 취했다. 그리고 처삼촌의 심령 과학 연구소에서 배운 대로 차크라 명상 수도에 들어갔다.

다음날 아침이 되자 정신이 한결 맑아져 있는 듯한 느낌이 들었다.

그는 나무를 뾰족하게 깎아 동굴 바위틈에 장검 걸이를 만들고 거기다 장검을 걸어놓았다. 그리고 그 곁에 삼촌이 준 족자도 함께 걸어놓았다. 그 족자에는 언젠가 삼촌이 쪽지에다 적어준 도표가 그려져 있었다.

그는 날마다 결가부좌 상태에서 그 족자 속에 그려져 있는 도표 속의 뜻을 캐내려고 애를 썼다.

사흘 동안 그는 아무것도 먹지 않고 다만 몇 모금의 물로만 견디어냈다.

그러나 닷새째에 접어들어 그는 도저히 배고픔을 견디어낼 수가 없었다. 밖에 나가서 벌레라도 잡아먹든지 자신의 손가락을 깨물어 피라도 몇 모금 빨아 마셔야만 될 것 같았다. 물만으로는 도저히 견딜 수가 없을 것 같았다. 본능이란 이런 경우 거의 사람을 미칠 지경에까지 이르도록 만드는 것 같았다. 동굴 바닥에 무엇인가가 꼬물꼬물 기어다니고 있는 것 같았다. 황급히 덮쳐서 입으로 가져가고 싶은 충동이 불쑥불쑥 일었다.

더러는 완연한 헛것이 보이기도 했다. 김이 무럭무럭 나는 만두나 밥덩어리 같은 따위가 눈앞에 떨어져 있기도 했던 것이다.

본능을 잊기 위해서는 억지로라도 명상 수도에 들어가지 않을 수가 없었다. 그는 이를 악물고 굶주림을 참아내며 자신의 영혼과 육체를 우주와 합일시키려고 노력했다.

그는 처음 닷새 동안이 고비라는 것을 몇 번의 경험으로 체득한 바가 있었다. 산에 들어오기 전 처삼촌의 심령 과학 연구소에서 삼촌이 지도하는 방법대로 일주일씩의 단식을 세 번 정도 익혀왔었던 것이다. 대부분의 수도자들이 이 단식의 과정을 거쳤다고 처삼촌은 말했었다. 단식상태에서는 정신과 육체가 몇 배나 깨끗해지면 특히 영적 감수성이 예민해지기 때문이라는 것이다.

박정달 씨가 단식을 시작한 지 일주일이 지나자 비로소 서서히 마음의 평정이 오기 시작했다. 그리고 무엇을 먹는다는 일이 오히려 부담스럽고 자신의 영혼과 육신을 더럽히는 일처럼 느껴져 오기 시작했다. 그는 자신이 물 같다는 느낌을 받고 있었다. 흙탕물이 되어 흐르다가 어느 한 지점에 머물러 흔들림이 차츰 가라앉으면서 맑게 개고 있는 듯한 느낌을 받고 있었다.

그렇다고는 하더라도 족자에 그려져 있는 그 도표의 뜻은 전혀 알아낼 도리가 없었다. 때로는 이것이다, 라는 생각이 들기도 하지만 시간이 지나면 아니로구나, 하고 실의에 빠지기 일쑤였다. 그러면서 차츰 밤과 낮은 교차되어 있었다. 하지만 박정달 씨는 시간을 전혀 의식지 못하고 있었다.

이제 그의 육신은 거의 동물적으로 감각이 발달되어 있었다. 동굴 밖에서 다람쥐 한 마리가 움직이고 있는 것까지 피부로 느껴져 올 정도였다. 이 상태에서 조금만 더 발전하면 또다른 차원의 초감각적인 현상이 일어날 것 같았지만 더 이상의 진전은 보이지 않았다.

날씨가 차츰 추워지고 있었다. 어느새 하나 둘 옷을 벗는 나무들이 늘어가고 있었다.

겨울이 왔다.

박정달 씨는 전혀 움직이지 않고 결가부좌 상태로 동굴 벽을 마주 보며 굳어 있었다.

밖에는 눈이 내리고 있었다.

그러나 박정달 씨는 아무것도 의식하지 못하고 있는 것 같았다. 지금이 겨울이라는 것도, 밖에는 눈이 내리고 있다는 것도, 그밖의 추위나 굶주림까지도 전혀 의식하고 있지 않는 것 같았다.

그의 머리카락은 수세미처럼 헝클어져 있었다. 거기에 흙과 마른 풀잎 따위들도 붙어 있었다.

그의 얼굴은 완전히 변해 있었다. 광대뼈는 툭 불거져 나오고 눈은 움푹 들어가 있었다. 수염이 덥수룩하게 자라나 있었는데 거기에는 마른 풀잎 같은 것이 묻어 있었다.

그의 얼굴은 완전히 지방질이 빠져나가버린 상태 같았다. 아니, 지방질뿐만이 아니라 모든 영양소와 수분까지도 바싹 말라버린 듯한 모습이었다. 만약 그의 몸을 압축기에다 집어넣고 압축시켜 본다고 해도 액체에 해당하는 것이라곤 한 방울도 빠져나오지 않을 것 같았다.

그는 결가부좌를 취한 자세로 두 손을 단전에 모아놓고 눈을 지그시 감은 채 전혀 미동도 하지 않고 있었다.

온 천지에 내리쌓이는 눈발을 뚫고 정각사에서 두드리는 목탁 소리가 계속되고 있었다.

박정달 씨는 그것을 듣고 있는 것일까.

그렇지는 않은 것 같았다. 그는 겉으로 보기에도 마치 허공에 떠 있는 것 같은 분위기를 느끼게 해주고 있었다. 그의 정면 동굴 벽에는 도표가 그려진 족자와 장검 한 자루가 걸려 있었는데 그것들과도 그는 무관한 듯이 보였다.

저녁때가 되었는데도 눈발은 그치지 않고 있었다. 그리고 여전히 박정달 씨는 미동도 하지 않은 상태로 앉아 있었다. 숨조차도 쉬고 있는 것 같지 않았다.

박정달 씨는 그대로 숨이 멎어버린 것이나 아닐까.

아마 그럴는지도 모를 노릇이었다.

눈은 사흘 동안을 계속해서 내렸다. 그 사흘 동안 박정달 씨는 한치의 움직임도 보이지 않았다. 정말로 죽어버린 것이나 아닐는지.

그즈음 정 군은 대장간에서 주인이 신검이라는 것을 만들어 가지고 그의 앞에 나타나주기를 기다리고 있었다.

사흘 동안의 눈발 속에서 그는 생각했다. 어쩌면 자신이 무엇엔가 홀려 있는지도 모른다. 지금까지의 모든 일이 따지고 보면 너무나 황당하다. 과연 신검이라는 것은 정말로 만들어질 수가 있는 것일까.

하지만 심령 과학 연구소라는 곳에서 목격한 염동력과 지금까지 그가 행해 온 간단한 형태의 정신 집중 훈련이나 명상 따위에서 느끼던 미묘한 감정들을 쉽게 떨쳐버릴 수가 없었다.

그들은 지금까지 신화를 믿으면서 살아왔다는 생각이 들었다. 나아가서는 신화를 창조하면서 살아왔다는 생각이 들었다.

그들에게 있어서 신화는 신화가 아니라 현실이라는 생각이 들었다. 불가능이 아니라 가능이라는 생각이 들었다.

정 군은 믿고 있었다. 반드시 신검이라는 것을 만들어낼 수가 있다는 사실을.

그런데 왜 대장간이 불타버릴 뻔했을 때 자신에게는 그 장
도의 울음소리라는 게 들리지 않았을까. 마음에 때가 많이 묻
어 있기 때문일까. 안타까운 노릇이었다. 자기도 좀더 열심히
그놈의 차크라 명상 수도인가 뭔가를 해보고 싶다는 생각이
들었다. 심령 과학 연구소에 녹음되어 있던 그 목소리들을 복
사해 가지고 올 수 있었으면 좋겠는데 아마도 허락하지 않을
것 같았다.

정 군은 가게문을 열어놓고 자주 도시의 서쪽 하늘 끝을 내
다보곤 했다.

장덕산 거기 어딘가에 동굴이 있고 그 동굴 속에는 지금 박
정달 씨가 그들이 만든 칼에다 신기(神氣)를 불어넣고 있을 거
였다.

생각 같아서는 달려가 그 광경을 직접 보고 싶었으나 그는
장덕산을 바라보는 것만으로 만족하는 수밖에 없었다.

그런데 사흘 동안 눈이 내렸다. 눈이 내리는 동안 그는 장덕
산을 바라볼 수가 없었다.

그는 어느새 세상 쪽으로는 시선을 돌리고 싶지 않은 상태
가 되어 있었다. 세상이란 얼마나 시끄럽고 어두운가. 그 속에
뛰어들어 남들처럼 살아가기는 이제 다 틀린 노릇이라는 생각
이 들었다.

세상을 살아가는 데는 우선 여러 가지의 욕망과 그것을 성

취하기 위한 어느 정도의 야비성이 필요한 법이다. 순박하고 정직하며 가난하고 선량해서는 안 되는 법이다.

더러는 형편을 봐서 재빠른 새치기도 할 수 있어야 하고, 적당한 사기도 칠 줄 알아야 하며, 악착같이 돈을 모으고, 땅을 사고, 빌딩을 짓고, 망할, 그러기 위해서는 때때로 타인을 잡아먹을 수 있는 힘과 전술도 가지고 있어야 하는 것이다. 겸손 따위는 이제 구시대의 유물이 되었다. 도덕과 양심 같은 건 껍질뿐이다. 법관도 의사도 교육자도 예술가도 성직자도 거지도 거의가 타락해 있다. 그 정도는 그도 이제는 충분히 알 수가 있다. 그런데도 대부분이 타락해 있다고 시인하지는 않는다. 하지만 그것을 시인하지 않는다 하더라도 이상하게 생각할 사람은 별로 없다. 오히려 이제는 양심적인 사람일수록 바보 취급을 받게 되었다. 그리고 그것을 한탄하는 사람일수록 더더욱 바보 취급을 받게 되었다.

그는 바보 취급을 받을 수 있는 요소들을 너무 많이 소유하고 있는 것이다. 그가 소유하고 있는 그 요소들은 이 현실세계 속에서는 결코 장점이 될 수 없다. 그것은 한결같이 단점만 될 수 있을 뿐이다.

그러나 그 요소들을 장점으로 받아들이는 세계가 있다. 바로 신검이라는 것을 만들면서 그가 체험해 온 세계이다.

신검이 다 만들어지면 그는 본격적으로 심령 과학 연구소로 뛰어들어 박정달 씨의 처삼촌에게 그 방면에 대한 가르침을 받아야겠다는 생각을 하고 있었다.

눈은 내린 지 사흘이 되는 날 오전에 그 기세를 죽이다가 이윽고 내리기를 멈추었다. 오후에는 하늘이 약간 트이더니 해까지 비쳤다. 멀리 장덕산이 바라보였다.

정 군은 싫증도 내지 않고 대장간의 숯불을 피워놓은 채 몸을 녹이며 하루 종일 그 장덕산을 바라보았다. 그리고 날이 어두워져 장덕산이 보이지 않게 되었을 때야 덧문을 닫을 준비를 서둘렀다.

그런데 갑자기 이상한 현상 하나가 그의 눈에 비쳤다. 그가 마지막 덧문을 닫으려다 말고 무심코 장덕산 쪽으로 고개를 돌렸을 때였다.

"불이다!"

순간적으로 가슴이 철렁 내려앉지 않을 수가 없었다. 장덕산이 훤한 광채에 싸여 있었던 것이다. 특별히 어느 지점에서 불이 난 것이 아니라 산 전체가 훤한 광채에 싸여 있었던 것이다.

거리가 너무 멀어 자세히는 알 수가 없었지만 불은 산의 후면에 번져 있는 것 같았다. 능선 위 거의 일 미터 정도로 광채가 서려 있었다. 대단히 밝게 보이지는 않았지만 그렇다고 불이 아니라고는 확실히 말할 수가 없을 정도로 육안으로는 충분히 구분되는 광채였다.

만약 불이 났다면 만사는 끝장이었다. 거기 어느 동굴 속엔가 박정달 씨가 들어앉아 있을 것이고 이렇게 먼 거리에까지 산의 전체 윤곽을 선명하게 드러낼 정도라면 비록 후면에서 일어난 불이라고는 하더라도 삽시간에 산 전체를 뒤덮어 버릴는지도 모를 노릇이었다. 아니 지금쯤 박정달 씨는 한줌 잿더미로 화해 있는지도 모르기 때문이었다.

아, 신검이라는 것은 그저 신화에 불과한 것이란 말인가. 신화는 어디까지나 신화이며 이 세상에는 현실만이 존재하고 있을 뿐이란 말인가.

정 군은 순간적으로 절망감에 빠져들었다.

"여보세요. 여보세요."

그는 지나가는 행인 하나를 다급하게 불러 세웠다. 마흔 살이 다 되어가는 공무원 차림의 사내였다.

"왜 그러시오?"

그 사내는 퉁명스럽게 물었다.

"저기 저게 무슨 불일까요?"

그는 장덕산을 손가락으로 가리켰다. 이상하게도 광채는 약간 미약해져 있는 것 같았다.

"어디 말이오?"

"장덕산 말입니다. 장덕산에 불이 난 게 아닐까요?"

그러나 사내는 무슨 소리를 하고 있느냐는 듯한 표정을 짓고 있었다.

"뭐가 보인단 말이오?"

"장덕산에 훤한 불길이 보이잖아요?"

"이렇게 어두운 시간에 산이 보인단 말이오? 그리고 눈이 온 뒤에 산불 나는 거 당신은 언제 본 적이 있소?"

사내는 장덕산 쪽을 유심히 바라보더니 별 미친놈 다 보겠다는 표정을 지으며 그대로 정 군 곁을 떠나버렸다.

그러나 정 군의 눈에는 오래도록 그 불길이 남아 있었다.

그는 어떤 두려움에 사로잡혀 있었다. 무슨 일인가가 일어나고 있다는 생각이 들었다.

그러나 한참 후에 그 불길은 거짓말처럼 꺼져들어 있었다. 정말로 괴이한 일이었다.

이튿날 아침은 화창했다.

장덕산은 전혀 불탄 흔적이라고는 보이지 않았다. 아침 햇빛 속에서 백설에 싸인 온 천지가 청량한 느낌으로 빛나고 있었다.

한 사내가 장덕산 중턱을 허청허청 내려오고 있는 것이 보였다. 그는 이불깃으로 둘둘 말아 감싼 기다란 작대기 같은 것 하나를 들고 있었다.

그에게는 힘이 하나도 남아 있지 않은 것 같았다. 그러나 그 어떤 힘있는 것도 절로 그의 곁에서 몸을 사려야 할 것 같은 성스러운 기운이 그의 전신에 서려 있는 것 같았다.

그는 산 중턱에서 잠시 숨을 가누고 하늘을 한 번 쳐다보았다. 대기는 신선한 생명감으로 충만해 있었다.

그는 멀리 내려다보이는 세상을 향해 큰 소리로 한 번 이렇게 외쳤다.

"신검이다아, 신검 받아라아."

어디서 나오는 목소리일까. 그의 목소리는 찌렁찌렁 산을 울리고 있었다. 곁에 있는 소나무 가지에 무겁게 얹혀 있던 눈더미 하나가 풀썩 아래로 떨어져 내렸다.

그는 더 이상 걸을 힘이 남아 있는 것 같지 않았으나 거짓말처럼 허청거리며 천천히 산을 내려오기 시작했다.

"나는 마침내 신검을 만들었다네."

박정달 씨는 집 근처에 설치되어 있는 공중전화 부스에서 친구와의 통화를 계속하고 있는 중이었다.

공중전화 부스 유리문을 통해 내다본 하늘은 겨울 냉기로 인해 빙판처럼 카랑카랑해 보였다. 날씨는 아직도 풀리지 않고 있었다.

"건강은 어떤가?"

친구가 묻고 있었다.

"양호하네."

상당한 기일 동안을 단식으로 보냈기 때문인지 이제 박정달 씨의 얼굴에는 오직 청정 하나만이 남아 있는 것 같았다. 일체의 더러움이 체내에서 맑게 씻겨 나가고 일체의 사악함이 가슴속에 존재하지 않고 있는 것 같았다. 형언하기 어려운 화기가 몸 전체를 에워싸고 있는 듯한 느낌이었다. 눈빛도 맑은 물에 씻긴 듯이 영롱해 보였다.

"정말로 나는 자네가 죽은 줄만 알았네. 그토록 오랫동안을 아무런 소식도 없이 지내다니 이건 친구지간에 좀 너무하다 싶었지. 그러나 또 한편으로는 저으기 근심스러워지던걸. 인간이란 불시에 무슨 변고 따위를 당하는 수가 허다하니까."

"당하면 또 어떤가."

"허망하지."

"글쎄."

박정달 씨는 매우 담담한 표정을 짓고 있었다.

"내일쯤 연탄 값이 오른다는 소문이더군."

친구는 화제를 바꾸고 싶은 모양이었다. 어쩌면 옛날처럼 또 자기 마누라에 대한 험담을 시작할지도 모를 노릇이었다. 친구는 세상 돌아가는 꼬락서니에 대한 험담으로부터 시작해서 마누라에 대한 험담으로 곧잘 옮겨가기 일쑤였었다.

"얼마 안 있으면 봄이 올 텐데."

"이 사람아 봄이 무슨 문제인가. 물건 값이란 제멋대로 아무 때나 껑충거리는 법이네. 연탄 값은 올 겨울에만 해도 두 번이나 뛰었어. 혹시 자네네 집에는 연탄이 달리지 않는지 모르겠군."

"먹고사는 얘긴 집어치우세. 언제나 고약한 냄새가 나는 법이니까."

"자넨 여전하군. 그럼 무슨 얘기를 할까?"

"신검에 대한 얘기를 하세."

"나는 돈에 대한 얘기를 하고 싶은데."

"자네 칼이 우는 소리를 들어본 적이 있는가?"

"없네."

"나는 내가 만든 신검이 우는 소리를 자주 들었네."

"허허. 이 사람 완전히 그쪽 방향으로 빠져버린 모양인데."

"자네 역시 믿지 않는군."

"그건 아마 자네의 신경 쇠약에서 오는 환청일 거야. 아무리 괴상망측한 일이 자주 일어나는 세상이지만 그 정도까지야 어디 믿어줄 수 있겠나."

"자네 아버님은 믿어줄 걸세."

"아직도 자네는 우리 아버님에 대한 얘기를 들먹거리고 있군."

"자네 아버님에 대한 얘기는 언제나 나를 황홀한 기분에 젖게 한다네."

박정달 씨는 그렇게 말해 놓고 나서 문득 공연한 소리를 했는지도 모르겠다는 일말의 후회감을 느꼈다. 어쩌면 이미 친구의 아버님은 이 세상을 뜨셨는지도 모를 일이기 때문이다. 누구든 나이를 많이 먹으면 이 세상을 뜨는 법이니까. 그것만은 인간의 힘으로는 막을 수가 없는 법이니까.

아무리 친구의 아버님이 무예가 뛰어나고 지략이 비상하다 하여도 무슨 소용이 있으리. 가는 세월을 어찌 붙잡으며 오는 백발을 어찌 막으리.

"우리 아버님에 대한 얘기라……."

그렇게 생각해서 그런지 친구는 무슨 감회에라도 젖은 듯 그렇게 한 번 중얼거렸다.

"들려주게. 자네 아버님에 대한 얘기."

한때 박정달 씨는 친구의 아버님에 대해서 얼마나 존경심을 품어왔던가. 검술의 제일인자. 활현경이라는 비술까지 창시해 내었다는 친구 아버님의 모습은 박정달 씨의 꿈속에서까지 자주 나타나곤 했었다. 꿈속에서 찔레꽃잎 흩어지는 달밤에 긴 칼을 비껴 들고 그림처럼 말없이 서 있던 모습은 정말로 황홀했었다.

"우리 아버님은."

친구가 말했다.

"어떻게 되셨나? 아직도 건재하시겠지?"

"물론이네."

"요즘은 자주 집에 들르시는가?"

"그렇지는 않다네. 하지만 마누라를 통해 소식은 자주 듣는 편이지."

"소식은 자주 듣는 편이라고?"

"그렇다네. 우리 아버님은 바로 이 도시에 살고 계시니까."

친구의 목소리는 약간 유쾌해져 있었다. 전과는 딴판이었다. 전에는 자기 아버님에 관한 얘기를 할 때마다 항시 탐탁잖은 듯한 목소리였던 것이다.

"이 도시 안에 살고 계신다니, 그럼 자네와 함께 살고 계신다는 얘긴가?"

"그건 아닐세."

친구의 말에 의하면 그의 아버님은 이 도시 어느 변두리에다 방을 하나 정해놓고 몰골이 유난히 꾀죄죄한 동료 노인네하나와 함께 산다는 얘기였다. 벌써 까마득히 오래전부터라는 얘기였다.

"이제 무술에 대한 것은 완전히 잊어버리신 것 같더군. 마누라의 말을 빌면 그쪽에 관한 것은 전혀 신경조차 쓰고 있지 않더라는 거야. 마누라가 먼저 말을 꺼내도 그런 거 잊은 지오래라고 말씀하시더라는 거야. 비로소 철이 드신 거지."

"그럼 무슨 일로 시간을 소일하며 보내시누."

"날마다 바둑을 두신다네."

박정달 씨는, 그러면 그렇지, 하는 심정이었다. 무술에 전혀 신경조차 쓰지 않게는 보이지만 바둑 자체가 바로 무술 자체일 수도 있으리라는 짐작이었다.

"그런데 바둑 상대는 누군가. 자네 마누란가?"

"우리 마누라도 나처럼 바둑에는 그야말로 호구일세."

"그럼 누구하고 두신단 말인가?"

"같이 있는 노인네하고지."

친구의 말에 의하면 그의 아버님은 그가 집을 비운 어느 날

몰골이 몹시 꾀죄죄한 어느 노인네 하나와 함께 홀연히 그의 마누라 앞에 나타났었다는 거였다.

"앞으로는 계속 몇 년 동안 이 도시에서 살아야 할 일이 생겼다. 언제까지가 될는지는 모르지만 하여튼 가까이에서 살면서 한번도 자식들과 얼굴을 대면하지 않을 수가 없다는 생각이 들어 이렇게 찾아왔다."

친구의 아버님은 그의 마누라에게 그렇게 말하더라는 거였다.

"내가 하도 아버님을 원망하면서 살았으므로 우리 마누라는 나 몰래 아버님께 쓸 만한 방 하나를 얻어드리고 틈나는 대로 뒷바라지를 해드리고 있었던 모양이었네. 나는 그런 줄도 모르고 우리 마누라를 의심했었지. 자주 돈이 비고 나들이가 심해서 바람이 난 줄 알았던 거야."

"나도 생각이 나네. 자네에게 전화를 걸면 자주 자네 마누라가 바람이 난 모양이라고 투덜거리곤 했었지."

"갑자기 우리 마누라는 시아버지를 한꺼번에 둘씩이나 모시게 되어 상당히 바빴던 거야."

"그런데 함께 있는 노인네의 신분은 어떠하신가?"

"모르겠네. 마누라의 말을 빌자면 그냥 떠돌이 노인네였는데 우연히 우리 아버님과 친구가 된 모양일세."

박정달 씨는 무언가 짚일 듯한 느낌이었다. 틀림없을 거라는 생각이 들면서도 또 한편으로는 그렇지 않을는지도 모른다는 생각…….

박정달 씨는 확신을 가지고 싶은 심정으로 여러 가지를 친구에게 물어보려 했다. 그 꾀죄죄한 노인네와 친구 아버님에 대해서 좀더 구체적으로 한번 물어보려 했다.

"그 노인네는 혹시 옛날에 참기름을 팔지 않았다던가?"

그런데 공교롭기도 하지. 이때 갑자기 송수화기 속에서 지지직 하는 소리가 몇 번 들리더니 혼선이라도 되었는지 느닷없이 귀에 익지 않은 여자들의 목소리가 섞여들기 시작했다. 친구의 목소리는 그 속에 흡수되어 전혀 뜻을 분간할 수 없는 소리로 변해가고 있었다.

"여보게. 여보게."

박정달 씨는 잡음 속으로 사라져가는 친구의 목소리를 다급하게 건져내려고 애썼다. 그러나 송수화기 속에서는 전혀 엉뚱한 여자들의 목소리가 생생하게 살아나와 침방울을 튀기기 시작했다.

"오마나, 오마나, 그래서 어떻게 했니? 딱지를 놓았니?"

"재산도 없고 학벌도 없고 인물도 없고 가진 건 마음뿐이라는데 마음만 믿고 어떻게 결혼하니 얘. 마음속에서 금이 나오니 쌀이 나오니. 그리고 마음 안 가진 사람이 세상에 또 어디 있니?"

"그래도 뭔가 찜찜하다, 얘."

"할 수 없지 뭐. 춥고 배고픈 건 나도 이젠 딱 질색이야."

박정달 씨는 약간의 저항감을 느끼며 전화기의 어깨뼈를 눌러 춥고 배고픈 건 딱 질색이라는 여자의 목소리를 목 졸라버린 다음 다시 동전을 찾아보았다. 그러나 동전은 없었다. 이미 그는 친구와의 통화를 거듭하느라 가지고 있던 동전을 다 써버리고 말았던 것이다. 바깥을 둘러보니 아무도 지나다니는 사람이 없었다. 비로소 박정달 씨는 오래전에 생각했었던 세 음절의 감탄사 하나를 떠올렸다.

박정달 씨는 혼자 입 속으로 중얼거렸다.

"염병할!"

세상은 옛날이나 지금이나 하나도 변한 것이 없다는 생각이 들었다.

특히 공중전화가 그것을 잘 대변해 주고 있었다. 아무것도 개선의 여지가 보이지 않는 것 같았다. 갈수록 세상은 살기 어려워지고 갈수록 사람들은 조잡한 자기 이익에만 몰두하게 되는 것 같았다. 아무런 낭만도 보이지 않고 아무런 서정도 보이지 않았다. 그의 신검은 이 세상 누구에게도 사실로 받아들여지지 않을 것 같았다. 그는 완전히 소외되어 있음을 다시 한 번 절감했다.

그러나 그는 언젠가 반드시 신검의 임자가 나타날 것이라고 자신을 격려하며 아무런 목적도 없이 무작정 거리를 향해 걸음을 옮겨놓았다.

매운 바람이 불고 있었다. 아직도 봄은 이 도시와는 상당히 먼 거리에서 딴전을 피우고 있는 모양이었다. 문득 따뜻한 햇빛과 꽃들이 보고 싶어지고 있었다.

"중대 뉴스를 발표해 드리겠습니다."

저녁 식사를 마치고 가족들이 앉은자리에서 막내가 약간 상기된 표정으로 말했다. 식사를 하면서도 예의 그 중대 뉴스에 대해 상당히 망설이고 있었는데 결국은 발표하기로 작정해 버렸다는 듯이 짐작되는 얼굴이었다.

"중대 뉴스라니 혹시 네가 권투계를 떠나기로 결심했다는 반가운 소식이라도 된다면 발표하고, 시시껄렁한 거면 아예 입 다물고 잠이나 자렴."

딸애가 관심 없다는 투로 밥상을 닦으며 막내에게 말했다.

"권투계를 떠난다니, 온 세계의 권투 팬들에게 쓰라린 아픔을 주는 행위를 내가 어떻게 감행한단 말이야. 당치도 않은 말씀이지."

"맞는 소리야. 전세계의 권투 팬들은 아직도 쟤의 헛손질이 유발하는 폭소에 대해서는 별로 싫증을 느끼지 않고 있으니까."

장남의 빈정거림이었다.

딸애와 장남은 대학을 다니고 있었으나 막내는 대학을 스스로 마다하고 권투에만 열중해 있었다.

"지금이라도 늦지 않았다. 넌 머리가 좋은 애니까 학업을 계속하도록 해. 엄만 더 이상 네가 여러 사람 앞에서 그렇게 죽도록 얻어맞기만 하는 꼬락서니를 보고 싶지가 않아. 네 생각만 하면 언제든지 하늘이 온통 캄캄해지는 듯한 기분이야."

마누라는 수시로 막내에게 강경한 목소리로 말해 왔었다.

"하지만 권투는 엄마가 생각하는 것처럼 그렇게 위험한 운동이 아니에요. 특히 전 아마추어란 말이에요. 선수를 보호하기 위해 거의 완벽한 규칙들이 행해지고 있어요."

막내는 절대로 권투를 포기하지 않겠다는 듯한 표정을 짓곤 했었다.

"그런데 왜 작년에는 단 한 방의 펀치를 맞고도 링 바깥으로까지 튕겨져 나갔니. 그러다 뇌진탕이라도 일어나면 어떻게 하느냔 말이다."

"하지만 아직도 이렇게 건재하잖아요."

"술하고 매에는 장사가 없다더라. 권투하고 칼 소리만 들으면 이 엄만 몸서리가 쳐지니까 아예 입 밖에도 꺼내지 마라."

마누라는 으레 박정달 씨를 걸고넘어지기를 잊지 않았다.

그러나 박정달 씨는 막내가 권투를 하는 일이 오히려 대견스럽게만 느껴지니 묘한 노릇이었다.

"하지만 이 중대 뉴스를 듣고 나면 모두가 나를 다시 보게 될걸."

막내는 아무래도 다시 가족들 앞에서 권투 얘기를 꺼내려는 듯한 눈치였다. 몇 번 허공을 향해 스트레이트를 내뻗는 걸 보니 더욱 짐작이 들어맞을 것 같았다. 이런 판국에 마누라가 아직 꽃가게에서 돌아오지 않는 것은 천만다행이었다. 물론 막내도 그 점을 감안하고 이렇게 설치는 것이겠지만.

"만날 혼자서는 자신만만하지. 상대편이 있는 링 위에서는 더운물에 데쳐낸 파대궁 같으면서."

"무슨 소리야? 요즘은 다르다구. 날로 실력이 향상되어 가고 있다구. 나 이번에 프로로 전향하게 될 것 같아. 비록 이긴 숫자보다 진 숫자가 많은 전적이지만 박력 하난 알아준다니까. 아마추어는 내 권투 스타일에 맞지 않아. 우선 룰부터가 그렇다구. 너무 제약이 심하다구. 그래 가지고서야 어디 마음대로 내 야성적인 주먹을 휘두를 수가 있겠어?"

"누구 맘대로 프로로 전향한다는 거야. 너 같은 애를 프로로 전향시켰다가 무슨 망신을 당하려구."

딸애와 장남이 합세해서 막내를 코너로 몰아넣고 있었다.

"이미 프로 데뷔전의 대전 일자까지 정해졌다. 이 도시에 새로 신축한 실내 체육관을 개관하는 날 내가 기념으로 출전한다구."

막내는 그래도 계속 사이드 스텝으로 상대편의 공격을 피하면서 아직은 쓰러질 수 없다는 듯한 결의를 보이고 있었다.

"드디어 한국 권투계에 암흑기가 도래할 징조가 보이기 시작했구나."

"보나마나겠지. 부디 일찍 수건이라도 던져주었으면."

계속해서 막내에게로 협공이 가해지고 있었다.

"무슨 소리들이야? 비록 깨지더라도 나는 저돌적인 권투를 구사하는 사나이라구. 요즘 팬들은 그걸 원한다구. 경기장까지 응원 나오지 않아도 좋아. 하지만 그날은 텔레비전 중계도 한다니까 채널이라도 제대로 맞춰놓고 관전해 달라구. 우리 집안은 조상 대대로 운동에 소질이 없다는 미신을 내가 타파해 줄 모양이니까."

"시합이 며칠 남았냐?"

이때 박정달 씨가 끼어들었다.

"한 달 정도 남았어요. 그때까지 혼신의 힘을 다해서 연습할 거예요."

"상대편 선수는 누구냐?"

"대승 체육관 소속인데 4전 4승 4케이오를 자랑하는 애예요. 하지만 걔의 약점을 저는 잘 알고 있어요. 펀치력은 있지만 스피드가 없어요. 그리고 유리턱이죠. 두고 보세요. 그날 반드시 그 애의 턱에서 맥주잔 깨지는 소리가 나게 만들어드릴 테니까."

막내는 말하고 나서 트레이닝을 하기 위해 다시 체육관으로 가겠다며 방을 나섰다.

"이윽고 나는 우주와의 합일감 속에서 나 자신이 신으로부터 분리되어 나온 하나의 순수한 에너지체라는 것을 절감하게 되었어. 신인합일의 감정을 느꼈다고나 할까."

"어쩌면 그 순간에 산이 훤한 불빛 같은 것에 휩싸이게 되었는지도 모르겠군요. 저는 그것도 모르고 산불이 난 줄만 알았어요 얼마나 놀랐는지 모릅니다."

"이제 신검은 완성되었어. 하지만 그 신검이 어떤 위력을 발휘하게 되는지는 나도 잘 모르는 일이야. 언젠가는 그 신검의 임자가 나타나서 그것을 알려주고 신검을 가져가는지도 모르지."

추적추적 진눈깨비가 내리고 있었다. 이제 겨울이 끝나가고 있다는 느낌이 들었다. 박정달 씨와 정 군은 역을 향해 걸음을 옮겨놓고 있었다. 열차가 떠나려면 아직도 반 시간가량 족히 남아 있었다.

"저를 반가이 맞아주실는지가 의문인데요."

"처삼촌은 나보다 자네를 더 가르치고 싶어하실걸. 아무래도 나는 세상을 너무 많이 알고 있는 데다 마누라와 자식들에게로 연결된 끈을 완전히 끊어버릴 수가 없는 입장이니까."

"같이 가실 수만 있다면 한결 더 좋았을 텐데."

"하지만 칼 임자가 언제 칼의 울음소리를 듣고 나타날는지 알 수가 없거든."

"정말로 나타나긴 나타날까요?"

"물론이지."

"아직도 제 귀에는 칼의 울음소리가 들리지 않아요."

"곧 들리게 되겠지."

"다른 사람들의 귀에도 말입니까?"

"아니지. 마음의 귀가 맑게 트여 있는 사람들의 귀에만 들릴 거야. 대개의 사람들은 너무 높은 소리도 들을 수 없고 너무 낮은 소리도 들을 수 없지. 뿐만 아니라 너무 큰 것도 볼 수가 없고 너무 작은 것도 볼 수가 없어."

"어떻게 하면 모든 것을 다 듣고 모든 것을 다 볼 수가 있을까요?"

"얼굴에 붙어 있는 귀와 눈만으로는 어림도 없지. 마음을 통한 귀와 눈이라야 해. 네 방 벽에 걸려 있는 족자의 그림을 잘 생각해 보라구."

"몇 번이나 자세히 들여다보면서 곰곰이 생각해 보았는데도 잘 모르겠던데요."

"마음의 문이 아직 열려 있지 않은 탓이겠지."

"그 족자에 적혀 있는 내용이 그렇게 대단한 것인가요?"

"생각하기 나름이라네."

날씨 탓인지 역 주변은 한산하고 을씨년스러워 보였다. 열차 시간도 충분하였으므로 박정달 씨는 정 군을 데리고 역 주변에 있는 포장마차로 들어섰다.

"기분도 그렇지 않은데 자네 소주나 한잔 하지. 언제 다시 볼 수 있을는지도 모르겠고."

"술 드셔도 괜찮으시겠어요?"

"괜찮겠지. 죽고 사는 것 따윈 이제 하나도 마음 쓰이지 않네."

하산해서 지금까지 박정달 씨는 줄곧 미음이나 잣죽 따위만 조금씩 먹어왔었다. 산 속에서 장기간 단식을 계속했었기 때문에 자극성 있는 음식이나 위에 부담을 주는 음식 따위는 되도록이면 피해 왔었던 것이다.

"소주로 할까?"

"독하지 않을까요?"

"상관없을 거야. 이젠 완전히 몸이 회복된 것 같으니까."

둘은 우선 소주 반 병과 참새구이 한 접시를 시켰다. 그리고 지나간 일들 중에서 가장 기억에 남는 단편들을 새롭게 회상하면서 차츰 가슴을 훈훈하게 데워나갔다.

생각하면 꿈 같은 나날들이었다. 아무도 인정해 주지 않는 이상한 세계 속으로 둘은 같은 일을 서로 거들면서 살아왔었다.

박정달 씨는 문득 정 군이 어쩌면 자기보다 훨씬 뛰어난 인물이라는 생각이 들었다. 정 군이야말로 이미 오래전에 하늘이 점지해 놓은 진정하고 순수한 대장장이였는지도 모른다는 생각이 들었다. 이상하게도 신검은 자신의 손으로 만들어진 것이 아니라 정 군의 손으로 만들어진 것이라는 생각까지 들었다. 분명히 박정달 씨가 처음부터 끝까지 신검 제작을 주관했는데도 왜 그런 생각이 드는지 모를 일이었다. 그는 기회가

주어진다면 반드시 정 군에게도 신검을 만드는 비법을 전수해 주겠다고 마음먹었다. 짐작건대 정 군은 분명히 박정달 씨가 만든 신검보다 더욱 고결한 기상을 가진 신검을 만들어낼 수가 있을 것이다.

잠시 후 열차가 들어오는지 멀리서 기적소리가 들려왔다.

둘은 계산을 치르고 포장마차를 나왔다. 사람들 몇이 잰걸음으로 대합실을 향해 달려가는 것이 보였다.

그런데 아까 박정달 씨가 했던 생각들이 정 군의 가슴속에 전해지기라도 했던 것일까.

"공부를 어느 정도 끝내고 나면 다시 대장장이가 되겠어요. 어차피 배운 거라곤 메질밖에 없으니까요. 하지만 신검은 만들지 않겠어요. 그저 호미나 괭이 따위를 만들면서 살겠어요. 어쩌면 칼 따위는 이제 더 이상 필요 없을는지도 모르니까요."

정 군은 의미 있는 표정을 지으며 그렇게 말했다.

"옳은 말이야. 원래부터 만 자루의 칼보다는 한 자루의 호미가 더 소중한 것이었어."

박정달 씨는 아까 자신의 생각이 맞았음을 재삼 확인하고 있는 듯한 기분이었다. 차표를 끊어 개찰구를 나서며 정 군은 활기 있게 손을 몇 번 흔들어 보였다.

박정달 씨는 어느 날 한밤중에 다시 그 소리를 들었다.

신검이 우는 소리였다.

그는 잠들어 있었다. 때문에 그는 잠 속에서 희미한 의식을 되살리며 그것이 꿈이려니 생각했었다. 그러나 그것은 결코 꿈이 아니었다.

차츰 의식이 되살아나면서 잠의 바깥에서 그 소리는 확실한 음색으로 그의 고막 속으로 파고들었다. 전에보다는 한결 고조되어 있는 것 같았다.

그는 눈을 떴다. 틀림없었다. 틀림없이 귀에 익은 그 소리였다.

그러나 요즈음 그는 그 소리만 들으면 무슨 이유에서인지 조금씩 불안감에 휩싸여 가는 것을 어찌할 수가 없었다. 그러면서 원인 모를 욕구불만 같은 것도 곧잘 치밀어 오르기 일쑤였다.

더러는 닥치는 대로 기물을 부수고 아무한테나 시비를 걸어 폭행을 가해버리고 싶은 충동까지 치밀어 오를 지경이었다. 그러한 증세들은 날이 갈수록 심해져가고 있는 것 같았다.

심지어는 신검을 들고 밖으로 달려나가 아무나 모가지를 뎅경뎅경 잘라버리는 광경을 자신도 모르게 상상해 보다가는 갑자기 정신을 차리고 화들짝 놀라며 어이없어 한 적도 있었다.

전혀 예기치 못했던 일이었다. 아무리 생각해 보아도 그 원인을 알아낼 수가 없었다.

그는 차츰 불안을 느껴가고 있었다. 그 불안은 혹시 신검이 실패작일는지도 모른다는 의혹을 동반하고 있었다. 그럴 리가 없다고 몇 번이나 마음속으로 부정해 보았지만 허사였다. 점점 신검에 대한 자신감은 사라져가고 있었다.

그가 만든 신검은 세계 여러 나라의 칼들이 수집 소장되어 있는 그의 소형 도검 박물관에 보관되어 있었다. 그는 하산 직후 한 달 정도는 하루도 빠짐없이 그리로 들어가 오래도록 시간을 보내곤 했었다.

그러나 요즘은 점차로 그 신검을 마주 대하기가 두려워지는 듯한 느낌이었다.

박정달 씨는 한밤중에 그 신검이 우는 소리를 다시 듣고는 새벽녘까지 잠을 이룰 수가 없었다. 분명히 그 소리는 폭력을 부르는 소리 같았다. 그 소리를 가만히 듣고 있으면 전신의 피가 술렁거리고 악마적인 행동들이 연상되면서 당장 그것을 실현하고 싶은 욕망 속에 사로잡히는 것이었다.

그가 애초에 신검을 만들면서 쏟아 부었던 여러 가지 평화적 의미들은 결코 그 신검의 울음소리 속에 섞여 있지 않았다.

그런데 다음날 늦잠에서 깨어나 옷을 챙겨 입는데 딸애가 허겁지겁 방 안으로 들어섰다. 표정만 보고서도 대번에 무슨 일이 일어났구나, 하는 판단을 내릴 수가 있었다.

"무슨 일이냐?"

박정달 씨는 애써 태연을 가장하며 딸애에게 물었다.

"국진이가, 국진이가……."

딸애는 제대로 말을 끝맺지 못하고 있었다.

"어떻게 되었다는 얘기냐?"

"국진이가 사람을……."

"죽였냐?"

물으면서도 가슴이 철렁 내려앉은 듯한 기분이었다.

"그게 아니고."

"그게 아니라면?"

"때렸어요."

비로소 박정달 씨는 안도의 숨을 내쉴 수가 있었다. 안도의 숨을 내쉬면서 일종의 짜릿한 쾌감까지 느낄 수가 있었다.

"뭐 사람 좀 때린 걸 가지고 그렇게 호들갑이냐."

박정달 씨는 절로 흐흐흐 기분 좋은 웃음이 나올 것 같았다. 그의 가족들 중에서 남을 때렸다는 사실은 다른 가족들이 사람을 죽였다는 사실 이상으로 획기적인 사건이었다. 일찍이 단 한 번도 없었던 일이며 상상조차 안 되는 일이었다.

"좀 때린 게 아니에요. 묵사발을 만들어놨어요. 이빨이 네 대나 부러지고 입술도 당나발이 되었어요. 엄만 지금 병원에 있어요. 국진이는 경찰서에 있고."

딸애는 눈물까지 찔끔거리고 있었다.

박정달 씨는 이러면 안 되는데 싶으면서도 계속해서 기분이 좋아지는 것을 어찌할 수가 없었다. 주책없게도 하마터면 휘파람까지 불 뻔했었다.

딸애의 말에 의하면 상대편에게도 상당한 잘못이 있었던 모양이었다. 그 내용은 바로 이러했다.

장남에게는 오래전에 사귀던 여대생 하나가 있었는데 갑자기 그 여학생을 넘보는 질 나쁜 청년 하나가 생겨났다는 거였다.

"몇 번 국진이를 골목 안으로 끌고 들어가 공갈 협박도 하고 몰매도 때렸다나 봐요."

그런데 오늘 아침 장남이 그 청년의 집을 알아내고 각목을 들고 대기 중에 있다가 그 청년이 대문을 열고 나오자마자 개 패듯이 패버렸다는 거였다.

"허, 그 자식."

급기야 박정달 씨는 딸애 앞에서 흐흐흐 기분 좋게 소리내어 웃고 말았다. 딸애는 두 눈을 똥그랗게 뜨고 갑자기 돌변해 버린 아버지의 성격에 놀라움을 금치 못하겠다는 듯한 표정이었다.

그날 이후 며칠 동안 그 사건 때문에 마누라는 병원과 경찰서를 뻔질나게 드나들었다. 그리고 천신만고 끝에 합의서를 쓰고 장남을 유치장으로부터 꺼내오는 데 성공했다. 엄청난 돈이 깨져버렸음은 두 말할 나위가 없었다.

그런 일이 있고 나서부터 마누라의 성질은 사나워질 대로 사나워져 버린 것 같았다. 툭하면 애들을 마구잡이로 두들겨 패고 툭하면 고의적으로 부엌 살림을 깨뜨려버릴 정도였다.

혼자 고생하면서 사는 자기 마음을 아무도 몰라준다는 넋두리 끝에는 반드시 박정달 씨에 대한 원망 몇 마디도 독화살처럼 쏟아지는 것이었다. 당연히 박정달 씨도 마누라와의 말다툼이 잦아졌고 급기야는 손찌검까지 서슴지 않게 되었다.

그러는 중에 막내의 대전일자가 내일로 박두했다.

그동안 막내는 그야말로 피눈물나는 연습에 몰두해 있었던 모양이었다. 거의 한 달 동안을 한 번도 가족들에게 얼굴조차 내비치지 않을 정도였었다.

"다른 때의 스무 배쯤은 연습했을 거예요."

역시 마누라가 공석인 저녁 식탁 앞에서 막내가 한 말이었다.

"자신 있냐?"

박정달 씨는 막내가 자신 있다고 말해 주기를 기대하면서 그렇게 물어보았다. 그러나 대답은 의외였다.

"솔직히 말씀드려서 통 자신이 없어요. 기권해 버리고 싶은 심정이에요."

막내는 약간 주눅이 들어 있는 듯한 목소리였다.

"전에는 자신이 있다고 말하지 않았나?"

"허풍이었어요. 난 사실 그애하고는 절대로 붙고 싶지 않아요. 저뿐만이 아니라 모든 신인들이 그애를 회피하고 있어요. 신인치고는 너무 완벽한 기술을 가졌거든요. 펀치력도 세고. 상대를 모조리 2회전 안에 케이오 시켰어요. 이번에는 제가 떡이 되어줄 차례예요. 떡이 되어서 실내 체육관을 개관하는 날을 기념하기 위해 모여든 관중들에게 충분한 포만감을 느끼게 만들어주는 거죠. 신나게 얻어터지는 거예요. 전 어쩌면 일회전 안에 케이오 당할는지도 몰라요."

"하지만 넌 어릴 때부터 끈질긴 근성을 나타내 보였었다. 그리고 머리가 우선 좋지 않니? 지능으로 상대편을 쉽게 요리할 수도 있다."

"하지만 권투는 머리로 싸우는 것이 아니라 주먹으로 싸우는 거예요. 머리 따윈 부수적인 거고. 주먹이 필수예요."

"걱정 마라. 넌 반드시 이기고야 말 테니까."

박정달 씨는 막내의 어깨를 두드려주면서도 금방 기권을 권유하고 싶은 심정이었다.

"내일은 내가 응원을 나가주지."

남의 이빨 네 대를 부러뜨리고 요즘은 갑자기 무슨 용사 같은 기분에 들떠 있는 듯한 장남이 제법 호기로운 표정을 지어 보이고 있었다.

다음날은 날씨가 아주 쾌청했다.

약속대로 장남은 체육관으로 응원을 나가고 집 안에는 박정달 씨와 딸애뿐이었다. 햇빛이 투명하고 따스했다. 이제는 완전한 봄의 문턱에 들어서 있는 듯한 느낌이었다.

"아빠. 빨리 들어와보세요."

박정달 씨가 마당에서 아이들의 망가진 책장을 고치고 있는

데 딸애가 안방에서 다급하게 소리쳤다. 오늘은 토요일 오후. 점심때가 약간 지나 있었다.

"무슨 일이냐?"

박정달 씨는 그냥 건성으로 대답하고는 여전히 책장만 만지작거리고 있었다.

"지금 막 시합을 시작하려는 찰나예요. 어서 들어와보세요."

딸애가 다시 소리치고 있었다.

"시작했냐?"

방 안에 들어서니 딸애가 텔레비전 앞에 앉아 안절부절을 못하고 있는 중이었다. 링 아나운서가 막내를 소개하고 있었다. 딸애는 벌써부터 완전히 질려버린 듯한 얼굴이었다.

"세컨드 아웃."

레퍼리의 명령에 이어 땡 하고 종이 울리는 소리가 들렸다. 그러자 막내가 다짜고짜로 상대편 선수에게로 돌격해 들어가는 것이 보였다.

"엄마야!"

딸애가 두 손으로 얼굴을 감싸고 있었다.

막내는 흡사 미련한 막싸움꾼 같았다. 중구난방으로 무절제하게 두 팔을 휘두르면서 무조건 대시만 계속하고 있었다.

"많이 다듬어져야 하겠는데요."

아나운서가 막내를 평하는 소리였다.

"너무 흥분하고 있는 것 같군요. 자세도 통 안정감이 없어

350

요. 어쩌면 저런 자세는 극도의 공포감이 역으로 표현되는 상태라고도 말할 수 있어요. 왕년에 세계 헤비급 챔피언으로 군림했던 무하마드 알리라는 선수는 자기가 링에 섰을 때 극도의 공포감 때문에 그런 위력적인 펀치를 날리게 되었노라고 말했지만 글쎄요. 그것도 세기가 갖추어진 다음의 얘기겠죠. 저 선수는 좀더 침착성을 되찾지 않으면 곤란합니다. 적중률이 하나도 없는 펀치만 날리고 있어요. 반면에 상대편 선수는 상당히 기량이 뛰어난 선수 같군요, 전혀 신인답지 않습니다."

해설자의 말이었다.

처음부터 관객들은 환호하고 있었다. 상대편 선수의 날카로운 펀치들이 수시로 막내의 턱과 복부에 정확하게 날아가 꽂히고 있었다.

"아, 비틀 했습니다."

"네, 대승 체육관 소속의 조명진 선수. 이번에 보여준 스트레이트는 정말로 일품이었습니다."

"충격이 큰 거 같군요, 박태진 선수."

해설자와 아나운서가 주고받은 말이었다.

상대편의 양 훅에 이은 어퍼컷이 다시 막내를 비틀거리게 만들고 있었다. 그러나 막내는 맞으면서도 끝끝내 미련한 대시를 계속하고 있었다. 여전히 마구잡이로 두 팔을 허공에다 내던지면서 죽을 힘을 다하여 파고들고 있었다.

상대편은 재치 있는 발놀림으로 막내의 주먹을 피하면서 쉴

새없이 팔을 내뻗고 있었는데, 그때마다 막내는 턱이 획획 돌아가거나 허리가 새우처럼 구부러졌다. 그러다가 급기야는 로프에 몰리더니 소나기 펀치를 전신으로 받아내면서 맥없이 옆으로 쓰러져버렸다.

그때 공교롭게도 종이 울렸다. 간신히 막내가 몸을 일으키는 모습이 보였다.

자기 코너에 앉아 있는 막내의 모습이 카메라에 비치고 있었다. 얼굴이 형편없이 일그러져 있었다. 치프 세컨드가 무엇인가를 막내에게 열심히 주문하면서 여러 가지 모션을 흉내내 보였다. 기특하게도 막내는 고개를 끄덕이며 다시 아랫입술을 악다물고 있었다.

땡!

2회전이었다.

막내는 이제 완전히 겁에 질려 있는 모습이었다. 아까처럼 무모한 대시조차도 하지 못하고 슬슬 꽁무니를 빼고 있는 형국이었다.

상대편 선수의 잽 하나가 막내의 면상에 날카롭게 꽂히는 것이 보였다. 이어 다시 스트레이트가 작렬하고 훅 몇 개가 막내의 복부에 내리찍혔다.

관객들이 환호하면서 박수들을 치고 있었다.

"나쁜 놈들!"

딸애가 관객들을 향해 던지는 말이었다. 약자 편을 들어야 하지 않겠느냐는 것이 딸애의 의견이었다. 그 점에서는 박정달 씨도 동감이었다.

저렇게 많이 두드려 맞다 보면 막내가 죽어버릴지도 모른다는 생각이 들었다.

막내가 약자라는 것을 관객들도 이제는 확실히 알았을 테지만, 전혀 동정심 같은 건 가지고 싶지 않다는 듯한 태도들이었다.

환호와 박수 소리는 점차로 고조되어 있었다. 이제 막내는 침몰 직전에 놓여 있었다. 얼마나 많이 맞았는지 얼굴이 온통 피범벅이 되어 있었다.

박정달 씨는 갑자기 가슴이 메는 듯 아파왔다. 막내의 모습이 마치 자신의 모습처럼 느껴져 왔다. 그때였다. 박정달 씨는 문득 칼이 우는 소리를 들었다.

"무슨 소리가 들리지 않냐?"

박정달 씨는 딸애에게 말했다.

"무슨 소리 말예요?"

"볼륨을 낮춰봐라."

딸애가 텔레비전의 볼륨을 낮추고 있었다. 조용한 텔레비전 속에서 막내는 쉴 새 없이 구타당하고 있었다. 이따금 팔을 휘둘러 막기는 하지만 모두가 불발이었다.

"저 소리, 우우웅 하는 소리가 들리지 않냐?"

"안 들리는데요."

말하면서도 딸애는 막내 때문에 울상이었다.

"거 참 이상하구나. 내 귀에는 분명히 들리는데."

딸애는 다시 볼륨을 높여주고 있었다.

"또 종이 살려주는군요."

"하지만 마지막 라운드까지 갈 것 같지는 않습니다."

"무슨 이변이라도 생기지 않는 한은 힘들겠는데요."

이런 소리들이 살아나고 있었다.

"내 아들은 이긴다."

박정달 씨는 짤막하게 못을 박았다.

"저렇게 매를 많이 맞았는데 어떻게 이겨요?"

딸이 울음 섞인 목소리로 중얼거리고 있었다. 체념했다는
듯한 표정이었다. 칼의 울음소리는 어느새 그쳐 있었다.

3회전이 시작되고 있었다.

막내의 얼굴이 클로즈업되고 있었다. 얼굴은 형편없이 일그
러져 있었으나 눈에서만은 이상한 광채가 발산되고 있는 것
같았다. 그것은 일종의 살기 같은 것이었다. 순간적으로 박정
달 씨는 섬뜩한 느낌을 받았다. 막내의 눈빛에서 검기가 번뜩
이고 있다는 느낌을 받았던 것이다.

상대편이 잽을 던지면서 막내에게로 접근해 오고 있었다.
막내는 피하지 않았다.

박정달 씨는 순간적으로 자신이 링 위에 있는 것처럼 착각
되었다. 막내는 바로 자신과 일치해 있었다. 상대편의 라이트

훅이 슬로 비디오처럼 흘러들고 있는 것이 보였다. 그것은 귓전을 스치더니 어깨 위로 곡선을 그으며 미끄러지고 있었다. 상대편의 턱이 비어 있었다.

이때다, 라고 박정달 씨가 부르짖는 순간 막내의 주먹이 사력을 다해서 그리로 내뻗어지는 것이 보였다. 상대편의 고개가 획 돌아가면서 주춤 스텝이 흐트러지고 있었다. 충격을 크게 받은 모양이었다. 막내는 미친 듯이 양 훅과 어퍼컷을 구사하기 시작했다. 정말로 제정신이 아닌 것 같았다.

"네에, 굉장합니다. 정말로 박태진 선수 투지 하나는 알아줘야 하겠군요. 조명진 선수 위험합니다. 비틀비틀 뒤로 물러서고 있습니다."

상대편은 드디어 로프까지 밀리더니 몇 개의 주먹을 막내에게 던져보고 있었다.

그러나 막내는 폭발하는 한 덩어리의 작은 화산 같았다.

닥치는 대로 상대편을 난타하고 있었다. 커버를 하고 있는데도 상대편의 글러브와 팔꿈치는 가차없이 부서져 나가고 있었다. 딸애가 알아들을 수 없는 비명 같은 것을 쉴 새 없이 질러대고 있었다.

풀썩!

마침내 상대편은 불에 덴 노래기처럼 몸을 말더니 그대로 매트 바닥에 꼬꾸라지고 말았다.

주심의 손가락이 중립 코너를 가리켰고 막내는 거의 쓰러질

듯 비틀거리며 중립 코너로 가서 로프를 잡은 채 걷잡을 수 없는 숨을 몰아쉬고 있었다.

"카운트 아웃입니다. 무서운 투혼을 가진 선수입니다. 박태진 선수는 이로써 데뷔전을 화려한 케이오로 장식한 셈입니다."

그 다음은 아무 소리도 박정달 씨의 귀에는 들려오지 않았다. 그는 잠시 졸면서 꿈을 꾸고 있다가 깨어난 듯한 기분이었다.

참으로 이상한 노릇이었다.

집안 전체가 도무지 안정감이 없었다. 마누라도 그렇고 아이들도 그렇고 박정달 씨 자신도 그랬다. 갑자기 어떤 거친 분위기가 온 집안을 휘젓고 있었다.

툭하면 아이들이 극심한 말다툼을 했고 툭하면 마누라가 트집을 잡아왔다. 서로가 으르렁거리는 형국이었다.

그러나 집 안에서만 그치는 것은 아니었다.

큰애가 어디 가서 머리가 깨어져 들어오는 수도 있었고 막내가 어디 가서 그 또래 사내 녀석의 턱뼈를 탈골시키고 들어오는 수도 있었다. 심상치 않은 분위기였다. 전에는 감히 예측조차 할 수 없었던 사건들이 하루에도 두세 번씩은 돌출되고 있었다.

"막내가 그놈의 권투에서 이기고 나니까 모두들 덩달아 이 모양이에요."

마누라는 그렇게 말했지만 박정달 씨는 그렇게 생각지 않고 있었다.

'신검 때문이다. 신검에 무슨 결함인가가 있는 것이다. 어쩌면 무서운 일이 일어나게 되는지도 모른다.'

신검이 우는 소리를 듣는 날은 반드시 무슨 일이든 터지고야 말았다. 마누라에게 손찌검을 하게 되든지 아이들에게 손찌검을 하게 되든지, 하여튼 무슨 일이든 기분 나쁜 일이 꼭 생겨나 주곤 했던 것이다.

박정달 씨는 차츰 불길한 예감에 사로잡히기 시작했다. 그리고 그 예감은 며칠이 못 가서 현실로 나타났다.

"또 그놈의 칼 타령이에요! 요즘의 당신은 꼭 실성한 남자 같아요. 집안 사람들한테도 씨가 안 먹히는 소리를 동네 사람들한테까지 할 필요가 뭐 있어요. 밖에 나가면 동네 사람들이 뭐래는 줄 아세요? 댁에 남편이 혹시 이렇게 된 게 아니냐고 물어요. 그놈의 칼 얘긴 이제 그만 집어치워요."

지난밤 또 신검이 우는 소리를 들었노라고 박정달 씨가 혼잣소리로 중얼거리고 있는데, 꽃가게로 나갈 차비를 서두르던 마누라가 대뜸 그렇게 말해 왔던 것이다. 박정달 씨는 갑자기 전신이 부글부글 끓어오르는 듯한 느낌이었다. 참아야지. 박정달 씨는 이를 악물면서 가슴을 짓누르고 있었다. 그러나 마누라는 계속 입을 놀리고 있었다. 신세 타령으로부터 시작해서 급기야는 남편을 헐뜯는 데까지 도달하고 있었다. 박정달 씨는 이제 더 이상 참아낼 도리가 없었다. 그는 자신도 모르게 방바닥에 놓인 재떨이를 집어 화장대 앞에 앉아 있는 마누라에게로 던지고 말았다.

쨍그렁!

거울이 박살나는 소리. 용케도 재떨이는 마누라에게 명중하지 않았다. 던질 때 손끝에서 재떨이가 약간 미끄러졌던 게 다행이었다.

박정달 씨는 그 길로 문을 박차고 집을 나와버리고 말았다. 대장간으로라도 가서 냉방에 혼자 앉아 있으면 마음이 좀 진정될는지도 모른다는 생각이 얼핏 들기도 했다. 대장간은 처분하려고 내놓았으나 아직 마땅한 임자가 나서지 않아 그대로 방치되어 있는 상태였다.

그런데 골목 어귀에 있는 구멍가게 앞을 지나다 보니 금방 생각이 달라지고 말았다. 소주라도 한 병 마셔야만 직성이 풀릴 것 같았던 것이다.

박정달 씨는 별 망설임도 없이 성큼 가게 안으로 들어섰다. 그리고 소주 한 병을 시켜 병나발을 불기 시작했다. 눈에 백태가 끼고 가는 귀를 먹은 노인네는 옴팍 쭈그러진 모습으로 여전히 그 가게를 지키고 있었는데, 그 몰골을 보니 또 왈칵 증오가 치밀어 오르면서 금방 달려들어 목이라도 졸라버리고 싶은 심정이었다.

이때 동네 청년 두 명이 가게 안으로 들어섰다. 언제나 빈둥

거리면서 남에게 시비나 걸고 술이나 얻어먹는 축들이었다.

그들은 양미리를 난로 위에다 얹어놓고 구워대면서 소주를 홀짝거리기 시작했다. 그러다가 박정달 씨와 우연히 시선이 마주치자, 헤벌쭉 웃음을 흘리면서 먼저 말을 걸어왔다.

"아저씬 추운 데서 혼자 그렇게 병나발 부시지 말고 이리로 오시죠. 안주도 있고 한데."

처음에 박정달 씨는 가벼이 사양했다. 그러나 그들은 친절하게도 박정달 씨를 끌고 난롯가로 가는 성의까지 보였다. 사양할 수가 없는 상황이었다.

서로 권커니 잣커니 하면서 몇 순배의 술이 돌았다. 박정달 씨도 청년들도 곧 취해 버린 상태가 되고 말았다.

"이 아저씨는 칼 때문에 미쳤다고 하던데 뭐 이제 보니 멀쩡하잖아."

한 청년이 말했다.

"짜샤, 그런 소리 함부로 하는 게 아냐."

다른 한 청년이 아부의 눈을 빛내며 말했다.

"아저씨, 우리 한 병만 더 마실까요?"

"이제 그만들 하지."

박정달 씨는 일어설 생각이었다.

"한 병만 더 마십시다."

한 청년이 박정달 씨의 옷소매를 붙잡고 놓아주지 않았다.

"그만 가야겠소."

"왜 이러십니까?"

옷소매를 잡은 청년이 은근히 팔에다 힘을 주고 있었다.

"이거 놓으시오. 겨드랑이 찢어지겠소."

박정달 씨는 잡힌 팔에 힘을 주었다.

"아마 힘으로는 저한테 안 되실 겁니다."

청년이 조롱기 섞인 웃음을 흘리며 이번에는 박정달 씨의 팔목을 잡았다. 그리고 손아귀에 힘을 가하기 시작했다. 상당히 아팠다.

이때 박정달 씨는 그들의 태도에서 비로소 어떤 저의를 느끼기 시작했다.

그들은 이 가게 앞을 지나다가 박정달 씨를 보자, 술을 얻어마실 생각을 품고 계획적으로 들어왔던 것이다.

"이거 놓지 못하겠소?"

박정달 씨는 울컥 불쾌감이 치솟아 올랐다.

"술 한잔만 더 얻어 마십시다."

그들은 이제 노골적으로 그렇게 말해 왔다. 술 한잔만 더 얻어 마십시다.

그렇다면 지금까지 마신 것도 모두 박정달 씨가 그들에게 산 것으로 간주되어 있는 셈이었다.

전에 같으면 이런 경우 박정달 씨는 비굴감과 공포감이 엄습하는 상태에서 하는 수 없이 그들의 의사대로 따라주었을 것이 분명하였다.

그러나 요즈음은 달랐다.

어떤 강한 파괴 본능 같은 것이 자신도 모르게 발동해서 무엇이든 한 번 왕창 부셔버리든지 누구든 대가리를 박살내 보고 싶은 충동에 사로잡히기 일쑤였다.

"이러지 맙시다. 아저씨."

"한동네 살면서 너무 야박하지 않습니까."

"정말로 미친 것도 아니면서 미친 체하는 거유?"

이때였다.

박정달 씨는 자신도 모르게 곁에 놓여 있던 빈 소주병 하나를 집어 들고 그의 손목을 잡고 있는 청년의 이마빡을 후려쳤다.

퍽 하는 소리와 함께 병이 깨지면서 삽시간에 청년의 얼굴은 피투성이가 되었다. 그러나 다른 청년 하나가 박정달 씨를 향해 정확하고 빠르게 주먹을 날렸고 이어 박정달 씨도 코와 입언저리가 피범벅이 된 채 가게 바닥에 큰 대자로 나자빠지고 말았다. 그 다음 박정달 씨는 두 청년의 구둣발에 사정없이 짓밟히기 시작했다.

눈 깜짝할 사이에 가겟방은 아수라장으로 변해 있었다.

"내 도끼로 그 새끼들의 골통을 반드시 박살내버리고 말 테니까."

"글쎄, 형은 가만히 있으래두. 내가 있잖아."

"주먹만으로는 안 돼."

"만약을 생각해서 나도 대검을 준비해 두었다구. 여차하면 쑤셔버리고 말 거야."

아이들은 정말로 대검과 도끼를 들고 며칠간 동네를 휘젓고 다녔다.

이제 집 안에서 일어났던 거친 기운이 구체적인 형태로 동네에까지 퍼져나간 셈이었다.

무슨 소문이라도 들었는지 두 청년은 다행히 아이들 앞에는 코빼기도 비치지 않는 모양이었다.

아이들은 영 딴판으로 변해 있었다. 살기가 등등한 모습이었다. 그 나이 또래가 되면 누구나 영웅심에 들떠서 한번쯤은 그래 보고도 싶겠지만, 박정달 씨로서는 그게 그렇게만은 생각되지 않았다.

아무래도 무슨 큰일을 저지르고야 말 것 같았다. 마음이 불안해서 견딜 수가 없었다. 다행스럽게도 요즈음은 한동안 신검의 울음소리가 들리지 않고 있었다.

만약 그 울음소리를 들었다면 박정달 씨까지 아이들과 합세해서 장검이라도 빼어 들고 동네를 누비기 시작했을는지도 모를 노릇이었다. 평소에는 아무렇지도 않은데 그놈의 울음소리를 들은 날만은 피가 술렁거려서 박정달 씨도 전혀 다른 사람으로 돌변해 버리는 것이었다.

"틀림없이 신검 탓이다……."

박정달 씨는 절망감에 사로잡혀 있었다. 어쩌면 자신이 악마의 혼이 깃든 칼을 만들었는지도 모르겠다는 생각이 들었다.

"신검을 작신작신 분질러버리는 게 어떨까……."

그러나 차마 그렇게 할 수는 없을 것 같았다. 그것을 만들기 위해 그는 얼마나 많은 피땀을 흘려야 했었던가. 그것을 만들기 위해 그는 얼마나 많은 살과 뼈를 깎아야 했었던가.

모든 사람들의 멸시와 조롱 속에서도 그는 오직 그것을 만들겠다는 하나의 일념으로 살아왔었다.

"좀더 기다려보기로 하자……."

그는 그렇게 마음먹는 수밖에 없었다.

그 대신 그는 신검을 집 안에다 보관해 두지 말고 대장간에다 보관해 두어야겠다는 생각을 했다. 그러면 자연히 집안이 평정을 되찾고 동네에서도 아무 일이 일어나지 않게 되는지도 모른다는 추측에서였다.

그는 열쇠로 자신의 소형 도검 박물관의 자물쇠를 풀었다. 거기에는 세계의 그 어떤 칼도 따르지 못할 위용을 가진 칼 한 자루가 걸려 있었다. 그는 그것을 받침대에서 내려 갑 속에 넣었다.

그때였다. 또 한 자루의 칼이 눈에 띄었다. 바로 장 노인이 만든 신검, 장도였다.

그는 그 칼도 받침대에서 내렸다. 그러나 그 칼을 갑 속에 넣지는 않았다. 아무래도 그 칼만은 자신을 모든 액으로부터 구해줄 것만 같은 생각에서 품속에다 간직할 생각이었다.

날이 저물고 있었다. 요 며칠 사이 봄 기운이 성큼 다가선 도시의 머리 위로 매운 꽃샘바람이 스쳐가고 있었다.

박정달 씨는 서둘러 대장간에 도착했다.

덧문을 열고 대장간으로 들어서니 을씨년스러운 한기가 덮쳐 왔다. 그러나 거기에서는 아직도 친근한 쇳내가 맡아져 왔다.

방문을 열었다.

그는 형광등 스위치가 어디에 있는지 아주 잘 알고 있었으므로 별로 더듬거리지 않고 쉽게 그것을 찾아내었다.

"어서 오게."

그가 막 스위치를 밀어 올리려 했을 때였다. 방 안 어디선가 낯선 목소리가 우렁우렁 울려나왔다. 그는 삽시간에 공포감으로 전신이 움츠러드는 듯한 느낌이었다.

"누, 누구요?"

그는 소리 질렀다. 여차하면 신검이라도 뽑아 들고 어둠 속을 후려칠 생각이었다.

"진정하게. 신검을 인수하러 온 사람일세."

늙은 사람의 목소리였다.

박정달 씨의 가슴이 철렁 내려앉는 듯한 기분이었다. 드디어 올 것이 오고야 말았다는 생각이 들었다. 비로소 그는 자신의 칼이 어쨌든 보통 칼과는 다르다는 사실을 확실하게 인정받는 기분이었다. 하지만 이 칼은 악마의 혼이 씌인 칼인지도 모른다. 그렇다면 지금 어둠 속에서 들려온 목소리의 주인공도 결코 선한 사람은 아니지 않겠는가.

박정달 씨는 망설이고 있었다.

"불을 켜게."

목소리는 명령하듯 울려왔다.

그래도 박정달 씨는 여전히 망설이고 있었다.

"안심하게. 그까짓 놈의 덜 된 칼 안 준다면 억지로 뺏아갈 위인은 아니니까."

박정달 씨는 그제서야 형광등의 스위치를 올렸다. 순간적으로 방 안이 확 밝아져 있었다.

얼음장같이 차가운 방바닥에 백발이 성성한 노인이 하나 앉아 있었다.

기다란 수염이 가슴까지 드리워져 있었는데 너무도 희고 깨끗해서 한번 만져보고 싶은 충동을 느끼게 할 정도였다. 자세는 곧고 단정했으며 얼굴에는 은은한 화기가 감돌고 있었다.

그러나 어딘지 모르게 전체적으로 감히 범접할 수 없는 위엄이 서려 있었으며 특히 눈만은 칼빛보다 더 무섭게 빛나고 있었다.

박정달 씨는 대번에 그 노인에게 위압당해 버리는 듯한 기분이었다.

"앉게."

노인이 말했다.

"그동안 줄곧 칼의 울음소리를 듣고 있었다. 그러다가 아무 래도 오늘쯤은 한번 자네를 만나보아야겠다 싶어 집 앞에서 서성거리다가 마침 자네가 이리로 오는 것을 미행타가 미리 앞 질러 와 대기하고 있었네."

"어, 어디로 들어오셨습니까. 가게문은 채워져 있었는데 말 입니다."

"뒷담을 훌쩍 타넘어 들어왔지."

노인은 빙그레 웃고 있었다.

박정달 씨는 추위도 잊고 긴장 상태로 노인의 얼굴만 주시 하고 있었다.

"자네가 만든 칼 말인데 아무래도 미완성품인 것 같아. 울 음소리가 영 신통치 않더란 말일세. 그대로 두었다간 필시 무 슨 사고를 저지르고야 말 것 같았어."

그렇다면 이 노인은 그 칼을 없애버리라는 사명감이라도 띠 고 나타난 것은 아닐까.

"어디 그 칼을 한번 보여주게."

그러나 박정달 씨는 아직도 섣불리 이 노인에게 신검을 선 뜻 내어주지 못하고 있었다.

"어느 칼인가?"

노인은 박정달 씨 뒤에 감추어져 있는 칼들을 눈으로 가리 키며 묻고 있었다.

박정달 씨는 마지못해 갑 하나를 집어 노인에게로 건네주었다.

"이 칼입니다."

그러나 그 칼은 장 노인이 만든 장도였다.

박정달 씨는 비록 그것이 대단한 칼이기는 하지만 그쪽을 내어주는 것이 훨씬 마음 편할 것 같았다. 자기의 손으로 직접 만든 칼을 낯선 노인에게 함부로 내어줄 수는 없다는 생각이 들었던 것이다.

"호오, 과연 보검이로다."

칼을 칼집에서 빼어 들고 한참 동안 살펴보던 노인은 자못 감탄을 금치 못하겠다는 듯 이렇게 말했다.

"오늘날까지 이런 보검을 만드는 비술이 그 명맥을 유지해 내려오고 있다는 것이 고맙기만 하도다."

그러나 박정달 씨는 대번에 이 노인이 가짜라는 판단을 내리지 않을 수 없었다. 만약 진짜라면 칼의 모양새나 검기로 보아 어느 칼이 누구의 칼인가쯤은 능히 짐작할 수가 있으리라는 판단에서였다.

그런데 박정달 씨의 생각은 너무도 성급했다.

"허나 이제 이 보검은 자네 안사람한테나 주어버리게. 감자 같은 걸 깎는 데는 제법 쓸모가 있을 거야."

노인은 다시 한 번 빙그레 웃고 있었다.

"무슨 말씀이십니까?"

"적어도 칼에 관한 한은 내 눈을 속일 수가 없지. 이 보검도 상당히 기운을 가지고 있기는 했어. 허나 자네가 들고 있는 그 칼에 기운이 모두 흡수되어 버려서 이제는 맹탕이야. 어디 자네 것을 한번 보여 주게."

비로소 박정달 씨는 이 노인이 범상치가 않다는 사실을 깨닫기 시작했다. 그래서 결국 안심하고 자신의 칼을 노인에게로 건네주었다.

"아뿔싸!"

박정달 씨의 칼을 유심히 살펴보고 있던 노인이 탄식하듯 말했다.

박정달 씨는 가슴이 철렁 내려앉는 듯한 느낌이었다.

"큰 실수를 저질렀구만. 역시 이 칼은 미완성이야."

노인의 미간에 검은 그림자가 서려 있었다.

"무슨 말씀이신지요?"

어디선가 결함이 발견된 모양이었다.

"자네 이 칼을 만들 때 한 번도 피를 먹이지 않은 모양이로군."

"피를 먹이다니요? 저는 신검을 만드는 방법을 가르쳐준 장 씨에게서도 그런 이야기를 들어본 적이 없습니다."

"실수로 빠뜨렸겠지. 아니면 너무 상식적인 것이어서 이미 알고 있는 줄 알고 생략했거나."

"피, 피를 먹이다니 어떤 방법으로 먹인단 말입니까?"

"모름지기 모든 칼들은 피를 그리워하는 습성이 있다네. 이

발소의 면도날이 손님의 턱을 째고 부엌의 식칼이 아녀자들의 손가락을 베는 것을 자네는 본 적이 있겠지. 잠시만 정신을 다른 데다 팔아도 칼은 스스로 그런 일을 저지르거든. 하다못해 물고기의 배라도 자주 갈라주지 않으면 사람을 다치게 하네. 그런 칼들은 만들 때 피를 먹여주지 않았기 때문이지. 일본 사람들은 칼을 만들 때 일부러 칼에다 피를 먹이기를 꺼려. 그래야만 닥치는 대로 목을 자르고 싶어지거든. 하지만 우리 칼은 그 반대지. 쇠를 칠 때 한 번, 쇠를 식힐 때 한 번, 완성해서 갈 때 한 번 피를 먹이는 거야. 많이도 필요 없어. 한두 방울 정도면 충분해. 그런데 그걸 빠뜨리다니, 애석한지고."

노인은 정말로 낭패를 당한 듯한 얼굴이었다.

"그걸 빠뜨리면 어떻게 됩니까?"

"반드시 한 번은 사람의 목숨을 해하게 되지."

"그건 안 됩니다."

박정달 씨는 자신도 모르게 소리쳤다.

칼의 성능을 시험하는 과정에서 머리카락을 뽑아 시험하는 방법을 회피했던 이유는 무엇이었던가. 그것은 머리카락 한 올도 사람의 신체 일부에 해당한다는 생각에서가 아니었던가.

그런데 사람의 목숨을 해하게 된다니 천부당만부당한 일이었다.

"자네는 불을 켰을 때 방 안에 사람이 있다는 것을 알고 곧바로 이 칼을 뽑아들 생각을 했을 걸세. 하지만 그것은 자네

스스로 한 일은 아니야. 칼이 자네를 충동질한 거지. 좋은 칼은 주인이 칼을 뽑고자 해도 결코 칼집에서 나오려 들지 않네. 다만 그 기운으로써 주인에게는 덕을 베풀게 하고 상대에게는 고마움을 느끼게 만드는 법이지."

박정달 씨는 비로소 최근의 내부에서 꿈틀거리던 이상한 기운이 어디에서부터 연유한 것인가를 확실히 깨달을 수가 있었다.

"그렇다면 이제 아무런 방도가 없겠습니까?"

"있기는 있네마는……."

"있다면 무슨 짓이든지 하겠습니다."

"아무나 할 수 있는 일이 아니라네."

노인은 혼잣소리처럼 중얼거렸다. 그리고 잠시 후 명령을 내리듯 단호한 목소리로 말했다.

"앞으로 열흘 이내로 자네가 원수처럼 여기는 인간을 한 명 선정하게."

그 목소리는 얼음처럼 싸늘했다. 감히 거역할 수 없는 위엄 같은 것이 노인의 얼굴에 서려 있었다. 노인은 확고부동의 결론 하나를 이미 내려놓고 있는 것 같았다.

"저, 저보고 사람을 죽이라는 것은 아니시겠지요?"

"더 큰일을 위해서는 쓸모없는 인종 하나쯤 없어져도 상관이 없네."

"하지만."

"하지만은 뭐가 하지만이야. 이 칼로 아무 사람의 목을 칠 수는 없지 않은가."

"저는 죽어도 그렇게 할 수가 없습니다."

"그렇다면 나라도 대신 죽여줄 터이니 열흘 이내로 한 사람을 선정하란 말이야. 그놈이 인간 말종일수록 좋을 거야. 내가 감쪽같이 해치워줄 테니까."

"다른 방도는 없겠습니까?"

"없네."

박정달 씨는 비로소 전신이 와들와들 떨려오기 시작했다.

박정달 씨는 며칠 사이에 눈에 띄게 야위어 있었다. 도대체 누구를 죽인단 말인가.

그야말로 말도 안 되는 소리였다. 노인을 만난 이후 단 한 번도 제대로 밤잠을 이룬 적이 없었다.

하지만 그것은 도저히 피할 수가 없는 숙명이었다. 노인의 말에 의하면 그 칼은 어차피 한 사람의 목숨을 거두어들여야지 완성이 된다는 거였다. 피로써만은 이제 칼의 원초적 본능을 잠재울 수가 없다는 설명이었다.

"만약 그대로 버려둔 채 열흘 이상이 지나면 이제 그것은 미친 칼이 되고 마네. 그렇게 되면 백 사람의 목을 잘라도 성에 차지 않게 되네. 사람도 어떤 병이든 초기에 발견해서 치료를 하게 되면 후환이 없어. 칼이라고 하나 다를 바가 없지. 칼이 완전히 미쳐버리기 전에 단 한 사람의 목숨으로 그 광기를 치료하는 게 좋을 걸세. 명심하게."

박정달 씨는 그만 칼을 없애버려야겠다는 생각을 하기에까지 이르렀다.

그러나 노인은 단호히 말했다.

"이 칼은 자네 개인의 칼이 아닐세. 어떤 목적이 있어서 특수한 세계의 힘이 자네로 하여금 이 칼을 만들도록 배려한 것일세."

그렇다고는 하지만 누구의 목숨을 바쳐서 그 칼의 광기를 잠재운단 말인가. 어디 사람 목숨을 파는 데라도 있다면 외상으로 딱 한 개만 사고 싶은 심정이었다.

그는 이제 누구든 보기만 하면 두려워지고 있었다. 그는 목숨을 끊어놓을 사람을 물색하고 있는 중이었고, 머릿속이 온통 그 생각으로 들어차 있었으므로 보는 사람마다 저 사람을 죽이면 어떻게 될까 하는 상상력만 활발히 고개를 쳐들기 때문이었다. 때로는 가까스로 잠이 들어 꿈을 꾸다가 꿈속에까지 그런 생각을 문득문득 하게 될 정도였다.

특히 그는 골목 어귀의 구멍가게 앞을 지나는 것을 무엇보다도 꺼리게 되었다. 거기에는 어떤 악운 같은 것이 도사리고 있는 것 같았으며, 눈에 백태가 끼고 가는 귀가 먹은 구멍가게 영감탱이가 마치 악령이라도 씌인 사람 같은 기분이 들어서였다. 그렇지 않고서야 어떻게 그 영감탱이가 개입된 거리에서만 두 번씩이나 박정달 씨가 그토록 몸서리쳐지는 곤욕을 치를 수가 있겠는가.

"이제 닷새밖에 남지 않았다. 그래 누구를 선정했는가?"

대장간에 있는 노인이 그렇게 물었을 때 박정달 씨는 하마 터면 구멍가게 영감탱이를 선정했노라고까지 말할 뻔했었다. 하지만 그 영감탱이도 살아야 할 이유는 있을 것이며 박정달 씨의 개인적인 미움도 그를 죽일 만큼 강하지가 못했다.

박정달 씨는 눈을 감고 먼 과거를 곰곰 회상해 보기 시작 했다.

초등학교 시절부터 매맞고 놀림받으며 살아왔었다. 그러나 아무래도 선명하게 되살아나는 것은 중2 때 좋아하던 여자애 가 보는 앞에서 구타를 당하던 장면이었다. 학교림 입구, 찢어 진 노트, 피 묻은 새, 강렬할 햇빛, 제재소의 톱날소리, 상급생 의 얼굴, 야비한 웃음…….

그 다음은 고등학교 때 옥상에서 집단 폭행을 당하던 일이 떠올랐다. 그것도 역시 선명한 기억 중의 하나였다. 이어 대학 생활, 그리고 직장생활, 그 속에서도 물론 몇 가지의 억울한 일 은 있었다. 부당하게 당하고 있다는 것을 알면서도 단지 힘이 없다는 이유 하나만으로 얼마나 많은 장면들을 회피하며 살 아왔었던가.

그러나 무엇보다도 생생한 기억은 살인범으로 누명을 쓰고 경찰서에 끌려갔던 일이었다. 그때에 당했던 수모와 고통은 영 원히 잊을 수가 없을 것 같았다.

그 후 열차칸에서 불량배들에게 당했던 기억도 빠질 수는 없을 것 같았다. 그러나 아무리 생각해 보아도 그중에서 죽여 버리고 싶다는 생각을 갖게 하는 사람은 하나도 없었다. 사람의 목숨이란 누구에게나 소중한 것이어서 신이 아니고서는 아무도 함부로 거두어갈 수가 없다는 생각은 옛날이나 지금이나 변함없었다.

노인은 줄곧 대장간 냉방에만 앉아 있었다. 가부좌를 틀고 단정한 자세로 앉아 있었다. 잠도 자지 않고 밥도 먹지 않는 것 같았다. 박정달 씨가 산에서 체험했던 어떤 세계 중의 하나가 노인에게도 분명히 내재하고 있는 것 같았다.

그러나 노인의 세계는 박정달 씨의 세계보다는 단계가 훨씬 높은 곳에 존재하는 것 같았다.

박정달 씨는 자신이 노인에게 포박되어 있다는 사실을 느껴가기 시작했다. 집에서 식구들과 잡담을 나눌 때도 거리에서 혼자 담배를 피우며 맹목적으로 걷고 있을 때도 노인의 눈이 줄곧 그를 주시하고 있었다.

아무리 멀리 도망을 친다 해도 금방 덜미를 잡혀버릴 게 분명했다.

박정달 씨는 점차로 피가 말라붙는 것 같은 느낌이었다.

"누구를 선정했나?"

"아무도 선정하지 못했습니다."

"네 이놈! 지금 이 늙은이가 할 일이 없어서 이렇게 너한테만 붙어 있는 줄 아느냐. 정 죽일 놈이 없다면 제 자식이라도 희생해야 하거늘!"

"어, 어떻게 제 자식을."

"그렇다면 누구를 죽이겠느냐?"

그때 비로소 박정달 씨는 눈이 번쩍 뜨이는 듯한 느낌이었다. 그는 노인이 자신에게서 무엇을 요구하고 있는가를 확연히 깨달을 수가 있었던 것이다.

노인은 박정달 씨가 스스로 목숨을 칼에게 바칠 결심을 해주기를 기다리고 있었던 것이다.

아!

박정달 씨는 속으로 낮게 탄성을 발했다. 결국 그 길밖에는 없다는 생각이 들었다.

"이제 사흘밖에는 남지 않았네."

노인의 음성은 어느새 부드러워져 있었다.

"이제 우리는 만날 때가 되었다는 생각이 드네."

박정달 씨는 공중전화 부스에서 친구에게 전화를 걸고 있었다. 공중전화 부스 유리문 밖에 봄 기운이 서성거리고 있었다.

"어쩐지 쑥스러울 것 같군."

"하지만 감격적일 수도 있지."

"그래 사우디아라비아로 언제 떠나는가."

"아직 확실히는 모르겠네."

"이 사람 갑작스럽게 그런 결정을 내리다니."

"살기 좋으면 아예 돌아오지 않겠네. 그렇게 되면 영원히 만나지 못할는지도 모르지."

"그런 섭섭한 소리는 하지 말게."

"나는 한평생 친구라곤 자네 한 사람뿐이었네."

"나도 그것은 마찬가질세."

"만나보아도 괜찮을 거라는 생각이 드는군."

"약간 가슴이 두근거리는데."

"자네가 정하지."

"아닐세. 자네가 정하게. 나는 전혀 바쁘지 않으니까 아무 때라도 상관없거든."

잠시 침묵이 흘렀다. 저쪽에서 마땅한 시간과 장소를 생각하고 있는 중인 모양이었다.

"장소는 우체국 앞으로 하는 게 좋겠군. 우리는 편지를 통해 서로의 우정을 다진 사이니까."

"멋진 생각일세. 시간은?"

"역시 아침이 상쾌하겠지."

"몇 시로 하면 좋겠나?"

"그냥 해뜨기 직전으로 하세."

"우리는 서로의 얼굴을 모르는데 어떻게 알아볼 수 있겠나?"

"그냥 느낌으로 알아볼 수 있을 걸세."

"역시 자네는 나와 통하는 면이 있군. 그런데 날짜가 빠졌네."

"그렇군. 내일은 곤란하고 모레가 어떤가, 금요일. 난 역시 고리대금업자여서 언제나 금자가 들어가면 마냥 좋다네."

"그럼 그렇게 하세."

"소년처럼 가슴이 두근거리네."

"그건 나도 마찬가질세."

"이번주 금요일 해뜨기 직전 우체국 앞. 잊지 말게."

"자네도 잊지 말게."

전화는 끊어졌다.

박정달 씨는 다시 한 번 그와의 추억들을 생각했다. 역시 칼 때문에 생긴 인연이었다. 그동안 줄곧 편지와 전화로만 사귄 정이, 만나서 수천 번 술자리를 함께 했던 사람들의 것보다는 한결 두터워져 있다는 생각이 들었다.

그러나 박정달 씨는 갑자기 모든 것이 신에 의해 미리 정해져 있었다는 듯한 느낌을 받았다. 서로 만나자는 의견에 아무런 부담감도 없이 저쪽에서 찬성하고 나오는 것도 미리 정해져 있었던 것 같은 느낌이었다. 그리고 서로 만나기로 한 날짜도 우연히 모레로 정해진 것이 아닌 듯했다. 계획대로라면 모레 이후로 박정달 씨는 절대 이 세상 사람이 아닐 터이므로.

"내일은 필히 대사를 치러야 하네."

어느 날 늦은 저녁 식사를 마치고 박정달 씨가 대장간에 도착하니 미처 신발을 다 벗기도 전에 노인이 다짐하듯 말했다.

"아직도 목숨 하나를 구하지 못했다고는 말하지 않겠지."

노인의 목소리 속에는 이미 박정달 씨의 심중을 훤히 들여다보고 있다는 듯한 암시가 서려 있었다.

"염려 마십시오. 반드시 구해보겠습니다."

"자네 손으로 그 목숨을 거둘 수 없다면 내 손으로라도 거두어줄 터인즉 자네는 누구든 점지만 하게."

"네."

박정달 씨는 순순히 대답했다.

"그럼 오늘은 어디 발을 뻗고 잠이나 한번 편히 자볼까. 베개나 하나 던져주게."

"여기 있습니다."

노인은 박정달 씨가 내미는 베개를 받아 들더니 신검을 방바닥에 눕히고 그 위에 베개를 올려놓은 다음 이내 스스로 잠이 들어버렸다.

밖에는 황사바람이 심하게 불고 있었다. 싸르락싸르락 굵은 모래알들이 대장간 덧문에 부딪치는 소리가 들려왔다. 철커덩 어디선가 양철 대문이 세차게 닫히는 소리도 들려왔다.

박정달 씨는 잠든 노인의 얼굴을 물끄러미 바라보고 있었다. 틀림없이 이 노인이 친구 아버님일 것이라는 생각이 거듭 뇌리를 스치고 지나갔다.

노인은 어느새 낮게 코 고는 소리를 발하고 있었다.

내일이면 만나게 되리라. 나는 당신의 아들을 만나게 되리

라. 그리고 돌아와 당신에게 목숨을 의탁하리라.

당신의 아들과 나는 칼 때문에 서로 인연을 맺게 되고 다시 칼 때문에 서로 헤어지게 되리라.

만약 박정달 씨의 결심이 변하지 않는다면, 그래서 그가 자신의 목숨을 끊어주기를 그 노인에게 의탁하게 된다면 이 또한 얼마나 극적인 일이겠는가.

박정달 씨는 바람소리 속에서 가만히 벽에 등을 기대고 앉아 지나온 과거를 차근차근 돌아다보았다. 부끄럽고 외로운 나날들뿐이었다. 남에게 원수진 일도 하나 없으며 남을 원수로 삼았던 적도 하나 없었다.

다만 약자로서 밀리면서 살아왔을 뿐이었다. 막상 죽는다고 생각하니 억울한 점도 한두 가지가 아니었다.

아이들과 마누라에게 죄스러웠다. 단 한 번도 남편과 아비 구실을 못하고 살아왔다는 생각이 들었다.

문득 많은 사람들이 그리워져 왔다. 그에게 잘해주었던 사람들도 보고 싶었지만, 그에게 못해주었던 사람들도 보고 싶었다. 그들이 한 자리에 모두 모여앉은 자리에서 대담하고 자랑스러운 모습으로 죽고 싶었다.

그러나 또 한편으로 생각하면 이대로 죽을 수는 없을 것 같았다. 무엇인가 많은 할 일이 남아 있을 거라는 생각이 들었다. 좀더 세상에 오래 살아남아 있고 싶었다. 굳이 자신의 목숨을 바치겠노라고 생각한 것은 남의 목숨을 끊을 수 없다는 양심의 발로 때문이었다. 그는 오늘날까지 그렇게 살아왔었다. 되도록이면 양심을 저버리지 않으려고 애쓰면서 살아왔었다.

그런데 무슨 이득이 있겠는가. 궁극적으로 자신의 목숨을 스스로 바쳐야 하는 지경에까지 처하게 되지 않았는가. 아무래도 이건 순리에 어긋나는 일 같이만 생각되었다.

노인의 코 고는 소리는 점점 고조를 더해가고 있었다. 박정달 씨는 노인의 얼굴을 보는 순간 문득 한 가지 엉뚱한 생각에 사로잡히게 되었다.

그리고 그 엉뚱한 생각은 지금까지 풀리지 않았던 한 가지 난제에 대해 또 하나의 열쇠를 던져주고 있었다.

나는 죽어야 하는데 왜 이 노인은 살아 있어야 하는가. 한 자루의 신검을 완성하기 위해서 반드시 한 사람의 목숨이 필요하다면 그 목숨이 굳이 나의 것이어야 된다는 제약이 없는 한, 반드시 내가 죽어야 할 필요는 없지 않겠는가.

그런 생각이 들자, 박정달 씨는 차츰 살고 싶은 욕망에 사로잡히기 시작했다. 그는 잠든 노인의 얼굴을 다시 한 번 자세히 들여다보았다. 그리고 그 얼굴에서 그는 철저한 이기주의를 읽기 시작했다. 어째서 그는 박정달 씨가 스스로 목숨을 바치겠다고 결심했다는 사실을 대충은 짐작하고 있을 텐데도 한 마디 위로의 말도 해주지 않는단 말인가. 어째서 그는 말없이 그 칼에다 자신의 목숨을 바쳐야겠다는 생각을 하지는 못하는가.

그는 이제 살 만큼 살아왔다.

박정달 씨의 짐작대로 그가 친구의 아버님이 틀림없다면 이제 그가 가족을 위해 할 일은 아무것도 없다. 처음부터 그는 칼에 미쳤었고, 전혀 가족들을 보살피지 않았고, 지금도 그것은 마찬가지다.

하지만 박정달 씨는 조금 다르다. 한때는 그래도 비굴을 무릅쓰고 직장에 나가 가족들을 위해 굽신거리며 살아왔다. 비록 몇 년간은 자신도 칼에 미쳐서 가족들을 전혀 돌보지 않았지만, 한 자루의 칼을 다 만들고 그 완성을 눈앞에 두고 있는 지금 그는 가족들에 대한 일말의 죄스러움에 싸여 있다. 앞으로는 더욱 피땀을 흘려 가족들을 위해 열심히 살고 싶다. 그의 가족들은 아직도 그의 손길을 필요로 하고 있는 것이다.

사람의 목숨은 누구의 것이든 소중하다. 그런데도 노인은 박정달 씨에게 아무런 거리낌도 없이 신검의 완성을 위해 바쳐질 목숨 하나를 물색해 보라고 다그쳐 왔다. 신검이 그렇게 소중한 것이라면, 왜 그는 기꺼이 자신의 목숨을 바칠 수가 없는 것이냐.

박정달 씨는 오히려 신검의 완성을 위해 목숨을 바쳐야 한다면 노인이 자기보다 더 적격이라는 생각을 하고 있었다. 칼을 쓰는 자가 칼에 목숨을 잃는다는 것이야말로 얼마나 당연한 귀결인가. 그리고 남들은 신검에 전혀 관여하지 않았지만 노인은 신검에 직접 관여하고 있는 것이다. 그것은 어떤 의미로 보아 노인 역시 박정달 씨처럼 신검을 위해 죽을 권리가 있다는 얘기다.

그러나 노인은 박정달 씨의 생각을 아는지 모르는지 시종일관 코를 골며 잠만 자고 있었다.

박정달 씨는 노인의 얼굴에서 자신과의 피할 수 없는 숙명 같은 걸 느끼기 시작했다. 열쇠는 단 두 개밖에 없는 것 같았다. 하나는 노인이 희생되는 것이고 또 하나는 박정달 씨가 희생되는 것뿐인 것 같았다. 각기 그들은 열쇠를 하나씩 쥐고 있었는데 박정달 씨는 어리석게도 노인의 손에 쥐어진 열쇠만 보고 있었을 뿐 자신의 손에 쥐어진 열쇠는 보지 못했었다는 생각이 들었다.

마침내 박정달 씨는 결심을 굳히게 되었다. 열쇠가 하나뿐일 때는 자신의 목숨을 포기할 생각이었지만, 열쇠가 둘일 때는 굳이 그럴 필요가 없다는 생각이었다. 박정달 씨는 난생 처음으로 대범해져 있었다. 그는 그렇게 변해버린 자신에 대해 스스로 놀라움을 금치 못하고 있었다.

그러나 노인은 신검을 베개 밑에다 깔고 잠들어 있었다. 만약 그것을 빼면 노인은 곧 잠에서 깨어날 것이다. 그는 어쩌면 무예계의 대고수일 터이므로 조금만 낌새가 이상해도 대번에 알아차릴 것이다.

박정달 씨는 노인이 얼마나 깊이 잠들었는가를 시험해 보기 위해 일부러 변소를 한 번 다녀왔다.

방문을 소리나게 쾅 닫아보았으나 노인은 깊이 잠들어 있는 모양이므로 전혀 미동도 하지 않았다. 여전히 코만 골아대고 있을 뿐이었다.

그래도 베개 밑에 있는 신검을 뽑기에는 적당치가 않은 것 같았다.

그는 일단 장 노인의 장도를 사용하기로 마음먹었다. 우선 장 노인의 장도로 노인의 목을 찌른 다음, 노인이 몸을 일으켜 세우는 순간 신검을 빼어 다시 한 번 심장을 찌를 생각이었다. 그리고 시체는 대장간 작업실을 깊이 파고 거기에 묻은 다음 시멘트를 바를 생각이었다. 대장간을 좀 비싼 값으로 팔아치우자면 전체적으로 수리를 한 번 해야 하고 시멘트는 그때 가서 바르면 되는 것이다.

어차피 노인은 옛날부터 떠돌이로 살아왔을 테니까 없어져도 이상하게 생각하고 찾아 헤맬 사람도 없을 것이다.

박정달 씨는 품속에서 천천히 장도 하나를 꺼내 들었다. 그리고 그것을 소리 안 나게 칼집에서 뽑아내었다. 장도는 형광등 불빛 속에서 새파랗게 빛을 발하고 있었다.

노인은 이 장도를 맹탕이라고 말했지만, 요즘은 하도 액운이 겹쳐서 혹시 무슨 일이라도 일어날까 염려하여 그동안 가슴에 품고 다녔었는데 천만다행이라는 생각이 들었다.

장도는 형광등 불빛을 받아 새파랗게 빛나고 있었다.

숙명이다.

박정달 씨는 마음속으로 부르짖었다. 다시 모든 일이 이렇게 되도록 정해져 있었다는 생각이 들었다.

그는 숨을 죽인 채 잠든 노인을 향해 아주 조심스럽게 다가섰다. 눈을 감고 잠들어 있는 노인에게서는 아무 위엄도 느낄 수가 없었다. 아무런 기운 같은 것도 서려 있지 않았다.

박정달 씨는 허공에서 노인의 목을 조준하여 장도의 끝을 수직으로 세웠다. 일순 방 안의 모든 사물들이 숨을 멈추고 긴장한 눈빛으로 그 광경을 바라보고 있었다.

휙!

바람을 가르며 장도는 눈 깜짝할 사이에 노인의 목을 향해 내리꽂혔다.

그러나…….

노인이 번개처럼 손을 놀려 박정달 씨의 장도를 옆으로 쳐내고 베개 밑에 있던 장검으로 손을 가져간 것은 거의 동시에 일어난 일이었다.

번뜩!

한 줄기 섬광이 짧은 순간에 박정달 씨의 몸을 스쳤고 박정달 씨는 목에서 피를 뿌리며 무참히 옆으로 쓰러져 방바닥에 나뒹굴었다.

"이제 다 완성되었다."

신검을 칼집에 꽂으며 노인은 말했다. 초연한 표정이었다.

그러나 어디를 어떻게 베었는지 박정달 씨의 숨은 단칼에 끊어져 버리고 말았다.

"이제 이 칼은 그대의 소망대로 이 세상 어딘가에 감추어져 자비와 사랑과 덕과 인을 그 기운으로 삼아 언제나 정의로운 힘을 발휘할 것이니 머지않은 장래에 악의 무리는 기운을 잃고 어둠은 빛으로 바뀌리라. 가난한 자도 일어서고 힘없는 자도 일어서리라. 억울한 자들도 한을 풀리라. 그대는 이 세상에서 누리지 못한 영광을 천상에서 길이 길이 누리게 되리로다."

경찰은 박정달 씨의 죽음을 정신 착란에 의한 자살로 취급해 버렸다.

주변 인물들의 증언이 그것을 뒷받침해 주고 있었고, 무엇보다도 방바닥에 떨어져 있는 장도 한 자루와 거기에서 감식된 박정달 씨의 지문이 확고부동한 증거가 되어주었다. 게다가 방바닥으로 흘러나온 박정달 씨의 피가 장도에 완전히 배어 있었으므로 그것이 원래는 남을 찌르려던 것이라고 생각조차 할 수 없었다.

신검의 행방에 대한 문제가 대두되자, 박정달 씨의 가족들은 박정달 씨가 신검을 땅속 깊이 감추어놓았을 거라는 식으로 추측하고 있었다.

"저게 뭐지?"

수사를 대충 끝낸 형사 하나가 벽에 걸린 족자 하나를 가리키며 건성으로 동료에게 물었다.

거기에는 간단한 도표가 그려져 있었다. 그것은 초능력의 세계와 현실세계를 연결하는 통로의 열쇠 같은 것이었다.

그러나 누가 그 비밀의 열쇠를 알아볼 수 있으랴.

"골동품인가?"

겨우 그 정도로 추정해 버리고는 흥미 없다는 듯 다른 데로 시선을 돌렸을 뿐이다.

그날은 금요일.

새벽부터 오십대 전후의 사내 하나가 우체국 앞에서 시계를 들여다보며 누군가를 기다리고 있었다. 그러나 완전히 해가 다 뜰 때까지도 그가 기다리는 사람은 나타나지 않고 있었다.

그러나 그는 하루 종일이라도 그 자리에서 기다리겠다는 듯 몇 시간이고 시계를 들여다보며 서 있었다.

저녁때 비보를 듣고 정 군이 달려와 대장간에 들러보니 박정달 씨의 시체는 치워져 있고 낯익은 족자 하나만 걸려 있었다. 그는 그것을 떼어 소중하게 말았다. 거기에 그려진 도표는 아래와 같았다.

〈끝〉

1946년 경남 함양군 수동면 상백리에서 태어났다.

1958년 강원도 인제군 기린국민학교를 졸업했다.

1961년 강원도 인제군 인제중학교를 졸업했다.

1964년 강원도 인제군 인제고등학교를 졸업했다.

1965년 화가 지망생이었으나 집안 사정과 교사인 아버지의 추천으로 춘천교육대학에 입학했다.

1968년 육군에 입대했다.

1971년 육군 병장으로 만기제대했다.

1972년 춘천교육대학 입학 7년 만에 학문 연구에 대한 회의와 집안 사정이 겹쳐 결국 중퇴했다.

1972년 《강원일보》 신춘문예에 단편 「견습어린이들」이 당선되면서 데뷔했다.

1973년 강원도 인제남국민학교 객골분교 소사로 근무했다.

1975년 《世代》에 중편 「훈장(勳章)」으로 신인문학상을 수상했고, 《강원일보》에 잠시 근무했다.

1976년 단편 「꽃과 사냥꾼」을 발표했고, 11월 26일 '미스 강원' 출신의 미녀 전영자와 결혼했다.

1977년 춘천 세종학원 강사로 근무했다. 장남 이한얼이 세상에 나왔다.

1978년 원주 원일학원 강사로 근무했다. 당시 신인작가에게는 파격적인 조건으로 첫 장편『꿈꾸는 식물』을 전작으로 출간해 당대 최고의 문학평론가였던 김현 선생의 극찬을 받았다. 또한 이 작품은 30만 부 이상 판매되며 문단에 신선한 바람을 일으켰다.

1979년   단편 「고수(高手)」와 「개미귀신」을 발표했다. 이때부터 모든 직장을 포기하고 창작에만 전념하기 시작했다.

1980년   소설집『겨울나기』를 출간했다. 단편 「박제(剝製)」「언젠가는 다시 만나리」「붙잡혀 온 남자」를 발표했다. 같은 해 차남 이진얼이 출생했다.

1981년   중편 「장수하늘소」, 단편 「틈」과 「자객열전」을 발표했다. 또 두 번째 장편인『들개』를 출간해 70만 부 이상 판매되며 문단의 화제가 되었다.

1982년   만 1년 만에 장편『칼』을 세상에 내놓으면서 60만 이상의 독자에게 사랑을 받았다.

1983년   직접 그리고 쓴 우화집『사부님 싸부님』(전2권)을 출간해 '보고 읽고 깨닫는' 에세이집의 가능성을 보여주었고, 이 책은 20만 부 이상 판매되었다.

1985년   삶에 대한 개인적 소회와 감성적인 문장들을 모은 산문집 『내 잠 속에 비 내리는데』를 출간했다.

1986년   산문집『말더듬이의 겨울수첩』을 출간했다.

1987년   그동안 발표한 중단편 소설들을 모아 두 번째 소설집『장수하늘소』를 세상에 내놓았고, 서정시집『풀꽃 술잔 나비』를 출간하며 각박한 삶 속에서도 감성을 잃지 않아야 함을 간접적으로 보여주었다.

1990년   나우갤러리에서 마광수, 이두식, 이목일과 4인의 에로틱 아트전을 개최했다.

1992년   삶과 문학에 대한 고민으로 수년을 방황하다 부인의 권유로 방문에 교도소 철문을 설치하는 기행까지 서슴지 않으며 드디어 독자들이 기다리던 네 번째 장편이자 이외수 문학의 2기를 여는 장편『벽오금학도』를 세상에 내놓았다. 이외수 소설에 대한 독자들의 갈증으로 이 작품은 출간하자마자 120만 부 이상 판매되며 밀리언셀러가 되었다.

1994년 사물과 상황에 대한 작가만의 감성을 써내려간 산문집『감성사전』을 출간했다. 같은 해 선화(仙畵) 개인전을 신세계 미술관에서 개최했다.

1997년 장편『황금비늘』(전2권)을 출간하며, "인간이 인간다운 이유는 아름다움을 알기 때문이다"라는 화두로 스스로를 구원해야 세상을 구할 수 있다는 메시지를 전하였다. 독자들의 폭발적인 반응으로 100만 부 이상 판매되었다.

1998년 가난한 문학청년에서 베스트셀러 소설가가 되기까지 괴짜 작가로서 겪어낸 사랑과 청춘의 기억을 담은 산문집『그대에게 던지는 사랑의 그물』을 출간했다.

2000년 아름다운 감성의 언어들이 돋보이는 시화집『그리움도 화석이 된다』를 출간했다.

2001년 『사부님 싸부님』 이후 18년 만에 우화집『외뿔』을 출간해 글과 그림의 예술적 조화를 선보이며 "자신의 내면을 아름다움으로 가득 채울 수 있다면 진실로 거룩한 존재"임을 설파했다.

2002년 여섯 번째 장편이자 조각보 기법을 활용한『괴물』(전2권)을 출간해 70만 이상의 독자들에게 사랑을 받았다.

2003년 일상의 단상과 사랑에 대한 예찬을 담은 에세이인 사색상자 『내가 너를 향해 흔들리는 순간』과 산문집『뼈』를 출간하며 왕성한 집필욕을 내보였다. 7월에는 대구 MBC 사옥 내 갤러리 M의 초대로 〈이외수 봉두난발 특별전〉을 개최했다.

2004년   직접 그리고 쓴 이외수표 에세이인 소망상자 『바보바보』를
　　　　출간했다. 같은 해 실직이나 취업, 학업 등으로 실의에 빠진
　　　　청년들을 위로하는 편지글로 구성된 산문집 『날다 타조』
　　　　를 세상에 내놓았다.

2005년   일곱 번째 장편으로 이외수 문학 3기로 명명되는 장편 『장
　　　　외인간』(전2권)을 출간해 40만 독자들에게 사랑받았다. 또
　　　　제2회 천상병예술제에서 〈이외수 특별초대전〉을 열었다.

2006년   강원도 화천군의 유치로 다목리에 '감성마을'을 구성해 '감
　　　　성마을 촌장'으로 입주하였다. 국내 최초로 생존 작가에게
　　　　제공된 집필실 겸 기념관 건립사업은 문화계 내에서뿐 아니
　　　　라 사회적으로도 화제가 되었다. 같은 해 문장비법서 『글쓰
　　　　기의 공중부양』을 세상에 내놓으며 문학청년들에게 실전적
　　　　인 글쓰기 방법을 전수하였다. 또한 그동안 발표한 중단편
　　　　소설들을 모아 소설집 『장수하늘소』 『겨울나기』 『훈장』을
　　　　새로이 단장했다. 『훈장』에는 발표 이후 최초로 책에 담은
　　　　데뷔작 「견습어린이들」이 수록되어 30여 년 작가생활 동안
　　　　잃지 않은 초심을 고스란히 보여주었다. 이외에도 수차례의
　　　　개인전에서 선보인 선화들을 모아 선화집 『숨결』로 묶어
　　　　내놓았고, 12월에는 시집 『풀꽃 술잔 나비』와 『그리움도 화
　　　　석이 된다』를 합본해 재편집한 시집 『그대 이름 내 가슴에
　　　　숨 쉴 때까지』를 출간해 시심(詩心)을 새로이 했다.

2007년   소통법 『여자도 여자를 모른다』를 정태련 화백과 함께 출
　　　　간해 새로운 형태의 산문집을 세상에 선보였다. 출판사 사
　　　　정으로 판권을 옮기게 된 문장비법서 『글쓰기의 공중부양』
　　　　과 산문집 『뼈』를 해냄출판사에서 개정 출간하였다. 『뼈』
　　　　는 재편집하여 『사랑 두 글자만 쓰다가 다 닳은 연필』로 개
　　　　정하였다.

2008년 생존법 『하악하악』을 정태련 화백과 함께 출간했다. 이 책
은 70만 부 이상 판매되며 침체된 도서시장에 활력을 불어
넣었다고 평가된다. 또한 선화(仙畵) 개인전을 포항 포스코
갤러리에서 개최하였다. 7월에는 시트콤 〈크크섬의 비밀〉
에 출연해 신선한 즐거움을 선사했고, 10월부터는 1년 동안
MBC 라디오 〈이외수의 언중유쾌〉를 진행하며 '사람답게
사는 법'에 대해 청취자들과 의견을 나누기도 했다.

2009년 이전에 출간한 산문집 『날다 타조』에 새 원고를 추가하고
정태련 화백의 그림을 수록해 『청춘불패』로 새 단장하여
독자들에게 선보였고, 이 책은 20만 부 이상 판매되었다.

2010년 '내가 흐르지 않으면 시간도 흐르지 않는다'는 뜻의 제목을
붙인 산문집, 이외수의 비상법 『아불류 시불류』를 출간해
20만 이상의 독자들에게 사랑받았다.

2011년 『흐린 세상 건너기』(1992)의 원고 일부에 새 원고를 합하고
박경진 작가의 수채화를 수록한 에세이 『코끼리에게 날개
달아주기』를 출간하였다. 12월 '인생 정면 대결법'이라는 부
제로 『절대강자』를 정태련 화백과 함께 출간해 20만 이상
의 독자에게 사랑받았다.

2012년 '세상 모든 아름다운 것들을 위하여'라는 주제로 정태련 화
백과의 다섯 번째 에세이 『사랑외전』을 출간했고, 이 책은
20만 부 이상 판매되었다.

2013년 하창수 작가와 함께 대담집 『마음에서 마음으로』를 출간
했다.

2014년 소설집 『완전변태』를 출간하며 "예술가는 세상이 썩지 않게
하는 방부제 역할을 해야 한다"는 화두로 금전만능주의 사
회에서 삶의 가치를 바꿀 것을 독자들에게 전파하고 있다.

칼

초판 1쇄 1982년 11월 30일
제2판 1쇄 2005년 5월 5일
제2판 6쇄 2008년 5월 25일
제3판 1쇄 2008년 6월 30일
제3판 6쇄 2013년 2월 5일
제4판 1쇄 2014년 7월 30일
제4판 2쇄 2017년 11월 30일

지은이 | 이외수
펴낸이 | 송영석

펴낸곳 | (株)해냄출판사
등록번호 | 제10-229호
등록일자 | 1988년 5월 11일(설립일자 | 1983년 6월 24일)

04042 서울시 마포구 잔다리로 30 해냄빌딩 5·6층
대표전화 | 326-1600 **팩스** | 326-1624
홈페이지 | www.hainaim.com

ISBN 978-89-6574-451-1